21 世纪高等院校教材

管 理 学

张 卓等 编著

科学出版社

北 京

内 容 简 介

本书共分 11 章，以管理职能和管理过程为主线，系统地介绍了管理学的基本概念、管理理论发展、计划理论、决策理论、组织理论、人力资源管理、领导理论、激励理论、沟通理论、控制理论、管理创新等方面的知识体系、最新进展和实践应用。本书力求理论联系实际，注重管理理论的系统性和管理实践的实用性相结合，并运用案例强化管理知识体系的理解和管理理论的有效应用。

本书可作为高等院校经济管理类专业的本科生教材，也可作为实际管理工作者的参考用书。

图书在版编目 (CIP) 数据

管理学/张卓等编著. —北京：科学出版社，2011
21 世纪高等院校教材
ISBN 978-7-03-029824-9

Ⅰ.①管… Ⅱ.①张… Ⅲ.①管理学-高等学校-教材 Ⅳ.①C93

中国版本图书馆 CIP 数据核字(2010)第 252046 号

责任编辑：林　建／责任校对：朱光兰
责任印制：张克忠／封面设计：耕者设计工作室

科学出版社 出版
北京东黄城根北街16号
邮政编码：100717
http://www.sciencep.com

骏杰印刷厂 印刷
科学出版社发行　各地新华书店经销

*

2011 年 1 月第 一 版　　开本：B5(720×1000)
2011 年 1 月第一次印刷　　印张：18
印数：1—4 000　　　　　　字数：353 000

定价：33.00 元
（如有印装质量问题，我社负责调换）

前　言

　　管理学是一门既古老又年轻的学科。早在数千年以前，人类就已经学会了运用管理学知识认识自然、改造自然。从中国的万里长城、都江堰、故宫，到埃及的金字塔、希腊的神庙、古罗马的斗兽场，无一不是人类运用管理方法的结晶。然而，管理学真正开始形成完整的理论体系却是在 19 世纪末。从这一点上看，管理学是一门年轻的学科。

　　进入 21 世纪，随着知识经济时代的到来和经济全球化步伐的加快，管理理论和实践都得到了快速发展。管理理论方面，在管理科学理论研究不断深化的同时，经济学、心理学、行为科学、社会科学、信息科学等与传统管理理论的融合日益紧密。特别是计算机和网络技术的广泛应用，使得管理学发展呈现了新的趋向。

　　管理学正在改变着我们工作与生活的方方面面。从国家层面上看，管理学被广泛运用于国家发展规划、资源优化配置、宏观政策制定、社会综合治理、生态环境保护和大型项目建设等领域。从组织层面看，管理理论和方法几乎充斥在组织的各项活动中。管理知识还可以帮助人们获得职业生涯和个人生活的成功。管理能力正在成为一个人、一个组织、一个地区、一个国家发展和综合实力的重要体现。管理理论的有效运用正在改变一个国家的实力，影响一个地区的发展，决定一个企业的成长，造就一个人的职业道路。管理已成为我们生活的一部分。

　　本书是一部介绍管理学原理及其最新实践的教科书，主要为大学本科生、研究生学习管理之用。从事管理实践的专业人员如果阅读本书，相信也会有相应的收获。本书还可以作为各类组织培训管理人员的教科书或参考书。

　　本书的编写力求吸收国内外最先进的管理理论、方法和最新实践成果，在内容上力求做到科学性、先进性和普遍性相结合，理论性与实践性相结合。在编写方法上更是追求简洁易懂、利于教学。

　　全书共分 11 章，全部内容以管理过程理论为主线，按管理职能进行展开。在每一章后都安排了习题和案例，以帮助学习者更加深刻地领会理论知识，学习实践应用。

　　本书由南京航空航天大学、江苏科技大学、济南广播电视大学五位从事管理研究与教学的教师共同完成。第一章、第三章、第五章、第九章和第十章由张卓编写，第二章由杨燕萍编写，第四章由贾军编写，第六章由王凌云编写，第七章、第八章由田剑编写，第十一章由贾军、张卓编写。全书由张卓主编。

　　管理学是一门正在迅速发展的学科，新的思想不断涌现，旧的观点逐步淘汰，加之作者水平所限，本书中难免出现疏漏或不妥之处，敬请广大读者和同仁提出宝贵意见，以便今后改进。

张　卓

2010 年 11 月于南京

目 录

第一章

管理学概述

> ➤ **本章提要**
> 1. 管理及管理的有效性；
> 2. 管理的基本职能及其内涵；
> 3. 管理的主要特征；
> 4. 管理的主要原则；
> 5. 管理者的角色与能力要求；
> 6. 管理伦理与企业社会责任。

■ 第一节 管理的概念

一、管理的定义

管理（management）是特定组织的管理者，通过计划、组织、领导和控制等环节，有效利用人力、物力和财力等组织资源，实现组织目标的活动过程。

这个定义包含以下三层含义：

（1）管理的基本活动包括计划（planning）、组织（organizing）、领导（leading）和控制（controlling）等。这四项活动又被称为管理的四大基本职能。每个管理者工作时都是在执行这些职能中的一个或几个职能。

（2）管理的基本手段是有效利用人力、物力和财力等组织资源。一个组织要有效利用资源，一方面要合理配置组织中的各种资源；另一方面要促使组织各个部门、各个单位、每个员工分工协作、和谐发展，只有这样才能有效地达成组织的目标。

（3）管理的目的是有效地实现组织既定目标，这是任何管理活动的根本追求。

二、管理的有效性

管理的有效性可以从效率（efficiency）和效果（effectiveness）两方面来判断。

（1）效率。效率是指管理活动输入和输出的关系。管理所追求的效率，就是以最少的投入获得最大的产出。通俗地说，管理追求效率就是要求组织的所有成员"正确地做事"。

（2）效果。效果是达成组织目标的程度。管理所追求的效果，就是最大限度地实现组织目标。对于企业而言，就是通过尽可能地满足顾客需要来实现企业价值的最大化，实现顾客、供应商和社会，企业、员工和投资者的和谐发展。通俗地说，管理追求效果就是要求组织"做正确的事"。

可见，管理就是要获取、开发和利用各种资源来确保组织效率和效果的双重目标，实现组织的持续、和谐发展。这是所有管理者所面临的基本任务。

三、管理的二重性

管理的二重性是由生产过程的二重性决定的。由于生产过程是由生产力和生产关系组成的统一体，决定着管理也具有组织生产力与协调生产关系两重功能。因此，管理既有同生产力、社会化大生产相联系的自然属性，也有同生产关系、社会制度相联系的社会属性。

管理的自然属性是指管理要处理人与自然的关系，要合理组织生产力，即管理的生产力属性。马克思曾经指出："一切规模较大的直接社会劳动或共同劳动都或多或少地需要指挥，以协调个人的活动，并执行生产总体的运动——不同于这一总体的独立器官的运动——所产生的各种一般职能。一个单独的提琴手是自己指挥自己，一个乐队就需要一个乐队指挥。"管理的这种自然属性是由生产力发展水平和人类活动的社会化程度决定的，是一种客观存在，与生产方式、社会制度无关。

管理的社会属性是指管理要处理人与人之间的关系，要受一定生产关系、政治制度和意识形态的影响和制约，即管理的生产关系属性。管理作为一种社会活动，只能在一定的社会历史条件下和一定的社会关系中进行。因此，管理具有维护和巩固生产关系，实现特定生产关系的功能。

管理的二重性相互联系、相互制约。一方面，管理的自然属性不可能孤立存在，它总是存在于一定的社会制度、生产关系中；同时，管理的社会属性也不可能脱离管理的自然属性而存在，否则管理的社会属性就成为没有内容的形式。另一方面，管理的二重性又是相互制约的。管理的自然属性要求具有一定社会的组织形式和生产关系与其相适应，任何管理方法、管理技术和管理手段，必须结合组织的实际情况，因地制宜，这样才能取得预期的效果。

■ 第二节　管理的基本职能

"职能"一词，指的是活动、行为的意思，因此，一项职能就表示一类活动，而管理的职能就是管理工作所包括的几类基本活动内容。从时间发展看，管理包括计划、组织、领导、控制四大基本职能。

一、计划

计划是管理的首要职能。"凡事预则立，不预则废"。计划就是对组织未来活动的一种预先筹划。它包括以下几方面内容。

1. 研究组织环境

此即分析组织的内外环境及其变化。对内部环境的研究旨在识别组织的优势和劣势；对外部环境的研究旨在识别组织发展所面临的机会和威胁。组织计划的本质在于充分运用自身优势，抓住机会，抵御威胁，弥补劣势，以获得持续的发展。

2. 确立组织目标

目标确立是组织计划的重要组成部分。组织目标的确立主要依据组织使命和内外环境分析的结果。组织目标的确立应遵循 SMART 原则，即具体（specific）、可测（measurable）、可实现（achievable）、相关性（relevant）和时间性（timed）原则。

3. 确定计划方案

这是一个选优的决策过程。组织需要根据内外部环境和组织目标制定出一系列可行的方案（即实现目标的路径），然后从中选择出最优方案作为组织行动的纲领。在确定计划方案过程中，决策是最主要的内容。

4. 编制行动计划

确定了组织未来目标和行动方案以后，还要分析落实上述决策，明确组织需要采取的具体行动的步骤、内容、具体要求、分工、责任人、控制点和评价标准等。

组织计划按时间可以划分为长期计划（战略规划）、年度计划（战术计划）、作业计划或项目计划等。战略规划（strategic plan）指明了组织长期的发展方向和基本策略。战术计划（tactic plan）指明了实现战略规划的具体步骤和年度工作安排。作业计划（operations plan）是指重复性的具体活动的步骤和资源安排。项目计划（project plan）是指一次性活动的步骤和资源安排。

二、组织

组织职能包含两层含义：一是组织设计；二是组织资源调配与控制。

1. 组织设计

组织设计的本质是分工。当组织任务无法由一个人、一种技术来完成时，分工就成为必然。组织分工分为纵向分工和横向分工。纵向分工导致组织层级；横向分工导致部门化。相应地，纵向组织设计确定了组织从最高领导者到普通员工的层次结构；横向分工明确了平级部门和岗位的划分、各自职责和工作关系等。

组织设计的物化结果之一是形成一个组织机构实体。组织机构是一种建立在专业化分工协作基础上的职务结构，是管理职能实现的载体和物质技术基础。此外，组织设计还包括：科学合理地配备人员；制定相应的组织制度使组织结构各组成部分围绕组织目标高效率地运行；在动态变化的环境中不断变革、创新和发展等。

2. 组织资源配置与控制

组织设计从本质上来讲又是一种资源配置与控制方式。例如，横向分工所产生的组织部门不仅明确了任务归属，而且也同时确立了资源的分配与控制方式。职能制的组织结构按专业化分配与控制资源；事业部制的组织结构按业务或产品分配与控制资源；矩阵制组织结构按专业化和业务（或产品）双线分配与控制资源。从组织总体看，不同资源分配与控制方式导致了不同的资源使用效率。

三、领导

领导职能是指组织的各级管理者利用各自的职位权力和个人影响力去指挥与影响下属，使其为实现组织目标而努力工作的过程。

1. 指引方向

此即领导要始终以组织目标为导向，带领下属向着共同的目标而努力。

2. 激励下属

此即领导的工作不单单是自己做好工作，更重要的是影响下属行为，使其按既定的目标而努力工作。

3. 促进协调

此即领导需要通过有效的沟通在不同工作、不同成员之间建立起一种协调机制，以使各项工作、各个岗位之间形成合力，使组织形成和谐的工作环境。

有效的领导要求管理者充分考虑领导者、被领导者和情境三个方面的因素，通过建立合理的制度环境，培养自身优秀的个人素质，学习科学的领导方法，掌握高超的领导艺术，研究和掌握领导的客观规律，来提高和维持组织成员的工作积极性，确保组织任务的完成和组织目标的实现。由此可见，领导职能主要涉及组织中人的问题，它和激励、协调和沟通职能等一起发挥作用。

四、控　制

控制就是监督管理的各项活动是否按既定的计划、标准和方法进行，以保证它们按计划进行并纠正各种偏差的过程。具体地说，控制是指为了确保组织目标与计划能够实现，管理者根据事先确定的标准，对各项工作进行衡量、测量和评价，分析偏差、找出原因、修正偏差、调整标准或计划的过程。通常，控制过程包含以下几个主要阶段。

1. 制定控制标准

这是控制过程的第一步。必须依据目标和计划制定相应的标准，作为控制的基础。

2. 测量实际业绩

依据目标、计划和业绩标准测量各项工作的实际业绩，并分析实际业绩与目标、计划、标准之间的差异，分析产生差异的原因。一般，产生偏差的原因可能有：内外环境出现预测外的变化，执行偏差，或者目标、计划和标准的制定得不合理。

3. 采取修正行动

无论出现上述何种偏差，组织都需要对下一阶段计划进行调整，以确保目标的实现。对于计划的修正可能包含以下两种：①修正目标和标准；②修正执行行为。当目标和标准与实际环境和组织能力产生较大偏差时，需要对其进行修正。如果实际业绩与目标、标准之间的差异仅仅是由于执行造成的，则需要调整执行的行为。

控制工作涉及组织的方方面面，是每个员工的职责。无论哪一层次的主管人员，不仅要对自己的工作负责，而且都还必须对整个计划的实施和目标的实现负责。因为他们本人的工作是计划的一部分，其下级的工作也是计划的一部分。因此各级主管人员都必须承担实施控制的工作。

■ 第三节　管理的特点

一、管理的科学性

管理的科学性是指管理作为一种人类活动，其中存在着一系列的客观规律。人们从管理实践活动中不断发现规律，总结出一系列管理理论和管理方法，并用这些理论和方法来指导自己的管理实践，又以管理活动的结果来衡量其过程中所使用的理论和方法是否正确，从而使管理的科学理论和方法在实践中得到不断的验证和丰富。我们承认管理的科学性，是要不断发现管理活动的客观规律，以管理理论和方法为指导，形成一套分析问题、解决问题的科学的方法论。

二、管理的艺术性

管理的艺术性强调其实践性，即管理理论作为普遍适用的原理、原则，必须结合实际加以应用才能发挥效用。管理者必须在管理实践中发挥积极性、主动性和创造性，因地制宜地将管理知识与具体管理活动相结合，才能进行有效的管理。因此，管理者除了要掌握一定的管理理论和方法外，还要有灵活运用这些知识的经验、技能和诀窍。

管理的艺术性告诉我们，学习管理一刻都不能脱离管理实践。要真正掌握管理学，仅靠书本知识是行不通的，理论必须联系实际，必须通过大量的管理实践活动去体会和磨炼，才能增长管理技能和才干。

管理的科学性和艺术性并不互相排斥，而是相互补充的。一方面，管理者靠机构运用管理原理进行管理活动，必然脱离实际。另一方面，如果没有掌握管理理论和基本知识，在实践中仅靠主观臆断或经验办事，就很难找到有效解决管理问题的办法。因此，必须将管理的科学性和艺术性进行有效结合，才能成为一个有效的管理者。

三、管理的非精确性

管理学是一门非精确学科，即在给定可控的条件下，用同样的管理手段可能得到完全不同的结果，这种不确定性主要是由于组织环境中许多无法预知的复杂因素而引起的。例如，企业在投入资源一定的情况下，由于国家的方针、政策和法令的变化或组织环境的突然变化，都会对其经营效果产生严重影响。因此管理学与诸如数学等精确学科具有很大的不同，其重要的特点是无法精确地预测结果。

四、管理的综合性

管理活动的复杂性，必然会导致管理学的综合性。以企业管理为例，内部的管理要素包括技术、产品、工艺、设备、设施、供应、物流、财务、人员、信息等方方面面；外部的环境要素包括政治、经济、社会、技术、需求、供给、竞争和替代品等。企业需要在如此多的影响因素中预测环境变化，评估自身能力，制定管理目标，设计管理策略，处理各方利益，才能确保管理的有效性。这要求作为管理活动主体的管理者在进行管理活动时，需要具有广博的知识才能进行有效的管理。例如，企业的高级管理者，在处理企业有关生产、销售、计划和组织等问题时，需要熟悉技术、预测、统计学、数学、政治学、经济学等方面的知识；在处理企业中人员调配、工资、培训和激励等问题时，需懂得心理学、社会学、人类学、生理学等方面的知识。现代管理者除了懂得管理外，还需要掌握管理的重要工具——计算机和网络，学会用这些现代技术工具进行管理和决策。另外，随着经济全球化的逐步形成，管理者还需要懂得国际法，了解不同文化的特点和掌握一定的外语技能等。

从本身的知识体系的构成看，管理学充分吸收了各学科对自己有用的东西并加以拓展，因此，它具有很强的综合性。

五、管理的软科学性

若将组织中的人力、财力、物力、技术等看成硬件的话，则可以把管理看成软件。首先，管理的首要任务是充分调动人的积极性，通过人的思想转变引导其形成的转变，以达到充分发挥人员的内在潜力，有效地利用财力、物力和技术，用最少的消耗达到组织的目的。其次，管理者必须借助于被管理者及其他各种条件来创造价值，在这种价值中很难区分出有多少是由管理而得到的。最后，某些管理措施有效性往往需要很长时间才能识别，很难在事前准确地评价。管理学的这些特性形成了其软科学性。

六、管理学的发展性

全球科学技术的发展，特别是计算机和网络技术的广泛应用，对组织的组织形式、运营方式和管理手段产生了特别巨大的影响。例如，信息高速传递的实现，使企业的许多中间结构失去了存在的必要，因而出现了企业组织的扁平化；

网络技术的广泛应用，出现了虚拟企业；企业为了充分发挥自身的优势并增强市场竞争力，由供求关系而形成的企业供应链结构；电子商务的出现，对企业的营销模式产生了巨大的影响。由此产生了许多新的管理问题，需要人们去研究、解决，所产生的新的管理理论和方法将会大大推动管理学理论体系的更新和扩张，因此管理学是一个快速发展的学科。

■ 第四节 管理的原则

管理的原则是管理者在管理实践中必须遵循的基本规则。这些规则主要包括效益原则、人本原则和适度原则。

一、效益原则

根据管理的定义，任何组织在任何时期的管理活动都是为了有效地实现组织目标，即用最少的投入获得最大的产出，最大限度地实现组织目标。而效益就是指组织目标实现与实现组织目标所付出的代价之间的比例关系。遵循效益原则就是以最少的资源消耗最大限度地实现组织既定的目标。

效益原则是人类一切活动应遵循的基本原则。这主要是由资源的稀缺性所确定的。在特定的历史时期，人类所拥有的资源和获取资源的能力总是有限的；而与之相对应的却是人类希望用这些有限资源来满足的需求却是无限的。这种资源的有限性和需求的无限性之间的矛盾是经济学和管理学的永恒命题。

既然实现目标及其代价构成了效益的两个方面，那么提高效益也应有两个基本途径：一是选择正确的目标；二是减少实现目标的代价。前者与目标选择有关，即"做正确的事"；后者与方法有关，即"正确地做事"。可见，管理学的主要命题是："做正确的事"和"用正确的方法做事"。

二、人本原则

任何组织，如企业单位、事业单位、政府、军队等，都是人的集合体。因此，组织活动就是人的活动，组织管理就是对人的管理。可见，人是组织的中心，也是管理的中心。人本原则应该是管理的首要原则。

管理的人本原则可以从两个方面来加以理解：一是管理依靠人；二是管理为了人。"管理依靠人"是指一切管理活动都要通过管理者和被管理者的相互作用来完成。因此，应实行民主管理，以充分调动组织所有成员的主观能动性。这是组织提高效率和效益的最根本力量。

"管理为了人"是指管理的根本目标是为了满足人的需要。对于一个组织而言，管理活动不仅促使其创造符合社会需要的产品或服务，而且要充分实现组织成员的社会价值，促进组织成员的个人发展。从这一点出发，管理的核心要务是如何满足人的需要和促进人的发展。

三、适度原则

从系统的观点看，管理是一个复杂的系统工程，管理系统通常包含种类繁多的资源输入、作用机制复杂的转换过程和多维的目标体系。要想在不同的目标之间做出选择，在复杂的过程中获得最优，在多种资源之间实现最佳配置是所有管理者追求的目标。通俗地讲，管理就是寻求在多维目标、多种资源和多阶段过程的最佳组合的过程。

管理的适度原则主要包括适情管理和适时管理。适情管理是指管理者应根据组织内外环境及其变化来选择管理策略。例如，在变革时期，组织往往倾向于选择集权式的管理；而对于创新性要求高的工作环境下，组织倾向于选择分权式管理；等等。

适时管理是指管理者应根据不同时期的组织内外环境特点来选择和调整管理策略。从管理理论发展的历史看，没有一成不变的、永远适用的管理策略和管理方法。泰罗的科学管理原理在 20 世纪初对于企业生产效率的提高起到了巨大的作用。但是，随着科学技术的不断发展，管理理论也在不断创新。从具体管理事件看，管理的主要矛盾会随着时间的推移而不断发生变化，其所适用的管理策略和方法也需要不断做出调整。

▉ 第五节　管理者与管理能力

一、管理者的定义

管理者（managers）是管理的主体。管理者是对全部或部分从事管理活动的人的总称，即按照组织目的，指挥他人工作的人。按照传统定义，管理者是"对他人的工作负责"的人。

但是，随着管理理论和实践的不断发展，人们对管理者的定义也在不断变化。今天普遍认为，管理者是掌握特定组织资源，并通过资源的纵向和横向整合完成特定组织任务，实现组织目标的管理主体。

新定义强调管理者要进行资源的"纵向"和"横向"整合。"纵向"整合是指管理者要处理好自身工作同上级工作和下属工作的关系，通过有效配置下属资源和充分利用上级资源，高效地完成组织任务，这正是传统定义所强调的。"横向"整合，是指管理者需要把自己所管辖的资源同相关领域资源结合起来，即同那些其没有管理控制权的资源进行整合，实现管理的协同效应，有效地完成组织的整体目标。

二、管理者的类型

（一）按组织层次划分

管理者按其所处组织层次可分为高层管理者（top managers）、中层管理者（middle managers）和基层管理者（line managers）。如图 1-1 所示。

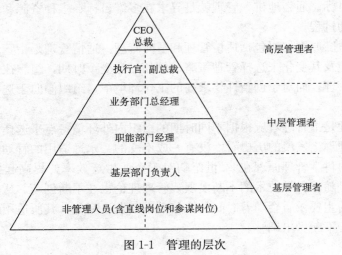

图 1-1　管理的层次

1. 高层管理者

高层管理者是指对整个组织的管理负有全面责任的人。其主要职责是建立组织愿景，制定组织战略、总体目标，评价组织的绩效，代表组织与外界沟通，创建与维持组织文化，分配组织资源等。高层管理者在一个组织中数量很少，在企业中包括首席执行官（CEO）、总裁（President）、副总裁（VP）、总经理（GM）、副总经理（VGM）等。

2. 中层管理者

中层管理者是指处于组织结构的中间层次，负责某个业务单位或者职能部门运营的管理人员。其主要职责是：执行高层管理者做出的决策，负责制定本业务单位或职能部门具体的计划、政策，行使高层管理者授予的指挥权，监督和协调基层管理者的活动等。中层管理者数量较多，在企业中典型的中层管理者包括业务单位如子公司、分公司的负责人，财务、计划、生产等职能部门的负责人等。

3. 基层管理者

基层管理者是指组织中处于最低层次的管理者，他们所管辖的仅仅是作业人员和生产运作设备设施，而不涉及其他管理者。其主要职责是：将组织的决策在基层落实，给下属人员安排具体任务，协调、激励下属人员努力工作，完成既定的组织目标。这一层次的管理者人数众多，在企业中主要包括生产车间的车间主任、工段长、班组长等。

（二）按工作领域划分

1. 综合管理者

综合管理者是负责管理整个组织或组织中某一部分工作的管理人员。他们是一个组织或部门的主管，对整个组织或该部门目标的实现负有全面责任；他们拥有这个组织或部门所必需的权力，有权指挥该组织或部门的全部资源与职能活动。对于大型组织来说，综合管理者包括总经理和各事业部负责人等。

2. 专业管理者

专业管理者是指其管理活动仅仅涉及组织中某一类职能的管理人员。他们只对组织中本职能或本专业领域的工作目标负责，只在本职能或专业领域内行使职权、指导工作。根据他们所管辖的行业性质不同，可具体划分为生产部门管理者、营销部门管理者、人力资源部门管理者、财务部门管理者以及研究开发部门管理者等。

3. 项目管理者

项目管理者是负责某一个或几个项目运行的管理人员。他们是一类特殊的综合管理者，负责与项目有关的跨部门、跨专业的各类资源的管理，并对整个项目业绩负责。但与一般综合管理者的区别是他们不负责某个具体业务单位或部门的整体业绩和行为。与一般专业管理者的区别是他们往往要跨多个专业领域行使职权、开展工作。

三、管理者的角色

20 世纪 60 年代末期，亨利·明茨伯格创立了管理者角色理论。他认为，管理者扮演着 10 种角色，这 10 种角色可以被归入以下三大类。

1. 人际关系角色

管理者在处理与组织成员和其他利益相关者的关系时，需要扮演人际角色，通过人际沟通和交往展现组织形象，激励下属员工，建立人际关系网络，创造有利于组织发展的内外部环境。管理者的人际关系角色（human roles）包括代表人、领导者、联络者等。

2. 信息角色

管理者要负责与其一起工作的人能及时、准确地得到相关信息，从而顺利完成工作目标。在组织中，管理者需要根据自己的工作范围和权限，收集、掌握和不断更新与其权限范围相对应的信息。同时，还需要将自己掌握的全部或部分信息，传达给需要的员工或部门，促使其有效地完成工作任务。管理者的信息角色（information roles）包括洞察者、传播者和发言人等。

3. 决策角色

在获取信息的基础上，管理者需要对获得的信息进行处理并得出结论，做出决断，明确组织发展方向、战略和政策，有效配置资源，协调内外部关系，确保员工、部门、外部利益相关者达成共识，为实现共赢而努力。管理者的决策角色（decision roles）包括企业家、资源分配者、冲突管理者和谈判者等。

管理者的 10 种角色及其典型活动如表 1-1 所示。

表 1-1　管理者的角色

类别	角色	典型活动
人际关系角色	代表人	代表一个组织履行法律或礼仪性职责，如出席工程剪彩、社会捐助、宴请宾客以及签署法律文件等
	领导者	领导和激励下属为实现组织目标努力工作，培养接班人，与下属进行有效沟通，增加了解，创造和谐的组织环境
	联络者	确保沟通渠道在组织内部的有效连接，同时与外部利益相关者和社会各界保持经常的联系，建立企业良好形象和外部关系网络
信息角色	洞察者	时刻关注组织内外部环境变化，定期收集对组织有价值的信息，并与相关人员保持密切联系
	传播者	确保信息在组织内外部的有效传播，包括将组织目标、计划、任务和政策等信息清晰地传递给组织成员，将必要的信息向外部发布等
	发言人	通过讲话、报告、信件等定期向董事会、股东说明企业的经营和财务状况，向消费者和政府说明企业的行为和承担的社会义务
决策角色	企业家	审时度势，抓住机遇，倡导改进与创新，领导组织变革以适应新的环境和组织愿景
	资源分配者	对组织的人、财、物等资源进行合理分配和使用，确定优先顺序和时间进程，确保以最有效的资源配置完成任务，实现组织目标
	冲突管理者	采取正确行动处理冲突事件和突发事件，处理和解决外部纠纷、冲突和危机，协调和处理内部下属之间的冲突和争端等
	谈判者	代表组织与员工、内部其他部门、外部的顾客、供应商、竞争对手或其他经济组织等进行谈判，消除分歧，达成共识，争取组织利益

　　管理者的角色扮演受到其所处的组织层级、组织规模和管理者个人因素的影响。从组织层级上看，管理者所处的组织层级越高，其所扮演的角色越多。从组织规模上看，组织规模越小，管理者所扮演的角色可能越多。从管理者个人因素上看，管理者个人的价值观、人生观、工作作风、思维习惯、潜意识以及工作经历等都会对管理者的角色扮演产生较大的影响。

四、管理者的能力

　　罗伯特·卡茨提出了管理者应具备三类技能：技术技能（technical skills）、人际技能（human skills）和概念技能（conceptual skills），如图 1-2 所示。

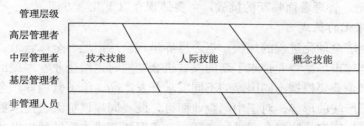

图 1-2　管理者的技能

1. 技术技能

　　技术技能是指使用某一专业领域内有关的程序、技术知识和方法完成组织任务的能力，即完成自己职责范围内的工作所需的专业知识。例如，工程师、会计师等，都掌握有相应领域的技术技能，所以被称作专业技术人员。

　　管理者虽然不一定使自己成为精通某一领域的技术专家，但却需要了解并初步掌握与其管理的专业领域相关的基本技术技能，否则很难与组织中的专业技术人员进行有效沟通，从而不能对其所管辖的业务范围内的各项管理工作进行具体的指导和监控，因而难以使员工有效率地完成相应的目标。

2. 人际技能

　　人际技能是指管理者与他人共同工作，或者通过他人完成任务的能力。这种能力不仅包括一般的人际沟通与交往能力，而且还包括与人相关的管理能力，如激励、协调、领导和解决冲突的能力等。一个具有较强人际技能的管理者总是能积极向上，激发努力、传道解惑、用人育人，善于将自己的思想与内外部相关人员分享，促进相互理解、相互合作，形成和谐共赢的工作氛围。

　　人际技能是管理者最常用的技能。相关研究发现，管理者的大部分时间是在处理人际交流与关系问题，尤其是对于中高层管理者而言。

3. 概念技能

概念技能是指对事物的整体和相关关系进行分析、判断、抽象和概括的能力。管理者要能够在混乱复杂的环境中进行有效的管理，洞察事物的发展和变化趋势，去粗取精，去伪存真，抓住问题的关键，找出解决方法。概念技能包括感知和发现环境中的机会与威胁的能力，理解事物相互关联性并找出关键影响因素的能力，以及比较不同方案优劣、及时发现组织中存在风险的能力等。概念技能对于所有管理者都是必要的，尤其对高层管理者最为重要。

五、管理者面临的新挑战

21 世纪，管理者面临新的挑战，主要体现在以下几个方面。

1. 全球化的挑战

随着经济全球化进程的加快，当今世界呈现全球市场、全球竞争、全球组织的态势。全球市场给企业带来了新的发展机会，同时也给企业管理提出了新的课题。它要求企业要根据不同国家的不同需求开发产品、组织营销等。全球竞争给企业带来了严峻的形势。对于中国企业而言，既要同规模更大、技术更先进、实力更强的发达国家的跨国公司进行竞争，又要同资源成本更低的欠发达国家和地区的企业进行竞争。全球组织所带来的问题是资源配置范围更加广泛，资源构成更加多元化。例如，跨国公司需要聘用不同国家、不同文化背景的员工一道开展工作。

2. 技术日新月异的挑战

21 世纪是信息技术的世纪。信息技术的发展一方面给企业提高效率、加强沟通、快速反应、跨区域竞争带来了机会，另一方面也使企业管理面临新的问题：组织机构分散、员工联系松散、企业忠诚艰难、网络安全堪忧等。此外，其他技术的日新月异也可能使得原先的竞争优势随着新技术的产生而在瞬间灰飞烟灭。因此，对于企业而言，如何准确预测新技术带来的机会和挑战，通过不断的技术创新获取和保持竞争优势已经成为企业重要的核心能力。

3. 多样化需求的挑战

当今世界呈现出需求日益多样化的明显趋势。加之科技发展的推波助澜，导致一项技术、一个产品的生命周期越来越短。人们的需求不断翻新、不断变化，导致典型的社会化大生产的模式不再，取而代之的是大规模定制的模式。原先的规模经济难以实现，技术优势也难以持续，专用性资产投资的风险越来越大，企业业务构成与组织形式不断变化。以管理为核心的创新能力、整合能力、变革能力等成为企业构筑核心能力的关键。而如何构建这种能力是企业管理者所面临的重大挑战。

第六节 管理伦理与社会责任

一、伦理

伦理（ethics）和道德（moral）一直是一对难以区分的概念。直到德国哲学家黑格尔明确地将伦理定义为社会行为规范，而道德是个人的内在操守，两者才有了明确的区分。伦理的社会功能要通过个人的道德操守来实现，并通过人们自觉的意识在行动中予以体现才能发挥作用。因此，伦理和道德都是指行为规范，其中，伦理更倾向于社会行为，而道德更倾向于个人行为。

伦理作为反映和调节人们之间关系的价值观念和行为规范，自产生之日起就担负着特殊的社会调节功能和社会管理职能。它随着人类实践活动范围的不断扩大而进一步发展，逐渐扩展到对人与客观世界包括自然、社会、人和自我之间的关系的调节和管理。伦理学研究的基本问题是道德和利益的关系问题。

二、管理伦理

管理伦理（management ethics or business ethics）是管理学与伦理学相互融合的产物。它萌芽于19世纪末，兴起于20世纪70年代，发展于20世纪80年代。今天，世界各国的绝大多数管理学院都意识到管理伦理教育的必要性，重视管理伦理教育已经成为世界各国管理教育的一大趋势。

管理伦理是伴随着管理实践活动而产生的一种特殊的道德现象。它以企业经营管理的价值伦理为核心，是企业在处理内外关系中的伦理原则、道德规范及其实践的总和，是企业文化和企业价值观的核心。对于企业而言，建立和完善其管理伦理体系需要回答以下几个问题。

1. 是什么

此即要弄清楚管理者、企业、行业和社会伦理是什么。它要求管理者审视组织环境中到底在发生什么，以及对这些行为是否需要进行调整和控制。它属于描述伦理学（descriptive ethics）的范畴。从"三鹿奶粉"事件、丰田汽车召回危机等可以看出，搞清楚"是什么"这一问题是何等的重要。

2. 应该是什么

此即管理活动应该遵循的伦理道德准则是什么。应致力于建立一套逻辑自洽的基本伦理道德原则，并设立等级分层的标准，以指导各级管理活动。它属于规范伦理学（normative ethics）的范畴。

3. 如何做

此即如何从"是什么"进化为"应该是什么"的状态。在这一部分，关键是要遵循管理伦理的普遍原则，制定出切实可行的管理活动行为规范。

三、管理伦理的普遍原则

1. 功利主义原则

功利主义原则（utilitarian approach）追求伦理效用最大化。管理活动应当是对最多数人产生最大限度的善和最小限度的恶。它要求管理者权衡每项管理行为所有社会效益及其成本，以及由此而产生的风险等。

功利主义理论的主要缺陷在于对效益、成本和风险衡量的难度上，以及可能产生的公平公正缺失的问题。为多数人谋利益而伤害少数人的利益同样也是非伦理的。

2. 权利原则

权利原则（rights theories）承认人生来享有最基本的权利，即设定了可接受行为的底线。其基本定义是，人的基本权利高于集体利益。因此，如果管理者的管理行为伤害了利益相关者的基本权利，就是有违伦理的。例如，一些发达国家的跨国公司将有毒垃圾运送到欠发达国家销毁就是非伦理的行为。

3. 公平原则

公平原则（justice theories）致力于公平对待每一个人，即管理者要在最广泛的基本自由方面保证每一个人拥有平等的权利。其核心一是每一个人都应拥有最大限度的、与他人相容的自由；二是基本社会品的不公平只允许在让所有人都受益的前提下存在。

4. 关怀原则

关怀原则是以人为本的原则。伦理道德体系的建立归根到底是为了人。因此，关怀原则要求管理者应当培育和维护组织内外的各类社会关系，关心所有利益相关者的需要、福利和价值观；要把关爱当成组织目标之一，而不是获取利润的手段。

四、社会责任

国际企业社会责任运动全面兴起于 20 世纪 90 年代。1992 年，强生公司公布了第一个企业社会贡献报告。1999 年，当时的联合国秘书长安南提出了企业界的"全球契约"。到 21 世纪，越来越多的国家和企业都认为社会责任是企业运营的重要组成部分。

（一）社会责任的定义

对于企业而言，社会责任（social responsibility）是指在既定环境下，从社会整体的长远发展看，企业对社会及其利益相关者承担的义务和责任。

社会责任是管理者在从事管理活动时所必须具有的一种责任感和必须考虑与遵守的社会标准。

（二）企业社会责任的内涵

从责任类型看，企业承担的社会责任包括经济、法律、道德和慈善四种类型。

1. 经济责任

此即企业承担着创造财富，实现销售收入和利润的责任。它是企业社会责任的基础。企业通过成功的商业活动创造对社会有用的产品或商品，为消费者个人满足需求，为社会缴纳税收和提供就业，为所有者创造税后利润等。

2. 法律责任

此即企业必须合法经营，遵纪守法，履行合同义务。它是企业承担社会责任的底线。超越这条底线，企业将面临法律的惩处。

3. 道德责任

此即企业承担的法律规定以外的、社会成员希望发生的行为与结果。由于法律的滞后性和不完备性，社会希望企业在法律之外履行一定的义务，规范自身行为。

4. 慈善责任

此即企业为了公共需要自愿服务、自愿联合和自愿捐赠的行为与结果。它是企业社会责任的补充，是企业自愿的行为。

（三）企业对利益相关者的责任

从利益相关者角度看，企业社会责任包括以下几个方面。

1. 消费者

识别客户需求，满足客户需要，提供真实信息，获取合理利润，提供周到服务等。

2. 供应商与合作者

恪守信誉，严格执行合同；反对市场霸权，提供公平交易机会；有效沟通交流，实现共赢发展等。

3. 行业

遵循行业规范与道德；不侵害其他企业权利与形象；避免恶性竞争与垄断经

营；不仿冒造假等。

4. 政府、社会与社区

遵守国家法律法规；照章纳税；提供就业机会；支持政府组织的社会公益事业、福利事业和慈善事业；关心与支持弱势群体并提供就业、救助、善捐等。

5. 股东

向股东提供全面真实的信息；改善经营，不断提升投资收益率和公司价值；合理分配管理者和员工报酬等。

6. 员工

公平就业，公平奖酬；提供健康安全的工作条件；不断改善员工福利、文娱条件；提供员工在职教育和培训；扩大员工参与管理的机会等。

7. 自然环境

持续减少生产消耗与生产废料排放，加大环保投入，有效地保护自然资源和生态，不断减少对自然的不利影响等。

(四) 企业社会责任标准

随着企业社会责任思潮的不断壮大，国际社会出现了关于企业社会责任的标准，其中最为著名的是 SA8000 标准等。

SA8000 标准是 Social Accountability 8000 标准的简称。它是全球第一个由第三方认证的社会责任国际标准。1997 年，社会责任国际组织 (SAI) 根据国际劳工组织公约、世界人权宣言和联合国儿童权利公约等国际条约制定并发布了 SA8000 标准。与 ISO9000、ISO14000 标准等一样，SA8000 标准适用于世界各国、各个行业、不同企业和公共机构。

SA8000 标准的核心是重视劳动者的权益，包含童工、强迫性劳动、健康与安全、结社自由和集体谈判权、歧视、惩戒性措施、劳动时间、工资、管理体系九个要素，每个要素又由若干个子要素组成。这些要素和子要素规定了企业必须承担的社会责任及其最低要求。SA8000 强调企业承担社会责任的持续性，要求企业构建一个能够支持、维护和实施 SA8000 标准的管理体系。企业需要通过其社会责任管理体系对内部组织、外部环境和供应商等发挥作用。

➢复习思考题

1. 什么是管理？如何理解管理的有效性？

2. 管理的基本职能有哪些？它们各自的主要内容是什么？

3. 管理工作应遵循的基本原则是什么？在管理工作中，遵循这些基本原则的主要表现有哪些？

4. 管理者通常需要扮演怎样的角色？要扮演好这些角色，管理者需要掌握哪些基本技能？

　　5. 管理工作的主要特征有哪些？

　　6. 管理者在当前环境中所面临的主要挑战有哪些？

　　7. 什么是管理伦理？在工作中，管理者需要遵守哪些基本的管理伦理？

　　8. 什么是企业社会责任？怎样才能促使企业承担自己的社会责任？

案 例 分 析

纸飞机公司

一、背景

　　你的小组代表纸飞机公司的全体员工。纸飞机公司成立于 2010 年，是纸飞机市场的领导者。现在，纸飞机公司在新的领导班子的带领下，寻求获得中国空军的订单。纸飞机公司必须制订计划和组织生产，在以下条件下完成与空军的合同。

　　1. 中国空军将以每架 20 万元购买纸飞机公司生产的飞机。

　　2. 生产出的飞机必须接受严格的检验。

　　3. 如果飞机没有达到质量标准，纸飞机公司将面临每架 25 万元的罚款。

　　4. 劳动及管理费用为 300 万元。

　　5. 每架飞机的材料费为 3 万元。如果要求 10 架飞机的订单纸飞机公司却只完成 8 架，那么必须支付 10 架飞机的材料成本。未达到质量要求的飞机的材料费也须由纸飞机公司支付。

二、成本与利润估算

　　依据上述条件可知成本及利润计算如下：

　　计划生产架次：＿＿＿＿＿＿＿＿＿＿＿＿＿＿＿＿＿

　　实际生产架次：＿＿＿＿＿＿＿＿＿＿＿＿＿＿＿＿＿

　　合 格 架 次：＿＿＿＿＿＿＿＿＿＿＿＿＿＿＿＿＿

　　实际销售收入：＿＿＿＿＿＿＿×20 万元 ＝＿＿＿＿＿＿

　　　　减管理费用：　　　　　　　　　　300 万元

　　　　减原材料费：＿＿＿＿＿＿＿×3 万元 ＝＿＿＿＿＿＿

　　　　减罚款：＿＿＿＿＿＿×25 万元 ＝＿＿＿＿＿＿

　　　　最终利润：＿＿＿＿＿＿＿＿＿＿＿＿＿＿＿＿＿

三、活动内容

　　1. 每组选定一名经理和一名质量检查员。

　　2. 经理负责确定计划订单架次，组织和控制生产，计算和报告结果。

　　3. 质量检查员负责检查本组生产质量，并在每轮结束时，验收其他小组的产品。

　　4. 小组的其余人员在经理的指挥下生产。

　　5. 每轮时间为 5 分钟，各小组应在听到"开始"信号后方可行动。

四、飞机装配指导图

　　飞机装配指导图如图 1-3 所示。

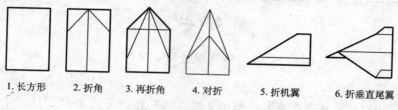

　　1. 长方形　　2. 折角　　3. 再折角　　4. 对折　　5. 折机翼　　6. 折垂直尾翼

图 1-3　飞机装配指导图

思考题：

　　1. 你的小组是如何确定计划架次的？组织的计划制订应该考虑哪些因素？

　　2. 你的小组是如何组织生产的？企业的组织设计应遵循哪些规范？

　　3. 你的小组是如何控制过程与结果的？如何才能确保组织目标的实现？

　　4. 你的小组的经理是称职的领导吗？一个称职的领导应该具备什么素质？关注哪些工作？

第二章

管理理论的历史演变

> **本章提要**
>   1. 工厂制度早期的管理思想；
>   2. 泰罗科学管理理论的主要思想及其评价；
>   3. 法约尔一般管理理论的主要思想及其评价；
>   4. 韦伯行政组织理论的主要思想及其评价；
>   5. 霍桑试验的过程及其对管理的贡献；
>   6. 人际关系学说和行为科学理论的基本观点；
>   7. 管理理论丛林时期各个学派的主要思想；
>   8. 当代具有代表性管理理论的新理念。

管理理论产生于实践，它的形成与发展来源于人们不断地对管理真理、管理特性、管理规律的认识与驾驭。虽然人类的管理思想早已有之，人类进行有效的管理实践，大约已超过 6 000 年的历史，但只有到了 19 世纪末，管理理论才得以出现。纵观管理思想发展的全部历史，大致可以划分为四个阶段：早期的管理思想阶段，产生于 19 世纪末以前；古典管理理论阶段，产生于 19 世纪末至 20 世纪 20 年代，代表人物为泰罗与法约尔等；行为科学理论阶段，产生于 20 世纪 20 年代～1945 年，代表人物为梅奥、马斯洛等；现代管理理论阶段产生于 1945 年以后，这一时期管理领域非常活跃，出现了一系列管理学派，每一学派都有自己的代表人物。各管理学派分别从自己的学科优势出发，从不同的角度，用不同的方法对管理问题进行研究，不断发展和完善管理理论，使之更加系统化、科学化、人性化，使管理不仅成为一门艺术，同时也成为一门科学。

■ 第一节　早期的管理思想

　　管理作为一种对人类集体活动进行协调和组织的实践活动，其产生的历史和人类的历史一样源远流长。早在公元前 5000 年，生活在幼发拉底河流域的闪米尔人就开始了人类历史上最早最原始的管理活动。素以世界奇迹著称的埃及金字塔、古巴比伦空中花园和中国的万里长城，都是人类管理实践活动和组织能力的有力见证。管理活动的出现促使了人们对来自这种活动的经验加以总结，从而形成了一些朴素、零散的管理思想。不过，最早期的管理思想大多数散见于中国、埃及、巴比伦等古文明国家的历代典籍和宗教文献中。如在中国，早在 2 500 多年前的春秋战国时期，杰出的军事家孙武著有《孙子兵法》一书。该书共计 13 篇，8 000 字，书中所阐述的尽管是关于战争的谋略、原则和统帅之道，但同时又处处体现出管理的思想和艺术；战国时期的另一本书《周礼》，则对封建国家理财和制度建设问题进行了论述。此外，我国的古典名著《论语》、《孟子》、《墨子》、《老子》、《齐民要术》、《史记·货殖列传》等也分别记载着经营、用人、理财和管物等方面的不少精辟见解。除了勤劳的中国劳动人民创造了古代文明并体现出丰富的管理思想外，古巴比伦、古埃及、古希腊人也在创造着辉煌的人类文明和丰富的管理思想。如在古巴比伦，公元前 2000 年所颁布的汉穆拉比法典，就对处理贸易、人和人之间的关系、收入分配、惩罚和其他许多社会问题等做出了许多的管理规定。在古埃及，据《圣经》旧约全书《出埃及记》记载，希伯来人领袖摩西的岳父，对摩西事必躬亲的做法进行了批评，并提出了有关管理方面的建议：一要制定法令，昭告民众；二要建立等级，授权委任管理；三要责成专人专责管理，最重要的政务由摩西亲自处理等。在古希腊，思想家苏格拉底在其著作《对话录》中论述了管理的普遍性，他认为管理技能在公共事务和私人事务之间是相通的。另一著名的古希腊哲学家色诺芬所著的《家庭经济》一书对劳动分工有着精辟的论述。柏拉图在其著作《理想国》中进一步对劳动分工原理做了阐述，他认为，分工的产生是由于人的需要是多方面的，而人的天赋是单方面的，如果一个人不做其他任何工作，只做能发挥自己天赋的一种工作，而且在恰当的时机去做，他就能做得更多、更好，而且更容易。

　　远古的管理思想在管理的发展历史长河中做出了不可磨灭的贡献，不少内容至今仍闪耀着令人夺目的光彩，甚至现代管理学中的许多观点、理论和方法都可以从这些思想宝库中直接或间接地找到有益的借鉴，但是真正促使管理理论萌芽的管理思想还是出现在工厂制度建立以后。18 世纪，随着工业革命的发展以及工厂制度的兴起，企业主碰到了许多以前从未遇到的管理问题，如效率和效益问题，协作劳动之间的组织和配合问题，在机器生产条件下人和机、机和机之间的协调运转问题等，这些问题刺激着许多早期企业管理的先驱者去回答、去解决，从而使得人类的管理思想得到了很大的发展并带来了管理思想的新革命。因此，我们这里讨论的早期的管理思想就是工厂制度时期的管理思想，其中最有代表性的是亚当·斯密、小瓦特和包尔顿、罗伯特·欧文、查尔斯·巴贝奇等所提出的管理思想。

一、亚当·斯密的劳动分工与经济人假设

英国古典政治经济学家亚当·斯密（A. Smith）于 1776 年发表了其代表作《国民财富的性质与原因研究》，提出了劳动分工和经济人假设。

亚当·斯密认为劳动是国民财富的源泉，只有减少非生产性的劳动，增加生产性的劳动，同时提高劳动者的技能，才能增加国民财富。他通过对英国制针业的研究发现，如果一名工人没有受过专门的训练，恐怕一天连一枚针也造不出来，而通过合理的分工，并借助新机器，这个工人平均每天可以生产 4 800 枚针。其原因在于：①分工可以使工人重复完成简单的操作，从而增加了每个工人的技术熟练程度；②分工节省了从一种工作转换为另一种工作所需要的时间；③分工使劳动简化，使工具专门化，从而有利于发明许多便于工作又节省劳动时间的机器。亚当·斯密这一观点后来成为企业生产组织与管理的一项基本原则。

亚当·斯密的另一个贡献是其经济人假设。他认为，经济现象是由具有利己主义的人们的活动产生的。人们在经济行为中，追求的完全是私人利益。所以，经济因素是管理中刺激人的积极性的唯一因素。人性假定反映了资本主义生产关系的全貌，对资本主义管理的实践和理论都有重要影响，为后来相当长时期的管理方针和手段奠定了基础。

二、小瓦特和包尔顿的科学管理制度

小瓦特（J. Watt, Jr.）和包尔顿（M. R. Boulton）分别是蒸汽机发明人老瓦特和其合作者包尔顿的儿子，他们自从 1800 年，接管其父亲所合开的铸造厂起，就开始从事管理工作，并通过几年的管理实践建立起许多管理制度：①在生产管理和销售方面，根据生产流程的要求配置机器设备、制订生产计划、制定生产作业标准、实行零部件生产标准化、研究市场动态并进行预测；②在会计的成本管理方面，建立起详细的记录和先进的监督制度；③在人事管理方面，制定工人和管理人员的培训和发展规划；④实行工作研究，并按工作研究结果确定工资的支付办法；⑤实行由职工选举的委员会来管理医疗福利费等其他福利制度；

等等。

小瓦特和包尔顿所提出的许多管理思想,仍然是我们当前企业管理中必不可少的。他们能够在 200 多年前提出至今仍然适用的思想确实让人称奇。

三、罗伯特·欧文的人事管理

罗伯特·欧文（R. Owen）是 19 世纪初期英国的一名空想社会主义者,也是在企业管理中最早重视人的地位和作用的企业家和改革家。罗伯特·欧文的人事管理思想主要有以下几点：

第一,重视工厂管理中人的因素。欧文认为,如果把数以千计的钱币和许多时间投入到人力资源方面的话,将会比投入到机器方面产生更多的收益。在生产的诸要素中,人的因素比物的因素对工厂利润的影响更大。于是,他呼吁企业主应匀出一些时间、精力和金钱来改善和保养他们的"活机器",致力于对人的因素的投资和开发。他还在自己的工厂里进行了一系列改革试验,如改进工人的劳动条件、缩短工人的劳动时间、提高童工的就业年龄、提供免费的工作餐、改善工人住宿条件等,通过这些试验,他发现重视人的因素和尊重人的地位的确可以使工厂获得更多的利润。

第二,采用灵活稳健的人事管理政策。欧文认为,人是环境的产物,只有处在适宜的物质和道德环境下,好的品德才能培养出来。即是说,工人的一些不好的品行是由外在的社会环境造成的。但外在的社会环境改造的主动权不是掌握在工人手里,而是掌握在社会的统治阶级或工厂的管理者手中,因此,他呼吁社会的当政者和工厂的经营者应努力去改善工人的极端恶劣的生活条件和劳动环境,并采用以教育、感化为主要手段的柔性管理方法来调动工人的积极性。例如,在生产管理中,欧文为每个工人准备了一块小方木桩,各个侧面涂上不同的颜色,由浅入深地表示该工人的表现情况,白色表示很好,黄色表示良好,蓝色表示一般,黑色表示不好。欧文把这些木桩挂在工人的操作区域附近,作为无言的规劝。不难看出,欧文的管理方法主要是通过教育和规劝来启发工人的觉悟,使工人自觉改正错误。

由于罗伯特·欧文最早注意到生产中人的作用并创造性地提出在工业管理当中要关注人的因素,要善于利用人力资源,这实际上开创了后来的人际关系学说和行为科学等管理理论的先河,因此被称为"现代人事管理之父"。

四、查尔斯·巴贝奇的作业研究和报酬制度

查尔斯·巴贝奇（C. Babbage）是英国著名的数学家和机械工程师,1832 年

发表了他的代表作《论机器和制造业的经济》一书。作为一名数学家，查尔斯·巴贝奇一生始终对经济问题和管理问题有着浓厚的兴趣，进一步发展了亚当·斯密关于劳动分工的管理思想，并把技术手段运用到管理上，这使他成为运筹学和管理科学的鼻祖，成为工业革命后期对管理思想贡献最大的人。他对管理的贡献主要表现为：

（1）进一步阐述了劳动分工理论，并提出了对工作方法的研究。他认为，一个体质较弱的人如果使用的铲子在形状、重量、大小等属性方面较为适宜的话，那么其工作效率一定胜过体质较强的人，因此，要提高工作效率就必须仔细研究相应的工作方法。

（2）提出了一种工资加利润分享制度。他认为，工厂主与工人的利益是一致的，他们之间有一种共同的利益，都希望获得更多的利益，于是，他主张按照对生产率贡献的大小来确定工人的报酬，即工资加利润分享制度，该报酬制度认为工人的收入应由三部分组成：①按照工作性质所确定的固定工资；②按照对生产率的贡献分得的利润；③为增进生产率提出建议应得的奖金。这样可以调动劳动者工作的积极性。

（3）对经理人员提出了许多建设性的意见。巴贝奇几乎研究了制造业的各个方面，提出了许多原则，这些原则不仅适用于企业，也适用于其他类型的组织。

在这个时期，除了以上提到的四位外，比较著名的管理先驱还有理查·阿克莱特（R. Arkwright）、丹尼尔·麦卡勒姆（D. Mecallum）、亨利·汤尼（H. R. Towny）、哈尔西（F. A. Halsey）等，虽然这些管理先驱们所提出的管理思想是支离破碎的、不完整的，但是却对以后泰罗的科学管理理论和法约尔的一般管理理论的形成打下了一定的基础。

第二节　古典管理理论

古典管理理论诞生于19世纪末到20世纪初的美欧，它是随着资本主义从自由竞争阶段向垄断阶段过渡逐渐形成的。这是因为，一方面，经过产业革命后较长时间的发展，资本主义的生产力和生产关系都发生了重大变化，企业规模不断扩大，生产技术更加复杂，竞争空前激烈，而传统的落后的手工业式管理方式却大大制约了当时经济的发展。另一方面，随着自动化和通信技术等许多新发明的出现，机器和机器体系在工业生产中广泛地得到了应用，在先进机器和大规模生产条件下，资本家为获得更多的利润，也迫切要求用科学的管理方法取代传统的管理方法，以提高企业劳动生产率和利润率。此外，公司制企业的兴起，所有者和经营者发生了分离，社会上形成了经营管理者阶层，管理工作作为一个正式的职业而存在。正是基于这种客观要求，在美国、法国、德国等国家竞相形成了各有特点的管理理论，这标志着管理科学进入了古典管理理论阶段。

古典管理理论阶段也称为古典科学管理阶段，这个时期主要形成了两大理论：科学管理理论和组织管理理论。

一、科学管理理论

科学管理理论着重研究如何提高单个工人的生产率。其代表人物主要有弗雷德里克·温斯洛·泰罗、弗兰克·吉尔布雷斯夫妇、亨利·劳伦斯·甘特和哈林顿·爱默生等，其中，泰罗是这一理论的领军人物。

(一) 泰罗及其科学管理理论

1. 泰罗简介

弗雷德里克·温斯洛·泰罗（F. W. Taylor，1856—1915 年），出生于美国费城一个富裕的律师家庭。17 岁时，泰罗考入哈佛大学法学院，但不幸因眼病和头痛病而不得不中途辍学。1875 年，泰罗到位于费城的思特普利斯液压机厂做学徒，在那里度过了三年清贫的学徒生活。之后，泰罗转到费城米德维尔钢铁公司做车间勤杂工和机工，由于工作出色，先后被提拔为工长、维修工长、设计室主任，最后被提升为总工程师。在费城米德维尔钢铁公司任工长期间，泰罗就开始对当时企业中传统的经验型管理和家长式的行政领导进行了认真的观察和分析，认为这种管理方式是导致当时工厂生产效率低、浪费大及工人消极怠工的主要原因，于是激发了其对科学管理的兴趣，开始了其非常著名的时间研究和动作研究。同时，泰罗通过业余自学获得了斯蒂芬工艺学院机械工程学位。

1898 年，泰罗离开米德维尔钢铁公司，开始了其管理咨询的职业生涯。他受雇于伯利恒钢铁公司，进行了影响深远的"搬运生铁块试验"和"铁锹试验"。这些试验后来被人们认为是"泰罗制"的核心。

1901 年以后，泰罗开始大力宣传其管理主张，并不断地进行演讲和撰写管理文章，为科学管理理论在美国和国外传播做出了贡献。1906 年，泰罗担任了声誉很高的美国机械工程师协会主席。1915 年 3 月 21 日，泰罗因病于费城去世，终年 59 岁。

泰罗一生都致力于科学管理理论方面的研究，发表了大量的著作，其中著名的是 1895 年发表的《计件工资制》、1903 年发表的《工厂管理》以及 1911 年发表的《科学管理原理》，其代表作《科学管理原理》一书被人们视为管理理论产生的里程碑。由于在科学管理理论上的杰出贡献，泰罗被人们公认为是科学管理的创始人、"科学管理之父"。

2. 泰罗科学管理理论的主要内容

泰罗科学管理理论的核心是提高效率。他认为，劳动生产率的提高意味着雇主的生产成本降低，也意味着工人工资的提高，它能够使较高的工资与较低的劳动成本统一起来，因此，泰罗力图寻求提高劳动生产率的方法。他发现造成生产效率低下的原因主要有两个方面：一是工人方面的主客观原因。主观原因是由于劳资矛盾所引起的工人有组织的怠工，客观原因是工人工作方法不当，操作熟练程度低而造成的浪费。二是管理方面的落后，如工厂中没有明确的工作定额，没有任何促使工人提高生产效率的激励措施，对工人不进行任何挑选、培训等。于是，他进一步探索这些问题的深层次根源，并在大量科学试验的基础上，系统地提出了提高劳动生产率的各种观点和方法。

（1）工作定额原理。泰罗认为，要使工人的劳动潜力得到发掘，就必须制定出有科学依据的工作量定额。为此，泰罗进行了非常著名的动作研究和时间研究。所谓动作研究，就是研究工人干活时动作的合理性，并经过比较、分析之后，去掉多余的动作，改善必要的动作，从而来减少工人的疲劳，以提高劳动生产率。所谓时间研究，就是研究工人在工作期间各种活动的时间构成。如每一项动作、每一道工序所使用的时间是多少，必要的休息时间和其他不可避免的延误时间是多少，然后得出完成该项工作所需的合理总时间。最后在上述研究的基础上，最终确定出一个工人"合理的日工作量"和完成某项工作的标准操作方法。

以泰罗在伯利恒钢铁公司进行的搬运生铁块试验为例。该公司有 75 名工人负责把 92 磅（1 磅＝0.453 6 千克）重的生铁块搬运 30 米的距离装到铁路货车上，他们每天平均搬运 12.5 吨，日工资 1.15 美元。泰罗通过研究搬运的姿势、行走的速度、持握的位置对搬运量的影响、休息多长的时间为宜等，确定了装运生铁块的最佳方法和 57% 的休息时间，使得工人的人均日搬运量达到了 47～48 吨，同时人均日工资提高到 1.85 美元。

（2）标准化原理。泰罗认为，为了完成较高的工作定额，不仅工人要掌握标准的操作方法，还必须根据作业方法的要求，使工作的作业环境和作业条件等标准化，即把工人使用的工具，设备材料等加以标准化。

泰罗在伯利恒钢铁公司工作时发现，由于物质的比重不一样，用同一把铁铲铲不同的物料是不合理的，例如，铲煤粉时，每铲负重 3.5 磅，而在铲铁矿石时，每铲负重却是 38 磅。于是，泰罗进行了铁铲试验，确定每铲的合理负重是 21 磅。然后泰罗针对不同的铲掘工作设计出不同规格尺寸的铁锹，使从事不同铲掘工作的工人工作负荷大体相同，结果使铲掘工作效率大大提高，完成同样的工作所需的工人数只有原来的 1/3。铁铲试验表明，对工人的工作方法、使用的工具、劳动和休息时间加以标准化，同时对机器布局、环境因素等进行改进，形成一种最好的作业方式是提高生产率的根本保证。

（3）科学挑选并培训"第一流的工人"。泰罗的搬运生铁块试验还得出了另一个重要的结论，即要使劳动生产率得到提高，必须首先挑选"第一流的工人"。而所谓"第一流的工人"，就是适合于某种具体工作，同时也愿意干好这一工作的人。在泰罗看来，每一种类型的工人实际上都能胜任某一项工作，成为"第一流的工人"。因为不同的人具有不同的天赋和才能，只要工作对他适合，他就能成为"第一流的工人"。例如，身强力壮的工人干重活是第一流的，而干精细活就不一定是第一流的；心灵手巧的女工虽然不能干重活，但干精细活却是第一流的。可见，健全的人事管理的基本原则是使工人的能力同工作相匹配。管理当局的责任在于为雇员找到最合适的工作，培训他成为第一流的工人，激励他尽最大的努力来工作。

（4）实行"差别计件工资制"。泰罗认为，工人不愿提供更多劳动的一个重要原因是分配制度不合理，如计件工资虽能体现劳动的数量，但当产量提高，工资总额增加时，资本家便采用降低工资率（标准）的办法使工资支出相对减少，这无疑等同于加大了工人的劳动强度，而计时工资根本不能体现劳动的数量，工人干多干少在时间上无法确切地体现出来。针对这种现象，他提出了一种新的报酬制度——差别计件工资制。

所谓差别计件工资制，就是在科学地制定劳动定额的前提下，根据工人完成工作定额的不同，采取不同的工资率，如果工人没有完成工作定额，就按比正常单价低 20% 计酬；如果工人完成或超额完成了工作定额，其全部生产成果按比正常工资率高出 25% 计酬。这种报酬制度根据工人的实际工作表现而不是工作类别来支付工资。所以，它既能克服消极怠工的现象，更能调动工人的积极性，督促工人完成或鼓励超过定额，大大提高了劳动生产率。

（5）计划职能与执行职能相分离。泰罗认为，为消除中断，要把计划职能与执行职能分开并在企业设立专门的计划机构。计划职能由专门的计划部门来从事，它的任务具体而言是：①进行调查研究，为定额和操作方法提供科学依据；②制定有科学依据的定额和标准化操作方法、工具；③拟订出计划并发布指示和命令；④比较"标准"和"实际情况"，进行有效的控制。执行职能则由现场工人和部分工长来承担，其任务就是按照计划部门制定的操作方法和指示，使用规定的标准工具，从事实际的操作，不得自行改变。

泰罗的这个观点实际是要进一步明确资方与工人之间、管理者与被管理者之间的关系，把管理职能与执行职能分开。这无疑是把劳动分工理论进一步拓展到管理领域，使得管理思想的发展向前迈出了一大步。

（6）在组织管理问题上实行"职能工长制"与"例外原则"。泰罗认为，在传统的组织机构中，一个工长为了完满地履行他的职责，必须具备九种素质，即智能、教养、技术知识、机智、充沛的精力、毅力、诚实、判断力和良好的健康状况，而一般人很难完全具备这些素质，只具备少数几种。因此，为了使工长的素质与其职能相匹配，需要在生产第一线实行"职能工长制"。所谓职能工长制就是将管理工作予以细分，使每一个工长只承担一种管理职能。据此，泰罗设计出由八种职能工长来代替当时的一个工长，这八个工长四个在车间、四个在计划室，每个工长可在自己的职能范围内向工人发布命令。这种"职能工长制"不仅可以使管理人员的职责明确、培训时间缩短，而且可以使非熟练技术工人得到管理人员的直接指导，从事较复杂的工作。这种"职能工长制"为以后职能部门的建立和管理提供了有益的参考。

例外原则是泰罗在组织机构的管理控制上所提倡的另一主张。在泰罗看来，如果现场的管理应该实行职能工长制的话，那么规模较大的企业组织和管理，必须应用例外原则。例外原则就是指企业的高级管理人员把例行的一般日常事务授权给下级管理人员去处理，自己只保留对例外事项的决定权和监督权。这个原则实际上后来发展成为管理上的分权化原则和实行事业部制管理体制。

（7）强调工人和雇主双方进行一场"精神革命"。泰罗认为，造成生产效率低下的重要原因之一是工人的怠工，这是一种很严重的浪费。这种浪费的根源在于劳资矛盾，在于职工和资本家之间的利益争夺。他们之间存在着一种零和对弈关系——任何一方的收益获得是建立在另一方利益损失的基础上。但是泰罗认为，"零和对弈关系只有在这块经济利益大饼大小固定的情况下才会产生，如果能更加有效地使用资源，使得整个经济利益大饼有所增加，那么，大饼的分享者的份额都可以不用争夺而有所增长"。因此，泰罗提出要进行一场"精神革命"，即工人和雇主双方都不应该把盈余的分配当做头等大事，而应该把注意力转到增加盈余量上来，当盈余大到某个程度，工人的工资和雇主的利润都会得到大幅增加，从而达到双方满意。可见，"精神革命"实质就是要求双方从对立转向合作，共同为提高劳动生产率而努力。

3. 关于泰罗科学管理理论的评价

泰罗的科学管理思想在管理史上具有划时代的意义。它冲破了产业革命开始以来一直沿袭的传统经验管理的桎梏，将科学引进了管理领域，并且创立了一套具体的管理方法，为形成系统的管理理论奠定了基础。同时，泰罗主张将管理职能从企业生产职能中独立出来，导致了专职管理工作的产生，进一步促进了人们对管理实践的思考，为管理理论的进一步形成和发展开辟了道路。此外，泰罗制的现场作业管理方法运用于实际生产中，大大提高了生产效率，推动了生产力的发展。正是由于这些原因，泰罗的科学管理理论在20世纪初的美国和西欧受到了普遍欢迎，在今天仍然发挥着巨大的作用。

泰罗的科学管理理论是适应历史发展的需要而产生的，同时也受到历史条件和本人经历的限制。泰罗长期从事现场的生产和管理工作，所以其科学管理研究的范围比较小，只侧重于解决工人的操作、生产现场的监督和控制问题，而对企业的供应、财务、销售、人事等方面的活动，基本没有涉及。更为重要的是他的"经济人"假设，认为人们工作的唯一动机是经济利益，片面强调了金钱的刺激作用，而忽视了人的社会需求，忽视了管理中的社会心理因素和人际关系的影响，从而限制了其理论的视野和高度。

（二）泰罗的追随者及其贡献

科学管理理论除了泰罗以外，还有很多追随者，与泰罗同时代并一起对科学管理理论做出过贡献的还有弗兰克·吉尔布雷斯及其夫人、亨利·劳伦斯·甘特和哈林顿·埃默森等。

1. 弗兰克·吉尔布雷斯及其夫人

弗兰克·吉尔布雷斯（F. Gilbreth，1868—1924 年），生于美国的缅因州。1885 年考上麻省理工学院，但因家庭困难未能上学，而作为一名砌砖工人进入建筑行业，其后又成为建筑工程师、公司总监工、建筑承包商。吉尔布雷斯毕生致力于提高效率，用减少劳动中不必要的动作来提高效率，被人们称为"动作研究之父"。

吉尔布雷斯的研究对象不仅涉及建筑行业的砌砖工人，而且也涉及其他行业的操作工人，其研究思路是先对熟练工人的劳动动作进行仔细观察和分析，在弄清工人劳动操作的基本动作过程之后，再使用秒表、摄影等方法对工人操作过程中的动作要素进行科学的分解、取消或合并，明确哪些动作是合理的、应该保留的，哪些动作是多余的、可以省掉的，哪些动作需要加快速度，哪些动作应该改变次序，然后定出标准的操作程序，来提高工作效率。他还创造性地设计出一套称之为基本动作元素的体系来标识手的 17 种基本动作，从而使这项研究更加精确、细致与广泛。他的研究虽然是独立进行的，但他与泰罗相识后，把自己的研究与泰罗的思想相结合，努力推行科学管理，这些研究成果反映在 1911 年撰写的《动作研究》，1916 年撰写的《疲劳研究》和 1917 年撰写的《应用动作研究》三部著作中。

莉莲·莫勒·吉尔布雷斯（L. M. Gilbreth，1878—1972 年），生于德国一个糖厂主家庭，毕业于加利福尼亚大学心理学系，后来又获得布朗大学博士学位，是美国第一个获得心理学博士的女性。1904 年与弗兰克结婚后，她除了协助丈夫进行动作研究和时间研究外，还把当时西方社会科学的各种学科以及生理学、心理学、教育学等学科的有关知识用来改进和扩大工人的能力，以提高生产效率。她的研究使其成为工业心理学的奠基人之一，对以后行为科学的兴起有着重要的影响，因而被称为"管理第一夫人"。

2. 亨利·劳伦斯·甘特

亨利·劳伦斯·甘特（H. L. Gantt，1861—1919 年），出生于美国马里兰州一个富有的农场主家庭。1880 年，他以优异的成绩毕业于约翰·霍普金斯学院。1887 年来到米德维尔钢铁厂任助理工程师，在这里，他结识了泰罗，并成为泰罗的长期合作者，后来随泰罗一起去了西蒙德公司和伯利恒公司工作。1902 年，甘特离开泰罗，独立开业从事咨询活动。

作为科学管理运动的先驱者之一，甘特对科学管理的最大贡献是开创了采用图表从事计划与控制工作的先河。他发明的"甘特图"把工作的种类、工作所需设备、工作进度等放置在一张以时间为坐标的图上，然后对其进行控制，从而使得对工作计划的检查和控制更加直观、形象。除此之外，甘特还提出了采用"计件奖励工资制"和"领班的奖金制度"的分配方法。"计件奖励工资制"就是工人无论完成任务与否，都可按日得到基本工资，如果超标准定额完成任务，超额部分再计件给予奖励。"领班的奖金制度"是指只要领班手下所有的工人都完成了工作定额，不仅工人而且领班本人都可得到一份额外的奖金。这种分配制度不像泰罗的差别计件工资制那样急剧地减少工人的收入，却可以使工人的收入有了一定的保证，从而更有利于缓和劳资矛盾，促进管理部门与工人之间的合作。

3. 哈林顿·埃默森

哈林顿·埃默森（H. Emerson，1853—1931 年）是美国最早的管理咨询人员之一。从 1903 年起，他就同泰罗有密切的联系，并独立地发展了许多科学管理原理。他对效率问题做了较多的研究和实践，发表了关于"12 个效率原则"的著作，这 12 条原则是：①要有明确的目标；②管理人员要有丰富的知识；③要有精明干练的咨询班子；④严明的纪律；⑤大公无私，平等待人；⑥及时、准确、可靠的信息和会计制度；⑦工作的计划性和迅速敏捷的调度；⑧要规定出工作的标准方法和安排好工作的时间进度；⑨标准化的工作条件；⑩标准化的操作方法；⑪成文的标准工作条例；⑫对效率的报酬，即奖励制度。除此之外，他还在组织结构、奖励工资制度、宣传与推广科学管理方面做出了贡献。

尽管泰罗的追随者在许多方面不同程度地发展了科学管理的理论和方法，但总的来说，他们和泰罗一样，研究的范围始终没有超出劳动作业的技术过程，没有超出车间管理的范畴。

二、组织管理理论

就在泰罗等以探讨工厂中提高效率为重点进行科学管理研究的同时，另外一些管理研究者把关注焦点集中在整个组织，研究如何建立一个能够产生高效率和高效益的组织机构。其中的杰出代表是亨利·法约尔和马克斯·韦伯。

（一）法约尔及其一般管理理论

1. 法约尔简介

亨利·法约尔（H. Fayol，1841—1925 年）出生于法国一个中产阶级家庭。1860 年毕业于圣艾蒂安国立矿业学院，毕业后作为一名采矿工程师进入科门特里–富香博采矿冶金公司，1866 年被任命为矿井矿长，1872 年提升为经理，1888 年当公司处于破产边缘时，他临危受命，成为公司的总经理，任职长达 30 年。当他 77 岁退休时，公司财力已达到不可动摇的地位。1918 年后，法约尔致力于宣传他的管理理论，并对法国的邮政机构、烟草公司等社会机构的管理状况进行调查研究。

法约尔虽然是与泰罗同时代的一位杰出古典管理理论家，但由于其与泰罗的背景和经历不同，两人的研究角度和各自所提出的管理理论的侧重面也不同。泰罗作为一名技术人员，侧重于自下而上地观察管理问题，所以他把研究重点放在车间管理的效率提高上。法约尔长期担任领导工作，更习惯于自上而下地观察管理问题，所以他的管理理论以企业整体为研究对象，重点放在提高企业整体管理效率上，因而，其管理理论相对于科学管理理论来说更能反映管理的一般规律。法约尔一生的著作很多，主要有《管理的一般原则》、《国家管理理论》等，其中在 1916 年问世的《工业管理与一般管理》是他的代表作，该书集中反映了他的一般管理理论的思想。

2. 一般管理理论的要点

（1）明确经营和管理的概念。法约尔认为经营和管理是两个不同的概念。"经营"是指导或引导一个组织趋向一个目标。管理只是经营活动中的一部分。企业的经营活动包括六个方面：①技术活动是指生产和制造；②商业活动是指采购、销售和交换；③财务活动是指资金的筹集和运用；④会计活动是指资金运动过程的记录、归类和分析；⑤安全活动是指商品及人员的保护；⑥管理活动是指计划、组织、指挥、协调和控制。在这六种活动中，管理活动处于核心地位，因为整个企业本身需要管理，而且其他五项活动的开展也需要管理。

（2）提出管理五大职能。法约尔在管理思想史上第一次把管理分解为五大职能，即计划（探索未来，制订行动计划）、组织（建立企业的物质和社会的双重结构）、指挥（使其人员发挥作用）、协调（连接、联合、调动所有的活动及力量）和控制（注意是否一切都已按已制定的规章和下达的命令进行）。法约尔提出的管理五大职能，形成了管理过程的一般性框架，至今仍被人们普遍接受。

（3）总结 14 条管理原则。法约尔在总结自己及前人经验的基础上提出了管理的 14 条原则。

第 1 条，劳动分工。劳动分工是合理使用个人力量和集体力量的最好办法。这种分工不仅适用于技术工作，也适用于管理工作。但专业化分工要适度，不是分得越细越好。

第 2 条，权力与责任。权力与责任是互为依存、互为因果的，有权必有责。权力是指"指挥他人的权以及促使他人服从的力"，而责任则是随着权力而来的奖罚。管理人员的权力包括正式权力和非正式权力。正式权力产生于组织的职务等级和法定的职权地位，而个人的非正式权力则取决于个人的人格特质。一个优秀的领导人必须兼有职位权力及个人权力，以个人权力补充职位权力。

第 3 条，纪律。纪律实际上是企业领导人同下属人员之间在服从、勤勉、积极、举止和尊敬方面所达成的一种协议。纪律对于企业取得成功是绝对必要的，严明的纪律是任何组织不可缺少的要素。

第 4 条，统一指挥。一个下属人员只应接受一个领导者的指挥。这是一条普遍的永久性原则，如果违背了这一原则，组织就将出现混乱。

第 5 条，统一领导。即凡是具有同一目标的全部活动，只能有一个领导人和一套计划。这条原则与第 4 条是不同的，它涉及的是法人团体的组织而不是个人。

第 6 条，个人利益服从整体利益。个人利益应服从整体利益，不能置于整体利益之上。

第 7 条，合理的报酬。付酬制度应当公平合理，尽量使企业和所属人员都满意。

第 8 条，集权和分权。集权和分权作为一种管理制度并无好坏之分。一个组织机构必须有某种程度的权力集中，但集权的程度是由管理者、员工的素质、组织的条件和环境决定的，而这类因素总是变化的，因此，集中或分散的程度不是固定的，必须随情况的变化而改变。

第 9 条，等级制度。组织的等级制度是从最高权力机构直至最低管理人员的领导系列。这既是执行权力的线路，也是信息传递的渠道。一般情况下不要轻易地违反。但在特殊情况下，为了克服由于统一指挥而产生的信息传递延误，可遵循"跳板原则"（也称"法约尔桥"），即需要协作的双方在征得其直接上级同意后，可以在两条权力领导系列之间搭起一块"跳板"，实现其间信息的直接传递和反馈，但当协作一旦终止，或他们的直接上级不再同意了，这种"跳板"就应中断，重新恢复等级路线。可见，法约尔的跳板原则相当于泰罗的例外管理原理，它既使高层管理者摆脱了日常事务，从事更重要的事情，还能不断发挥各级管理人员的积极性、主动性和创造性，尽快地解决问题。

第 10 条，秩序。秩序就是"凡事各有其位"。任何组织都应强调秩序，没有秩序，工作就会杂乱无章。因此，组织内的设备、工具要排列有序，人员要明确各自的位置等。

第11条，公平。公平是由善意和公道产生的，主管人员对其下属仁慈、公平，就可能使其下属对上级表现出热心和忠诚。公平不仅仅是指报酬分配的公平，而主要是一种立场和观念，是组织的管理人员处理人际关系的一条道德准则和价值标准。上级如果不公平，往往导致下属积极性下降，甚至造成思想上的混乱。

第12条，人员的稳定。保持组织内人员的相对稳定是组织长期稳定发展的前提，如果人员不断变动，工作将难以取得很好的效果，因此，管理者要努力做到有秩序地安排和补充人员。

第13条，首创精神。这是提高组织内各级人员工作热情的主要源泉，因此，管理人员不仅应有首创精神，还要尽可能地鼓励和发展员工的首创精神。

第14条，团结。全体人员的和谐、团结是组织活动的巨大力量，因此，领导者必须注意保持和维护集体中团结、协作、融洽的关系，特别是人与人之间的相互关系。

法约尔强调，14条原则在管理工作中的运用是灵活的，不是死板的和绝对的。管理的实质在于懂得如何运用它们，这需要智慧、经验、判断和注意尺度，是一门很难掌握的艺术。

（4）揭示管理的一般性。法约尔首先认为管理理论与管理职能具有普遍性，不仅适用于工商企业而且适用于政府甚至家庭所有涉及人的管理中，即可以用于各种组织中。其次，他认为管理具有可概念化、可理论化、可传授的特点，人的管理能力也像技术能力一样可以通过教育来获得，首先在学校里，然后在车间里获得。为此，他认为学校里应设置这门课程并在社会各个领域宣传。

3. 关于一般管理理论的评价

法约尔的一般管理理论是西方管理思想和管理理论发展史上的一个里程碑。首先，他第一次系统、全面地概括和阐述了管理的一般原理，明确、系统地划分了管理的职能和原则，特别是对管理的五大职能的划分为管理理论的形成构建了一个科学的理论框架，成为迄今主流管理学教科书的普遍框架体系。其次，法约尔提倡在大学和专科学校开设管理课程，传授管理知识的做法，使管理教学成为今天热门的教育领域。最后，法约尔从实践中总结出来的管理原则，经过多年的研究和实践证明，总的来说仍然是正确的，这些原则过去曾经给实际管理人员很大的帮助，现在仍然为许多人所推崇，可以预见它们在将来一定也有其实用价值。

法约尔的一般管理理论由于其只考察组织的内在因素和企业的内部管理，没有考虑组织同其外在环境的关系，因而仍不够全面。而且，他提出的管理原则过于机械，缺乏弹性，以至于在实践中有时管理者无法做到完全遵守。正如他自己所说的，这些原则并不完整，也不是一成不变的，并且不能回答特殊的问题。此外，法约尔的一般管理理论和泰罗的科学管理理论一样都忽视了对人性的研究，仍然把人看做是经济人和机械人。

（二）韦伯及其行政组织理论

1. 马克斯·韦伯简介

马克斯·韦伯（M. Weber，1864—1920 年），出生在德国爱尔福特的一个有着广泛社会和政治关系的富裕家庭。1882 年进入海德堡大学法律系学习，随后就读于柏林大学和哥丁根大学，1891 年获得博士学位。毕业以后，先后在几所大学里任教，并担任教授、主编、作家和政府顾问等职务，直到逝世。

韦伯的兴趣非常广泛，其研究领域涉及法律制度、宗教体系、政治组织和权力关系等许多方面，凡是涉足的领域，他都提出许多新的观点，促进了这些学科的形成和发展。他在管理方面的主要贡献是提出了"理想行政组织体系"理论，这一理论不仅为 20 世纪初的欧洲企业从不正规的业主式管理向正规化的职业化管理过渡提供了一种理性化的组织模型，而且也对后来各种不同类型组织产生了深远的影响，所以后人称他为"组织理论之父"。

马克斯·韦伯一生的著作很多，主要有《经济史》、《新教伦理和资本主义精神》、《社会和经济组织理论》、《社会学论文集》等。其中，他所提出的"理想行政组织体系"理论主要凝结在他的代表作《社会与经济组织理论》一书中。

2. 行政组织理论的主要观点

（1）权力论。韦伯认为任何一种组织的管理都必须以某种形式的权力作为基础，这样才能消除混乱、维持秩序，进而实现组织的目标。他从历史的角度考察了不同类型的权力，认为当时社会上存在着三种形态的合法权力（或被社会接受的权力）：①法定权力（或理性-法律的权力），即对处在社会公认的法律确定的职位或地位的人所下命令进行服从的权力。②传统权力，由历史沿袭下来的惯例、习俗和规定所拥有的权力，如主持或族长所拥有的权力。③超凡权力，建立在对某个英雄式或某个具有模范品质的人的个人崇拜基础之上的权力。在这三类权力中，传统权力由于其领导人不是按能力挑选的，而且其管理时单纯是为保存过去的传统而行事，所以效率较差。超凡权力一是过于带有感情色彩，二是管理时依据的不是规章制度而是神授权利，所以也不宜作为"理想的行政组织"的基础。只有法定权力主要是依靠科学合理的理性权力来实现管理，所以最适宜作为理想行政组织体系的基础。

（2）理想行政组织体系及其特征。韦伯认为，所谓理想行政组织体系是指不是通过"世袭"或"个人魅力"，而是通过"公职"或"职位"来管理的一种理想组织制度，其特征可以归纳为以下几个方面：

第一，明确的分工。即根据组织目标，将组织的全部活动分解为各种基本的任务，再将这些任务分配给组织中的各个职位和成员。同时，通过合法的程序对组织中的各个职位和成员权责进行明确。

第二，自上而下的等级系统。按照职权等级原则将组织中的各种职务或职位组织起来，形成一个责权分明、层层控制的指挥体系。在这个体系中，各级管理人员不仅要向上级负责，而且要对自己的下级负责，下级必须服从上级的命令。

第三，任用合格人员。组织中除了少数的公职必须按规定通过选举产生外，一般的公职人员是由上级任命而不是选举的，而且人员的任用完全根据职务的技术要求，通过正式考试或教育、培训来实行。

第四，职业管理人员。管理人员不是企业的所有者，而是一种专职工作人员，他们有固定的薪水、养老金和明文规定的升迁制度。

第五，遵守规则和纪律。管理人员必须严格遵守组织规定的纪律、规则以及办事程序，任何人都不能例外。

第六，理性的人员关系。组织成员之间的关系完全以理性准则为指导，不受个人情感的影响。他们没有个人目标，没有仇视、偏爱、怜悯和同情，只有职位关系。这种公正不倚的态度，对组织内部和组织外部都是如此。

综上可见，韦伯所倡导的理想行政组织体系在组织内部具有一套连续性的规章制度体系，并且给每项工作确立了清楚的、全面的、明确的职权和责任，组织的运转尽可能少地依赖个人，这种高度结构的、正式的、非人格化的理想行政组织体系与当时传统的其他组织形式相比具有精确性、纪律性、稳定性、可靠性和高效率的特点，可应用于各种管理工作和各种大型组织，如国家机构、教会、军队、政党、企业和各种社会团体。韦伯的行政组织理论为以后组织理论的发展提供了基本的框架。

■ 第三节　行为科学理论

行为科学理论产生于20世纪20年代，在早期被称为人际关系学说，20世纪40～50年代才发展成为行为科学理论，到20世纪60年代中叶，又发展出组织行为学理论。

20世纪初，泰罗的科学管理理论成为当时管理理论和实践的主流，大多数企业把人当做机器一样看待，通过劳动分工、标准化作业、严格管理、工资激励等使企业生产效率普遍提高。但是由于过分强调管理的科学性、精密性、纪律性而忽视了人的因素，导致工人的身心疲惫、创造力被窒息，激起了工人们强烈的不满，劳资双方矛盾日益尖锐。为了解决这一问题，欧美的管理学者开始把研究的注意力转向生产过程的人性问题，从生理学、精神病学、心理学和社会学等角度对在工作中人的行为和人的心理进行研究。其中，最著名的是梅奥等在美国西方电器公司的霍桑工厂所进行的一系列试验，也称为"霍桑试验（Hawthorne experiments/studies）"，这些试验的结果开辟了行为研究的方向，创立了行为科学的前身——人际关系学说。

一、霍桑试验和梅奥的人际关系学说

（一）霍桑试验

霍桑试验是在西方电器公司设在芝加哥附近的拥有 25 000 名工人的霍桑工厂中所进行的一系列试验，这个实验起初的目的是为了研究各种工作条件对生产效率的影响程度，后来才转向研究社会因素对生产效率的影响。当时人们认为，工作环境的物质条件以及工人的体质和生产率之间存在着明确的因果关系，好的环境必定生产效率高。然而西方电器公司的工作环境的物质条件相当不错，霍桑工厂甚至安置了比较完善的娱乐设施，建立了医疗制度和养老金制度，但是工人们的劳动热情并不高昂，生产效率也很低。为了探究原因，1924 年冬，西方电器公司在美国国家科学委员会赞助下邀请了一些人事专家到霍桑工厂进行试验。一开始专家们选择对工人视觉和情绪有影响的工作场所的照明条件进行试验，以便了解和确定工作场所的灯光照明（工作环境条件）对于工人工作效率的影响。然而，最初的照明试验引发了随后的一系列实验，以至于整个实验历时八年，共分四个阶段，直至 1932 年才完成，实验的结果对管理科学的发展产生了极其深远的影响。

1. 第一阶段——工作场所照明试验：1924～1927 年

研究人员选择 12 名女工，并把他们分成两组，分别放置在两个房间里工作。一组叫做"控制组"，另一组叫做"试验组"，两个组的工作性质是一样的，都是单调而高度重复性的工作，但是他们的照明条件在试验过程中是不同的，"控制组"始终保持原有的亮度不变，"试验组"的照明条件在不断地变化，例如，一开始时，照明强度从 24 烛光、46 烛光、76 烛光逐渐地增加，等实施一段时间后，再逐渐降低照明强度，从 10 烛光，3 烛光，一直降到 0.06 烛光（几乎和月光亮度差不多）。试验记录显示，在"试验组"的照明亮度没有降到 0.06 烛光之前，两个组的工人产量几乎相同，并都一直在上升。只有"试验组"的照明亮度降到 0.06 烛光，该组的工人产量才明显下降，而"控制组"的工人产量仍然保持较高水平。这表明照明强度的变化对工人生产效率的影响是微不足道的。对这个结果研究人员感到迷惑不解和难以解释。

2. 第二阶段——继电器装配室试验：1927～1928 年

1927 年末，哈佛大学教授埃尔顿·梅奥（E. Mayo，1880—1949 年）应邀参加霍桑试验，并成立了一个新的研究小组，开始了第二阶段的试验工作。为了进一步试验改变工资支付方式和改善工作条件对生产效率的影响，梅奥等选择了五名女装配工和一名画线工，把他们放在单独的一间工作室内，以便脱离工头而独立工作，同时专门指派一名研究人员作为观察员，负责准确记录产量以及其他变化情况。在试验过程中，分期改善工作条件，例如，增加工间休息，供应午餐和茶点，缩短工作时间等。一年半后再取消上述改善，回到试验前的工作条件。研究人员原以为这些福利措施的改变必会对工人的生产积极性产生一定的影响，可是，结果并非如此，工人的产量一直维持在高水平上。

对此，梅奥的团队提出了五种假设：①在实验中改进物质条件和工作方法，可导致产量增加；②安排工间休息和缩短工作日，可以解除或减轻疲劳；③工间休息可减少工作的单调性；④个人计件工资能促进产量的增加；⑤改变监督与控制的方法能改善人际关系，从而能改进工人的工作态度，促进产量的提高。通过对这五种假设进行逐个分析后，研究团队认为第五项假设最具说服力，即管理方式的改变带来职工士气的提高和人际关系的改善。

既然试验表明管理方式与职工的士气和劳动生产率有密切的关系，梅奥团队进一步制订了一个访谈计划，以便了解工人对现有管理方式的意见，为改进企业原有管理方式提供依据。这是霍桑试验的一个重要的转折点。

3. 第三阶段——大规模访谈：1928～1931 年

一开始，研究人员为访谈设计了一系列正式的问题，要求工人对管理当局的一些规划、政策和管理方式等发表出自己的意见。可是在访谈过程中发现工人对这些问题根本不感兴趣，而对提纲以外的问题大发意见。于是研究人员对访谈计划进行了调整，采用了谈话的方式，事先不规定访谈的问题，更不限定回答的方式，而是让工人们任意发表意见。通过近两年时间对 20 000 多名工人的访谈，梅奥等发现：①工人由于关心自己的个人问题而影响了工作成绩。研究人员通过对工人在交谈中的怨言进行分析后发现，引起他们不满的事实与他们所埋怨的事实并不是一回事。比如，有位工人表现出对计件工资率过低的不满，但深入了解以后发现，这位工人是在为支付妻子的医药费而担心。而另一个工人则抱怨工作环境中的噪音、温度和烟尘，但进一步的考察表明，他真正关心的是他的兄弟不久前死于肺炎，因而担心自己的健康也会受到损害。这意味着存在着两种不同级别的诉苦，一是表现出来的诉苦；二是潜在的或心理形式的诉苦。②影响生产率最重要的因素是工作中发展起来的人群关系，而不是工作环境的物质条件。在访谈的后期，虽然工作条件或劳动报酬实际上并没有改变，但是工人普遍地认为自己的处境比以前好了，工人的工作效率也提高了。③隐约感到工人中存在着一些非正式组织。为了进一步证实非正式组织的存在及其对工人的影响，梅奥等决定再进行第四阶段的观察研究。

4. 第四阶段——接线板接线工作室的研究：1931～1932 年

该研究的目的在于揭示一些能激励工人的社会因素。研究人员挑选了 14 名男工，其中包括 9 名接线工、3 名焊接工和 2 名检查员。除了 2 名检查员分担检验工作外，其他 12 人分成 3 组，构成了一个正式组织，同时对他们采用集体计件工资制，目的在于要求他们加强协作。

经过为期 6 个月的观察后，研究人员发现了两个事实：一是工人们对于"合理的日工作量"有明确的概念，且这个工作量低于管理当局估计的水平和他们的实际能力。例如，公司规定的工作定额为每天焊接 7 312 个接点，但工人们只完成 6 000～6 600 个接点。原因是工人们害怕公司进一步提高工作定额而造成一部分人失业，他们要保护工作速度较慢的同事。二是在工人中存在着小团体，即"非正式组织"。这种非正式组织是工人们在工作过程中或工作结束后，跨越正式组织的界限而相互交往所形成的。非正式组织虽然是自发形成的，但它有自己的行为规范，约束着组织中每个成员的行为。这些规范是通过挖苦、嘲笑以及排斥于社会活动之外等一些社会制裁方法来维护的。

（二）人际关系学说的主要内容

人际关系学说是梅奥及其助手在总结"霍桑试验"的基础上而形成的。它的思想主要反映在《工业文明中人的问题》（1933 年）、《管理和工人》（1939 年）与《管理与士气》（1942 年）等著作中，其主要观点有如下几个方面。

1. 职工是社会人而不是经济人

梅奥认为职工是"社会人"，而不像泰罗们认为的"经济人"。作为社会人，他们不仅对物质利益有要求，还有社会方面、心理方面的需求（即追求人与人之间的友情、安全感、归属感和受人尊重等）。

2. 企业中存在着"非正式组织"

非正式组织是相对于正式组织而言的。正式组织是为了有效地实现企业的目标而规定企业中各成员之间相互关系和职责范围的一定组织体系，它以效率的逻辑为标准而建立形成。非正式组织是以感情的逻辑为基础自然形成的，它是企业成员在工作过程中，由于抱有共同的社会感情而形成的，并以一定的规范影响成员的感情倾向和行为。

梅奥认为，这种非正式组织，不管承认与否，它始终是存在的，并且与正式组织相互依存，共同影响着企业的生产效率和目标的达成。因此，管理人员应正视非正式组织的存在，分析其特点，利用它为正式组织的活动和目标服务。管理人员不能只依靠正式组织的效率逻辑采取行动而忽视非正式组织的感情逻辑，而必须在二者之间保持平衡。

3. 新颖的领导能力在于提高工人的满足程度

梅奥认为，决定生产效率的因素不仅是作业方法、作业条件和物质报酬，工人的士气或情绪也是一种重要的因素。它取决于社会因素，特别是人群关系对工人的满足程度，也就是工人在安全方面、归属感方面、友谊方面的需要的满足程度。因此，新型的领导应该认真分析职工需求的特点，不仅要解决工人生产技术或物质生活方面的问题，而且还要掌握他们的心理状况和思想情绪，以便采取相应的措施，适时、合理、充分地激励工人，达到提高劳动生产率的目的。

梅奥的人际关系学说，虽然具有一定的局限性，比如它过分地强调了"社会人"假设、过分地强调非正式组织和工人士气对提高工作效率的作用，否定物质报酬、工作条件、外部监督和作业标准的影响，但是它改变了那种认他为人与机器没有差别的流行观点，开创了管理中重视人的因素的时代，为以后对管理问题的研究开辟了新的视角。

二、行为科学

梅奥等创建人际关系学说以后，受到了人们极大的关注。1948 年，美国成立了全国性的"工业关系研究会"。1949 年，在美国芝加哥大学一次跨学科会议上，学者们肯定了人际关系研究的一系列成果，并将之正式命名为"行为科学"。此后，行为科学迅速发展，涌现了大量从事人际关系——行为科学研究的专家学者，他们采用更系统的研究方法，分别从心理学、社会学、人类学、经济学甚至医学等多种角度对人的行为展开了多方面的研究，产生了一系列的理论，使行为科学成为现代管理理论中的一个重要流派。

行为科学是利用许多学科的知识来研究人类行为的产生、发展和变化规律，以预测控制和引导人的行为，达到充分发挥人的作用、调动人的积极性的目的的一门科学。行为科学在后期的发展主要集中在以下三个方面。

1. 关于个体行为的理论

这一方面的理论主要是对个体行为产生的原因、个体行为的过程及行为的结果进行研究。它又可分为两类：一类是有关需要、动机和激励的理论；另一类是有关管理中的"人性"的理论。前者的代表性理论有马斯洛的需要层次论、赫兹伯格的双因素理论、弗鲁姆的期望理论和亚当斯的公平理论等。后者的代表性理论为麦格雷戈的 X-Y 理论、阿吉里斯的不成熟-成熟理论及莫尔斯和洛希的超 Y 理论等。

2. 关于群体行为的理论

这一方面的理论是人际关系理论的继续，主要对正式组织与非正式组织的特征、相互关系及其作用等进行深入探讨。其代表理论有卢因的"团体力学理论"、布雷福德的"敏感性试验"和荣维持的"沟通网络理论"等。

3. 关于领导行为的理论

这一方面的理论主要是对领导性格和领导方式进行研究。它又可分为三大类，即领导性格理论、领导行为理论和领导权变理论。其代表性的理论分别有：鲍莫尔的领导者特质理论、吉赛利的领导者特质理论；坦南鲍姆和施米特的连续统一体理论、布莱克和穆顿的管理方格理论；菲德勒的权变理论、赫西和布兰查德的领导生命周期理论等。

上述理论的具体内容将在后文中详细叙述。

第四节　现代管理理论

第二次世界大战以后，现代科学技术的发展日新月异，企业的规模急剧扩大，生产力水平迅速提高，生产社会化程度日趋复杂，企业之间的竞争进一步加剧，环境因素已经成为企业经营与管理中不可忽视的一个重要变量。但在先前的管理理论中，其研究范围只局限于企业内部，研究的主题主要放在效率问题上，虽对企业内部管理效率的提高有一定的指导作用，但对企业怎样应对外部环境变化缺乏研究。因此，为了解决大型企业在复杂环境中的管理问题，在美国等西方国家有大批从事管理工作实践家和管理学家从不同的视角、应用不同的方法对现代管理问题进行研究，使得管理研究空前繁荣，形成了各种各样的管理学派，美国著名的管理学家哈罗德·孔茨形象地把这一现象比喻为管理理论的"丛林"。

一、管理理论丛林

哈罗德·孔茨在 1961 年发表的《管理理论丛林》一文中，把西方的管理学派分为 6 个学派。1980 年，孔茨又发表了《再论管理理论丛林》一文，指出西方的管理理论已经发展到 11 个学派。其中最具影响的学派是行为科学学派、社会系统学派、决策理论学派、系统管理学派、经验主义学派、管理科学学派、管理过程学派、权变理论学派等。

（一）社会系统学派

社会系统学派是从社会学的角度来研究管理问题，它是从人与群体之间关系的角度对正式组织的本质及其有效性进行研究的。美国的高级经理和管理学家切斯特·巴纳德（C. Barnard）是这个学派的创始人。1938 年，他的代表作《经理人员的职能》阐述了该学派的观点。

1. 组织是一个协作系统

这个系统能否继续生存和发展，取决于其协作效果、协作效率和组织目标能否适应社会环境。其中，协作效果是针对协作系统而言的，即该系统实现系统目标的程度；协作效率是针对组织中的个人而言的，即个人发挥作用的大小。通常，只有在组织目标的实现过程中体现了个人目标，个人的工作效率才会提高，才能保证系统的运转效率和效果。此外，组织目标也必须随环境的变化作适当的变更。

2. 组织的三个基本要素

任何组织都包含三个基本要素：协作意愿、共同目标和信息沟通。协作意愿是组织存在的第一要素，它是指组织成员对组织目标做出贡献的愿望。协作意愿意味着自我控制，把个人行为的控制权交给组织。如果没有协作意愿，个人努力就不能持久，组织目标就无法实现。共同目标是组织存在的第二个要素，是协作意愿的必要前提。如果没有明确的协作目标，组织成员就不知道努力的方向，也不知道协作结果能使他们得到什么满足。信息沟通是组织存在的第三个基本要素。只有通过信息沟通才能将个人协作意愿和组织共同目标两者联系起来，否则就无法协调个人与组织的关系。

3. 主管人员的三项职能

（1）制定并维持一套信息传递系统。

（2）促使组织中每个人都能做出重要的贡献，包括职工的选聘和合理的激励方式等。

（3）阐明并确定本组织的目标。主管是组织内最为重要的岗位，只有依靠主管的协调，才能维持一个协作系统。

总之，社会系统学派认为，组织的成功主要取决于员工的合作，取决于组织与之打交道的外部机构保持良好的关系（投资者、供应商、顾客和其他外部机构）。因此，管理者必须审视环境，并确保组织与环境的平衡。社会系统学派促使当时的管理理论研究从局部转向系统，开创了现代管理理论研究的新篇章，因此巴纳德被后人推崇为"现代管理理论之父"。

（二）决策理论学派

决策理论学派是在社会系统学派的基础上吸收行为科学和系统论的观点，并运用计算机技术和运筹学的方法而发展起来的。该学派的代表人物是美国卡内基梅隆大学教授赫伯特·西蒙（H. A. Simon），其代表作为《管理决策新科学》。由于在决策理论方面的突出贡献，西蒙荣获1978年的诺贝尔经济学奖。决策理论学派认为管理的本质就是决策，并将其研究重点聚焦于决策问题，其主要观点包括如下几方面内容。

1. 管理就是决策

决策贯穿于整个管理过程，管理者在履行各项管理职能时都在做决策。例如，制订计划是决策；组织设计、权限分配等，是组织上的决策问题；实际业绩同计划作比较、控制手段的选择等，是控制的决策问题。

2. 两种决策类型

即程序化决策和非程序化决策。程序化决策是指反复出现和例行的决策，非程序化决策是指那种从未出现过的，或者其确切的性质和结构还不很清楚或相当复杂的决策。程序化决策与非程序化决策的划分并不是严格的，随着人们认识的深化，许多非程序化决策就可以转变为程序化决策。

3. 决策是一个复杂的过程

这个过程具体由情报工作、设计工作、抉择工作与审查工作四个阶段组成，而每一个阶段本身都是一个复杂的决策过程。

4. 决策中方案选择时要用合理的标准

以往的管理学家往往把人看成是"绝对的理性"的，即按最优化准则行动的理性人，因此他们主张用"最优化"准则选择方案。但西蒙等认为，"最优化"准则在现实世界中很难做到，也不切合实际。因此他认为应该用"管理人"假设代替"理性人"假设。这种"管理人"不考虑一切可能的复杂情况，只考虑与问题有关的情况，采用"令人满意"的决策准则，做出令人满意的决策。

决策理论的提出大大丰富了现代管理理论的内容，已成为现代管理理论中占据重要地位的思想方法之一。与其他管理学派相比，决策理论学派的视角更加广阔，研究更加深入全面。但是它过分强调了决策在管理活动中的地位，将决策扩展到整个管理过程。事实上，管理除了决策以外，还有其他的内容。

（三）系统管理学派

系统管理学派是从系统论的角度来对组织的管理活动和管理过程进行研究和分析的。这一学派源于一般系统理论和控制论，其代表人物为美国管理学家弗里蒙特·卡斯特（F. E. Kast）、理查德·约翰逊（R. A. Johnson）和詹姆斯·罗森茨韦格（J. E. Rosenzweig）等，其代表作为卡斯特等三人在 1963 年所合写的《系统理论和管理》。该学派的主要观点如下：

（1）组织是一个由相互联系的若干要素（人、物资、设备和信息等要素）所组成的人造系统，它具有系统的目的性、整体性、层次性等特点。组织系统由若干个子系统所构成，如目标准则子系统、技术子系统、社会心理子系统、组织结构子系统、生产子系统、经营子系统等，整个组织系统的运行效果由各个子系统相互作用的效果所决定。如果一个组织内的各个子系统能够很好地进行相互协作，就会起到 1＋1＞2 的效果，否则就会出现 1＋1＜2 的现象。

（2）组织不仅本身是一个系统，而且又是社会系统的一个子系统，它时刻受到周围社会环境的影响，同时也影响着环境。所以组织只有通过与周围环境的交互作用和内部、外部的信息反馈，不断进行自我调节，才能适应自身发展的需要，达到与环境的动态平衡。

总之，系统管理学派认为组织是一个有机整体，是一个开放、动态的系统，为了更好地把握组织的运行过程，组织的管理者必须要从总体上把握组织，才能使组织整体的效率得到提高。这一管理思想对于管理理论发展和管理实践具有重要的贡献。但是由于其内容过于抽象，实际操作性不强，因此其理论虽曾风靡一时，却并未得到广泛的应用。

（四）经验主义学派

经验主义学派是从实际的角度来研究管理问题的。该学派认为管理活动就是实践活动，建立管理科学应以研究企业管理者的管理经验为主，所以该学派把大企业的管理经验作为研究对象，通过分析、比较和研究各种各样成功和失败的管理案例，然后抽象出某些一般性的结论或原理，并以此向管理人员提供实际的建议。该学派的代表人物是美国的管理大师彼得·德鲁克（P. F. Drucker）和欧内斯特·戴尔（E. Dale）等，其代表作有德鲁克的《有效的管理者》、《管理：任务、责任和实践》和戴尔的《伟大的组织者》。该学派的主要观点如下：

（1）企业经理的任务是造就一个能调动和发挥各种资源优势的"生产统一体"，以及在制定每个决策或采取每个行动时，必须善于把眼前利益和长远利益统一起来。

（2）当今世界上管理组织的新模式可以概括为集权的职能性结构、分权的联邦式结构、矩阵结构、模拟性分散管理结构和系统结构五种。各类组织要根据自己的工作性质、特殊条件及管理人员特点来建立合理的组织结构，切忌照搬别人的模式。

（3）科学管理和行为科学理论都不能完全适应企业的实际需要，这些理论只有和经验学派结合起来才真正实用。

（4）企业应实行目标管理。

总之，经验主义学派认为管理知识的真正源泉就是大公司中成功管理者的经验，特别是他们非凡的个性和杰出的才能，而这些正是任何管理理论都难以完整描述的内容。该学派虽然并没有形成自己完整的理论体系，其内容也比较繁杂，但其中的某些观点却反映了社会化大生产的客观要求，也为我们提供了一种传授管理学知识的方法，即"案例教学"。

（五）管理科学学派

管理科学学派是从理性、科学的角度来研究管理问题的。从历史渊源看，该学派是泰罗科学管理理论的继续和发展，它是在第二次世界大战中为解决军事问题而产生的新的数学分析和计算技术被应用于管理领域中而发展起来的。该学派的代表人物是美国管理学家埃尔伍得·伯法（E. S. Buffa），其代表作为《现代生产管理》和《生产管理基础》。

管理科学学派认为组织是一个追求经济利益的系统，组织的成员是"理性人"（或称为"组织人"），组织是一个人同物质技术设备所组成的人-机系统，这个系统的工作过程能够明确规定，因而是一个可以制定和运用数字模型和程序的系统，即可以用数字符号和公式来表示计划、组织、控制、决策等合乎逻辑的程序，求出最优的解答，以达到企业的目标。该学派的特点有以下几点：

（1）注重科学方法。即把数学、统计学、工程学、经济学、计算机、系统理论与方法等应用于分析和解决管理问题。

（2）重视数学模型。把一个要研究的问题按预期的目标和约束条件，将其主要因素和因果关系变为各种符号用数学模型表示，并通过评价可供选择方案的优劣，求出最优方案。

（3）在管理中应用计算机。借助计算机技术对纷繁复杂的管理问题进行定量计算和分析，不仅能大大加快运算速度，而且还使得数学模型应用于组织管理成为可能。

总之，管理科学学派通过研究提出了许多管理定量方法，如盈亏平衡分析法、库存控制模型、网络计划技术、线性规划等，这些定量方法的出现使管理从定性研究向定量研究的时代推进，大大增加了决策的客观性和科学性。该学派的局限性主要表现在：将所有管理问题全部数量化往往难以实现，因此在进行管理决策时不能单纯依赖定量方法。管理科学只能是管理者从事管理实践的一种手段和工具。

（六）管理过程学派

管理过程学派是以管理过程和管理职能为研究对象的，法约尔是这个学派的开山鼻祖，他的名著《工业管理与一般管理》为管理过程学派奠定了理论基础。后经美国的管理学家哈罗德·孔茨等的发扬光大，管理过程学派成为现代管理理论丛林中的一个主流学派。该学派的代表人物是孔茨和奥唐奈（C. O'Donndll），其代表作就是他们合著的《管理学》。该学派的基本观点有以下几点：

（1）管理是一个过程，即让别人同自己去实现既定目标的过程。

（2）管理过程包含五个职能：计划、组织、人员配备、指挥、控制。这些职能具有普遍性，各级管理人员都执行着管理职能，但侧重点则因管理级别的不同而不同。

（3）管理是一种可以依靠原理的启发而加以改进的技能，就如同医学和工程学一样。

（4）在实际管理工作中，有时会因违背某一管理原理而造成损失，或采用其他办法来弥补所造成的损失，但管理中的基本原理同生物学和物理学中的基本原理是一样的可靠。

（5）管理人员的环境和任务受到文化、物理、生物等方面的影响，管理理论也从其他学科中吸取有关的知识。

总之，管理过程学派主张按管理职能建立一个研究管理问题的概念框架，并通过对这些管理职能研究来建立起管理理论，用以指导管理实践。管理过程学派在现代管理理论中占有相当重要的地位，几乎所有的管理学原理的教科书都是按管理过程（或者管理职能）编写的。但该学派对人的因素的研究以及对管理职能通用性的归纳仍然存在局限。

（七）权变理论学派

权变理论学派兴起和风靡于 20 世纪 70 年代。该学派虽以系统观点为理论依据，但其本质是经验主义学说。它试图通过大量事例的研究和概括，把各种各样的情况归纳为几个基本类型，并给每一个类型找出一种模式。该学派认为，在管理中没有什么一成不变、普遍适用的"最好的"管理理论和方法，而应根据企业所处的内外条件随机应变，采取不同的管理方法。该学派的主要代表人物是美国尼布拉加斯大学教授弗莱德·卢桑斯（F. Luthans），其主要代表作是《权变管理理论》（1973 年）和《管理新论：一种权变学》（1976 年）。权变理论学派的主要观点如下：

（1）以往的管理理论及各个学派（主要有管理过程学派、计量管理学派、行为科学学派、系统管理学派等）都未能把企业的外部环境和管理有效地联结起来，而且讲求一个通用性及普遍性，因此在实践方面无法真正切合组织的运行。因此，应在这些学派理论的基础上加入一个外部环境变量，以便将环境变化对管理的作用具体化，使管理理论与管理实践结合起来。

（2）权变关系就是环境因素与管理方式手段及技术之间的函数关系，其中环境因素是自变量，而管理的方式手段及技术是因变量，它们之间的关系是"如果—就要"的关系，即在某种环境条件下，某种管理手段或技术能使组织更快地达到目标，就应采用该种管理手段或技术。

总之，权变理论学派强调企业各方面活动要服从环境的要求，要针对不同的具体条件，采用不同的组织结构、领导模式及其他的管理技术等，其主要贡献在于在管理理论与实践之间成功地架起了一座桥梁。但是它本身并没有独特的内容，对于管理理论没有形成突破性的贡献。此外，它过分强调了管理的特殊性和不确定性，而否认管理的普遍性和一般性。

二、现代管理理论的新发展

20世纪80年代以后，特别是进入21世纪以后，国际社会出现了许多新的变化，特别是全球化和信息技术的日益发展，各国文化相互渗透、融合，顾客需求瞬息万变，信息与知识成为重要战略资源等。由此催生了企业管理领域新的理论和学说不断产生，如约翰·科特的领导理论、彼得·圣吉的学习型组织理论、企业战略和核心能力学说、企业文化理论、企业再造理论等。其中最为突出的是企业文化理论的兴起、企业再造理论的出现和学习型组织理论的提出。

（一）企业文化理论

企业文化理论形成于20世纪80年代中期，是当代最热门的管理理论之一。企业文化作为一种新的管理理论，其产生有着深刻的历史原因。首先是日本的崛起，其次是跨国公司管理中的经验教训，最后是科学技术的发展和市场竞争的加剧。20世纪70年代末，日本经济的迅速崛起对美国经济提出了挑战。作为资源贫乏、自然条件恶劣、技术落后的岛国和第二次世界大战的战败国，日本仅仅用了二三十年的时间，接连超越英法德，一跃成为仅次于美国的第二大经济强国。日本经济的巨大成就促使美国学者把目光投向日本，探讨其崛起的奥秘，掀起了一场美、日企业管理比较的研究热潮。通过研究他们发现，美日企业管理存在巨大理念差异：日本企业管理大多数建立在人性的基础上，美国企业管理则大多数建立在理性的基础上。日本的管理注重目标、信念、价值观和人和这类软件因素，而美国的管理则强调技术、科学、设备、方法、规章、织织结构和财务分析等硬件因素。日本企业所注重的软件因素与社会文化密切相关，但又不是整个社会的文化，而仅仅是反映一个企业的文化风貌，即"企业文化"。通过对日、美成功企业的研究学者们发现，企业文化对于企业成功有着巨大的影响。企业文化这类软因素是管理的核心内容，是管理成败的根本和关键。

企业文化理论的革命，是由比尔·艾伯纳西于1980年在《哈佛商业评论》上发表的《在经济衰退中进行管理》一文引起的，它奠定了以文化为根本手段的管理理论的基础。而随后发表的威廉·大内的《Z理论——美国企业界如何迎接日本的挑战》、理查德·帕斯卡尔和安东尼·阿索斯的《日本企业的管理艺术》、托马斯·彼得斯和小罗伯特·沃特曼的《追求卓越——美国最佳公司的经验教训》以及特伦斯·迪尔和爱伦·肯尼迪的《企业文化——企业生活中的礼仪》四部著作成为企业文化理论经典的"四重奏",后来又经过人们广泛深入的研究与发展,逐渐使企业文化成为一种系统的管理新理论。

企业文化(corporate culture)是指一种以价值观为核心对全体职工进行企业意识教育的微观文化体系。这个体系由表层的物质文化、中层的制度文化和深层的精神文化这三个层次所组成,它们之间的关系是精神文化决定了制度文化和物质文化;制度文化是精神文化与物质文化的中介;物质文化和制度文化是精神文化的体现。

企业文化对员工行为具有导向、凝聚、约束和辐射等作用。因此,任何企业都必须建立一套适应市场要求的适应性文化体,并以该文化体系贯穿、整理、提升和完善企业的管理制度和行为规范,使之完美地表现这种适应性文化的要求。同时必须用这种个性文化塑造员工的思想面貌,使他们被这种文化所指引,产生对这种文化的深刻认同,成为这种文化的自觉执行者和推动者,使企业从物的层面到人的层面,从静态到动态实现完全统一,从而提高企业的竞争力。

企业文化理论的产生引发了西方企业界一场深刻的革命。企业文化理论不仅把人看成"经济人"、"社会人",而且看成"文化人",注意从理论的高度调动人的情感和创造性,弥补了科学管理理论、行为科学理论等的不足,把管理理论从物质的、制度的层面推向文化哲学层面,达到了一个新的高度。但我们也应该看到,不应过分地强调精神文化的作用,而忽视或排斥了科学管理的重要性,事实上,并不是所有的企业文化都能促进企业发展。

(二)企业再造理论

企业再造(corporation reengineering),又称业务流程再造(business process reengineering,BPR),是20世纪80年代末90年代初发展起来的一种全新的企业管理理论。这一理论是在反思亚当·斯密的劳动分工理论基础上形成的。传统管理理论一直沿着劳动专业化和科层组织的方向前进。但是20世纪80年代以后,随着人们受教育水平的日益提高和信息技术越来越多地应用于企业管理,科层组织体系已经越来越不适应社会发展的要求。因为按照这种组织体制,企业的业务流程被职能部门所分割,造成整个流程应对顾客的反应能力降低。此外,这种组织体制还把组织中的成员分为严格的上下级关系,虽然进行了一定的分权管理,但仍然满足不了信息技术发展对扁平化组织发展的要求,大大地束缚了员工的积极性、主动性和创造性。在此背景下,以流程再造为核心的企业再造理论应运而生。

"企业再造"的概念最早出现在计算机软件工程领域,当时还仅限于一个很小的范围内使用。后来,美国计算机专家迈克尔·哈默教授在《哈佛商业评论》上发表了题为《再造:不是自动化,而是重新开始》、管理学家达文波特等在

《斯隆管理评论》上发表了《新工业工程：信息技术和企业流程再设计》等文章后，才开始流行。1993 年，迈克尔·哈默和詹姆斯·钱皮联合出版了《再造公司》一书，标志着企业再造理论的诞生。

企业再造就是针对企业业务流程的基本问题进行反思，并对它进行彻底的重新设计，以便在衡量绩效的重要指标上，如成本、质量、服务和效率等方面，取得显著的进展。企业再造一是要求企业从根本上重新思考业已形成的基本信念，即对企业在长期的经营过程中所形成的分工思想、等级制度、规模经济、标准化生产和官僚体制等进行重新思考。二是要求企业抛弃现有的业务流程和组织结构以及陈规陋习，对组织进行脱胎换骨式的彻底改造。三是要从重新设计业务流程着手，即以企业战略愿景和顾客需要为出发点，对企业核心业务流程进行设计与再造，最终推动整体业务流程的全面持续性改进和优化。

可见，企业再造的核心思想就是要求以企业长期发展战略需要为出发点，以价值增值流程（使客户满意的任务）的再设计为中心，打破传统的职能部门界限，提倡组织改进、员工授权、顾客导向及正确地运用信息技术，建立起合理的业务流程，以达到企业动态适应竞争加剧和环境变化的目的。

企业再造理论为管理理论发展带来了一个全新的视角，它打破了曾经被奉为金科玉律的亚当·斯密的分工理论，要求企业以按产业目标组合建立的过程团队取代按劳动分工建立的职能组织，使得企业更能适应变化多端的经济环境，其灵活性、效益性大大提高。企业再造理论及学习型组织、虚拟企业等管理理论成为20 世纪管理理论的里程碑。

（三）学习型组织理论

学习型组织理论的最初构想来源于 MIT 教授佛瑞思特在 1965 年写的一篇论文《企业的新设计》。在这篇文章中，他运用系统动力学的基本原理，构想了未来企业的一些基本特征，包括组织结构扁平化、组织信息化、组织更具开放性、员工与管理者的关系逐渐由从属关系转向工作伙伴关系、组织不断学习、不断调整组织内部的结构关系等。

彼得·圣吉（P. M. Senge）作为佛瑞思特的学生，一直致力于研究如何以系统动力学为基础建立起一种更理想的组织。他将系统动力学与组织学习、创造原理、认知科学、群体深度对话、模拟演练游戏等相融合，在 1990 年出版了其代表作《第五项修炼：学习型组织的艺术和实务》（*The Fifth Discipline：The Art and Practice of the Learning Organization*），奠定了学习型组织理论的基础。

学习型组织理论的核心思想是："组织智障"即组织或团体在学习及思维方面存在的障碍，是妨碍组织学习和成长，并最终导致组织衰败的根本原因，要使企业茁壮成长，必须建立学习型组织，因为从长远看，组织唯一可持续的竞争优势就是具备比其竞争对手学习得更快的能力。

所谓学习型组织，就是指通过培养弥漫于整个组织的学习气氛、充分发挥员工的创造性思维能力而建立起来的一种有机的、高度柔性的、扁平的、符合人性的、能持续发展的组织。构建学习型组织的手段是进行五项修炼。

（1）第一项修炼：自我超越。即要不断地认清并加深个人的真正愿望，集中精力，培养耐心，并客观地观察现实。这是一种学习和成长的"修炼"，也是学习型组织的精神基础。

（2）第二项修炼：改善心智模式。心智模式根深蒂固于心中，影响我们如何了解这个世界，以及如何采取行动的许多假设、成见，图像和故事等。改善心智模式就是要求企业能够不断随着外部环境的变化适时调整甚至革新企业内部的习惯做法。只有人的思想和逻辑改变才能使行为发生根本的转变。

（3）第三项修炼：建立"共同愿景"。愿景是期望的未来远景和愿望。建立"共同愿景"就是建立一个以组织成员个人愿望为基石的共同远景和愿望，并以这个共同愿景感召全体组织成员，并共同为之而奋斗。

（4）第四项修炼：团队学习。团队学习是学习型组织最基本的学习形式。通过团队学习，充分发挥集体智慧，提高组织思考和行动的能力。团队学习的修炼从"深度汇谈"开始，使团队所有成员都能亮出自己心目中的全部假设，并通过自由交流获得真正一起思考的能力。

（5）第五项修炼：系统思考。"系统思考"就是要求人们能够综观全局，形成系统思维模式，使人们思考影响我们各种因素的内部联系。这项修炼是五项修炼的核心。

可见，学习型组织理论的基点是建立在企业变革的基础之上，但它却从一个全新的角度来考察企业组织形式和发展问题。学习不仅是为了保证企业生存，提高企业组织竞争力，更是为了实现个人与企业的真正融合，使人们在组织中活出生命的意义。这种对企业组织的新认识为我们勾画出一幅能促使个人和组织得到全面发展的蓝图。

➢复习思考题

1. 为什么劳动分工能提高劳动生产率？

2. 泰罗科学管理理论的内容及要解决的问题是什么？你认为科学管理理论在现代社会中还具有实践价值吗？

3. 法约尔的一般管理理论包括哪些内容？其主要贡献是什么？

4. 韦伯的行政组织理论主要有哪些内容？

5. 霍桑试验导致了哪一个管理理论的产生？它的观点有哪些？

6. 试比较"经济人"假设与"社会人"假设的差异与相应的影响。

7. 在巴纳德的社会系统理论中，协作系统是由哪些基本要素构成的？

8. 现代管理理论阶段的主要学派有哪些？他们提出了哪些主要观点？

9. 为什么说企业文化的产生导致了西方企业界一场意义深刻的革命？

10. 什么是企业再造？引入企业再造理论对我国企业有何现实意义？

11. 什么是学习型组织？学习型组织的五项修炼的内容是什么？

12. 你认为中国企业管理中更适宜采用哪种管理思想？

案 例 分 析

联合邮包服务公司的科学管理

1907 年，一位 19 岁的美国青年詹姆斯·卡西（J. E. Casey）向他的朋友借了 100 美元，在华盛顿州的西雅图注册成立了一家传递个人信息的服务公司。经过 100 多年的发展，这家公司已经成为销售收入 453 亿美元（2009 年）、全球最大的邮递公司和全球领先的特殊运输物流服务公司。它就是美国联合邮包服务公司（UPS）。

如今，UPS 在全球拥有 40 万 8 千名员工，253 架运输飞机，96 105 辆邮递车，忙碌于全球 200 多个国家和地区。2009 年，有 38 亿个包裹和文件通过 UPS 运出，平均每天有 1 510 万件包裹信件被运送到 790 万个顾客手中。为了实现他们的宗旨，即"在邮运业中办理最快捷的运送"，UPS 的管理当局系统地培训员工，使其以尽可能的高效率从事各项工作。下面，让我们以邮递车司机的工作为例，介绍 UPS 的管理风格。

UPS 的工业工程师们对每一位司机的行驶路线进行了时间研究，并对每种送货、暂停和取货活动都设立了标准。这些工程师们记录了红灯、通行、按门铃、穿院子、上楼梯、中间休息喝咖啡时间，甚至上厕所时间，将这些数据输入计算机中，从而给出每一位司机每天中工作的详细时间标准。

为了完成每天取送 130 件包裹的目标，司机们必须严格遵循工程师设定的工作程序。当他们接近发送站时，他们松开安全带，按喇叭，关发动机，拉起紧急制动，为送货车完毕的启动离开做好准备，这一系列动作严丝合缝。然后，司机从驾驶室下到地面上，右臂夹着文件夹，左手拿着包裹，右手拿着车钥匙。他们看一眼包裹上的地址并把它记在脑子里，然后以每秒 3 英尺（1 英尺＝0.304 8 米）的速度快步跑到顾客的门前，先敲一下门以免浪费时间找门铃。送完货后，他们回到卡车上的路途中完成登录工作。

这种刻板的时间表是不是看起来有点烦琐？也许是。它真能带来高效率吗？毫无疑问！生产率专家公认，UPS 是世界上效率最高的公司之一。举例来说吧，联邦捷运公司平均每人每天不过取送 80 件包裹，而 UPS 却是 130 件。在提高效率方面的不懈努力，看来对 UPS 的净利润产生了积极的影响。人们普遍认为它是一家获利丰厚的公司。

思考题：

1. 结合 UPS 的实际讨论科学管理的核心内容。

2. 古典管理理论与现代企业经营可能会产生怎样的不适应性？

第三章

计　划

■ 第一节　计划概述

计划工作是管理职能中的首要职能，是统领其他职能的基础。计划工作就是要确定组织的目标及实现这些目标的途径。管理人员围绕着计划所确立的目标和任务，组织协调组织内外各方资源，带领组织全体员工共同努力，并有效控制计划实施过程，以达到预定的目标。可见，任何组织的管理工作都是从计划开始。

一、计划的概念

(一) 计划的定义

管理学中计划的含义有动词和名词的区分。动词的"计划"是确立组织目标，制定行动方案的管理过程。名词的"计划"是指关于组织目标和实现目标的行动方案的管理文件，它是组织行动的法定文件，有时用"计划书"来表示名词意义上的"计划"。在组织计划工作中，动词的"计划"是过程，名词的"计划"是结果。

(二) 计划的作用

1. 明确组织目标和任务

计划首先是确定目标，为组织和组织成员的活动明确方向和任务，使大家了解组织的目标和期望他们完成什么，必须做出的贡献是什么，从而协调一致，相互合作，共同完成组织目标和任务。

2. 增强组织对环境的适应能力

组织目标和行动方案的确立需要建立在对内外环境正确认识的基础上。因此，计划工作需要密切关注组织内外环境的变化，系统地研究环境、监控环境、预见和应对环境变化，从而提高组织对环境的适应能力。

3. 优化资源配置和效率

计划工作的一项重要任务就是根据未来可能的情况，采取相对应的措施，使未来的组织活动均衡发展。它需要对各种方案进行技术分析，选择最适当的、最有效的方案来达成组织目标。其中，优化资源配置、提高资源使用效率是其核心工作。此外，计划也有利于组织成员形成一种整合效应，从而大大提高工作效率和经济效益。

4. 形成控制基线和标准

计划工作的结果既是未来组织行动的依据，又是对组织成员进行绩效考核的基本标准。它使得组织在其后的控制职能中，将实现的绩效与目标进行比较，发现偏差，并采取行动予以纠正。

二、计划的过程

计划工作的过程包括计划制订、计划实施和计划评价三个阶段。

(一) 计划制订

1. 分析问题和机会

问题和机会的分析建立在组织的内外环境评价的基础上。问题主要代表组织现存的劣势，或者与理想的差距；机会主要代表外部环境中有利的一面，或者解决问题的可能性。分析问题和机会是计划工作的起点。因为只有存在问题需要去解决或者存在解决的机会时，才需要制订计划。

2. 确定计划目标

目标就是组织在特定时期内期望达到的最终结果指标，一般的目标都应该包括业绩领域、关键指标及其水平（期望达到的数量）和时间期限（完成指标的时间限制）。

确定计划目标一要以组织使命为指导；二要以内外环境分析结果为依据。其基本原则是沿着组织使命指引的方向，抓住外部机遇，充分发挥内部优势，达成可实现的更高状态。

3. 拟订备选计划方案

备选计划方案在本质上是实现计划目标的途径。在多数情况下，这个途径可能不止一条。拟订备选计划方案的过程，就是仔细甄别所有可行方案的过程，以便在下一阶段选择出一个最佳方案。

4. 确定计划方案

按照计划目标、约束与假设前提条件、决策准则等比较各个方案的利弊，从而对各个方案进行评价，最终选定一个最佳的计划方案。

5. 制订应急预案

多数计划工作都存在不确定性。不管计划多么周密，内外部环境的发展变化都可能会使原定的计划无法顺利实施。这就需要组织在制订常规计划方案的同时，还应该制订应急计划预备方案，简称应急预案，或称计划变更方案。

制订应急预案的关键是事先估计在计划实施过程中可能出现的各种情况，并根据这些情况预先制订好应急的计划方案。这样就可以加大计划工作的弹性，使计划能更好地适应未来情况的发展变化。

6. 编制计划所需的预算

预算是保障计划方案执行和完成的资源安排和资金计划。它一方面是实施计划的根本保障；另一方面也是检验计划方案可行性的手段。如果一个计划方案包含无法满足的预算，则至少可以说这个方案是不可行的。

在组织的计划工作实践中，还存在预先设定预算安排，然后综合平衡计划目标和计划方案的计划方法。这种方法的好处是"量入为出"，有利于计划的可行性。但是，这种方法可能会带来过于保守的倾向，即人们难以突破原有的"预算"框架去寻求更多的资源来获得更大的收益。

（二）计划实施

这一阶段工作的关键在于监控计划是否被严格地执行了。实施与控制是计划工作的一个组成部分。因为在计划实施过程中，计划管理者需要随时根据实际情况调整和变更计划。

在计划实施过程中，可能会存在以下状态：

（1）严格执行计划。这是理想状态，说明计划制订科学，执行能力强。继续执行计划。

（2）执行发生偏差。这是执行方面的问题，应该予以纠正，按原计划执行。

（3）结果发生偏差。排除执行偏差的问题，结果上的偏差可能来源于两个方面：一是内外部环境发生改变，致使无法按照原先计划完成既定目标；二是计划制订不科学，即存在无法完成的目标或达成的标准。对于第一种情况，应及时调整计划内容；对于第二种情况，应及时调整计划指标或评价标准。两者都属于计划变更的范畴。

（三）计划评价

在计划实施完成或者阶段性结束之后，要对计划执行和完成情况进行评价，并安排下一期的工作。其中，评价工作的重点在于：一是对执行情况的评价；二是对目标达成情况的评价。前者是对计划执行过程的检查；后者是对计划执行结果的检查。当执行过程发生偏差时应纠正执行者的行为；当结果发生偏差时则要对原有计划进行修正。任何计划工作都是在上一阶段计划的基础上不断修正、完善的结果。

三、计划的结果

计划工作的结果是产生可实施的计划方案。通常，组织的计划方案包含以下要素：①做什么（what to do it），即明确所进行活动的内容和要求；②为什么做（why to do it），即确定计划工作的原因和目的；③谁去做（who to do it），即规定由哪些部门和人员负责实施计划；④何地做（where to do it），即规定计划的实施地点；⑤何时做（when to do it），即规定计划中各项工作的起始和完成时间；⑥如何做（how to do it），即制订实现计划的手段和措施。

所有工作计划和方案都必须具备上述六个要素，并且要避免使用模糊、不确定的语言，使所有工作可衡量、可操作和可执行。

四、计划管理体系

综合前面内容，组织的计划管理体系如图 3-1 所示。

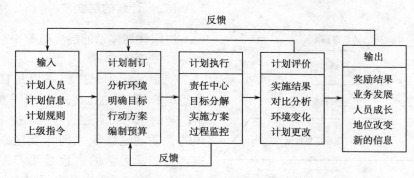

图 3-1 组织的计划管理体系

五、计划的类别与层次

（一）计划的类别

计划是对未来行动的事先安排，是对决策实施所需完成的任务进行时间和空间的分解。计划的种类很多，可以按不同依据进行分类，如表 3-1 所示。

表 3-1 计划的分类

分类依据	类型	特点
时间期限	长期计划	期限在五年以上
	中期计划	期限在一年以上到五年之间
	短期计划	期限在一年以内
综合程度	战略规划	基础性、长期性、全面性、高层主导性
	战术计划	专门性、短期性、具体性、中层主导性
	作业计划	特定性、临时性、细节性、基层主导性
明确程度	指导性计划	规定一般方针、行动原则和最终目标，但不确定具体方案
	具体计划	规定行动原则、最终目标和具体方案
例行程度	程序计划	例行计划，具有特定的计划程序
	非程序计划	例外计划，需要非程序决策
计划对象	综合计划	对企业生产经营的整体安排，多目标性、整体性、综合性
	专项计划	综合计划在特定范围内的子计划，单一性、具体性

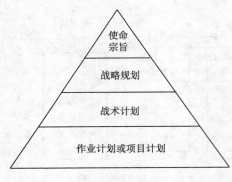

图 3-2　计划的层次体系

（二）计划的层次

组织计划体系的层次如图 3-2 所示。

1. 使命和宗旨

使命（mission）和宗旨是社会赋予组织的基本职能。它指明组织在社会上应起的作用和所处的地位，决定了组织的性质，是组织之间相互区别的标志。例如，大学的宗旨是培养专业人才，企业的宗旨是向社会提供有经济价值的商品或服务等。组织应确定有个性的使命和宗旨并向外界公布。

2. 战略规划

战略规划，即战略性计划，由高层管理者制订，其作用是决定或变动一个组织整体的基本目的、基本范围、基本政策和价值观。战略规划的特点是长期性，通常 3～5 年甚至更长。它的涉及面很广，相关因素较多，这些因素的关系既复杂又不明确，因此战略规划要有更大的弹性。

战略规划的主要任务包括：确定组织的战略目标、战略态势、发展模式和竞争模式，建立实现战略目标的支撑体系和政策措施等。

3. 战术计划

战术计划是在战略规划指导下制订的，是战略性计划的落实。战术计划规定了总体目标如何实现的细节，其需要解决的是组织的具体部门或职能在未来各个较短时期内的行动方案。这种计划在时间上通常较短，一般在一年以下，针对某一特定领域，详细规定出活动的具体细节。

4. 作业计划或项目计划

人类的活动分为两类：重复性活动和一次性活动。前者称为作业（operations），后者称为项目（projects）。组织的战术计划，或者年度计划都是由一系列作业，或者项目所构成的。作业计划是组织中某项重复性劳动的具体资源安排和时间安排。例如，生产型企业中批量生产的生产作业计划等。项目计划是企业中某个项目的资源和时间安排，包括时间、人力资源、费用、质量、安全等方面。作业计划或项目计划需要明确规定出各项作业或者任务的具体细节。

总之，计划由目标和行动方案所构成。上述不同计划层次的基本特点如表 3-2 所示。

表 3-2 计划的层次及其特点

计划层次	目标	行动方案
使命和宗旨	长远性、原则性、抽象性	原则性、抽象性、政策性
战略规划	长远性、定量与定性相结合	具体性、指导性
战术计划	短期性、具体性、定量性	具体性、指令性
作业/项目计划	时间性、具体性、定量性	指令性、程序性、细节性

第二节 组织环境

一、组织系统

组织系统可以划分为内部系统和外部环境系统两个组成部分，其中，内部系统是指由组织自身组织结构所形成的、可控的组织系统；外部环境系统是指组织以外的、与组织运行相关的环境系统。

（一）内部系统

从内部看，任何组织自身也是一个复杂系统，由构成元素、结构和子系统组成。以企业为例，典型的企业构成元素是人力、物资、资金、信息、产品、技术等。构成元素的不同组合形成了不同的组织结构，同样也形成了一个一个的子系统，例如，计划子系统、人力资源子系统、研发子系统、供应子系统、财务子系统、营销子系统等。这些子系统在组织结构框架中，按照组织制度的规定运行，以便完成共同的目标。

1. 组织结构

组织结构是组织内部系统的外在表现形式。它包含纵向层次结构和横向的部门关系。在现代企业中，常见的组织结构形式有直线职能制、事业部制、矩阵制、项目制、子公司制、网络制等。从本质上看，不同的组织结构代表了不同的分工方式和不同的资源配置方式，也就产生了不同的组织绩效。

通常，组织结构（structure）形式的选择同组织战略（strategy）、体制（system）、规模（size）、技术（skill）、领导方式（style）和共同价值观（shared value）有关。

2. 职能系统

按照职能划分，组织子系统主要包括人力资源、财务、供应、技术研发、生产、营销、售后服务等子系统。表现在职能结构中，一般有人力资源部门、财务会计部门、供应物流部门、技术研发部门、生产运作部门、营销部门等。但是，各部门仅仅是各职能子系统的主管部门，并不代表各子系统的全部。例如，财务部门主要负责融资、资金使用、投资等职能。以投资为例，投资活动的开始可能是战略规划部门的工作，其具体实施可能是研发部门、生产部门等，而投资活动的监控与评价则是财务部门的本职。组织内部各子系统之间相互作用，共同完成整体任务和目标。

（二）外部环境系统

外部环境系统是组织内部系统生存的环境。任何组织在其整个生命期内，无时无刻不在与其所在的环境进行着各种交流，并随环境的变化而变化。以企业为例，内部系统与外部环境系统之间的相互作用主要体现在以下几个方面。

1．实物交换

一方面，企业要能够正常生产经营，需要从外部环境中获得生产资料，如劳动力、原材料、机器、工具等；另一方面，企业所生产的产品也要通过市场交换来获取价值。企业就是这样通过不停顿的物质输入和输出循环实现企业生命的维持和生长。实物交换和生产过程形成了实物资产的流动，称为物流。

2．货币交换

一方面，企业需要从资本市场获得必要的资金以购买生产资料；另一方面，企业生产出的产品也需要通过市场交换成货币，以便分配或者投入到下一个生产周期。可见，货币交换是依附于实物交换的。它是企业的血液，当货币交换停止时，企业的生命就会终结。货币交换过程和生产过程构成了企业的资金流。

3．信息交换

一方面，企业需要根据环境所提供的对企业产出物的需要信息，决定并调整企业的内部活动，从而确立企业在环境中的位置；另一方面，企业可以通过产出物所反映的信息影响环境中的某些方面，改变其对企业的认识和态度，从而改变企业在环境中的位置。信息交换和生产过程共同构成了企业的信息流。

图 3-3 显示了企业内外系统的相互关系。

可见，企业是一个由物流、资金流、信息流所构成的开放系统。企业内部系统与外部环境系统存在着相互作用的关系。首先，企业的生产资料来自于外部市场。因此，外部市场中生产资料的供给会在很大程度上影响企业运营。其次，企业的产出（产品和服务）需要通过外部市场获得其价值。企业的产出必须满足外部市场的需要才能获得交换机会，实现其价值。最后，企业的产出会在一定程度上影响外部市场的供给关系，从而使得外部市场处于变化之中。总之，企业与外部环境存在着相互依存、相互作用的关系。

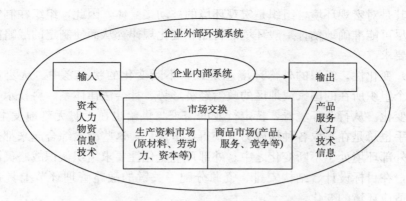

图 3-3 企业内外环境系统的相互关系

二、外部环境分析

组织与其外部环境（external environment）之间处于一个相互作用、相互联系、不断变化的动态过程之中。外部环境影响组织的成败，但又在组织外部，不受组织的控制而客观存在。组织外部环境分析的目的就是找出外部环境为组织所提供的可以利用的发展机会以及外部环境对组织发展所构成的威胁，以此作为制定战略目标和战略的出发点、依据和限制的条件。

（一）外部环境分类及特点

1. 外部环境的类别

一般来说，外部环境分为两大类：一类是间接地、潜在地对组织发展作用和影响的环境因素，称之为宏观环境（general environment），又称为一般环境。宏观环境与产业无关，对所有组织均发生作用。另一类是某个特定行业内的组织在取得其必需的资源、营销产品或服务以获取收益时所面临的各种直接的因素，称之为行业环境（industrial environment），或者直接环境。它是某个行业所特有的，一般仅对本行业组织发生作用。宏观环境往往通过行业环境对组织产生影响。

2. 外部环境的特点

（1）客观性。虽然每个组织在其经营活动中都处于同外部环境的动态作用之中，但是对每个组织来说，它面对着自己唯一客观的外部条件。外部环境客观性要求组织在进行外部环境分析时要尽力做到实事求是，切忌受主观因素的干扰。

（2）不可控性。在正常情况下，单个组织对外部环境是难以产生根本性的影响，尤其是对宏观环境，组织是宏观环境的被动接受体。因此，组织在制定战略时需要尽可能准确地估计一般环境的特点和变化规律，从而使制定的战略能适应环境的要求。

（3）变化性。组织的外部环境总是处于不断变化的状态之中。从宏观环境看，一个组织所在的国家或地区的政治经济形势、社会法律体系、科技水平等都在发生变化。从行业环境看，特定行业的需求与供给也在无时无刻地发生变化。竞争对手也总是在采取各种措施力求获得竞争优势，这些因素综合起来都会导致组织的外部环境处于不断变化之中。外部环境变化性要求组织认识战略灵活性的重要性，在目标设计、结构安排、资源分配等关键的战略管理环节上具备灵活性，以适应环境的变化。

（4）规律性。不管是自然环境还是由政治、经济、技术和社会文化环境构成的人造环境，都具有自身的发展规律性，这些规律性显示了组织环境的特征和发展变化趋势、各类环境之间的相互关系、从不同角度着眼所显示的环境机会和威胁等，由此构成了组织的生态环境，决定了组织可供选择的战略方案。规律性为组织认识和运用外部环境创造了必要条件。

（二）宏观环境分析

组织的宏观环境分析主要包括六个方面，即政治法律环境、经济环境、社会文化环境、技术环境、自然生态环境和国际环境。

1. 政治法律环境分析

政治法律环境指政府和公众对各种行业的态度、利益相关群体的影响力、监管状况、政治制度和政党制度、法律制度等。具体来说，政治法律因素主要包括政治制度、政党和政党制度、政治性团体、国家的方针政策、政治气氛、国家的法律法规、国家司法、执法机关、组织的法律意识等。其中，国家方针政策和法律体系的影响最为直接。一般，政府通过产业政策、税收政策、政府订单和补贴政策等来影响经济增长。

政府行为对组织行为的影响是比较复杂的。有些政府行为对组织的活动有限制性作用，但有些政府政策对组织有着指导和积极的影响。市场化国家的政府主要是通过制定一些法律和法规来间接地影响组织的活动，包括企业法、经济合同法、企业破产法、商标法、质量法、专利法和中外合资企业法等法律。还有工业污染程度的规定、卫生要求、产品安全要求、对某些产品定价的规定等，而这类法律和法规对企业的活动有着限制性的影响。

2. 经济环境分析

经济环境是指构成组织生存和发展的社会经济状况及国家经济政策，包括经济发展水平、社会经济结构、经济体制、宏观经济政策等要素。与政治法律环境相比，经济环境对组织生产经营的影响更加直接和具体。

(1) 经济发展水平。它是指一个国家经济发展的规模、速度和所达到的水准。反映一个国家经济发展水平常用的主要指标有国民生产总值、国内生产总值、国民收入、人均国民收入、经济增长速度等。

(2) 社会经济结构。其又称"国民经济结构"，是指国民经济中不同经济成分、不同产业部门以及社会再生产各个方面在组成国民经济整体时相互之间质的适应性、量的比例性及排列关联的状况。主要包括产业结构、分配结构、交换结构、消费结构和技术结构等，其中，产业结构对组织的影响尤为重要。

(3) 经济体制。它是指国家组织经济的形式。经济体制规定了国家与企业、企业与企业、企业与各经济部门之间的关系，并通过一定的管理手段和方法，调控或影响社会经济流动的范围、内容和方式等。

(4) 经济政策。它是指国家在一定时期内为达到其经济发展目标而制定的战略与策略，主要包括综合性的国家经济发展战略和产业政策、国民收入分配政策、价格政策、物资流通政策、金融货币政策、劳动工资政策、对外贸易政策等。

3. 社会文化环境分析

社会文化环境是指组织所处的社会结构、社会风俗和习惯、信仰和价值观念、行为规范、生活方式、文化传统、人口规模与地理分布等因素的形成和变动。它是组织赖以生存的社会的结构特征。社会因素影响社会对组织产品或劳务的需求，也能改变组织的战略选择。

4. 技术环境分析

技术环境是指组织所处的环境中的科技要素及与该要素直接相关的各种社会现象的集合，包括国家科技体制、科技政策、科技水平和科技发展趋势等。特别是与组织生产有关的新技术、新工艺、新材料的出现、发展趋势及应用前景，会对组织发展起到极其重要的作用。技术变革与创新在为组织提供机遇的同时，也对它构成了威胁。

5. 自然生态环境分析

自然生态环境是指组织所处的自然资源与生态环境，包括土地、森林、河流、海洋、生物、矿产、能源、水源、环境保护、生态平衡等方面的发展变化。

在当前全世界积极倡导保护环境、实现可持续发展的潮流中，组织一方面要调节自己的生产活动方式，尽量减少对自然环境的负面影响；另一方面又要积极开展绿色产品、环保产品、节能产品等的研制与生产，寻找广阔的市场空间。同时，对时空资源、地理气候资源、基础设施建设的再认识又对组织在新的形势下树立竞争优势起到关键作用。

6. 国际环境分析

与国内经营环境相比，国际经营环境更加复杂。一方面国际经营的构成要素繁多，不仅有政治、经济、文化、地理等宏观环境因素，还有竞争者、供应者、需求者等微观环境因素以及组织自身的生产能力、销售能力、财务状况等因素。另一方面，国际经营环境范围更广，不仅有组织所在国的环境，还有目标市场国家的环境乃至全球的环境。再就是国际经营环境内容更加丰富，不同的国家处于不同的地域，有不同的地理环境、历史、文化习俗、经济发展阶段等。

对国际经营环境的分析和评估一是分析东道国的环境，即以单个国家为对象分析该国的具体环境。二是分析国与国之间的联系，以多个国家为对象分析区域环境乃至全球环境。三是分析特殊国际政治经济联盟的影响，例如，石油输出国组织（OPEC）、欧洲联盟、北美自由贸易区、国际货币基金组织等，已成为影响组织活动的重要经济力量。

（三）行业环境分析

行业，是指具有某种同一属性的企业的集合，又是国民经济以某一标准划分的部分，例如，汽车行业、家电行业，它是介于微观经济细胞（企业）与宏观经济（国民经济）之间的一个集合概念，又称为中观经济层次。行业环境分析就是通过对这一集合发展阶段和构成的分析，得到对企业战略有价值的信息，更好地指导战略管理过程。

1. 行业的生命周期分析

行业生命周期分析旨在弄清一个行业的发展阶段，以便于组织针对特定生命周期阶段的特点制定其发展战略和竞争战略。

研究表明，行业生命周期可以划分为初创阶段、成长阶段、成熟阶段和衰退阶段。各阶段的特点如表 3-3 所示。

表 3-3　行业生命周期的阶段及其特点

阶段　　项目	初创	成长	成熟	衰退
市场特性	需求和销量很小且缓慢增加	需求和销量迅速增加	需求和销量达到最大	需求和销量迅速下降
技术特性	技术壁垒高，不成熟	技术壁垒降低，技术扩散加快	产品技术成熟，生产技术重要性大	产品技术、生产技术完全成熟
市场竞争	零乱，强度很低	竞争对手增多，强度提高	竞争激烈，降价	形成寡头或垄断

续表

阶段 项目	初创	成长	成熟	衰退
产品特性	种类繁多，无标准化	种类减少，标准化程度增加	产品种类大幅度减少，标准化	产品差异很小，替代品出现
生产特性	单件小批生产，未能形成规模	批量生产，成本下降，质量提高	规模经济，产能扩张快	产能严重过剩
财务特性	启动成本高，回本无保障	增长带来利润，但大部分用于再投资	利润增大，再投资减少，现金流主要来源	利润急剧减少，采取措施保障短期收益

2. 行业竞争力量分析

迈克尔·波特（M. Porter）认为，一个行业内有五种基本竞争力量决定了行业的竞争状态和最终利润潜力，如图 3-4 所示。一个企业的竞争战略的目的在于在行业内恰当定位，以最有效的方式同行业竞争力量相互作用，使其向着有利于本企业发展的方向变化。

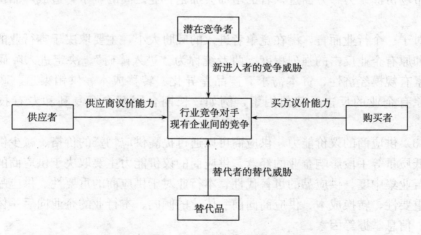

图 3-4 行业五种竞争力量

（1）现有企业间的竞争。行业内的盈利水平很大一部分取决于企业之间的竞争。竞争的主要手段包括价格、广告、服务、产品创新以及其他非价格因素。行业内现有企业的竞争激烈程度取决于行业集中度、行业增长速度、固定费用和库存成本、产品差异及转换成本、行业内生产能力增长幅度、退出行业的壁垒等。

波特在其《竞争战略》一书中提出了竞争对手分析的模型，从企业的未来目标、自我假设、现行战略和竞争实力四个方面分析竞争对手的行为和反应模式。

第一，未来目标。通过对未来目标的分析，可以看出是什么驱使竞争对手投入到竞争之中。分析竞争对手的目标不仅要了解其财务目标，同时要了解它的其他方面的目标，比如技术领先目标、市场占有率目标、效率成本目标等。

第二，自我假设。分析竞争对手对自身和产业的假设，可以很清楚地看到竞争对手对自身的战略定位，以及它对行业未来发展前景的预测。通过掌握这些假设，可以从中发现战略的契机，从而使本企业在竞争中处于有利的地位。

第三，现行战略。通过现行战略的分析，可以了解竞争对手目前正在做什么和将来能做什么。列出竞争对手所采取的战略，对其进行分析，以便本企业做出有效及时的回应。

第四，竞争实力。通过竞争实力的分析，可以找出本组织与竞争对手的差距，找出组织在市场竞争中的优势和劣势，一方面可以寻求利用自身优势攻击对方的劣势；另一方面也可以更好的改进自身、弥补劣势。

（2）潜在竞争者的威胁。新进入者可能是一个新办的企业或者是一个多元化企业开展的新业务，它给产业带来了新的生产能力，并力求获得一定的市场份额。新进入者会从两个方面减少现有厂商的利润：一方面它会挤占原有企业的一部分市场份额；另一方面进入者的增加会加剧企业之间的竞争，造成产品价格的下降。

对于一个行业而言，潜在竞争者进入的威胁大小，主要取决于本行业的进入壁垒和原有企业反击的强烈程度。两者统称为"进入障碍"。决定进入障碍大小的因素有规模经济性、资本需求、产品差异化、转移成本、供销渠道、政府政策、原有企业的反击、其他因素，例如，长期合同壁垒、专利和专有技术壁垒等。

（3）供应商的议价能力。供应商可以通过提高供应物资的价格、减少供应量或降低质量等手段影响企业的经营。供应商的议价能力主要取决于供应商的集中度和行业集中度、供应品的可替代性、本行业对于供应商的重要性、供应品对行业的重要性、转换成本、供应商向前一体化的倾向、本行业的企业向后一体化的倾向、信息掌握等因素。

（4）买方的议价能力。购买者可以通过要求降价、降低采购量或周旋于多家企业来影响企业的经营。购买者的议价能力主要取决于购买者的集中度、行业产品的标准化程度、用户购买的材料在其产品中的重要程度、购买者的转换成本、用户自身的其他因素、本行业企业向前一体化的倾向、用户向后一体化的倾向、信息掌握等因素。

（5）替代品的威胁。替代品是指那些与本行业产品具有相同或者相似功能的产品，例如，钢笔和圆珠笔，矿泉水和纯净水，航空运输、铁路运输和高速公路运输等。在行业中造成替代的原因一般有：科技进步造成的技术换代，如电子表代替机械表、计算机替代算盘、电子邮件替代传统通信方式等；经济因素造成的材料替换，如产品外壳为了节省成本从金属替换为塑料、制衣时用人造材料替换天然织料；资源短缺造成的资源替换，如塑料材料逐渐替代木质材料、电力资源逐渐替代石油资源等。

替代品的威胁大小主要受到替代品与现有产品的相对价值/价格比（relative value/price，RVP）、用户的转换成本、用户对替代品的欲望等因素的影响。

3. 战略群体分析

战略群体（strategic group），又称战略集团、战略组，是指在一个行业内实行相同或相似战略的一组企业，属于次行业（sub-industry）范畴。种种研究表明，在一个行业内战略群体之间的竞争强度远远小于战略群体内各企业之间的竞争强度。因此，研究战略群体的结构和特性对于企业战略研究具有重要意义。

为了识别战略群体，必须选择 2～3 项战略特征进行识别，并且将该行业内的企业在"战略群体分析图"上标注出来。选择划分产业战略群体的特征时要避免选择同一行业中所有企业都具有的相同特征。例如，在政府统一定价的行业的战略群体分析时，就应避免选择"价格水平"的特征，因为行业内所有企业的价格水平都是一样的。

三、内部环境分析

组织内部环境分析的目的是了解组织自身的各种条件和组织状态，识别组织自身的优势与劣势，在战略的制定与实施过程充分发挥优势，不断弥补劣势。组织内部环境是组织进行生产经营活动的基础，组织战略的制定和实施必须建立在这个基础上。

（一）内部资源分析

所谓资源（resources）是指组织所控制或拥有的有效生产要素的总和，包括设备、厂房、人员、土地、资金、商标、公司形象、技术、专利、文化等。20世纪 80 年代兴起的资源基础理论认为，最重要的超额利润源泉是组织长期积累形成的、稀有的、独特的资源及其所形成的不可模仿和难以替代的能力。

1. 资源的分类

（1）有形资源。它主要是指组织的物质资产和金融资产。物质资产主要包括组织的厂房、土地、设备等固定资产；金融资产主要是指组织的筹资和借款。

（2）无形资源。它主要是指组织的知识产权、技术诀窍、企业形象、品牌、专利权、商标权、交易秘诀、专用知识、商誉、组织文化等。

（3）人力资源。它主要是指能够推动组织发展的全体员工及其能力和素养等。

2. 资源分析的内容

组织的资源分析主要包含以下几个方面：

（1）资源质量分析。它是指对组织目前拥有的资源量及有可能获得的资源量进行分析，列出资源清单，评价资源优势和劣势，为制定战略提供可靠依据。

（2）资源利用情况分析。它是指对资源投入产出效率进行分析，计算组织现有资源的利用效率，将资源实际利用情况与计划目标、行业平均水平、竞争对手和标杆组织进行比较，找出改进的机会和途径。

（3）资源平衡性分析。它主要分析现有资源在各项业务之间、当期和未来之间的分配是否合理，以及各项资源与未来战略需求之间是否平衡。

（4）资源适应性分析。它着重分析当内外部环境发生变化，或者战略调整时，组织及时对资源进行重新组合和开发新资源的可能性。其分析的重点是那些对环境变化特别敏感的资源类别。

（二）组织能力分析

组织能力（capabilities 或 competences）是指整合组织资源，有效利用资源使其价值不断增加的能力。组织能力分析的基本内容包括组织基本能力分析和组织核心能力分析。

1. 组织基本能力分析

组织基本能力主要指组织的职能能力。组织是由多个职能部门形成的，不同职能部门有着不同的能力，这些能力的组合形成了组织的整体能力。

（1）财务能力分析。分析组织财务状况广泛使用的方法是财务比率分析。一是计算本组织有关财务比率，并与同行业中的竞争对手进行比较或与同行业的平均财务比率进行比较，借以了解本组织同竞争对手或同行业的一般水平相比的财务状况和运营成果；二是将计算得到的财务比率同本组织过去的财务比率和预测未来的财务比率相比较，借以测定组织财务状况和经营成果在一个较长时间内的变动趋势。

财务能力分析主要包含五类指标：收益性、安全性、流动性、成长性和生产性指标。

第一，收益性指标。目的在于观察组织一定时期的收益及获利能力，包括资产报酬率、所有者权益报酬率、每股利润、股利发放率、市盈率、销售利税率、销售毛利率、销售净利率、成本费用利润率九个方面。

第二，安全性指标。安全性指的是组织经营的安全程度，也即资金调度的安全性。分析安全性指标的目的在于观察组织一定时期内的偿债能力，包括流动比率、速动比率、资产负债率、所有者（股东）权益比率、利息保障倍数五个方面。

第三，流动性指标。目的在于考察组织在一定时期内的资金周转状况，是对组织资金使用效率的分析，包括存货周转率、应收账款周转率、流动资产周转率、固定资产周转率、总资产周转率五个方面。

第四，成长性指标。目的在于考察组织在一定时期内经营能力的发展变化趋势。一个组织即使收益性高，但如果成长不好也就表明其发展的后劲不足，未来盈利能力可能比较差。因此分析组织的成长性对战略的选择至关重要，包括销售收入增长率、税前利润增长率、固定资产增长率、人员增长率、产品成本降低率五个方面。

第五，生产性指标。目的在于判断组织在一定时期内的生产经营能力、生产经营水平和生产成果的分配等，包括人均销售收入、人均净利润、人均资产总额、人均工资四个方面。

（2）营销能力分析。组织营销能力的强弱主要体现在其产品竞争力、销售活动能力、新产品开发能力和市场决策能力之上。

第一，产品竞争力。它是指对组织当前销售的各种产品的市场地位、收益性、成长性、竞争力和结构性等方面进行分析。分析结果将为改进产品组合和开发新产品指明方向。它包括产品市场地位分析、产品收益性分析、产品成长性分析、产品竞争力分析、产品结构性分析五个方面。

第二，销售活动能力。它是指在产品竞争力分析基础上，以重点发展产品和销路不畅产品为对象，对其销售组织、销售绩效、销售渠道、促销活动等方面进行分析，以判断组织销售活动的能力、存在问题、问题成因，进而为定制战略提供依据。它包括销售组织分析、销售业绩分析、销售渠道分析、促销活动分析。

第三，新产品开发能力。它是指着重从新产品开发计划、新产品开发组织、新产品开发过程和新产品的开发效果四个方面进行分析，并将分析结果与主要竞争对手比较，进而判断组织此项能力的强弱，为组织战略的选择提供依据。

第四，市场决策能力。它是指以前述产品市场竞争力分析、销售活动能力分析、新产品开发能力分析的结果为依据，对照组织当前实施的经营方针和经营战略，发现组织在市场决策中的不当之处，评估判断组织领导者的市场决策能力，并探讨组织中、长期所应采取的经营战略，以提高组织领导者的决策能力和水平，使组织获得持续的成长和发展。

（3）生产管理能力分析。在绝大多数行业，企业经营的大部分成本发生于生产过程中，因此生产管理能力的高低决定其战略的成败。生产管理能力分析应从生产过程分析、生产能力分析、库存分析、劳动力分析、质量分析五个方面展开。

（4）组织能力分析。着重分析组织效能、发现制约组织长远发展的组织管理问题并加以改进，为组织战略的正确制定和成功实施奠定坚实的组织基础。其主要包含以下几个方面：

第一，组织任务分解。对组织任务的分解过程和分解结果进行逻辑分析，进而对组织任务分解的合理性做出判断。

第二，岗位责任制。在组织的等级链上，每一个环节即职位上都要贯彻责权对等原则。

第三，管理体制。对集权与分权的有效性进行分析。

第四，组织结构。确定现有组织结构是否适应未来战略方向。

第五，管理层次和管理幅度。发现新增或合并管理职能部门的可能性。

第六，人员构成。根据组织任务分解、职位标准和职务手册等对组织所有现职管理者承担现职工作的能力和职业前景进行分析判断，确定现职管理者的胜任程度和改进机会。

（5）组织文化分析。组织文化是基于共同价值观之上，组织全体职工共同遵循的目标、行为规范和思维方式的总称。

对组织文化进行分析应从组织文化现状，组织文化建设过程，组织文化特色，组织文化与目标、战略和内外环境的一致性，组织文化形成机制分析五个方面展开。

2. 组织核心能力分析

（1）组织核心能力（core competence）的特征。组织核心能力也称核心竞争力，是普拉哈拉德和哈默在 1990 年提出的。核心能力是指"组织中的积累性学识，特别是关于如何协调不同生产技能和有机结合多种技术流派的学识"。组织核心能力是某一组织内部一系列互补的技能和知识的组合，它具有使一项或多项关键业务达到行业一流水平的能力。

普遍认为，组织核心能力具有以下五个方面的基本特征：

第一，价值优异性。这是核心能力的本质属性，即核心能力应能够为顾客和厂商带来优异的价值。例如，戴尔计算机公司的制造专利和直销方式给顾客带来的低价，给组织带来了销售和利润的增加。

第二，异质性。它是指这种能力必须是为某组织所独有的、稀缺的，没有被当前或潜在竞争对手所拥有或者很难拥有，导致其难以获得竞争对等。例如，某组织占据了稀缺性资源后，其他的组织由于很难获取相同的资源而失去了对等竞争的机会。

第三，难以模仿性。它是指竞争对手无法通过学习获得同样的能力，其模仿的壁垒很高。例如，某组织独特的组织文化往往是其他组织所难以模仿的。

第四，难以替代性。它是指这种能力没有战略等价物，无法用其他能力来取代。例如，独特的人际关系会形成两个组织的紧密合作。而其他因素往往难以取而代之。

第五，延展性。从组织总体来看，核心竞争能力必须是整个组织业务的基础，能够作用于一系列其他产品和服务，能够在创新和多元化战略中实现范围经济。

（2）核心能力理论的主要观点。组织本质上是一种能力集合体。组织绩效与竞争优势决定性因素是能够有效利用开发组织内部资源的能力。能力是组织生存和长寿的基因，如果组织缺乏能力基因，就很难续存。而核心竞争能力具有基础性、功能性、根本性和长期性，能使组织获得稳定持续的竞争力和超额利润。

积累、保持和增强能力是组织维持长久竞争优势的关键。组织要想获得持久的竞争优势，就必须准确把握未来市场的发展趋势和技术发展的方向，在建立、强化和发展核心能力方面不懈努力。

持续学习是组织获得核心能力的最有效途径。组织获得核心能力最根本、最有效的途径是持续学习。学习使组织得以扩展创造未来的能量，只有持续学习能力才会成为永不衰退的成功之源。

（3）组织核心能力的识别技术。

第一，VRIO分析框架。VRIO是价值（value）、稀缺性（rarity）、难以模仿性（inimitability）和组织（organization）的四个英文单词的缩写，它是由资源基础学派代表人物巴尼（J. Barney）于1991年提出的分析组织资源和核心能力的模型，即组织核心能力可以由价值、稀缺性、难以模仿性和组织适应性四个方面来分析。

其一，价值问题。有价值的资源或能力必须使组织收入增长，或者成本降低，抑或是减小风险和时间因素对成本和收入的影响。

其二，稀缺性问题。有价值的，但是并不稀缺的资源和能力不太可能成为组织的竞争优势，而仅能够使组织获得竞争对等。所谓稀缺性是指在一个行业中拥有特定的资源和能力的组织数目小于能够产生完全竞争的企业数目。

其三，难以模仿性问题。它是指其他组织复制有价值的、稀有资源的能力。难以模仿性与竞争优势的持久性相关。有价值的、稀缺的资源或能力只有难以模仿，其所产生的竞争优势才可能持久。

其四，组织适应性问题。组织的竞争优势潜力取决于其资源和能力的价值、稀缺性和可模仿性。然而，要使得这种潜力变成为现实的竞争优势则必须依靠有效的组织，即企业是否能够围绕充分利用其资源和能力的竞争优势潜力来进行组织。

第二，价值链分析。价值链（value chain）理论由迈克尔·波特教授于1985年提出，如图3-5所示。企业的生产经营活动分为基本活动和辅助活动两大类，基本活动是指生产经营中价值创造的实质性活动，这些活动直接与产品或商品的价格流转有关，是企业的基本增值活动，基本活动包括：

其一，内部物流。它包括资源接收、储存和分配活动，如原材料搬运、仓储、库存控制、车辆调度等。

其二，生产作业。它是指将各种投入转化为最终产品，如加工制造、检测、包装、设备维护等。

其三，外部物流。它包括产品发送、储存、运输等。

其四，市场营销。它包括市场营销各种活动，如广告促销、销售队伍、定价、销售渠道等。

其五，售后服务。它包括安装、维修、培训和提供备件等。

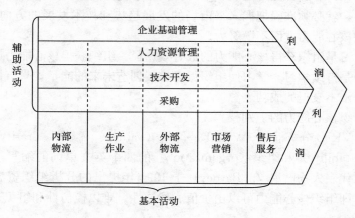

图 3-5 价值链

辅助活动是为基本活动提供服务和支持并且之间也互有联系的活动，它们是企业竞争优势的主要来源，辅助活动包括：

其一，采购。这是指企业整个价值链各项活动中的投入，而不仅是内部物流的采购活动，包括各项活动所需原材料、易耗品、机器设备、办公设备及建筑物等。

其二，研究开发。这里的研究开发不是仅指产品的研究开发，而是指可以改进产品和工艺的一系列技术活动。它发生在企业的很多部门，一个企业的技术水平直接关系到企业产品的功能、质量、资源利用效率及企业运行效率。

其三，人力资源管理。它是指企业员工招聘、雇用、配置、考评、薪酬、发展等各项管理活动。它支持着企业中的各项活动和整个价值链，对企业生产经营起着重要的作用。

其四，基础设施与管理。它是指企业的基础设施建设、战略管理活动、财务活动、法律活动、质量管理、公共关系活动等。

价值链分析主要包括两项内容：一是构成分析。分析企业价值链的构成，即价值形成过程，判断每段链条上的价值增加。二是对比分析。将本企业价值链与竞争对手或标杆价值链进行比较，以发现本企业的优势和劣势。

对于价值链中的薄弱环节，企业通常采取两种策略：一是增加投入弥补劣势；二是实施外包（outsourcing）战略，即将自身薄弱的环节转移到外部，利用外部优势资源获得更大收益。

当前，企业与对手的竞争不但表现在自身价值链与对手价值链的竞争上，还表现为双方在与供应商和客户价值链连接的效果上，即供需链整体效率和效果上。企业只有实现了价值链系统整体价值高于竞争对手，才能在市场上表现出更高的竞争力。

3. 核心能力的培育和发展

核心能力的培育和发展，是通过组织各个层次的重组和积累实现的。其培育过程主要有三个阶段：一是开发构成核心竞争力的专长和技能；二是整合核心竞争力各要素；三是开发核心产品市场。组织的竞争优势是在市场上实现的，但与最终产品的市场份额相比，组织核心产品的市场份额更有意义。

核心竞争力的培育方法，主要有演化法、蕴育法和兼并法三种。演化法是指经营者选定一个目标，由全体员工在原有岗位上一起努力，设法在合理期限内建立特定核心能力。蕴育法要求组织成立一个专门小组，针对组织选定的目标全力开发，负责在2~3年内培育出一种核心能力。兼并法则是先挑选心目中的理想能力，然后采取并购拥有这一技能的公司的策略。

核心能力的培养是一个系统的组织过程，它涉及技术、管理、制度等多方面的因素。因此，培育、发展组织核心能力的关键是创新，包括技术创新、管理创新和制度创新三个方面，其中，技术创新是提升组织核心能力的重要途径；管理创新是强化组织核心能力的重要手段；制度创新是支撑组织核心能力的重要保障。这三个方面是相互依存、相互渗透、相互促进的。只有三者有机地结合，才能不断提升组织核心竞争力，使组织获得持久的竞争优势。

第三节 战略规划与执行

战略规划是关于组织发展的整体性、长期性计划，是组织战术性计划和年度计划的基础。战略规划以组织使命和宗旨为指导，以组织内外部环境分析为基础，着重明确组织未来的发展目标、战略态势、发展模式和竞争模式，并为战略执行制定政策、策略和措施。

一、使命和愿景

1. 使命

组织的使命描述了组织的宗旨，是组织存在的基本理由。

通常，一个组织的使命至少要包含基本业务范围、基本长期目标和基本价值观三个要素。例如，华为公司的使命是"追求在电子信息领域实现顾客的梦想，并依靠点点滴滴、锲而不舍的艰苦追求，使我们成为世界级领先企业"。从这个使命表述中可以看出，华为的基本业务范畴是"电子信息领域"，它的基本长期目标是"成为世界级领先企业"，而其基本价值观是"实现顾客梦想"和"锲而不舍的艰苦追求"。

在以上三个要素的基础上，组织的使命可以是多元的、充满个性的。一般，组织使命表述的角度可以是顾客，产品/服务，市场，技术，生存、发展和盈利，组织哲学，自身概念，对公共形象的关注，对员工的关注等。

通常，对组织使命表述的要求是广义性、独特性和简洁性。广义性要求使命表述要考虑组织的发展；独特性要求展示组织的个性；简洁性要求使命表述具有感官冲击力，并便于记忆。

2. 愿景

组织的愿景（vision）阐明组织的基本愿望，即未来期望达到的适意状态。它通常以能够引起共鸣的、大胆的、简洁的语言描述组织管理层希望实现的目标。例如，通用电气公司（GE）在杰克·韦尔奇领导的时代所阐述的愿景是：在参与竞争的每一个领域，GE 都要做到名列前茅。这一愿景表述虽然没有涉及运用怎样的战略来实现目标，但是它对于激励业务管理层的斗志，充分发挥其主观能动性具有十分重要的作用。

二、战略目标

战略目标（strategic goals）是关于组织发展的长远目标，一般为 3～5 年，甚至更长远的目标。组织战略目标的确定一是以组织使命和愿景为依据，二是依据内外环境分析的结果。

（一）战略目标设定的基本要求

对于企业而言，通常的战略目标主要包含以下几个方面：市场地位；运营效率；盈利能力；成长能力；创新能力；管理能力及其发展；员工业绩和态度；社会责任履行；等等。

（二）战略态势

战略目标的确定与明确战略态势直接相关。所谓战略态势是指战略规划期内组织的总体发展趋势和定位。对于企业而言，战略态势主要有成长、稳定和紧缩三类。

1. 成长战略

成长战略（growth strategy）是指企业期望在新的战略规划期内在现有战略基础上向更高一级发展。成长战略是大多数公司的常态。因此，大多数战略规划都是解决企业如何发展的问题。成长战略的目标主要体现为企业在业务领域、市场份额、销售收入、利润、新产品开发、员工规模等方面的扩大和提高。

成长战略本身是对管理层和员工的一种激励。它要求企业所有成员想方设法谋求发展。但是，成长战略也可能带来资源能力失衡、微观管理混乱等问题。例如，丰田汽车召回事件就在一定程度上反映了"成长的烦恼"。丰田素以质量著称于世界。但是进入 21 世纪，当公司以世界第一为目标，并通过数年努力终于在 2008 年登上世界汽车制造业头把交椅时，其产品质量隐患终于爆发，导致了全球近千万车辆的召回，公司股票大幅跳水，企业形象受损，销售量锐减。公司面临生死存亡的关头。

2. 稳定战略

稳定战略（stability strategy）是指企业的战略期望基本保持在起点的范围和水平。

企业实施稳定战略的基本理由是：经过高速增长之后需要进行资源和能力调整，以使其与目标相匹配，避免成长所带来的弊端。其缺点是：可能丧失发展的机会，降低对外部环境变化的敏感性等。

稳定战略的主要形式有：

（1）无变化战略（no change strategy）。即保持原有战略不变。企业采用无变化战略的原因可能是满意已有的成功、外部环境无明显变化，也可能是资源调整较为困难。

（2）维持利润战略（profit strategy）。即注重短期的成功，尽量多地获取利润，暂时忽略长期发展。

（3）暂停战略（pause strategy）。即降低企业目标和发展速度，以确保资源、能力和发展相适应。

（4）谨慎战略（caution strategy）。当企业对于下一步难以预测时，可暂时不采取任何行动，以静观其变。

3. 紧缩战略

紧缩战略（retrenchment strategy）是指企业从目前经营领域和水平收缩或

撤退的经营战略。其典型特征是规模缩小、效益下降、裁减人员、减少开支。紧缩战略通常具有短期性，主要是为了优化资源和降低损失。通常，紧缩战略会使企业减缓发展，并较大程度地影响士气。

紧缩战略的主要形式有：

(1) 收获（harvest）。收缩规模，抽取资金转向更好的发展机会。

(2) 调整（turnaround）。调整组织结构、更换管理人员、整合各类资源，使企业度过财务难关。

(3) 放弃（divestment）。转让、出售或停止经营某项业务或事业部，将有限资源集中到有发展前途的领域。

(4) 清算（liquidity）。清算、拍卖企业资产，停止企业运行。

三、战略选择

（一）总体战略

总体战略（corporate strategy）主要确定组织的发展模式。对于企业而言，其发展模式主要有密集成长、一体化和多元化。

1. 密集成长战略

密集成长战略（intensive strategy）是指通过增加在特定市场中本企业产品的密度寻求发展，具体包括市场渗透、市场开发和产品开发等策略。

(1) 市场渗透（market penetration）。即扩大现有产品在现有市场中的占有率。常见的市场渗透方式包括广告及各类促销策略等。

(2) 市场开发（market development）。即利用现有产品扩大市场范围。例如，企业产品从华东市场扩大到华北市场；从国内市场扩大到国外市场等。

(3) 产品开发（product development）。即开发新产品，以更好地满足现有市场的需要。如果开发新产品服务于全新的市场则属于多元化战略的范畴。

2. 一体化战略

一体化战略（integration strategy）是指通过沿产业链条纵向延伸，或者横向扩展来寻求企业发展。

(1) 纵向一体化（vertical integration）。即沿着产品产业链条向上游或者下游延伸。例如，原先从事汽车整车装配生产的企业，进一步从事汽车零部件生产（向上游延伸），或者从事汽车销售与服务（向下游延伸）等。纵向一体化可以节约交易成本，避免产业链的协调困难，减少私有信息的泄露，同时还可以提升整体实力，获得更高的市场权力。

(2) 横向一体化（horizontal integration）。即吞并竞争对手，扩大产业规模。其优点是降低竞争强度、迅速增强竞争实力、获得规模经济等；其缺点是对资源要求提高、并购整合困难、受法律法规限制（如反垄断法）等。

3. 多元化战略

多元化战略（diversification strategy）则是指通过投资于与现有产业相关的或者是不相关的新的产业寻求经济增长。

（1）相关多元化（relative diversification）。即投资的新业务领域同现有业务领域之间存在技术、资源或者渠道上的相关性，从而可以获取范围经济（economies of scope）或规模经济（economies of scale）的协同（synergy）作用。

（2）非相关多元化（unrelated diversification）。即投资的新业务领域同现有业务领域之间不存在相关性。企业选择非相关多元化的主要动因是：通过产业组合降低经营风险、规避反垄断法的限制、获得新的发展机会等。

（二）业务战略

业务战略（business strategy）又称为竞争战略（competitive strategy），是指企业内某项特定业务获取竞争优势的策略，即确定业务的竞争模式。

对于特定业务而言，企业需要选择适合的竞争战略来寻求竞争优势。迈克尔·波特认为，竞争战略主要包括成本领先、差异化和集中化战略等，如图 3-6 所示。

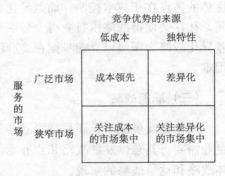

图 3-6 基本竞争战略

1. 成本领先战略

成本领先战略（cost leadership）是指企业通过将经济成本降低到比所有竞争对手更低的水平来获取竞争优势。

通常，企业成本优势的主要来源是规模经济和独立于规模的技术。规模经济主要来源于设备的专用性、雇员的专业性、低成本生产要素、管理成本摊薄、经验曲线和学习作用等。而先进的技术则有助于降低单位产品的资源消耗，从而降低产品的单位变动成本。

2. 差异化战略

差异化战略（differentiation）是指通过提供独特性来获取竞争优势。其基本逻辑是：通过独特性为顾客提供价值；通过顾客认可获得价格溢价。

通常，产品独特性价值的产生主要来源于原材料、独特设计、独特工艺等，它们形成了产品的独特性能；广告宣传则形成了独特的感知价值。因此，差异化战略要求企业具有强大的创新能力。

3. 市场集中战略

市场集中战略（focus）是指将资源集中在相对狭小的市场段，以获取竞争优势的竞争战略，包括基于低成本的市场集中和基于差异化的市场集中两种策略。

在企业缺乏全行业竞争的实力时，市场集中战略是必然的选择。此时，企业可以将其资源集中在某个狭窄的市场，有助于提高其竞争力。

4. 低成本差异化战略

随着市场竞争的不断加剧，低成本差异化战略（low cost differentiation strategy）正在被越来越多的企业所使用。它是指在较低成本水平下为顾客提供差异化产品和服务的竞争战略，其本质是成本领先战略和差异化战略的组合。

低成本差异化战略的关键在于控制获取差异化所需要的成本。由于成本领先优势的重点在于成本控制，而差异化优势的产生主要源于创新，两者结构重点不同，往往会使得战略执行变得十分困难。美国西南航空公司成功地实施了低成本差异化战略，而星巴克咖啡则在2006～2007年遇到了低成本差异化实施的巨大困难。

（三）职能战略

无论是发展战略，还是竞争战略的选择，都离不开职能系统的支持。因此，企业需要将其总体发展战略和业务竞争战略分解为各职能领域的战略，以支撑总体战略和竞争战略的实现。

对于企业而言，主要的职能战略（functional strategies）包括生产运营战略、市场营销战略、人力资源战略、产品研发战略、财务战略、企业文化战略等。

四、战略执行

战略执行是既定战略的实施和调整的过程，包括以下几个主要阶段。

1. 确定责任中心与分解目标

在战略执行中，任何目标和任务都必须要明确责任主体，即明确责任中心。通常，企业的责任中心有四类：收入中心、成本中心、利润中心和投资中心。不同责任中心的目标和任务应该是不同的。因此，在制定战略规划时也要考虑到组织变革问题，以使战略执行有明确的责任主体。

战略目标的分解具有层次递进关系，即总体目标分解成为业务目标和主要职能目标，然后再分解成为部门目标，最后还要分解成为各项具体任务的目标。

2. 制订行动计划

行动计划的制订有职能和时间两个维度。其中，职能是计划的横向分解；时间是计划的纵向分解。无论是横向分解还是纵向分解，都要明确实施的责任主体、时间、达成状态、评价方法等。

3. 计划实施与控制

对行动计划的实施可能包含组织结构调整、设计控制体系、制定相应政策措施、行动方案的具体实施等。目前，普遍的认知是组织结构应和所制定的战略相适应，同时任何执行都要有相应的控制体系。计划实施的本质是计划、组织、控制相协调。

4. 战略评审与规划调整

战略规划和计划的有效执行需要由战略评审来保证。战略评审包括内部评审和外部评审。内部评审主要检查战略规划与计划的执行情况和执行结果；外部评审主要是对外部环境及其变化的评审。内部评审结果将作为组织激励和行为调整的主要依据；外部评审结果将作为组织战略调整的依据。当内部和外部环境变化影响到战略存在的基本理由时，战略调整将成为必须。

第四节 计划编制与执行方法

一、目标管理方法

（一）目标管理的概念

目标管理（management by objectives，MBO）是以泰罗的科学管理和行为科学理论为基础，强调让企业管理者和员工共同参加目标的制定，在工作中实现"自我控制"并努力完成工作目标，并根据目标完成情况奖励员工的一种管理制度或管理方法。

（二）目标管理的特点

1. 它是一种基于目标分解的管理

目标管理将组织整体任务转化为每一个岗位的具体工作目标，管理者通过这些工作目标对下级进行领导并以此来保证组织总目标的实现。因此，目标管理的基础是对组织整体任务和目标进行分解，以形成每个人的任务和目标。

2. 它是一种参与式管理

目标的执行者同时也是目标的制定者，即由上级与下级在一起共同协商，共同确定目标。这有利于执行者对目标设定的理解，也激发了执行者实现目标的主观能动性。

3. 它是一种结果导向的管理

目标管理以制定目标为起点，以目标完成情况的考核为终结。工作成果是评定目标完成程度的标准，也是部门、岗位考评的依据，成为评价管理工作绩效的唯一标准。至于实现目标的具体过程、途径和方法，上级并不过多干预。

4. 它是一种分权式的管理

目标管理促使管理者下放权力，从而有助于在保持有效控制的前提下，充分调动下级的积极性、主动性和创造性。这在环境日益动态化的今天尤其显得重要。

（三）目标管理的实施过程

1. 目标的建立

设立目标体系是目标管理实施的第一步，也是保证目标管理有效实施的前提和基础。

建立组织目标首先要明确组织的使命和宗旨，并结合组织内外部环境决定一定时期工作的具体目标。组织总目标的建立可以是自上而下的，也可以是自下而上的。这两种目标制定法都需要组织目标在上下之间进行若干次的沟通，在充分讨论的基础上最后确定。

2. 目标的分解

将已设计好的组织总目标按照组织结构进行纵向和横向的分解。具体包括三个方面的内容：

（1）目标的初步分配。将总目标按组织体系层次和部门逐步下达、层层展开，直到每一个组织成员。但这个过程只是上级给下级的一个初步的推荐目标，而不是最后决定了的目标。

（2）目标的讨论修订。在这一阶段中，组织体系中的每个层次、每个部门、每个成员均可以根据自身分工和职责的要求，结合初步下达的目标进行分析和修订，并逐级上报。

（3）目标的最终确定。组织对各级上报的目标和组织总体目标进行比较，分析差异，征询下级意见，再进行修订，然后再下达，反复进行，直到上下意见达成一致。这样，最终将组织总目标分解成为一个目标体系。

组织目标的分解过程如图 3-7 所示。

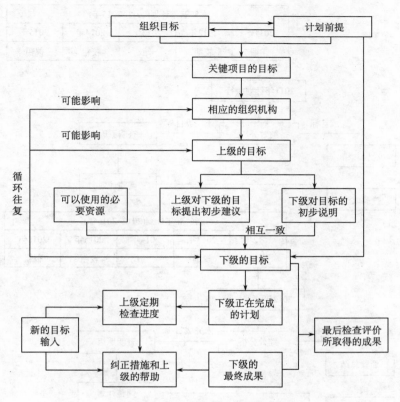

图 3-7　组织目标的分解过程图

二、滚动计划法

滚动计划法是用来编制计划并组织实施的一种有效的方法。其基本思想是：应根据计划执行情况和环境变化定期修订未来的计划，并逐期向前推移，使短期计划、中期计划有机地结合起来。由于这种方法是在每次编制和修订时都要根据前期计划执行情况和客观条件的变化，将计划向前延伸一段时间，使计划不断向前滚动、延伸，所以称为滚动计划法。

图 3-8 为五年计划滚动编制的程序示意图，由图可以看出，在计划期的第一阶段结束时，要根据该阶段计划的实际执行情况和外部与内部有关因素的变化情况，对原计划进行修订，并根据同样的原则逐期滚动。每次修订都使整个计划向前滚动一个阶段。

滚动计划法使长期计划、中期计划与短期计划相互衔接，短期计划内部各阶段相互衔接。这就保证了即使由于环境变化出现某些不平衡时，也能及时地进行

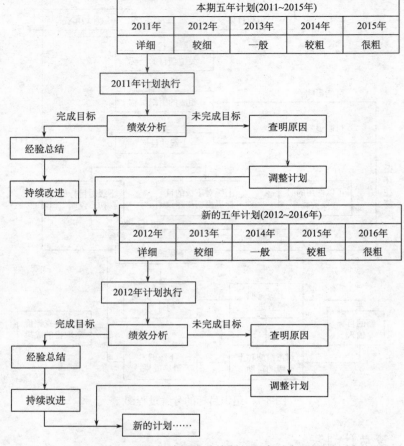

图 3-8　五年计划滚动编制的程序示意图

调节，使各计划基本保持一致。滚动计划法大大加强了计划的弹性，这对环境剧烈变化的时代尤为重要，它提高了组织的应变能力。

➤复习思考题

1. 什么是计划？在组织管理中，计划工作起着怎样的作用？

2. 组织的计划管理系统的基本构成单元有哪些？它们各自发挥着怎样的作用？

3. 计划的过程有哪些步骤？它们各自的重点工作是什么？

4. 组织的计划系统包含哪些层次？各自的计划结果是什么？

5. 组织的环境包含哪些方面？它们对计划的制订与执行会有怎样的作用？

6. 组织的战略规划包含哪些方面？战略规划的执行有哪些特点？

7. 请阐述目标管理的基本思想、实施过程和可能产生的局限性。

8. 请阐述滚动计划法的基本思想。

案 例 分 析

伟森家俬的五年计划

伟森家俬是由民营企业家梁伟森先生于 20 世纪 90 年代初创建的民营企业，开始时主要经营卧室和会客室家具，取得了相当的成功。随着规模的扩大，自 90 年代末开始，公司又进一步经营餐桌和儿童家具。2002 年，梁伟森把其产业移交给了他的儿子梁宏业继承。梁宏业是一位具有 MBA 学位的新型商人。他不断拓展公司业务，扩大市场占有率，使得公司产品深受顾客欢迎。到 2005 年，公司卧室家具方面的销售量比 2001 年增长了两倍多。但公司在餐桌和儿童家具的经营方面一直不得法，面临着严重的困难。

一、梁宏业的构想

2005 年底，董事长兼总经理梁宏业先生主持召开公司董事和高管层会议。会议的内容有三个：一是总结 2005 年的经营；二是分析公司存在的问题；三是提出 2006～2010 年的发展规划。大家一致认为，随着国民经济高速增长和房市的日益火爆，2005 年公司出现了令人鼓舞的成就。但梁宏业先生也指出公司在餐桌和儿童家具经营方面的问题，认为公司存在员工思想懒散、生产效率不高的问题，并对此进行了严厉的批评，要求迅速扭转这种局面。最后，他还为公司制定了今后五年的发展目标。具体包括：卧室和会客室家具销售量年均增加 5%；餐桌和儿童家具销售量年均增长 20%；总生产费用降低 10%；每年减少临时工人数 10%；两年内建立一条庭院金属桌椅生产线，争取五年内达到年销售额 500 万元。

这些目标无疑是令人鼓舞的，但也引起了与会者的不同思考。其中，公司分管经营的副总经理杨凯反响最大。因为，这些指标大多与他有关。

二、杨凯的疑惑

杨凯是公司的元老，也是和梁宏业先生的父亲一起打天下的战友。杨凯认为，梁宏业先生提出的五年计划表面上看是想增加公司收入，降低成本，获取更大的利润。但凭着他本人在伟森公司工作多年，以及对这对老板父子的了解，他猜测，董事长制定这些目标的真实意图可能是要套现转移。尽管梁宏业开始承接父业时，对家具经营颇感兴趣，近年来的业绩也发展很快。但后来，他的兴趣开始转移，试图经营炙手可热的房地产业。为此，他努力寻找机会想以一个好价钱将公司卖掉。为了能提高公司的声望和价值，他准备在近几年狠抓一下经营，改善公司的绩效。

杨凯副总经理意识到自己历来与董事长的意见不一致，因此在会议上没有发表什么意见。会议很快就结束了，大部分与会者都带着反应冷淡的表情离开了会场。杨凯有些垂头丧气，但他仍想会后先研究一下公司发展目标问题，然后再找梁宏业先生谈谈自己的看法。

三、对公司发展目标的研究

杨凯先生会后在自己的办公室里仔细分析了一下公司的发展目标，觉得董事长根本就不了解公司的具体情况，不知道他所制定的目标意味着什么。这些目标听起来很好，但并不适合本公司的情况。他心里这样分析道：

第一项目标太容易了——这是本公司最强的业务，用不着花什么力气就可以使销售量年均增加5％。

第二项目标则很不现实——在这领域的市场上，本公司就不如竞争对手，绝不可能实现预期的增长目标。

第三项目标亦难以实现——由于要扩大生产，又要降低成本，这无疑会对工人施加更大的压力，从而也就迫使更多的工人离开公司，这样空缺的岗位就越来越多，在这种情况下，怎么可能降低临时工人数10％呢？可见，第四项目标也难以实现。

第五项目标倒有些意义，可改变本公司现有产品线都是以木材为主的经营格局。但未经市场调查和预测，怎么能确定五年内我们的年销售额达到500万元呢？

四、未来的行动

经过这样的分析后，杨凯认为他有足够的理由对董事长所制定的目标提出异议。除此之外，还有另外一些问题使他困扰不解：一段时期以来，董事长似乎对这家公司已失去了兴趣。另外，董事长的妻儿都已移居国外。因此，杨凯有理由怀疑，梁宏业先生似乎要把这家公司卖掉。五年计划的真实目标不过是想通过扩大销售量，开辟新的生产线，增加利润收入，使公司具有更大的吸引力，以便在出卖中捞个好价钱。

面对这样的情况，杨凯应该如何同董事长交谈呢？他们的交谈会有怎样的结果呢？

思考题：

1. 你认为梁宏业先生为公司制定的发展目标合理吗？为什么？你能否从本案例中概括制定目标需注意哪些基本要求？

2. 梁宏业先生的目标制定体现了何种决策和领导方式？其利弊如何？

3. 假如你是杨凯，如果董事长在听取了你的意见后同意重新考虑公司目标的制定，并责成你提出更合理的公司发展目标，你将怎么做？

第四章

决　策

> **本章提要**

    1. 决策的概念与特点；

    2. 决策的类型；

    3. 决策的基本程序；

    4. 决策的影响因素；

    5. 定性决策方法；

    6. 定量决策方法。

■ 第一节　决策类型及特点

    诺贝尔经济学奖获得者西蒙认为"决策是管理的心脏，管理是由一系列决策组成的，管理就是决策"。决策贯穿于整个管理过程的始终。组织中，管理人员的重要职能就是决策。例如，计划方案的选择、组织结构的设置、人力资源的配备、激励方案的制订、控制程序的设计等，无一不包含决策的内容。但这一活动并不仅限于组织中的管理者，每一个组织成员都需要在其工作和生活中做出决策。

    决策对于管理工作至关重要。决策水平的高低对于决策者本人的工作以及所处的团体、组织都会产生决定性影响。这些决策影响不仅仅局限在组织绩效方面，甚至会关系到组织的生存与发展，特别是在竞争日益激烈的今天，情况更是如此。因此，作为管理者，必须掌握决策的基本知识，认识和重视决策，不断提高决策技能，这是组织发展的客观要求。

一、决策的概念

对于决策的概念，不同的学者有不同的看法。美国学者亨利·艾伯斯认为："决策有狭义和广义之分。狭义地说，进行决策是在几种行为方案中做出选择。广义地说，决策还包括在做出最后选择之前必须进行的一切活动。"这里，我们主要是从广义上来理解决策的概念，即决策是指人们为实现既定的目标，从拟订实现目标的各种可行方案中选择一个满意方案的分析判断过程。

二、决策的特点

综合决策的概念，它具有以下几个特点。

1. 目标性

任何决策都是为了实现一定的目标而进行的方案选择，如果决策的目标是模糊不清的，那就无法以目标为标准评价方案，也就无从选择方案，因此也就谈不上决策。

2. 可行性

决策的若干个备选方案应是可行的，这样才能保证决策方案切实可行。"可行"一是能解决问题，实现目标；二是在经济和技术上是可行的；三是方案的结果可进行分析。

3. 选择性

决策是从若干备选的方案中进行选择，如果只有一个方案，就无法比较其优劣。因此，决策要求必须提供可以相互替代的多种方案。

4. 科学性

科学决策要求决策者能够透过现象看到事物的本质，认识事物发展变化的规律，做出符合事物发展规律的决策。科学性并不否认决策有失误、有风险，而是要从失误中总结经验教训，尽量减少风险。

5. 过程性

决策不是简单的罗列方案和选择方案，而是一个多阶段、多步骤的分析判断过程。决策者应先进行调查、分析和预测，然后确定行动目标，找出可行方案，再进行分析、判断，选出最终方案。因此，决策是一个过程。

6. 动态性

决策作为一个过程，没有真正的起点，也没有真正的终点，而是一个不断循环的过程。在此过程中，任何可能对决策条件产生影响的因素的变化都要求在一定程度上修正决策,甚至重新决策以适应变化了的决策条件。

7. 普遍性

决策是组织日常活动的重要内容,可以说时时有决策,事事有决策。决策渗透在管理的计划、组织、领导和控制等职能中。无论是各层级管理者,还是一般员工;无论是生产领域、市场领域,还是财务领域,都不可避免地面临着新问题或出现新机会,因而都必须就如何科学地解决问题或利用机会做出决策。

三、决策的类型

决策根据解决问题的性质和内容的不同,可分成许多类型。不同类型的决策,需要采用不同的决策方法。为了正确进行决策,必须对决策进行科学分类。

(一) 长期决策和短期决策

根据决策所涉及的时间长短,决策可分为长期决策和短期决策。

1. 长期决策

长期决策是指有关组织今后发展方向的长远性、全局性的重大决策,又称战略决策。如投资方向的选择、人力资源的开发和组织规模的确定等。

2. 短期决策

短期决策是为实现长期战略目标而采取的短期策略手段,又称战术决策。如企业日常营销、物资储备以及生产中资源配置等问题的决策都属于短期决策。

(二) 个人决策和集体决策

根据决策主体,决策可分为个人决策和集体决策。

1. 个人决策

个人决策,即一个人单独决策。个人决策的优点是果断性强、责任明确、决策所费的时间和成本低。缺点是易受个人偏见支配,一贯性较差,决策的质量一般较差,容易导致失误。

2. 集体决策

集体决策,又称为群体决策,是决策由组织决策机构整体或决策机构的一部分人共同做出。相对于个人决策,集体决策一般是在可行性研究的基础上进行的。通过可行性研究,使决策有了丰富的材料和基础,有利于企业决策机构成员正确地做出决策。集体决策的主要缺点是花费较多的时间、产生"从众现象"以及责任不明等。常用的集体决策方法有头脑风暴法、名义群体法、德尔菲法等。

(三) 初始决策和追踪决策

根据需要解决的问题的来源,决策可分为初始决策和追踪决策。

1. 初始决策

初始决策是决策者对从未从事的活动或新的活动所进行的决策，主要是确定未从事的活动或新的活动的方向、目标及方案。初始决策是在对组织内外环境的某种认识的基础上初次做出的选择。

2. 追踪决策

追踪决策是决策者在初始决策的基础上对已从事的活动的方向、目标及方案的重新调整。追踪决策是由于组织环境发生了变化，或者是由于组织对环境特点的认识发生了变化而引起的。

与初始决策相比，追踪决策具有如下特征：

（1）回溯分析。回溯分析就是对初始决策的形成机制与环境进行客观分析，列出失误原因，以便有针对性地采取调整措施。追踪决策是一个扬弃的过程，对初始决策的"合理内核"还应保留，而不是全盘否定。

（2）非零起点。随着初始决策的实施，组织已经消耗了一定的人、财、物资源，环境状态因此而产生了变化。同时，外部环境也在发生着变化。

（3）双重优化。初始决策是在各种备选方案中初次择优，而追踪决策则是在初次择优的基础上再次优化，因此属于双重优化。

（四）战略决策、战术决策和业务决策

根据决策的重要程度和影响范围，决策可分为战略决策、战术决策和业务决策。

1. 战略决策

战略决策是指对事关企业或组织未来发展方向和远景的全局性、长远性和大政方针方面的决策，主要由组织内最高管理层负责进行。组织机构的调整、企业产品的更新换代、技术改造等属于战略决策。

2. 战术决策

战术决策是指执行战略决策过程中的具体战术的决策。如财务决策、销售计划决策、产品开发决策等属于战术决策，一般由企业或组织的中间管理层负责进行。

3. 业务决策

业务决策是指日常业务活动中为提高工作效率和生产效率，合理组织业务活动进程等而进行的决策，一般由基层管理者负责进行。属于业务决策范畴的主要有工作任务的日常分配和检查、工作日程（生产进度）的安排和监督、岗位责任制的制定和执行、库存的控制以及材料的采购等。

（五）程序化决策与非程序化决策

根据决策的可重复性，决策可分为程序化决策与非程序化决策。

1. 程序化决策

程序化决策是指例行的、按照一定的频率或间隔重复进行的决策。程序化决策处理的主要是常规性、重复性的问题。许多业务决策，如任务的日常安排、常用物资的订货与采购等，均属此类。

2. 非程序化决策

非程序化决策是指那些非例行的、很少重复出现的决策。这类决策主要处理的是那些非常规性的问题。例如，重大的投资问题、组织变革问题、开发新产品或打入新市场的问题等。

（六）确定型决策、风险型决策和不确定型决策

根据决策的可靠程度，决策可分为确定型决策、风险型决策和不确定型决策。

1. 确定型决策

确定型决策是指在稳定（可控）条件下进行的决策。其中，决策者确切知道自然状态的发生，每个方案只有一个确定的结果，最终选择哪个方案取决于对各个方案结果的直接比较。

2. 风险型决策

风险型决策也称随机决策。在这类决策中，自然状态不止一种，决策者不能知道哪种自然状态会发生，但能知道有多少种自然状态以及每种自然状态发生的概率，以及各种方案在不同自然状态下的结果。

3. 不确定型决策

不确定型决策是指在不稳定条件下进行的决策。其中，决策者可能不知道有多少种自然状态，即便知道，也不能知道每种自然状态发生的概率。但在自然状态已知时，各种自然状态的结果也是可知的。

四、决策的模式

决策者的决策方式主要有三种模式：经典模式（classical model）、管理模式（administrative model）和政治模式（political model）。决策模式的选择主要取决于决策问题的类型、决策者的个人偏好等因素。

（一）经典模式

决策的经典模式主要基于经济学假设：决策信息完备和决策者完全理性。它追求在所有可行方案中选择最优方案。

（1）决策者完全清楚和明确定义其所要实现的目标、所要解决的问题。

（2）决策者所面临的决策环境是确定的，收集的信息是完备的，所有方案的未来结果是已知的或可计算的。

（3）方案选取的准则是已知的。决策者依据经济价值最大化的准则取舍方案。

（4）决策者根据决策目标运用完全理性评价、选择方案。

经典模式所定义的决策过程是规范性的，即规定决策者应该怎样来进行决策。近年来，定量方法和计算机的应用使得决策的科学性不断提高。这种模式尤其适用于程序化决策，以及确定型、风险型决策问题。

经典模式代表了一种"理想"状态。因为在现实中，多数决策问题具有不确定性。而且由于时间和成本的压力，决策信息也不可能是完备的。此外，决策者对决策问题的认识和对可行方案的评价与选择也不可能是完全理性的。此时，就需要有新的决策模式。

（二）管理模式

管理模式关注决策者在非程序化决策和不确定型决策中的实际行为模式。与经典模式不同，管理模式基于以下基本假设：

（1）决策目标常常是模糊的、冲突的，导致决策者对其认识不完全清晰。

（2）由于事物的复杂性，决策者在决策时并不能完全认清事物本质和遵从理性决策程序。

（3）由于认知、信息、资源和时间的局限性，决策者也不可能列出所有的可行方案。

（4）许多决策者在决策时并不追求最优的方案，而是追求满意的方案。

可见，管理模式更加接近决策现实。它对于决策过程的定义是描述性的，即描述决策者会怎么做，而不是理论上应该怎么做。它强调了问题复杂性、环境动态性、信息有限性和人的理性的有限性对决策过程的影响，因而更加适用于非程序化决策和不确定型决策。

（三）政治模式

近年来，有学者提出了决策的政治模式。该模式认为，决策者在决策时除了要考虑管理模式的基本假设之外，还要考虑组织内外不同利益群体之间的利益平衡，即决策目标实际上是解决冲突，达成各方妥协。因此在决策方案的选择时，最重要的准则选择是各利益相关方都能够接受的解决矛盾的最优方案。

政治模式主要用于对各利益相关方影响较大的非程序化决策。

第二节　决策过程与影响因素

一、决策过程

决策是一项非常复杂、非常重要的管理工作。决策者要做出正确的决策，必须遵循正确的决策程序。一般来说，决策过程包含以下几个步骤。

（一）发现问题

一切决策都是从问题开始的，任何决策也都是为了解决某一特定问题而制定的。因此决策过程的第一步就是在对组织的内部环境和外部环境分析的基础上，确定组织活动中存在的问题及产生问题的原因。然而，发现问题并不是一件很容易的事情，必须广泛而富有针对性地搜集信息，系统而科学地分析企业内外部环境的对应关系，这样才能找到问题的关键。当然，发现问题后，还必须对问题进行认真的分析，找出产生问题的内在原因，为决策的下一步做好准备。

（二）确定决策目标

所谓决策目标，就是指在一定外部环境和内部环境条件下，在调查和研究的基础上所预测达到的结果。决策目标的确定依赖于所要解决的问题。只有找到关键问题后，才能明确决策目标。

决策目标必须符合以下几方面的要求。

1. 目标确立要有根据

要明确了解决策所需解决问题的性质、范围、特点和原因，只有这样，提出的目标才有针对性，才能有效地解决问题。

2. 目标表述要具体明确

一是决策目标要进行层层分解，最后落实到基层，使执行者清楚地领会目标的含义；二是决策目标要有具体的衡量指标，如费用指标、效益指标等；三是决策目标还要尽可能量化，以便于衡量决策的实施效果。

3. 决策目标要有主次之分

在进行多个目标的复杂决策时，在满足决策需要的前提下，要尽量减少目标的个数，因为目标越多，决策难度越大。在实现决策目标的过程中，应优先达到重要的决策目标，然后才是次要的决策目标。如果目标之间产生冲突，要按照局部服从全局的原则或按照适当的办法解决。确定决策目标时，要取消根本没有条件实现的目标，放弃某些相互矛盾的目标，合并相似的次要目标。然后，分清主次，使次要目标服从主要目标，突出主要目标，保证主要目标的实现。

4. 明确决策目标的约束条件

直接影响目标实现的条件为"目标的约束条件"，如资源条件、质量规格、时间要求、法律法规、制度政策等限制性规定。确定目标，必须对约束条件加以分析，首先满足约束条件，否则，即使达到目标，与付出的代价相比，结果也可能不令人满意。

（三）拟订各种备选方案

可行方案的拟订是决策的关键，也是提高决策水平的重要环节。一旦问题被正确地识别，目标被清晰地提出，管理者就要制定解决问题的各种方案。这一步骤需要创造力和想象力，在提出备选方案时，要广泛发动群众，充分利用组织内外的专家，制定尽可能全面的可行方案。

拟订备选方案过程可分为以下几个阶段：

第一阶段，对研究要实现的决策目标的外部环境和内部条件，进行优势和劣势的分析，尽量能够找到决策事物的发展规律。

第二阶段，将外部环境带来的机会和威胁，内部条件的优势和劣势，以及决策事物的发展变化规律相结合，拟订出实现目标的各种方案。

第三阶段，对拟订出的这些方案进行粗略的对比，从中选出若干个利多弊少的可行方案，供进一步评估和选择。

拟订方案要通过大胆设想，集思广益，从各种不同的角度、途径设想出各种可行的方案，实现方案创新。

（四）评估备选方案

拟订各备选方案之后，还要评估每一个方案的完备性，预测各方案的执行结果，评价各个方案的利弊，为方案选择奠定基础。方案评估的具体方法有如下几种。

1. 经验判断法

对于牵涉较多的社会因素、人的因素的决策问题，主要靠经验判断法。决策者根据以往的经验和掌握的材料，经过权衡利弊，做出决策。在现代决策理论中，采用了一套决策的软技术，如德尔菲法、头脑风暴法等，这些方法充分利用了专家的集体智慧来进行决策。

2. 数学分析法

通过对各备选方案的计算，以量化数据为依据来评价各备选方案的可行性，适用于一些有完备的数据资料的方案的决策问题。

3. 实验法

实验法适用于当选择重大方案时，既缺乏经验、难以主观判断，又无法采用数学模型量化的情况下，选择少数的几个典型环境为试点单位，以取得经验和数据，作为选择方案依据的方法。

（五）选择方案

选择方案就是对各种备选方案进行总体权衡后，由决策者挑选一个最好的方案，或者对多个方案进行再综合，从而确定一个最优方案。根据决策问题的情况不同，选择方案的准则可以是最优解、满意解和优化解。通常，确定型决策和风险型决策问题可以求出最优解；不确定型决策可以求出满意解；追踪决策旨在寻求优化解。

方案的选择方式，依决策问题的重要性程度不同而不同。重要的决策方案，首先要将方案印发给有关人员，准备意见；其次是召开会议，由专家小组报告方案评估过程和结论；最后是决策者集体进行讨论，选择满意的方案。对重大决策，有条件的组织还应吸收专业顾问、咨询人员参加；对一般性、程序化的决策，可由决策者个人进行选择，以降低决策成本，提高工作效率。

（六）实施方案

选择满意的方案后，决策者必须使方案付诸实施。任何完美的方案不能付诸行动，那么它们也是毫无价值的。因此，对于所选定的方案必须制订可行的实施计划。实施计划应落实责任部门和责任人员，并通过有效沟通得到执行者的理解和承诺。同时要监控实施过程，尤其在关键时段、关键时点，要加强监督控制，以保证组织内实施决策方案的及时性、可操作性、正确性，确保决策目标的有效实现。此外，为应对未来的不确定性，还要制订应急预案，确保在意外发生时所选方案仍能够达成预定目标。

决策实施过程也是信息反馈过程，尽管各个决策过程都包含了信息反馈，但决策的实施更需要反馈。因为在实施过程中，要想使主观意志与客观条件相统一，就必须在不断的信息反馈中主动寻找问题，补充、修正决策，争取达到满意的决策效果。

二、决策的影响因素

组织的决策受到以下几个因素的影响。

1. 决策问题

由于决策是人们确定未来活动的方向、内容和目标的活动，而人们对未来的认识受到主观和客观条件的限制，因此决策既有成功的可能，也有失败的危险。所以，决策问题的特性，如问题的重要性、紧迫性和给组织带来影响等，会影响决策者的行为。如果决策问题比较重要，则会引起决策者的高度重视，调动各方力量积极支持参与决策，决策质量就可能较高；如果做出决策的时间紧急，则要求决策者要有快速决策的能力；等等。

2. 环境因素

组织都是存在于特定的历史时期和社会环境之中，组织外部的一般环境、行业环境等情况会直接或间接的影响组织做出各类决策。环境对决策的影响表现在两个方面：推动决策和制约决策。首先，环境的变化使组织面临新的问题，组织为应对这些问题，就要进行决策。其次，决策者在进行决策时，要考虑各种环境因素并受其制约，决策如果脱离了环境或对环境因素认识不足，在执行时就会遇到困难，甚至根本无法执行。

同时，若组织所处的外部环境稳定性较强，组织过去针对同类问题所做的决策具有较高的参考价值。而当环境发生剧烈变化时，组织需要适应环境，对经营活动的大致方向、内容形式进行适时调整。

3. 组织因素

在决策中，组织因素的影响主要表现为组织文化的影响和组织信息的获取能力上。

组织文化制约着组织及其成员的价值观和行为方式。在决策中，组织文化通过影响人们的态度而发生作用。例如，在偏向保守的组织文化中，人们倾向于根据过去的标准来判断现在的决策，对将要发生的变化容易产生怀疑、害怕和抗御的心理与行为。相反，在开拓、创新的组织文化中，人们总是以发展的眼光来分析决策的合理性，希望通过变化获得更好的结果，从而表现为对变化的渴望与支持。显然，欢迎变化的组织文化有利于新决策的实施，而抵御变化的组织文化则可能给任何新决策的实施带来不利的影响。在后一种情况下，决策方案的选择将不能不考虑到改变不利影响所付出的时间和费用的代价。

组织对信息的获取与分析能力也会对决策产生较大的影响。决策作为一个过程，其每一个步骤都离不开信息的处理和反馈。从信息作为决策的依据这点来说，信息就是资源，就是竞争力。信息获取能力不足，决策质量就会受到限制。因此，组织应建立有效的管理信息与决策支持系统，以提高组织的决策能力。

4. 决策者

决策者的个人价值观和个人素养在很大程度上决定了决策的有效性。

个人价值观对于决策者的决策会产生重要的影响。客观事物的事实情况是决策的起点，而决策者将会依据个人价值观对客观事实做出判断，进而会影响其决策行为。例如，决策者对于风险的偏好、对新事物的探索、对于冲突的态度等，都会影响其决策的行为。

个人素质会影响决策者的决策水平。决策能力是领导者素质的重要表现，而这种素质会体现在决策过程的各个阶段和各个方面。尤其是在非程序化决策中，决策者本人的经验、创造性等是决策成败的关键。例如，决策者是否具有良好的沟通能力和组织能力，是否善于抓主要矛盾等都是直接影响决策质量的重要因素。

5. 过去决策

在大多数情况下，组织中的决策不是在一张白纸上进行的初始决策，而是对初始决策的完善、调整或改革。过去的决策是当前决策的起点；过去方案的实施，给组织内部状况和外部环境带来了某种程度的变化，进而给"非零起点"的目前决策带来了影响。

通常，过去决策对当前决策的影响程度取决于过去决策与现任决策者的关系。如果过去决策是由当前决策者做出的，决策者会倾向于维护过去决策的合理性，就不会愿意对组织活动做重大调整，而愿意将大部分资源继续投入到过去方案的实施中。相反，如果当前决策者与过去决策无关，则重大改变就可能被其接受。

第三节　决策技术与方法

为了保证影响组织未来生存和发展的决策的正确性，必须利用科学的方法来进行决策，决策的方法包括定性决策方法和定量决策方法。

一、定性决策方法

定性决策方法，又称为主观决策方法，是决策者根据所掌握的信息，通过对事物运动规律的分析，利用知识和经验，评价和选择最佳方案的决策方法。其主要有以下几种方法。

（一）头脑风暴法

头脑风暴法又称智力激励法、思维共振法，是现代创造学奠基人、美国的奥斯本提出的。它通过有关专家之间的信息交流，引起思维共振，产生组合效应，从而导致创造性思维或方案的产生。

1. 头脑风暴法的基本原则

头脑风暴法应遵循以下基本原则：

（1）自由畅想。要求与会者敞开思想，不受任何已知真理、规律、条件、常识的束缚，从多角度、正反面去独立思考。要坚持开放性，畅所欲言，敢于大胆提出自己的看法。

（2）以量求质。奥斯本认为，在设想问题上越是增加设想的数量，就越有可能获得有价值的创造。通常，最初的设想不可能最佳。但是随着设想的累积，其质量也会随之提高。

（3）延迟批评。研究表明，推迟判断在集体解决问题时可多产生 70％的设想；在个人解决问题时可多产生 90％的设想。可见这条原则的重要。

（4）综合改善。头脑风暴不仅要求与会者提出设想，还鼓励与会者借题发挥，对别人的设想补充、完善而形成新的设想。会后还要对所有设想做综合改善的工作。

（5）限时限人。头脑风暴的会议时间通常限定为 30 分钟到 1 小时，人数为10 人左右。如果时间太长容易使人疲劳、精神松弛。人数太多则不易集中，有些人发言机会少。

2. 头脑风暴法的决策步骤

头脑风暴法的决策步骤分为以下五个阶段：

（1）准备阶段。这一阶段主要包括产生问题、组建小组、通知与会者会议的内容、时间和地点等工作。

（2）热身活动。会前要进行一些小型活动，调节气氛。热身活动内容可多种多样，目的是使与会者忘掉自己的工作和私事，形成热烈、轻松的良好气氛。

（3）明确问题。对问题的分析陈述，使与会者全面了解问题，开阔解决问题的思路。

（4）自由畅谈。按照会议原则，与会者针对上述确定的问题进行畅谈。

（5）加工整理。将与会者的所有设想进行归纳、评价和发展。

（二）名义群体法

在集体决策中，如对问题的性质不完全了解且意见分歧严重，则可采用名义群体法（nominal groups）。在这种技术下，小组的成员互不通气，也不在一起讨论、协商，从而群体只是名义上的。

采用名义群体法，管理者召集群体成员，把要解决的问题的关键内容告诉他们，并请他们独立思考，要求各成员独立拟出自己的方案，并思考好如何向其他成员阐明自己的方案。然后，各成员按顺序向其他成员阐明自己的方案，确保每个人都了解清楚。记录员指出相似或相同的方案要求其余的成员将方案进行整合。再由记录员公布全部不同类型的方案，各成员客观地进行思考和比较之后对所有方案按最佳到最差的顺序进行排序。最后主持人统计各方案得到评价的情况，选出最佳方案。

（三）德尔菲法

德尔菲是古希腊城名，相传城中阿波罗圣殿能预卜未来，因而以此命名。德尔菲法（Delphi groups）是 20 世纪 40 年代末由兰德公司创立的。它也称专家小组法。这种方法是采用征询意见表，利用通信方式，向一个专家小组进行调查，将专家小组的判断预测加以集中，利用集体的智慧对市场现象未来做出预测。

德尔菲法在对专家意见进行调查时，采用"背靠背"即匿名的方式，以促使各专家充分发表意见，避免专家之间的相互影响和权威人物个人意见左右其他人的意见等情况。通常要通过几轮函询来征求专家的意见，组织者对每一轮的意见进行汇总整理后作为参考再发给各位专家，供他们分析判断，以提出新的论证。几轮反复后，专家意见趋于一致，最后供决策者进行决策。

运用德尔菲法进行决策时具有明显的优点：①各专家能够在不受心理干扰的情况下，独立、充分地表明自己的意见；②预测值是根据各位专家的意见综合而成的，能够发挥集体智慧；③应用面比较广，费用比较节省。这种方法可能存在的问题是：仅仅根据各专家的主观判断，缺乏客观标准，而且往往显得强求一致。

（四）其他定性决策方法

1. 哥顿法

这种方法与头脑风暴法原理相似，先由会议主持人把决策问题向会议成员做笼统的介绍，然后由会议成员（即专家成员）海阔天空地讨论解决方案；当会议进行到适当时机时，决策者将决策的具体问题展示给小组成员，使小组成员的讨论进一步深化，最后由决策者吸收讨论结果，进行决策。

2. 淘汰法

先根据一定条件和标准，对全部备选方法筛选一遍，把达不到要求的方案淘汰掉，以达到缩小选择范围的目的。淘汰的方法有：①规定最低满意度；②规定约束条件；③根据目标主次筛选方案。

3. 环比法

环比法也叫"0-1 评分法"，即根据人们所掌握的知识和经验，对所有可行方案中进行两两比较，优者得 1 分，劣者得 0 分，然后以各方案累计得分多少为标准选择方案。

例题 4-1　方案的评价。四个方案两两对比后得分如表 4-1 所示。

表 4-1　环比法

比较方案　被比较方案	甲	乙	丙	丁	总分
甲	—	1	1	1	3
乙	0	—	0	1	1
丙	0	1	—	1	2
丁	0	0	0	—	0

解　第一步，两两对比方案的优劣，优者得 1 分，劣者得 0 分。

第二步，求每个方案的累计得分，如表 4-1 "总分"项。

第三步，选择累计得分最大的方案。本例中为甲方案。

二、定量决策方法

定量决策方法是应用数学模型和公式来解决一些决策问题，即运用数学工具、建立反映各种因素及其关系的数学模型，并通过对这种数学模型的计算和求解，选择出最佳决策方案的方法。

根据数学模型涉及的决策问题的性质（或者说根据所选方案结果的可靠性）的不同，定量决策方法一般分为确定型决策方法、风险型决策方法和不确定型决策方法三类。

（一）确定型决策方法

运用这种方法评价不同的企业经营方案的效果时，人们对未来的认识比较充分，了解未来可能呈现某种状况，能够比较准确地估计未来的发展状况，从而可以比较有把握地比较、预测各方案在未来实施所带来的效果，并据此做出确定性的选择。常用的确定型决策方法有线性规划和盈亏平衡分析等。

1. 线性规划

线性规划是在一些线性等式或不等式的约束条件下，求解线性目标函数的最大值或最小值的方法。运用线性规划建立数学模型的步骤是：①确定影响目标大小的变量，列出目标函数方程；②找出实现目标的约束条件；③找出使目标函数达到最优的可行解，即为该线性规划的最优解。

例题 4-2　某企业计划生产甲、乙两种产品，每种产品均需使用 A、B、C、D 四种设备，其加工时间及单位利润数据如表 4-2 所示，现要求确定甲、乙的产量，使得企业利润最大。

表 4-2 线性规划示例

单位产品 所需台时 设备	甲	乙	计划期的 设备能力/台时
A	2	2	12
B	1	2	8
C	4	0	16
D	0	4	12
单位产品利润/万元	2	3	—

用线性规划求解：

设 X_1，X_2 依次为甲、乙的产量，可得企业获得的利润为 $S = 2X_1 + 3X_2$。则

目标函数：

$$\text{Max } S = 2X_1 + 3X_2$$

约束条件：

$$\begin{cases} 2X_1 + 2X_2 \leqslant 12 \\ X_1 + 2X_2 \leqslant 8 \\ 4X_1 \leqslant 16 \\ 4X_2 \leqslant 12 \\ X_1, X_2 \geqslant 0 \end{cases}$$

求解上述数学模型可以用单纯形法和图解法。

在此运用图解法，如图 4-1 所示，可求得最优解为 $X_1 = 4$，$X_2 = 2$，Max S = 14 万元。

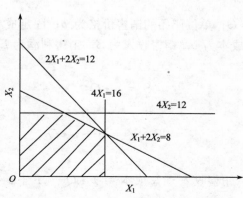

图 4-1 线性规划图解

2. 盈亏平衡分析

盈亏平衡分析又称保本点法或量本利法，是根据产品的业务量（产量或销量）、成本、利润之间的相互关系的综合分析，用来预测利润，控制成本，判断经营状况的一种数学分析方法。

通常，产品成本可分成两类：固定成本和可变成本。固定成本是不随产销量的变动而变化的成本，例如，厂房、设备、租金、管理费和固定工资等。可变成本是随着产销量的变化而呈线形变化的成本，例如，原材料、燃料、工时支出和计件工资等。固定成本和变动成本之和为企业总成本。在激烈竞争的市场中，产品价格是由市场决定的。因此，销售收入随销量成正比变化。而销售收入减去总成本则得到企业的利润。

以上量本利的关系可以用盈亏平衡分析图来表示，如图 4-2 所示。

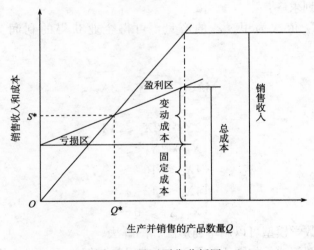

图 4-2　盈亏平衡分析图

其中，产销量为 Q；单位产品的销售价格为 p；固定成本为 F；变动成本为 V；单位产品的变动成本为 v；销售收入为 S；销售利润为 E。则

销售收入：

$$S = p \cdot Q \tag{4-1}$$

总成本：

$$C = F + V = F + v \cdot Q \tag{4-2}$$

销售利润：

$$E = 销售收入 - 总成本 = p \cdot Q - (F + v \cdot Q) \tag{4-3}$$

当销售收入等于总成本时，销售利润为零，企业既不盈利，也不亏损。该临界点成为盈亏平衡点。此时，有

$$E = p \cdot Q - (F + v \cdot Q) = 0 \tag{4-4}$$

若用 Q^* 表示盈亏平衡时的生产并销售的产品数量，则根据式（4-4），即可得到

$$Q^* = \frac{F}{p - v} \tag{4-5}$$

或

$$S^* = \frac{p \cdot F}{p - v} \tag{4-6}$$

当实际产销量小于盈亏平衡点时，企业处于亏损状态，反之则处于盈利状态。

例题 4-3 某生产性建设项目的年设计生产能力为 5 000 件；每件产品的销售价格为 1 500 元，单位产品的变动成本为 900 元，每件产品的销售税金为 200 元，年固定成本为 120 万元。试求该项目建成后的年最大利润、盈亏平衡点产量。

解 当达到设计生产能力时年利润最大，因而最大利润为

$E = p \cdot Q - (F + v \cdot Q)$

　　$= 1\,500 \times 5\,000 - [1\,200\,000 + 5\,000 \times (900 + 200)] = 800\,000$（元）

盈亏平衡点产量可按式（4-5）求得

$$Q^* = \frac{F}{p - v} = \frac{1\,200\,000}{1\,500 - (900 + 200)} = 3\,000（件）$$

（二）风险型决策方法

风险型决策方法主要用于人们对未来有一定认识，但又不能完全确定的情况。

风险型决策具有以下条件：①一个明确的决策目标（如收益最大，或成本最低等）；②两个或两个以上的可行方案；③两个或两个以上的自然状态，且各种自然状态发生的概率可知；④每一种方案在不同自然状态下的结果可知。

在上述条件下，人们计算的各方案在未来的效果只能是考虑到各自然状态出现的概率的期望收益，与未来的实际收益不会完全相等。因此，据此制定的决策方案具有一定的风险。常用的风险型决策方法是决策树法。

决策树法是用树状图来描述各种方案在不同情况（或自然状态）下的收益，据此计算每种方案的期望收益从而做出决策的方法。

决策树的结构如图 4-3 所示。图中的方块代表决策点,从它引出的分枝叫方案枝。每条分枝代表一个方案,分枝数就是可能的方案数。圆圈代表状态结点,从它引出的状态枝,每一条状态枝代表一种自然状态,其上标明了该自然状态发生的概率。末端的三角形叫结果结点,注有各方案在相应自然状态下的结果值。

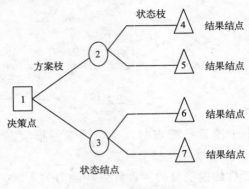

图 4-3　决策树图

应用决策树进行决策时,是从右向左逐步后退进行分析。根据右端的损益值和状态枝的概率,计算出相应的期望值,以确定方案的期望结果,然后根据不同方案的期望结果做出选择,即对决策树进行剪枝,在每个决策结点删去(用"≠"的记号来表示)除了最高期望值以外的其他所有分枝,最后步步推进到第一个决策结点,这时就找到了问题的最佳方案。

例题 4-4　为适应市场需求,某公司提出扩大电视机生产的两个方案。方案一是建大工厂,方案二是建小工厂。建设大工厂需要投资 600 万元,可使用 10 年。销路好时每年盈利 200 万元;销路不好则亏损 40 万元。建小工厂需要投资 280 万元。如销路好,3 年后扩建,扩建需要再投资 400 万元,可使用 7 年,每年盈利 190 万元;不扩建则每年盈利 80 万元。如销路不好则每年盈利 60 万元。经过市场调查,市场销路好的概率为 0.7,销路不好的概率为 0.3。试用决策树法选出合理的决策方案。

解　根据题意做决策树图,如图 4-4 所示。

计算各点的期望值:

点 2:$0.7 \times 200 \times 10 + 0.3 \times (-40) \times 10 - 600$(投资)$= 680$(万元)

点 5:$1.0 \times 190 \times 7 - 400 = 930$(万元)

点 6:$1.0 \times 80 \times 7 = 560$(万元)

点 4:由于点 5 的期望利润值(930 万元)大于点 6 的期望利润值(560 万元),因此应采用扩建的方案,而舍弃不扩建的方案。因此,决策结点 4 为 930 万元。

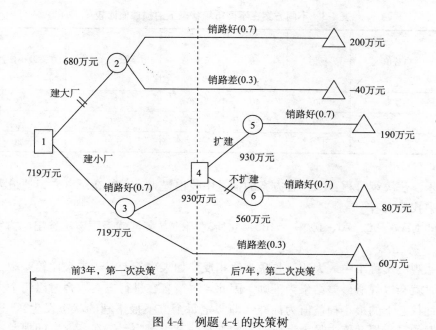

图 4-4 例题 4-4 的决策树

点 3：$0.7×80×3+0.7×930+0.3×60×（3+7）-280 = 719$（万元）

点 1：由于点 3 的期望利润值（719 万元）大于点 2 的期望利润值（680 万元），因此取点 3 而舍点 2。决策结点 1 的期望利润值为 719 万元。

在本题描述的情况下，应采用前 3 年建小工厂，如销路好，后 7 年进行扩建的方案。

（三）不确定型决策方法

不确定型决策是在各种自然状态发生的概率无法预测的条件下，依据经验判断并有限地结合定量分析方法所做出的决策。不确定型决策方法主要有以下几种：乐观法、悲观法、折中法、等概率法、后悔值法等。

1. 乐观法

乐观法又称大中取大法。如果决策者比较乐观，认为未来会出现最好的自然状态，并且不论采用何种方案均可能取得该方案的最好效果，那么在决策时就应以各方案在各种状态下的最大损益值为标准（即假定各方案最有利的状态发生），选取各方案的最大损益值中最大者所对应的方案。

例题 4-5 某企业拟开发新产品，有三种设计方案可供选择。因不同方案的制造成本、产品性能各不相同，其在不同的市场状态下的损益值也各异，如表 4-3 所示。

表 4-3　不同方案在不同市场状态下的损益值比较

状态 损益值 方案	畅销	一般	滞销	方案最大损益值	方案最小损益值
Ⅰ	50	40	20	50	20
Ⅱ	70	50	0	70	0
Ⅲ	100	30	−20	100	−20

乐观法决策过程：①在各方案的损益中找出最大者；②在所有方案的最大损益值中找最大者。

即 Max {50，70，100} ＝100，它所对应的方案Ⅲ就是用该法选出的方案。

2. 悲观法

悲观法又称小中取大法。与乐观法相反，如果决策者对于未来比较悲观，在决策时就会以规避最差结果为准则。因此，决策者在进行方案取舍时以每个方案在各种状态下的最小损益值为标准（即假定每个方案最不利的状态发生），选取各方案的最小损益值中最大者所对应的方案。其步骤为：①在各方案的损益中找出最小者；②在所有方案的最小损益值中找最大者。

例题 4-5 中，先找出各种状态下的最小值，即 {20，0，−20}，然后再从中选取最大值：Max {20，0，−20} ＝20，对应的方案Ⅰ即为用小中取大法选取的决策方案。

3. 折中法

这种方法是乐观法和悲观法的结合。其基本观点是：乐观法过于冒进，悲观法过于保守，所以可以考虑将两者进行折中。其基本方法是：根据决策者的判断，给最好的自然状态以一个乐观系数，给最差的自然状态以一个悲观系数，两者之和为 1，然后用各方案在最好状态下的效果值与乐观系数相乘所得的积，加上各方案在最差自然状态下的效果值与悲观系数的乘积，得出各方案的期望收益值，再利用最大期望值原则比较各方案，做出最终选择。

折中法的决策步骤如下：

（1）找出各方案在所有状态下的最小损益值和最大损益值。

（2）决策者根据自己的风险偏好程度给定乐观系数 α（$0<\alpha<1$），悲观系数随之被确定为 $1-\alpha$。

（3）计算各方案的期望损益值。以 i 代表各方案的代号，则

$$E_i = \alpha \cdot \text{Max}_i + (1-\alpha) \cdot \text{Min}_i$$

（4）取最大期望损益值对应的方案为所选方案。

例题 4-5 中，假设乐观系数 $\alpha=0.75$，则各方案的期望损益值如表 4-4 所示。

表 4-4　折中法

损益值 方案	Min	Max	期望损益值（$\alpha=0.75$）
Ⅰ	20	50	42.5
Ⅱ	0	70	52.5
Ⅲ	−20	100	70

方案Ⅰ：$20\times0.25+50\times0.75=42.5$

方案Ⅱ：$0\times0.25+70\times0.75=52.5$

方案Ⅲ：$(-20)\times0.25+100\times0.75=70$

因此，当 $\alpha=0.75$ 时，最优方案为方案Ⅲ。

用折中法选择方案的结果，取决于反映决策者风险偏好程度的乐观系数的确定。当 $\alpha=0$ 时，结果与悲观法相同；当 $\alpha=1$ 时，结果与乐观法相同。这样，悲观法与乐观法便成为折中法的两个特例。

4. 等概率法

等概率法（即 Laplace 法）是由数学家拉普拉斯（Laplace）提出的。他认为，在无法确定各种自然状态发生的概率时，可以假定每一自然状态具有相等的概率，并以此计算各方案的期望值，进行方案选择。

以例题 4-5 为例，各方案有三种状态，因此每种状态的概率为 1/3，各方案的期望损益值为

方案Ⅰ：$50\times1/3+40\times1/3+20\times1/3=110/3$

方案Ⅱ：$70\times1/3+50\times1/3+0\times1/3=40$

方案Ⅲ：$100\times1/3+30\times1/3+(-20)\times1/3=110/3$

最大值为 40，故应选方案Ⅱ。

5. 后悔值法

决策者在决策并组织实施后，如果遇到的自然状态表明采用另外的方案会取得更好的效果，那么决策者将为此而感到后悔。因此，可以用减少后悔，即力求使后悔值最小作为决策准则。所谓后悔值是指在某种自然状态下因选择某一方案而未选取该状态下的最好结果而少得的收益。

以例题 4-5 为例，运用后悔值法决策的步骤如下：

（1）计算后悔值矩阵。方法是用各状态下的最大损益值分别减去该状态下所有方案的损益值，从而得到对应的后悔值。如表 4-5 所示。

表 4-5 后悔值矩阵和最大后悔值

状态 方案	畅销	一般	滞销	最大后悔值
Ⅰ	50	10	0	50
Ⅱ	30	0	20	30
Ⅲ	0	20	40	40

（2）从各方案中选取最大后悔值。如表 4-5 所示。

（3）选择最优方案。即在最大后悔值中选取最小值，对应的方案即为最优方案。表 4-5 中对应的最优方案为方案 Ⅱ。

➤复习思考题

1. 什么是决策？如何理解？
2. 决策的特点有哪些？
3. 试说明决策的程序。你认为在决策制定过程中哪一步最重要？请说明原因。
4. 为什么说现代决策应当遵循满意原则而非最优原则？
5. 影响决策的因素有哪些？
6. 简述德尔菲法实施的步骤及其优缺点。
7. 定性决策方法的优势和局限性有哪些？
8. 定量决策有哪些主要方法？各自运用于什么场合？

案 例 分 析

阿迪达斯北京奥运决策

2008 年，奥运会在北京举行，对于阿迪达斯来说，借助 2008 年北京奥运合作伙伴的身份，全面赶超耐克成为其 2008 年中国市场最重要的战略目标之一。面对 2008 年奥运机遇，阿迪达斯非常看好中国市场，并且提出了较高的市场目标。阿迪达斯集团 CEO 赫伯特·海纳对奥运会寄予厚望，并表示中国是"仅次于美国的第二大市场"，也是阿迪达斯最重要的市场之一。甚至表示，2010 年阿迪达斯在华销售收入将提高到 10 亿欧元（约合 12.8 亿美元），其中不包括锐步在中国的销售额。

"赞助奥运"，历来是阿迪达斯最看重的一块领域。为了排挤竞争对手，阿迪达斯一直把赞助奥运会视为自己的势力范围，不给其他企业任何染指的机会。面对北京奥运会，阿迪达斯投入 13 亿元人民币，期望能在销售额和利润上全面增长。然而，阿迪达斯公司公布的 2009 年上半年财报显示，在 2009 年上半年，其净利润同比下降了 95%，并且全球有价值为 20.41 亿欧元的存货，同比增长高达 13%。但是，与之相对应的并不是销售额的增长，根据实际销售统计收入反而下降 2%，亚洲市场销售额同比减少 9%。

事实上，作为北京 2008 年奥运会的主赞助商，阿迪达斯由于高估了奥运会赞助权对市场需求的刺激，预期 2009 年市场增长预期超过 30%，并要求国内经销商增加 20%～25% 的拿货量，但实际上从 2008 年第四季度开始，由于市场并未达到预期，经销商多拿的货变成了自己身上的包袱。迫于经营压力，甚至有一些经销商因缺少现金宁愿违反协议拒不提货。由于阿迪达斯与经销商采取的是半年预定、货到付款的方式，这些未根据协议提走的、积压在阿迪达斯的仓库中的货品总款甚至高达上亿元人民币，而在阿迪达斯的仓库中还积压着 10 亿元的存货。

在这样的压力下，阿迪达斯不得不和旗下所有的经销商一起开始了大面积清理存货的活动。为了度过这个危机，阿迪达斯允许经销商开折扣店，甚至开在正价店的周围，其两大经销商百丽集团和胜道就在全国各地开设了诸多折扣店。一方面是折扣店数量大幅增加；另一方面又是大量门店的关闭，百丽集团为缓解运营压力已经在 2009 年第一季度关闭了 176 家运动门店。一方面是正价店铺全场新品打七折，销售亏损；另一方面是折扣店铺 3～7 折，销售直逼邻近的正价店……

思考题：

1. 为什么阿迪达斯预测的 2009 年"后奥运"商机，却变成了存货"危机"？

2. 面对存货"危机"，阿迪达斯的决策是否正确？这种决策会给企业未来发展带来怎样的影响？

第五章

组　　织

> **本章提要**
>
> 1. 组织的定义及基本内容;
> 2. 组织工作的特点和原则;
> 3. 组织分工的基本问题;
> 4. 纵向组织设计与有效分权;
> 5. 横向组织设计与部门化。

■ 第一节　组织概述

组织一词，按希腊文原意是和谐、协调的意思。组织作为管理的基本职能，是提供和实施计划、实现目标的具体手段，其任务就是将分散的个人结合成一个有机整体。

组织活动的结果就是形成一定的组织体制。"体"是指组织实体，即由人构成的机构，例如，企业的研究所、生产车间、销售科等组织机构。"制"是指组织制度，它规定了组织机构之间、人员之间的相互责任、权力关系以及协作方式等，以使人们在工作中形成协同的集体力量。"体"与"制"的结合就形成了组织设计的主要内容。

一、组织的概念

(一) 组织的定义

组织的定义有动词和名词之分。名词的"组织"是指特定人群的集合，如党组织、企业、学校等。动词的"组织"是指为完成特定使命的人的系统安排。可见，动词的"组织"是过程，名词的"组织"是结果。

(二) 组织工作的基本内容

通常，组织工作的基本内容包括：

(1) 设计并建立组织机构。其包括设计和建立业务部门、职能部门，明确各部门之间的工作关系；设立岗位，明确报告关系等。

(2) 分配职责和权限。其包括部门职责与权限、岗位职责与权限等。

(3) 配备人员。其包括确定各岗位的要求和人数等。

(4) 协调和优化组织结构。其包括建立跨部门、跨岗位的合作机制；根据内外环境发展变更组织机构等。

(5) 规划组织发展与变革等。即根据组织未来发展目标增设或调整组织机构、职责分工和岗位分工等。与组织优化相比较，组织变革会产生结构与功能上较大的变动。

(三) 组织工作的特点

1. 过程性

组织工作是一个特定的管理过程，主要表现为组织分工、组织机构设计、权责分配、协调优化、组织变革等阶段。

2. 动态性

一方面，组织机构与职责一旦分配，不会一成不变，而是会随着组织目标、组织任务、内外环境的变化而变化；另一方面，组织也是不断完善的过程。

3. 协调性

组织工作一方面需要在不同结构（structure）、战略（strategy）、系统（system）、规模（size）、模式（style）、技术（skill）、共同价值观（shared value）等之间进行协调，另一方面要权衡不同利益群体之间的关系。

(四) 组织工作的原则

1. 因事设职和因人设职相结合的原则

因事设职是使组织的每一项任务和活动都落实到岗位和部门，使得"事事有人做"，而非"人人有事做"。因人设职是指"人尽其才"，把合适的人安排在对应的岗位，做到"因职用人"。

因事设职和因人设职相结合就是要对组织任务和目标按事物的规律进行合理划分，同时使分工与组织成员的能力及其发展要求相协调。

在管理实践中，由于现实和理想的差异，以及内外环境的不断变化，组织分工也呈现出很强的动态性，需要根据不同情况不断地进行优化。

2. 权责对等原则

此即分配的工作和任务要同完成它们所需要的权力相协调。做到"在其位、谋其政、行其权、负其责"。通常，职责大于权力可能导致职责无法有效地履行；权力大于职责则可能产生滥用职权的现象。

在管理实践中，任何权力的授予都需要有效的控制机制，否则将会产生管理机会主义，导致权力的滥用，从而对组织产生危害。

3. 命令统一原则

组织分工最终会形成复杂的组织结构。为了使组织具有统一的意志，需要有一条从最高领导者到最基层员工的清晰的指挥链（chain of command）。它要求一个下属只能接受一个领导的指令。如果一个下属需要接受多个命令源的指令，就可能产生"多头领导"的弊端，造成工作的混乱，也容易产生员工的机会主义行为。

二、组织分工的基本问题

分工（division of labor）是组织工作的基本问题。亚当·斯密在研究英国制针业生产效率问题之后发现，当一项工作无法由一个人、一种技能完成时就需要分工。分工能够导致生产效率的提高。

组织分工包括纵向分工和横向分工。纵向分工导致组织层级，即形成不同的组织层次；横向分工导致部门化，即形成不同的组织部门。

（一）纵向分工的基本问题

纵向分工时，应着重考虑以下几个问题。

1. 组织层级与管理幅度

纵向分工是指将组织任务和权责按照不同层级进行分配。纵向分工的直接结果是形成了组织层次。通常组织的层次包括高层管理者、中层管理者、基层管理者和普通员工。

管理幅度（span of management）又称组织幅度，是指一位管理者直接下属的人数。当一个组织人数确定时，管理幅度与组织层级数呈反比。

管理幅度会直接影响管理者对下属领导的有效性。当管理幅度过宽时，管理者可能无法有效控制每个下属的行为，导致其产生机会主义行为，降低组织运行的有效性；当组织幅度过窄时，组织就会需要更多的管理层次和管理者，导致组织成本提高，信息传递低效，管理效率下降。因此，组织层级与管理幅度的关系问题是进行组织纵向设计必须考虑的问题。

2. 集权和分权的问题

尽管权责对等是分工的基本原则，但在管理实践中，组织设计者依然要面对集权与分权的问题。集权是指将权力集中在高层管理者手中；分权是指将权力分配给下级管理者。

（1）权力（power）。它是指组织中人与人之间的关系，即处在某一个管理岗位上的人对组织中其他人员的一种影响力。这种影响力主要包含三种类型：制度权（或称法定权）（legitimate power）、专长权（expert power）和个人影响权（referent power）。制度权是指组织所赋予的决策权、分配权、奖惩权等，通常与管理职位有关。专长权是指由于管理者具备某种专门知识或技能而产生的影响能力。个人影响权则是指因管理者的个人品质、社会背景等因素所导致的别人尊重与服从的能力。在这三种权力中，专长权和个人影响权具有长效性，容易导致下属长期的忠诚；而制度权则会因为职位的撤销而消失。

（2）集权（centralization）。顾名思义，它是指将权力集中在高层领导手中。集权的产生主要是因为组织历史、领导个性和政令统一的需要而产生的。集权的好处在于：容易使组织政令统一，这对于组织特定发展时期是至关重要的；行政效率高，即提高决策效率和执行效率。集权的弊端在于：可能导致决策质量下降；可能降低组织的反应速度；可能降低组织成员的工作热情。

（3）分权（decentralization）。它是指将权力在组织系统中较低层次进行一定程度的分散。分权的产生主要是因为组织规模的扩大、组织活动的分散、培训管理人员的需要等。分权可能产生的弊端包括政令难以统一、下级领导难以胜任、代理问题等。

分权的实现通常是通过制度分权和授权（delegation）来实现的。制度分权是指通过组织制度将某种权力分配给某个职位，一般需要通过工作分析和岗位设计等详细论证。一旦进行制度分权则不能轻易变更或者收回。

授权是指管理者临时将某种权力授予给其下属。这既是对下属能力的一种锻炼，又是对下属的一种激励。授权可以收回。

（二）横向分工的基本问题

横向分工是指根据不同标准将组织任务分解成为不同部门和不同岗位的任务。横向分工的结果是导致组织的部门化（departmentalization）。

1. 部门边界的设计问题

组织整体的任务就像一块大蛋糕，而部门的任务和职责就是从这块大蛋糕中切割下来的小蛋糕块。从理论上讲，我们可以很清晰而明确地划分组织各部门的任务和职责。但在现实中，由于人的认知问题，部门职责的划分仍然无法做到完全的清晰明确；组织成员对其任务的理解也不能做到完全一致。因此，当一项任务没有明确地表达责任部门时，就可能产生部门间的相互推诿；而当一项任务涉及多个部门时则可能产生冲突。两者都可能造成任务完成的低效。

另外，随着组织的发展和环境的变化，新的任务和职责会不断地加入到组织的整体任务中，造成部门结构和分工的不断变化。这时，就需要对部门边界进行再设计。

从总体上看，对部门边界的设计就是要明确部门任务、职责和权限，使其承担的任务和职责得以高效地完成。因此，分工的合理性和描述的清晰度是其重要的考量。

2. 部门间的合作问题

清晰的部门边界可以保证部门准确地履行其职责，但仍不能确保部门间的有效合作。由于部门间的分工，可能导致各部门的目标不同、权责范围不同、工作地点不同和工作方式不同，长期的积累还可能导致各部门的思维方式和思想观念的差异，最终导致部门间的合作阻隔。因此，当一项任务需要多部门之间的合作时，就需要设计有效的合作机制，使各部门的努力形成合力。

解决部门间合作问题的主要思路如下：

（1）组织融合。即设计横向跨部门的组织机构，如委员会、项目组等，以促进各部门间有效地完成特定的任务。

（2）工作地点融合。即拆除部门间的物理阻隔，使其在工作交往中没有"墙"的阻碍，如大部制、综合办公室等。

（3）文化融合。即倡导合作的文化，以打破部门之间不同思维方式所造成的阻隔。

■ 第二节　纵向组织设计

一、组织层次

（一）锥形组织结构

如本章前文所述，纵向分工最终导致了组织层级的产生，而组织层级与管理幅度呈反比关系，因此纵向组织设计的核心在于平衡管理幅度和组织层次的关系。

图 5-1 显示了纵向组织设计的一般结果。通常，纵向分工会形成一个类似于金字塔形的组织结构。位于塔尖的是组织的高层管理者，主要从事总体计划和决策、组织制度设计等概念性工作。位于中间的是中层管理者，主要从事总体计划的执行组织、部门计划的制订与实施组织和控制等工作。位于金字塔底层的则是为数众多的基层管理者和一般员工，他们是各项具体工作的执行者和直接监督者。

图 5-1 组织的层次体系

在组织的层次结构中，上级成员承担着下级成员工作的计划、组织和控制工作。这些工作会随着下级成员的人数增加而变得越来越复杂。为保证管理效率，就必须要将管理幅度保持在一定的范围之内。因此随着组织规模不断扩大，组织成员人数的增加就会导致组织层级的增加，形成复杂的多层次的锥形组织结构。

在同样的组织规模下，如果选择较小的管理幅度，可以确保各层次的控制有效性，但也会造成组织层级的增加，导致层级间信息传递的效率和质量下降，也会使得对不同层级间的计划和控制工作变得更加复杂，从而降低对外部变化的响应速度。这种组织刚性对于变化环境中的组织生存产生了较大的风险。此外，由于小管理幅度设计讲求组织控制，因而可能抑制员工的参与意识和创新精神。

（二）影响管理幅度有效性的主要因素

有效的管理幅度主要受到管理者和被管理者的工作能力、工作内容、工作条件和工作环境等因素的影响。具体如图 5-2 所示。

以上因素并不是影响管理幅度的全部因素。实践证明，必须根据组织自身特点来确定适当的管理幅度，从而决定管理层次。

二、组织扁平化

随着社会经济的不断发展，各种组织的规模日趋庞大。运用传统的组织理论所设计的组织结构的层级急剧上升，导致了诸多其自身难以克服的管理问题，例如，沟通成本、协调成本和控制监督成本急剧上升，部门或个人分工的强化使得组织无法取得整体效益的最优，难以对市场需求的快速变化做出迅速反应等。为了克服传统的科层组织结构的弊端，扁平化组织结构应运而生。

影响因素		管理幅度	
工作能力	管理者	强 ←——————————→	弱
	被管理者	强 ←——————————→	弱
工作内容	管理层次	低 ←——————————→	高
	下属工作相似性	强 ←——————————→	弱
	计划完善程度	高 ←——————————→	低
	非管理事务	少 ←——————————→	多
工作条件	助手配备	强 ←——————————→	弱
	管理信息化水平	高 ←——————————→	低
工作环境	组织环境稳定性	高 ←——————————→	低
	工作地点集中度	高 ←——————————→	低

图 5-2 影响管理幅度有效性的主要因素

（一）组织扁平化的概念

所谓组织扁平化（flat structure），就是通过破除组织自上而下的垂直高耸的结构，减少管理层次，增加管理幅度，裁减冗员来建立一种紧凑的组织机构，达到使组织变得灵活敏捷，富有柔性和创造性的目的。它强调系统、管理层次的简化，管理幅度的增加与分权等。

（二）组织扁平化的特点

组织扁平化的基本思路是打破原有的部门界限，绕过原来的中间管理层次，直接面对顾客和向组织总体目标负责，从而以群体和协作的优势来提高组织效能。扁平化组织的特点是：

（1）以工作流程为中心而不是部门职能来构建组织结构。组织结构设计是围绕有明确目标的几项"核心流程"建立起来的，而不再是围绕职能部门；职能部门的职责也随之逐渐淡化。

（2）简化纵向管理层次，削减中层管理者。即增大管理幅度，简化烦琐的管理层次，取消一些中层管理者的岗位，使组织指挥链条最短。

（3）管理重心下移。即将组织资源和权力下放于基层，使与顾客直接接触的基层员工拥有部分决策权，以提高对顾客需求的响应速度，真正做到"以顾客为导向"。

（4）充分运用现代技术手段。即充分运用现代通信技术、网络技术和其他IT技术进行组织内部和外部的沟通与监控，可以大大增加管理幅度与大幅提高效率。

（5）实行目标管理。在下放决策权给员工的同时实行目标管理，以团队作为基本的工作单位，员工自主决策、自我管理，使每一个员工真正成为组织的主人。

（三）组织扁平化的模式

组织扁平化的主要形式有团队型组织、网络型组织（虚拟企业）等。

1. 团队型组织

团队型组织（team organization）中以自我管理团队（self-managed team，SMT）作为基本的构成单位。所谓自我管理团队，是以响应特定的顾客需求为目的，掌握必要的资源和能力，在组织平台的支持下，实施自主管理的单元。一个个战略单位经过自由组合，挑选自己的成员、领导，确定其操作系统和工具，并利用信息技术来制定他们认为最好的工作方法。惠普、施乐、通用汽车等国际知名的企业均采取了这种组织方式。自我管理团队使组织内部的相互依赖性降到了最低程度。

团队型组织的基本特征是：工作团队做出大部分决策，选拔团队领导人，团队领导人是"负责人"而非"老板"；信息沟通是通过人与人之间直接进行的，没有中间环节；团队将自主确定并承担相应的责任；由团队来确定并贯彻其培训计划的大部分内容。

2. 网络型组织

网络型组织（network organization）是由多个独立的个人、部门和组织（如企业）为了共同的任务而组成的联合体，它的运行不靠传统的层级控制，而是在定义成员角色和各自任务的基础上通过密集的多边联系、互利和交互式的合作来完成共同追求的目标。

图 5-3 显示了一个典型的网络型组织结构。

在网络型组织中，各成员都是网络上的一个节点，每个成员都可以直接与其他成员进行信息和知识的交流与共享，各成员是平行对等的关系，而不是以往通过等级制度渗透的组织形式。密集的多边

图 5-3　网络型组织结构

联系和充分的合作是网络型组织最主要的特点，而这正是其与传统组织形式的最大区别所在。这种组织结构在形式上具有网络型特点，即联系的平等性、多重性和多样性。

在企业的网络化变革过程中，必须通过大力推广信息技术的使用，使许多管理部门和管理人员让位于信息系统，取消中间管理层或使之大大精简，从而使企业组织机构扁平化，企业管理水平不断提高。

三、有效分权

如前所述，分权和集权是组织设计需要考虑的重要问题，其核心是提高决策的有效性。

如果权力集中于高层管理者手中，其决策时就需要从第一线员工那里获取决策的知识，如外部顾客的信息、竞争对手的信息等。而获取这些决策知识需要经历一定的过程、花费一定的成本。而且，由于信息在传递过程中可能会因为某种原因而产生失真。这些因素的综合作用可能会导致其决策失误，或者时间滞后。此外，还可能导致下属人员失去工作的积极性。这些损失总和就是集权的代价。

如果将决策权下放给下级管理人员，则由于其更加接近被管理对象，原先集权所产生的成本会减小。但是，下级管理者的决策目标通常和组织整体目标不完全一致，导致其决策不能达到整体最优。虽然，组织可以通过制度约束要求下级决策者遵循整体最优的原则，但是由于信息不对称，下级决策者仍可能产生管理机会主义行为——追求自身局部价值的最大化，而使组织蒙受损失。这些损失的总和就是分权的代价。

随着分权程度的不断提高，集权的代价逐步减小，分权的代价逐步增大。有效的分权应该使集权和分权的代价之和最低，如图 5-4 所示。

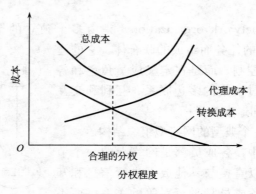

图 5-4　分权的有效性

分权的程度主要表现在以下几个方面：

(1) 决策频度。组织中较低层次管理者制定决策的频度越大，则分权程度越高。

(2) 决策幅度。组织中较低层次决策的范围越广，涉及职数越多，则分权程度越高。

(3) 决策重要性。决策的重要性可以从决策的影响程度和决策费用两个方面加以衡量。如果决策对整个组织的影响程度较大，花费较多，则分权程度高度较高；反之则分权程度较低。

（4）决策控制程度。如果高层管理者对于低层次决策较少进行控制，则分权程度较高；反之则分权程度较低。

第三节 横向组织设计

横向组织设计的结果是部门化（departmentalization）。部门化是将若干职位组合在一起的依据和方式。它是将组织中的活动按照一定的逻辑安排，划分为若干个部门，进一步划分为各个岗位的工作。部门化的目的是：确定组织中各项任务的分配、责任的归属，以求分工合理、职责分明，有效地达到组织的目标。

部门划分的方法主要有职能部门化、产品部门化、区域部门化、顾客部门化、流程部门化、复合部门化等。

一、职能部门化

1. 职能部门化的概念

职能部门化（functional departmentalization）是最普遍采用的一种横向组织设计方法。它是按照专业化的原则，以工作或任务的相似性为基础来划分部门。相似性的标准包括活动的业务相似性，所要求的技能的相似性，以及对目标的相关性等。

图 5-5 显示了一个典型的职能部门化的组织结构图。

2. 职能部门化的优点

职能部门化是一种传统的、普遍的组织形式。这首先是因为职能是划分活动类型、设立部门的最自然、最便捷和最符合逻辑的标准。职能部门化可以带来以下好处：①专业化易于提高工作效率和产生规模经济；②有利于员工专业技术的提高和清晰自己的职业生涯道路；③利于组织管理与控制。

3. 职能部门化的局限性

职能部门化的主要局限性有：①容易出现部门的本位主义，造成部门之间协调困难；②各部门没有对整体的决策权，导致决策缓慢、质量不高，从而降低对外部环境变化的反应速度；③各部门不对整体结果负责，较难检查责任与考核组织绩效。

鉴于上述特点，职能部门化通常适合于组织建立初期，品种较少、规模不大的情况下。

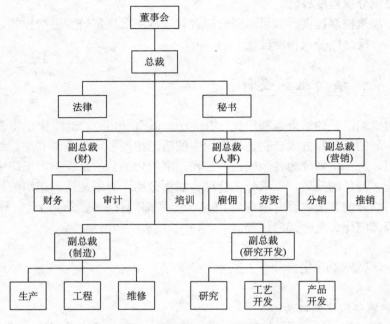

图 5-5　职能部门化组织结构

二、产品部门化

(一) 产品部门化的概念

当组织规模逐渐扩大，业务或产品品种增多，把不同制造工艺或者不同客户群体的业务或产品放在同一个制造部门或者销售部门来运作将会变得越来越困难。这时，就需要按照业务种类或者产品品种的不同来设立部门。产品部门化（product departmentalization）就是按组织向社会提供的产品来划分部门的一种组织方式。如家电企业集团可能会依据其产品类别划分出彩电部、空调部、冰箱部、洗衣机部等部门。而各产品部门中具有共性的职能可以仍保留在组织高层，如图 5-6 中的家电集团可在集团层次保留公共关系、财务、人事等管理职能。

产品部门化组织结构又称为事业部制组织结构。图 5-6 显示了一个典型的产品部门化的组织结构图。

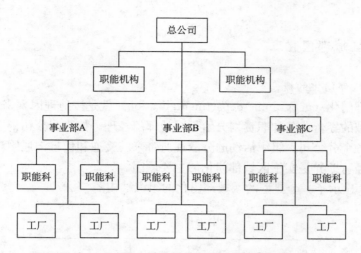

图 5-6　产品部门化组织结构

（二）产品部门化的优点

产品部门化的优点是：

（1）有利于企业多元化经营。每个业务部门只负责一个或一类产品可以提高效率，降低成本；而多元化经营可以降低企业的整体经营风险。

（2）有利于部门之间的竞争。每个部门对其结果负责，责任明确，易于考核，从而促进了部门之间的竞争。

（3）有利于提高决策效率和质量。每个部门对自身业务最为了解，也具有决策权，因而能够对外部变化进行快速而有效地响应。

（4）有利于本部门内更好的协作。部门内各单位共同对类别较少的产品负责，容易产生理解与合作。

（5）有利于综合性管理人才的培养。产品部门的管理者都需要独当一面，负责同一产品制造的各种职能的管理活动。这对于培养综合性高级管理人才十分重要。

（三）产品部门化的局限性

产品部门化的局限性主要体现在：

（1）不利于政令统一，容易出现部门化倾向。由于各部门之间的竞争关系，容易导致其过分强调部门利益而忽视整体利益。

（2）不利于精简机构和降低管理费用。各部门都需要设立基本的管理机构，从而容易造成职能和管理人员的冗余，导致管理费用增加。

三、区域部门化

1. 区域部门化的概念

区域部门化（geographic departmentalization）就是按地理因素来划分部门，把不同区域的经营业务和职责划分给不同的部门经理。如跨国公司依照其经营地区划分的各个分公司。组织活动的分散性所带来的交通和信息沟通困难，以及不同区域的经营差异是实施区域部门化的主要原因。

图 5-7 显示了一个典型的区域部门化的组织结构图。

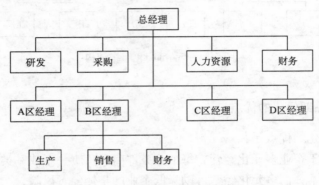

图 5-7　区域部门化组织结构

2. 区域部门化的优点

区域部门化的主要优点是：①对本地区环境的变化反应迅速灵敏；②便于本地化经营和区域内部的协调；③利于管理人员的培养。

3. 区域部门化的局限性

区域部门化的局限性主要体现在：①与总部之间的管理职责划分与协调比较困难；②不利于政令统一和降低管理成本。

四、顾客部门化

1. 顾客部门化的概念

顾客部门化（customer departmentalization）是按组织服务的对象类型来划分部门。如银行为了给不同的顾客提供服务，设立了商业信贷部、农业信贷部和个人信贷部等。顾客部门化是以顾客为导向的经营理念的一种体现。

图 5-8 显示了一个典型的顾客部门化的组织结构图。

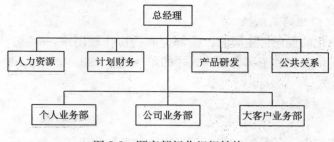

图 5-8 顾客部门化组织结构

2. 顾客部门化的优点

顾客部门化的主要优点是：①可以更加有针对性地按需生产、按需促销，更好地创造顾客价值；②有利于组织发挥核心专长，不断创新。

3. 顾客部门化的局限性

顾客部门化的局限性主要有：①只有当顾客达到一定规模时，才比较经济；②需要大量针对不同顾客的服务和管理人才。

五、流程部门化

1. 流程部门化的概念

流程部门化（process departmentalization）是按完成任务的工作或业务流程所经过的阶段来划分部门。如机械制造企业划分出铸工车间、锻工车间、机加工车间、装配车间等部门。

图 5-9 显示了一个典型的流程部门化的组织结构图。

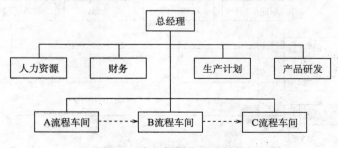

图 5-9 流程部门化组织结构

2. 流程部门化的优点

流程部门化的主要优点是：①面向流程进行管理，使得生产或服务流程更加高效，对外部变换的反应更加灵敏；②充分利用专业技术和技能，容易产生员工之间的学习效应。

3. 流程部门化的局限性

流程部门化的局限性主要有：①部门间的协作较困难，容易产生部门冲突；②权责相对集中，不利于综合管理人才的培养。

六、复合部门化

在实际工作中，各种组织很少只根据一种部门化方式来划分部门，而是经常同时利用两个或两个以上的部门化方式，形成复合式（hybrid）的组织结构。如大学里设置的教务处、科研处、财务处等部门是以职能为部门划分标志的，而教务处、研究生院/部等的设置又是以产品为部门划分标志的。究竟采用何种部门化或若干种部门化的组合往往取决于各种部门化方式优劣的权衡。

在众多复合式部门化的方法中，矩阵型组织结构最具特点。

1. 矩阵型组织的概念

矩阵型组织（matrix organization）是一种由纵向和横向两套管理系统交叉所形成的复合结构组织。其中，纵向是职能系统；横向是为完成某项专门任务而设立的、跨职能部门的临时性组织——项目系统。通常，项目系统的人员是根据任务的需要从各相关职能部门抽调来的，他们在项目任务完成后仍将回到原职能部门。

图 5-10 显示了一个典型的矩阵型组织结构图。

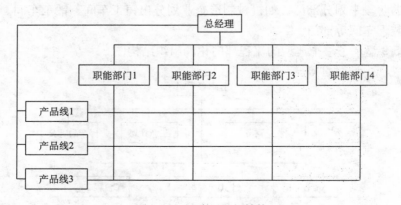

图 5-10　矩阵型组织结构

2. 矩阵型组织的优点

矩阵型组织的主要优点是：

（1）组织柔性和适应性。在当今内外环境变化频繁的背景下，组织柔性和适应性是组织结构设计所必须考虑的问题。矩阵型组织的柔性和适应性主要体现在其横向的项目系统中。它使得组织可以在保留职能组织的效率的同时，寻求对外部变化的快速响应。

（2）便于不同职能部门的合作和交流。由于项目系统的人员来自于不同部门，共同的工作能够促进其相互交流、相互理解，同时也有利于创新思想的产生。

3. 矩阵型组织的局限性

矩阵型组织的局限性主要有：

（1）产生双重领导。矩阵型组织中的成员需要接受来自于职能系统和项目系统的双重指令，从而使其无所适从，或者产生机会主义行为。同时，也可能产生职能领导和项目领导之间的协调困难。

（2）产生临时思想。鉴于横向组织的临时性，组织成员可能产生临时观念，从而影响工作责任心和稳定性。

矩阵型组织的上述特点使其特别适合用于完成工作内容变化频繁、涉及面广、临时性的、复杂的重大工程项目或管理改革任务。此外，矩阵型组织还可以成为一般组织中安排临时性工作任务的补充结构形式。

➢ 复习思考题

1. 什么是组织？组织工作的主要内容有哪些？
2. 组织工作所面临的基本问题是什么？在实施中又会衍生出哪些管理问题？
3. 纵向分工主要解决什么问题？其核心的管理问题是什么？
4. 横向分工主要解决什么问题？其核心的管理问题是什么？
5. 分权和集权的理由是什么？它们可能产生哪些管理问题？
6. 组织扁平化的理由是什么？在组织扁平化的过程中应注意防范什么管理问题？
7. 部门化的方式有哪些？它们各自有什么特点？
8. 如何建立部门间既分工明确、又相互合作的机制？

案 例 分 析

西北发动机公司的组织变革

2002年，西北发动机公司进行重组，将公司划分为三个事业部：商用喷气发动机公司、军用喷气发动机公司和通用汽轮机公司。西北发动机公司总裁王强构想：设立三个副总裁，分别负责一个事业部的运作；三个事业部独立运作，每个公司都有各自的技术、制造和会计部门；某个事业部的服务性设施或部门，有向其他事业部提供服务的义务。这一点是非常重要的，因为如果每个事业部都拥有完备的服务性体系或部门，将会造成大量的资源冗余。

总公司原有的试验室就是这样一种机构。从职能上讲，它为三个事业部提供服务，但在组织结构上隶属于军用喷气发动机公司。

这样的组织形式直到 2002 年 2 月，在原试验室主任退休之前没有出现问题。试验室新任主任霍刚上任之初就寻求改变，希望尽快在业绩上有大的改进。然而，在任试验室主任仅六个月的时候，他与事业部之间的冲突就不断发生了。

以前，各事业部的技术部门将试验室作为测试基地，以为其产品设计确定合适的材料。霍刚认为，试验室应更多地参与材料实验设计和试验结果的评价。为此，他与通用汽轮机公司技术部主任林平交换过意见。林平同意试验室对材料选择有建议权，但他坚持材料的选择权是事业部技术部门的责任。

几个月之后，林平和霍刚再次发生争执。林平对试验室未将试验设计细节通知他而大感恼火，而霍刚则认为林平对材料缺乏专业知识。

林平还抱怨，试验室总是不能及时安排他所要求的试验。霍刚则解释说，他必须首先完成军用喷气发动机公司交给的任务，同时他还说，如果他能够更多地参与通用汽轮机公司的项目，他也许会对其紧迫性有更好的了解。

当通用汽轮机公司的几个关键项目的试验被严重搁置，两人的关系紧张到了顶点。林平通过负责本公司的副总裁将这件事报告给总裁王强。而王强也听到商用喷气发动机公司的抱怨，觉得必须彻底解决这个问题。

思考题：

1. 林平和霍刚发生争执的原因是什么？
2. 假如你是王强，你将用什么方法来解决这些矛盾？
3. 你认为在组织设计中有哪些因素会较大地影响组织结构的形式？

第六章

人力资源管理

> **本章提要**

1. 人力资源管理的内涵；
2. 工作分析的内容、程序及结果描述；
3. 人力资源规划的内容及程序；
4. 人员招聘的程序及方法；
5. 培训的目的、需求、形式及效果评价；
6. 绩效考核的内容、作用、程序及方法；
7. 薪酬的内涵、薪酬制度及薪酬的影响因素；
8. 职业生涯的内涵、阶段及影响因素；
9. 劳资关系管理的内涵。

人力资源是组织最重要的资源。人力资源管理是组织通过进行工作分析、人力资源规划、人员招聘、培训、绩效管理、薪酬管理、职业生涯管理以及劳动关系管理等，实现人与岗位的最佳匹配，营造良好的工作环境，提高员工的工作积极性，进而帮助组织提高绩效的活动。

■ 第一节　工作分析与人力资源规划

进行人力资源管理要明确的第一个问题是该组织需要怎样的人力资源、多少人力资源。回答这个问题的前半部分需要把组织的任务分解成为岗位工作，进而明确各岗位的要求。这一过程即为工作分析，也成为岗位分析。对后半部分问题的回答与前半部分结合共同构成了人力资源规划的主要工作。

一、工作分析

（一）工作分析的内容

工作分析是通过观察和研究，确定某一职务的性质的过程，其实质是研究某项工作所包括的内容及工作人员必须具备的技术、知识、能力与责任，区别本工作与其他工作的差异以及本工作与组织内其他工作之间的关系。具体包括以下内容的确定：

（1）工作名称。进行工作描述时的特定名称，并且能通过名称了解工作的性质和内容。

（2）工作规范。其包括该岗位所要完成的工作任务，工作职责，完成工作所需的资料、机器设备，工作流程，与其他人员的上下、左右关系等。

（3）工作环境。其包括：①物理工作环境，如温度、湿度、噪音、粉尘、油渍以及工作人员每日和这些因素接触的时间；②安全工作环境，如工作危险性、可能发生的事故、劳动安全等；③社会环境，包括工作的方便程度、孤独程度、同事关系等。

（4）任职资格。它是指担任该岗位所必须具备的最低资格或条件，包括：①必备知识，如学历、技能等；②必备经验，如工作经历等；③必备技能，如运算能力、使用办公软件的能力等；④必备的心理素质，如坚毅、执著、乐观等。

（二）工作分析的程序

工作分析是一项细致而全面的工作，要使其顺利地进行，一般要包括以下几个阶段。

1. 工作分析的准备阶段

由于工作分析涉及面广，需要各岗位上的员工给予良好的配合，因此工作分析之前的准备工作是否充分将对工作分析的结果产生重要的影响。在准备阶段至少要进行如下工作：

（1）确定工作分析的对象。对所要分析的职务和任职者做充分的了解，要了解其在组织中的地位、大致的工作内容、工作环境；对于该岗位的任职者，要对其专业背景、工作能力、性格特征有一定的了解，使工作分析的进行有备无患。

（2）进行工作分析动员。对于工作分析的相关人员，包括领导者、中基层管理人员和基层员工解释和说明工作分析的意义、工作分析可能涉及的问题以

及需要他们所提供的配合，这样他们就会对后续的工作分析有了一定的心理
准备。

2. 调查阶段

通过正式或不正式的方式，灵活采用访谈、问卷、观察和关键事件等工作分
析方法，以工作分析的内容为对象，广泛深入地收集数据或资料。

3. 分析与总结阶段

根据工作分析的内容，对各个工作岗位进行一一分析，最后将分析的内容进
行总结，形成工作结果。

（三）工作分析的结果

工作分析的结果是通过岗位说明书来体现的。岗位说明书是对某一工作的性
质、任务、责任、工作内容、工作方法以及工作人员的任职资格等所做的书面记
录。它包括：

（1）基本资料，包括职务名称、直接上级职位、所属部门、工资水平、所辖
人数、定员人数、工作性质等。

（2）工作描述，包括工作概要、工作活动、工作职责、工作结果、工作关
系等。

（3）任职资格，包括所需最低学历、从事本岗位所需相关经验和工作年限、
技能要求、个性要求、性别年龄、体能要求和其他特殊要求。

（4）工作环境，包括工作场所、职业病情况、工作时间要求、工作环境、工
作内容在时间上的均衡性等。

表 6-1 是一份人力资源部经理的工作说明书。

表 6-1　人力资源部经理职务说明书

职位名称	人力资源部经理		直接上级	副总经理	
定员	1 人	所辖人数	12 人	工资水平	5 级
分析日期	2009 年 12 月	分析人	房胜	批准人	王强
工作描述					
工作概要	制定、执行与人力资源管理活动相关的各类政策，为填补职位空缺进行雇员招聘，面谈、甄选等活动；计划和实施新雇员的上岗、引导工作，培养对公司目标的积极态度；指导公司市场调查、确定竞争性市场工资率；制定人力资源管理经费预算；与工会的主管人员共同解决劳动纠纷，在雇员离职前进行面谈，确定离职的真正原因；在与人力资源有关的听证会和调查中任公司代表；监督指导本部门的工作				

续表

工作职责	提交公司人力资源规划及人事改革方案、贯彻、落实各项计划
	雇员的招聘、录用、劳动合同签订、定岗、定编、定员计划的制订
	处理职工调配、考核、晋升、奖惩和教育培训工作，对中层干部调整提出方案
	处理劳动工资、职工福利、职称审定的工作
	处理雇员离职、人才交流、出国政审及人事批件事宜
	负责雇员健康检查、献血、保险事宜
	分析公司业务状况、预测公司发展前景、制定部门发展规划，参与制定公司发展战略
	协调公司内外部人际关系，向公司高层提出处理人事危机的解决方案

资格要求

因素	细分因素	条件
知识	教育	大学本科及以上，能较频繁地综合使用其他学科的一般知识
	经验	职能管理2年以上，业务管理3年以上；学习过管理学、组织行为学、财务管理等相关课程
责任	技能	具有高度的判断力和计划性；能积极适应环境变化；具有综合各种知识和技能的能力、具有良好的人际关系和组织能力
	分析	具有较强的分析公司战略与业务发展的能力
	协调	具有良好的沟通、协调能力
	指导	监督、指导6～13名一般员工或3～4名管理人员
	组织人事	完成对员工选拔、考核、工作分配、激励、晋升等工作
工作环境	人际关系	能运用正式或非正式的方法指导、辅导、劝说和培养下属，紧密配合下属工作，和其他部门负责人以及上级领导共同协商决策方案
	管理	直接向上级领导负责，参与公司一些大事决策
	财务	具备财务管理的一般知识，具有较强的经费节约意识
	时间特征	正常上下班，有规律
	职业病与危险	无职业病，没有特殊危险
	均衡性	工作不会忙闲不均
工具设备	办公用品与设备	电脑、电话、传真等

责任

调动员工工作积极性，提高员工工作效率，发挥员工创造性，增强组织凝聚力，确保公司人力资源最优配置，确保人力资源工作顺利开展和正常运行

二、人力资源规划

（一）人力资源规划的内容

人力资源规划是组织根据其发展战略、环境变化、人力资源的需求和供给状况，对实现组织目标所需要的人力资源所进行的发展计划。根据不同的预测标准有不同的人力资源规划类型。

1. 以时间为标准

根据时间长短，可以将人力资源规划分为长期规划、中期规划和短期规划。一般长期规划是指五年以上；中期规划是指三年到五年；短期规划是指一年到三年。

2. 以内容为标准

根据规划内容，可以将人力资源规划分为总体规划和专项业务规划。人力资源总体规划是从组织层面对人力资源预测所提出的方针和政策，它包括计划期内人力资源开发的总目标、总政策、实施步骤、人力资源预算等内容。专项业务规划指分门别类地进行人力资源预测，它包括人员补充计划、人员适用计划、人才接替及提升计划、教育培训计划、评价及激励计划、劳动关系计划等，如表6-2所示。

表 6-2 人力资源规划

计划内容	目标	政策	预算
总体规划	数量、素质、结构、绩效、满意度	扩大、收缩、稳定、改革	资金安排
人员补充计划	类型、数量、结构、绩效的改善等	人员标准、来源、起点待遇	薪资安排
人员使用计划	部门编制、需求结构、职务轮换	任职条件、职务轮换范围及时间	人员使用计划
接替提升计划	后备人才数量、提高人才结构及绩效目标	选拔标准、资格、使用期，提升比例，未提升资深人员安置	职务变更引起的工资变化
教育培训计划	素质及绩效改善，培训类型、数量、内容	培训时间保证，培训效果保证（待遇、考核、使用）	培训总投入
评价激励计划	人才流失率，士气水平，绩效改进	激励重点，激励政策，反馈	增加工资、奖金
劳动关系计划	减少非期望离职率，劳资关系改进，减少投诉率及不满	参与管理、加强沟通	法律咨询费、诉讼费
退休解聘计划	贬值，劳务成本降低及生产率提高	退休政策、解聘政策等	安置费、人员重置费

（二）人力资源规划的程序

一个组织每年应招聘多少新员工、哪些员工应该给予培训、哪些员工要给予提升，需要通过一套科学的程序来进行决策。

1. 收集分析有关信息资料

首先，组织要分析其发展战略；其次，要根据其发展战略确定组织的经营活动和主要业务，并且分析其组织结构；最后，根据组织结构和岗位说明书对现有人力资源状况进行核查，包括各个岗位人力资源的数量、结构、质量以及分布。

2. 确定人力资源净需求

根据公司战略和人力资源状况，预测组织的人力资源需求。同时，结合组织内外人力资源供给情况预测人力资源净需求，进而实现人力资源供需平衡。

3. 确定人力资源平衡的方案

（1）人员不足时的方案。此时，组织可以通过招聘、加班、晋升、岗位调换、工作再设计等方式来实现平衡。

（2）人员过剩时的方案。此时，组织可以通过提前退休、换岗、培训、减少劳动时间、休假、裁员、职位分享等方式实现平衡。

（3）人员平衡时的方案。此时，可以通过岗位轮换、工作扩大化、工作丰富化等方式提高组织活力，培养管理后备人才、新业务人才。

第二节　员工招聘与培训

一、招聘

招聘是组织根据岗位说明书、人力资源规划及时寻找和吸引并鼓励符合要求的人到本组织中任职或工作的过程。

（一）招聘的程序

组织在招聘之前要完成岗位说明书和人力资源规划，接着要制订招聘计划、发布招聘信息、进行人员选拔和录用，最后对招聘活动进行评价，如图 6-1 所示。

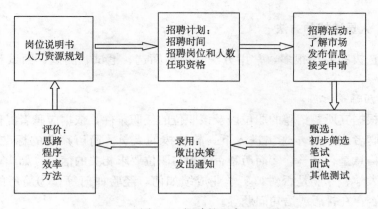

图 6-1　招聘的程序

（二）招聘的类别

根据招聘对象的来源可将招聘方式分为内部招聘与外部招聘。

1. 内部招聘

内部招聘是组织从内部选择员工来担任某个岗位的方式。其常用渠道是提升、工作轮换、工作调换、返聘。提升是指用现有员工来填补高于其原级别的职位空缺；工作轮换是指员工对多个工作岗位都经历一遍，常用于综合管理人才的培养；工作调换则是把员工调到最需要或最合适的岗位上去；返聘则是将原来在组织中退休的员工重新聘请回来工作。

2. 外部招聘

外部招聘是组织从外部选择员工来担任某个岗位的方式，渠道有通过人才中介机构招聘、校园招聘、招聘会招聘、网络招聘等。

内部招聘和外部招聘的优缺点见表 6-3。通常，组织进行人员招聘时优先考虑内部招聘，其次才是外部招聘。

表 6-3　内外部招聘优缺点

招聘类别	优点	缺点
内部招聘	1. 招聘准确性高，招聘风险低 2. 提高员工士气，调动员工积极性 3. 招聘成本低 4. 使组织培训得到回报	1. 易出现思维定势，缺乏创新 2. 影响未提升者的士气 3. 范围窄，不利于招聘到最合适的人才 4. 近亲繁殖
外部招聘	1. 来源广，有利于招聘到一流人才 2. 补充新鲜血液，拓宽组织视野 3. 人才现成，培训费用少 4. 有助于缓和内部竞争者的紧张关系	1. 影响内部员工士气 2. 进入角色需要调整适应期 3. 了解少，招聘风险大 4. 新员工有不为群体接受的风险

（三）人员选拔的方法

人员选拔的方法很多，常用方法有简历筛选、笔试、测试、面试和背景调查等。

1. 简历筛选

组织根据其所要招聘的职位以及该职位的任职条件，依据应聘者提供的简历从众多应聘者当中初步选出进入下一轮选拔的人员。简历筛选的标准主要有：①简历的信息是否完整；②简历是否体现与职位要求相关的信息，如毕业学校是否是重点大学、专业是否对口、学业成绩如何、经验如何等；③简历的撰写质量，如是否存在排版或语句问题等。

2. 笔试

笔试又称为知识考试，是组织以书面考试对应试者的知识广度、知识深度和知识结构进行细致了解的一种方法。笔试最关键的环节是命题。有效的命题要和所测试的内容高度相关，并具有较高的区分度。

3. 测试

测试是采用经过科学实验、分析、归纳、总结的量表来对应试者的智商、能力、个性、兴趣等进行探测的方法。常用的测试有：

（1）智商测试。对被试者的观察力、记忆力、思维能力、注意力进行测试，如中国公务员考试中的行政职业能力测试。应聘者如果没有对类似题目提前进行准备，则结果会更加可靠。

（2）个性测试。个性测试也叫人格测验，主要有自陈式测验量表与投射式测验量表。自陈式测验量表是向被试者提出一组有关个人行为、态度意向等方面的问题，被试者根据自己的实际情况做真实的回答。主试者根据被试者的回答与评分标准或模式相比较，从而判断被试者的人格特征。常用的量表有卡特尔 16 种人格因素测验（16PF）（表 6-4）、艾森克人格问卷（EPQ）等。投射式测验量表用于探知个体内在隐蔽的行为或潜意识的深层态度、冲动和动机，主要采用图片测试。

表 6-4　卡特尔 16 种人格因素

特质	低程度特征	高程度特征
乐群性	缄默、孤独	乐群外向
聪慧性	迟钝、学识浅薄	聪慧、富有才识
稳定性	情绪激动	情绪稳定
恃强性	谦虚顺从	好强固执
兴奋性	严肃审慎	轻松兴奋

续表

特质	低程度特征	高程度特征
有恒性	权宜敷衍	有恒负责
敢为性	畏缩退却	冒险敢为
敏感性	理智、着重实际	敏感、感情用事
怀疑性	依赖随和	怀疑刚愎
幻想性	现实、合乎成规	幻想、狂放不羁
世故性	坦白直率、天真	精明能干、世故
忧虑性	安详沉着、有自信心	忧虑抑郁、烦恼多端
实验性	保守、服膺传统	自由、批评激进
独立性	依赖、随群附众	自主、当机立断
自律性	矛盾冲突、不明大体	知己知彼、自律谨严
紧张性	心平气和	紧张困扰

（3）职业兴趣测试。职业兴趣测试是通过了解个体的特征来揭示人们想做什么、喜欢做什么以及适合做什么。霍兰德职业兴趣测验把人的兴趣分为六种类型：实际型、研究型、社交型、传统型、组织型、艺术型，如表 6-5 所示。

表 6-5 霍兰德职业兴趣类型

兴趣类型	职业
实际型：有攻击性、身体活动有技术性、力量、协调性	林业、农业、建筑业
研究型：善思考、组织、理解等智力活动、情感与直觉较少	生物学、数学、新闻报道
社交型：好交际，不好心智或体力活动	服务业、社会工作、临床心理学
传统型：喜欢从事有规章制度的活动、有奉献精神，尊奉权威	会计、财务、组织管理
组织型：擅辞令，以影响他人、攫取权利、地位	法律、公共关系、中小组织管理
艺术型：爱自我表达、艺术性创造或情感活动	绘画、音乐、写作

4. **面试**

面试是通过主试者与被试者双方面对面的观察、交流等双向沟通的方式，了解应试者的素质、能力与求职动机的一种选拔技术。从不同的角度有不同的面试类型。

1）结构化面试、非结构化面试和半结构化面试

结构化面试是连续向被试者提出相同问题的方式；非结构化面试是由面试者对应试者提出探索性、无限制问题的方式；半结构化面试是有些面试内容有统一要求，另外一些面试内容由面试者自主决定。结构化面试由于对面试者的问题基

本相同容易导致面试内容的泄露，同时由于问题比较固定，缺乏应聘者发挥的余地；非结构化面试由于每个人的面试问题不同，单纯凭面试结果判定应聘者的水平不一定准确；半结构化面试对一些基本问题程序化，另一些问题让应聘者自由发挥，能较好地规避单纯结构化和单纯非结构化的缺点。

2）个人面试、小组面试和集体面试

个人面试是主试者和应试者一对一进行面试的方式，这种方式一般用于最后一轮面试；小组面试是由一群主试者对一个候选人进行面试的方式；集体面试是一个或几个主试者同时面试几个候选人的方式。

3）情景模拟、行为描述和综合式面试

情景模拟是提供一种场景，观察被试者在其中的反应，这种面试关注被面试者未来行为的意向，而非过去的行为。行为描述面试是利用专门设计的问题了解应试者在过去某种特定情景下的某种行为，由此来对应试者进行判断。综合式面试具有前面两种面试类型的特点，通过结构化的方式，对应试者的知识、技能、个性等特征进行推测。

5. 背景调查

当组织基本确定了人选后，就要对求职者的信息进行更为准确的核对，即背景调查。背景调查主要确认求职者的学历、工作经历、薪资等情况的真实性，同时了解求职者在原来工作单位与人相处、合作的情况等。

二、培训

培训是组织根据其发展需要，为培育组织文化、改变员工态度、提高员工技能为员工所提供的学习形式。

（一）培训的目的

1. 培育组织文化，提高员工对组织的认同感、归属感

组织通过为员工提供价值观、行为准则、行为方式、道德等方面的教育，进而在组织内形成上下一致的看法，促使组织上下一心，形成良好文化。

2. 发展员工能力

随着科技的发展、组织业务内容的扩大，无论是新员工还是老员工，无论是刚从大学毕业的，还是已经工作多年的，都存在能力不足的情况，为此组织针对不同层次、不同类型的员工提供相应的能力培训，使其能更好地胜任各自的岗位。

3. 促进员工职业生涯发展

员工流动率最低的组织不是薪资最高的组织，而是有职业生涯发展路径的组

织。随着组织的发展，员工将不断地获得升职、换岗的机会。为了使员工的职业生涯有更好的发展，不仅需要员工自己有意识地加强学习，更需要组织为员工有针对性地提供学习的机会，进而使其能胜任更好、更高的职位。

（二）培训的需求

培训无论对组织还是对员工，都是一项投入。组织应该依据需求对员工进行培训。培训的需求主要来自于三个方面。

1. 员工

当员工当前个人的实际工作绩效低于组织的绩效标准，或者员工当前的工作能力低于未来预期所需要的能力时，就要对员工进行培训。

2. 工作任务

通过工作分析，明确地说明该岗位的任务要求、能力要求和人员素质要求。当组织内的现有员工能力无法胜任该工作任务时，组织就要对潜在任职人员进行培训。

3. 组织发展

组织根据其发展战略、长期目标和短期目标，确定员工所需要具备的能力，当员工的实际能力与所需能力存在差距时，组织就需为各级员工提供相应的培训。

（三）培训的形式

1. 新员工培训

在新员工到单位报到的前期，必须对其进行培训。其培训内容包括组织文化培训和业务技能培训。

在文化培训方面，首先，要向员工说明组织的愿景、目的、价值观、组织道德、行为准则和行为作风等，并引导他们和组织的观点保持一致。其次，让员工了解组织内外环境、组织的业务和功能、各部门的职能以及各种标识、标志所代表的含义。最后，让新员工学习组织的管理制度，包括考勤制度、请假制度、奖惩制度、财务制度、考核制度、晋升制度等。

在业务培训方面，首先要请组织领导对新员工讲解组织的发展战略，明确新员工将来所从事的工作在组织内的地位和意义；其次要请老员工或部门领导对新员工进行业务技能培训，在组织内开展对新员工的"传、帮、带"活动。

2. 在职培训

组织通过工作轮换、工作内容扩大化或工作丰富化、实习等方式让员工在工作过程中学习新技术、新方法，培养新技能的培训方式。这种培训方式的最大特点就是干中学，其缺点是员工压力加大，时间紧张。

3. 离职培训

离职培训是员工为了适应新的工作岗位，或提升员工的工作能力而让员工离开工作岗位一段时间，到大学或专门的培训机构专心致志学习技能的方式。最常见的离职培训方式包括教室教学、影片教学以及模拟教学等。课堂教学适合于向员工传授专门知识；影视教学适合于示范技术；模拟教学适合于人际沟通能力的培养。除此以外还有案例分析、角色扮演等培训方式。

4. 模块式技能培训

模块式技能培训是国际劳工组织于 20 世纪 70 年代通过收集和研究世界发达国家各种先进的培训方式而开发的一种新的技能培训方式。MES 是以系统论、信息论和控制论为理论基础建立起来的职业技能培训系统。其中有几个重要概念，即模块（modular unit，MU）、技能模式（modules of employable skill，MES）和学习单元（learning element，LE）。每个模块由若干个学习单元组成，每个模块从技术讲是相互独立的。受训人员有效地完成一个模块的培训就可以获得一种最基本的技能。学完了所有模块的内容，基本上就能完全胜任某个岗位。

（四）培训效果的评价

培训效果是指在培训过程中受训者所获得的知识、技能、才干和其他特性应用于工作的程度。通过对培训效果进行评价，及时总结经验、发现问题，并通过改进实现预期的培训目的。一般而言对于不同层次的培训，其评价方法不同。

1. 反应层的培训效果评价

通过观察、面谈、问卷和讨论等方式了解受训者对培训的印象和感觉。

2. 学习层的培训效果评价

通过书面测试、操作测试来评价受训者在知识、技能及态度的掌握方面有多大程度的提高。

3. 行为层的培训效果评价

通过绩效评价、观察、问卷、成果分析、做进度记录等方式了解受训者的行为在培训前后有无差别，在工作中是否应用了培训技能。

4. 结果层的培训效果评价

根据利润、成本、生产率、事故率、流动率、士气等指标来了解组织是否因为培训而经营得更好。

第三节　绩效考核与薪酬管理

一、绩效考核

（一）绩效与绩效考核的内涵

绩效，不同的专家有不同的理解。本书认为，绩效是个人知识、技能、态度等一切综合因素通过工作而转化为可量化的贡献，它包括有形与无形两部分。有形绩效是可以直接量化的工作成果，如销售业绩、任务完成情况；无形绩效是无法直接量化的工作成果，如良好的工作态度推动了良好文化的培育进而对其他的员工业绩产生正面影响。

绩效考核，又称绩效考评、绩效评价等，是对员工的工作行为与工作结果全面地、系统地、科学地进行考察、分析、评估与传递的过程。其本质是考察组织成员对组织的贡献，或对组织成员的价值进行评价。

（二）绩效考核的作用

1. 有助于提高组织绩效

通过绩效评价为组织管理者及其下属提供机会，使大家能够对下属已有的工作行为进行调查，进而帮助其改正不良工作习惯、工作方法，发现其在能力、态度、知识等方面的缺陷，进而找到提升的方向，从而提高组织绩效。

2. 提供激励的依据

通过绩效考评，了解每个人的工作业绩、工作能力和工作潜力，进而有针对性地对员工进行加薪或晋升。

3. 有助于员工职业生涯的管理

通过绩效考评，了解员工的缺陷和特长，帮助其加以改进或提高，为员工的职业生涯管理提前做好准备。

（三）绩效考核的程序

绩效考核的程序一般包括六个步骤，分别是明确考核内容、制定绩效考核标准、实施考核、考核结果分析与评定、结果反馈与纠正、结果运用。

1. 明确考核内容

组织进行考核的时候，往往要根据不同的考核目的来确定相应的考核内容。它们主要分为三类，分别是技能考核、工作结果考核和工作行为考核。技能考核评价员工的个性、学历经验、工作能力等。工作结果考核是考察员工的任务完成情况、对组织的贡献情况。工作行为考核是考察员工在工作过程中的态度、行为、言语和方式等。

2. 制定绩效考核标准

在确定考核内容后，组织则要针对不同的考核内容确定不同的标准。其标准的制定要和岗位说明书一致，这样可以避免考核时的主观随意性。

3. 实施考核

根据考核内容，依据考核标准，由考核人收集被考核人的相关信息，对被考核人的绩效做出评价。

4. 考核结果的分析与评定

依据考核标准和考核记录对每个人的考核结果进行分析与评定。分析员工在工作技能、工作态度、工作业绩等方面的成就与不足，进而对其给予评级。评级方式多种多样，可以采用百分制，优、良、中、合格、差五级制等能将员工加以区分的方式。

5. 结果反馈与纠正

将考核的结果和员工进行沟通，一方面向员工传达组织对其绩效的看法，另一方面了解员工对自身绩效的看法及可能的需要，然后对绩效不好的员工进行培训。

6. 结果运用

将考核的结果与培训、加薪、晋升结合在一起，使考核具有更强的激励性。

(四) 绩效考核的方法

1. 主观评价法

首先根据员工的工作行为对员工进行主观评价，然后根据评价的结果对员工绩效进行排序的方法。它们有：

(1) 简单排序法。评价者将员工按照工作情况从最好到最差进行排序，这种方法比较适合人比较少的情况，否则就需要用其他方法。

(2) 交错排序法。评价者首先从里面挑出最好的，然后从里面挑出最差，依此类推，直到所有员工排完。这种排序法也仅适合人数比较少的情况，不适合人数多的情况。

(3) 成对比较法。根据某一标准将一员工与其他员工进行逐一比较，并将每一次比较中优胜者选出。最后根据每一员工净胜次数的多少进行排序。

(4) 强制分布法。根据考评标准对员工的业绩情况按百分制进行评分，然后根据评分情况强制性地将员工分为几个等级。

2. 客观评价法

客观评价法是根据客观标准对员工的行为或结果进行评价。具体有：

(1) 关键事件法。将被评价者在工作中所表现出来的最具代表性的有效行为和无效行为都记录下来，形成"考绩日记"形式的书面报告，以此成为评价员工绩效最客观有效的依据。

(2) 行为对照表法。人力资源部门提供一份表格，该表格分几个级别描述员工的工作行为，评价者将员工的工作行为与表中的描述进行对照，找出最接近员工行为的陈述。

(3) 等级鉴定法。评价者首先确定绩效考核的标准，然后对每个评价项目列出几种行为程度供评价者选择。

（4）行为锚定法。这种方法把关键事件法与各种量化评定方法结合起来，通过一个关于好、差绩效的特殊行为说明量表，使评定更为客观有效。

（5）目标管理法。通过将组织目标层层分解到个人，然后根据个人目标的完成情况来对员工进行考核。

二、薪酬管理

（一）薪酬的概念

薪酬是指员工在从事劳动、履行职责并完成任务之后所获得的酬劳或回报，包括经济薪酬和非经济薪酬。

1. 经济薪酬

经济薪酬包括基本工资、附加工资、间接工资、工作用品补贴和额外津贴等。其中，基本工资是和当前业绩无关的部分。附加工资是不定期的一次性发放的收入，如加班工资、佣金和股权激励。间接工资是组织为员工提供的福利，包括法定福利和组织特殊福利，其中，法定福利包括住房公积金、养老保险、医疗保险、生育保险、工伤保险、失业保险等，组织福利包括交通补贴、通信补贴、托儿补贴等。工作用品补贴是组织为员工所提供的工作上必须使用的东西，如办公桌、电脑、电话等。额外津贴是组织为员工提供的优惠购买组织产品的机会和俱乐部会员资格。

2. 非经济薪酬

非经济薪酬包括晋升机会、发展机会、心理收入、生活质量和私人因素等。其中，晋升机会是员工职位提升的机会。发展机会是员工在培训和个人能力提升方面的机会。心理收入是员工在工作中所获得的快乐感受。生活质量是职业对员工个人生活的平衡，包括工作便利、柔性工作时间、孩子看护等。私人因素是员工比较重要的一些私人需求能否在组织得到满足。

（二）薪酬制度

每个组织中员工的薪酬水平存在差异。那么究竟各类人员的薪酬水平由什么来确定呢？这就要依靠公司的薪酬制度。最常见的薪酬制度有岗位工资制度、技能工资制度、薪点工资制度、绩效工资制度、市场工资制度、结构工资制度等。

1. 岗位工资制度

岗位工资制度是根据员工所担任的岗位来决定其薪酬水平的制度。每个组织将不同的职位从低到高分为多个级别，每个级别又分为几个层次，不同的级别不同的层次对应不同的薪资水平。这种制度下，通过提升自己的岗位级别是员工获取加薪的重要渠道。

2. 技能工资制度

根据员工在工作中使用知识的广度、深度和类型来决定其薪酬的制度。它一般由工资等级表、技术等级标准和工资标准三方面内容组成。

3. 薪点工资制度

薪点工资制度是在岗位劳动评价"四要素",即劳动技能、劳动责任、劳动强度和劳动条件的基础上,用点数和点值来确定职工工资的制度。

4. 绩效工资制度

它是根据员工的绩效水平来确定薪酬水平的工资制度。业绩水平高则薪酬高。一般而言,绩效工资制度是岗位工资制度的补充,绩效工资是员工薪资的一部分,其所占比重因组织、行业、员工工种差异而不同。

5. 市场工资制度

员工的薪资水平由市场水平来决定,而不是依据组织现有的薪资水平而定。这种工资制度容易打破组织现有的薪资制度,过高则引起现有员工不满,过低则很可能导致员工辞职,前者仅适用于一些特殊人才、急缺人才,后者仅适用于后勤杂物人员。

6. 结构工资制度

它是根据多个标准而形成的薪资制度,其标准包括岗位、技能、绩效等。组织根据行业、组织和岗位的特征来确定各种薪资所占的权重。

(三) 薪资制度的设计原则

1. 公平性

是否公平是判断薪资制度是否科学的最重要的标准。它包括个人公平、内部公平和外部公平。个人公平是指员工的回报与其付出是成正比的。内部公平是指组织内员工之间的回报与付出比是相等的。外部公平是组织内员工回报与付出比与组织以外员工的回报与付出比是大体相当的。内部公平最为重要,其次是个人公平和外部公平。

2. 激励性

薪酬制度应能够激励员工努力工作实现更高的绩效。例如,业绩工资制往往具有很强的激励性。

3. 竞争性

薪资制度相比其他组织而言,具有很强的吸引力,能吸引人才的加入。

4. 经济性

这是指组织能够用最少的薪资成本激励员工产生尽可能大的经济效益。

5. 合法性

这是指薪资制度必须符合各种法律规范。

（四）薪资水平的影响因素

不同国家、不同地区、不同行业、不同工种，其员工的薪资存在差异。一般而言，主要源于宏观环境、组织因素和个人因素存在差异。

1. 宏观环境的影响

（1）地区和行业间的薪酬水平。员工的薪资水平与地区或行业间的薪资水平呈正相关。如在中国，同样的岗位，上海的总体薪资水平要比南京高，电信业的正式员工要比小民营企业的员工薪资高。

（2）劳动力市场的供求状况。当劳动力市场人才供给大于需求时，员工的薪资水平偏低，反过来偏高。在苏州与南京，同样素质的员工如果进入同样级别的组织，正常情况南京的薪资低于苏州的薪资，其原因之一是南京的人才比苏州的人才资源丰富，人才紧缺程度低于苏州。

（3）社会经济状况。一个国家或地区的社会经济状况与员工薪资成正比。比如同类营业员，在中国月薪大约是 1 500 元人民币，在美国月薪大约是 2 000 美元。

（4）与薪酬相关的法律法规。有些地区有法律规定了最低工资标准、加班薪资标准等，这是任何组织确定其员工薪酬的最低标准。如南京市 2010 年颁布的最低薪资标准，其中一类地区为月薪 960 元，二类地区为月薪 790 元。辖区内任何组织的员工薪酬均不得低于该标准。

2. 组织因素的影响

（1）组织经营状况。当组织的经营状况好、现金流强，就可能为员工支付较高的薪酬。

（2）薪酬政策。组织的薪酬政策是市场领先型、紧跟市场型还是低成本型，决定其薪资水平是高于市场水平、接近市场水平还是低于市场水平。

（3）人才价值观。重视人才的组织往往倾向于给员工较高的薪资，反之给较低的薪资。

3. 个人因素的影响

员工的岗位、技能、资历、业绩等因素对员工的薪资产生重要的影响。一般而言，岗位越高、技能越强、资历越好、业绩越好的员工，其薪资越高，反之其薪资越低。

第四节　职业生涯管理与劳动关系

一、职业生涯管理

（一）职业生涯管理的内涵

职业生涯是指一个人从开始凭借自己的劳动取得合法收入到不再依靠劳动取

得收入为止的人生历程。职业生涯管理是指为了更好地实现个人目标,使个人在整个职业历程中的工作富有成效,对整个职业历程进行计划、实施、评估,并根据外部环境和自身因素以及实施的效果进行调整的过程。

(二)职业生涯的阶段

职业生涯的发展一般经历四个阶段:探索阶段、立业阶段、维持阶段与离职阶段。每个职业生涯发展阶段都有其特定任务或特征。在不同职业阶段,人的需求不同、工作态度与工作方式存在差异。

1. 探索阶段

通常年龄在 18~25 岁,这个阶段的人们寻求合适的职业,获取知识,谋求知识与职业之间的配合、协调。

2. 立业阶段

通常年龄在 22~40 岁,这个阶段员工大多已经“社会化”,着手或已经组建了家庭,在组织中担任一定职务,对未来职业生涯以及自身的能力与素质认识比较客观、明确。

3. 维持阶段

通常年龄在 40~55 岁,职业定位基本完成,工作经验丰富,人际网络健全,可能是企业的核心或骨干人才,职业发展可能面临“玻璃屋顶”,职业技能与专业知识面临淘汰与过时的危险。

4. 离职阶段

通常年龄在 50~65 岁,社会归属感增强,谋求安定,开始计划晚年生活,经验非常丰富,乐于分享经验与教训,健康问题突出。

(三)职业生涯的影响因素

决定人一生的职业变化的因素主要包括两类:一类是个人因素,另一类是组织因素。

1. 个人因素

个人的生物构造,主要指一个人的健康、体能、天资以及其他的遗传因素,影响个人的职业选择,如松下幸之助之所以选择创业是因为他认为自己的身体较差,需要一个自由的工作时间。

个人的性格、意志力等决定了一个人适合做什么。例如,意志力太差的人不适合创业;个人价值观、生活目标决定一个人会选择追求伟大的事业还是选择平常人的生活;家庭背景会影响个人的职业观。

2. 组织因素

所处组织的性质影响个人的职业选择,例如,刚开始在外资企业工作的人更有可能做职业经理人，而在民营企业工作的人则更有可能创业。个人与上司是否和谐也会影响个人的职业选择，当个人与上司配合很好时，个人离职概率很小，反之很高。

二、劳动关系

（一）权利和义务

劳动关系是指员工与雇主双方依法享有的权利和义务。

我国劳动法规定，劳动者依法享有的权利有劳动权、民主管理权、休息权、劳动报酬权、劳动保护权、职业培训权、社会保险、劳动争议提请处理权等。劳动者应承担的义务有：按质按量完成工作任务；学习政治、文化、科学知识；遵守劳动纪律和规章制度；保守国家机密等。

用人单位的权利有：依法录用、分配和安排员工的工作或职位，制定薪资、福利制度、依法奖惩员工等。依法承担的义务有保障工会和职代会行使职权、依法按时按量支付员工薪资、对员工提供培训、改善劳动条件、提供劳动保护等。

（二）集体谈判

集体谈判是劳资双方就有关劳动条件及其他劳动问题谈判的过程或方式。谈判的劳工方代表多为工会，而资方代表可能是单个雇主，也可能是雇主组织。我国涉及集体谈判的法律法规有《中华人民共和国劳动法》、《集体合同规定》等。这些法律法规赋予了工会就员工的劳动报酬、工作时间、休假、福利保险、劳动安全和卫生、合同期限、违约责任等与组织进行共同协商的权利和义务。

➢ 复习思考题

1. 试述人力资源管理的含义。
2. 工作分析包括哪些内容？
3. 人力资源规划包括哪些内容？
4. 试比较内部招聘与外部招聘。
5. 员工选拔有哪些方式？
6. 如何进行员工培训的需求分析？
7. 绩效考核的作用和程序是什么？
8. 薪酬管理制度有哪些类型？
9. 薪酬的影响因素有哪些？
10. 职业生涯包括哪些阶段？
11. 职业生涯有哪些影响因素？
12. 试述集体谈判的含义。

案 例 分 析

国际礼品公司营销员的招聘和绩效评价

一、背景

国际礼品公司是一个全国性的礼品、贺卡、文具销售公司。其商品主要提供给百货商场、超级市场和零售商店进行销售。该公司的主要竞争对手是一家老牌礼品公司。它不仅提供商品给各类商场，而且还有自己的专卖店。最近，另一家连锁商店——环球礼品连锁商店正式成立，与国际礼品公司展开了面对面的竞争。一时间，国际礼品公司销售人员流失严重。

对于公司销售人员而言，一项重要的任务就是走访各家商店、商场，比较本公司与竞争对手在服务上的差异，以便不断改进。销售人员需要同商店、商场相关人员进行有效沟通，在保证商店、商场的供应的同时，努力使其库存最小。

目前，国际礼品公司销售人员的招聘方法是这样的：大多数申请者是由现职员工推荐的，还有一部分是通过报纸招聘广告吸引来的。从以往的经验来看，由员工推荐来的申请者入选的成功率较高。然而在今天，员工的高辞职率使得公司怀疑错误的选择方法是导致这一结果的主要原因之一。

现在，国际礼品公司还没有一个正式的绩效评价系统。以营销人员为例，其绩效评价是由地区销售经理根据自己的经验做出的。这些评价通常是不定期的，评价的结果通常仅用于评定年终奖金。营销人员通常不知道评价是如何做出的，他们常常感到由于缺乏对自己工作结果的认识而失去了努力的方向。公司的管理人员也怀疑这也许是营销人员离开本公司的另一个主要原因。

二、职位工作

1. 日常工作

（1）与商店、商场经理保持密切联系，讨论和解决任何遇到的问题，决定是否进货。

（2）按商店要求检查进货，确保进货满足客户要求。

（3）为新到货物拆封，贴价格标签，布置货架。

（4）按本公司要求确定订货数量和时间。

（5）做好各类贺卡销售的统计工作。

（6）保持货架和展品的清洁。

2. 季节工作

（1）确定季节性（节假日）订单，保证货物及时到达和上柜。

（2）负责季节性布展和更换。

（3）保证更换的贺卡妥善保存。

（4）包装和邮寄退回的贺卡。

三、组织目标和业绩要求

1. 实现本公司"商店零库存"承诺和确保客户销售。具体要求如下：

（1）当某种贺卡数量低于3件时应提前订货；

（2）在一定时期内，不允许5%以上的货架出现空架；

（3）所有货物最多只能提前4天入库（季节性展示除外）；

（4）除展品外，不允许有货架外库存。

2. 按合同为客户提供满意的服务。

（1）根据合同要求进行货架布置；

（2）根据公司服务手册所规定的程序和时间布置季节性展示。

3. 不能因服务不佳而失去客户。

（1）每次接到服务电话后，必须与商店经理联系，并解决任何可能出现的问题；

（2）礼貌对待商店经理、职员和顾客；

（3）根据商店规定确定货物价格；

（4）根据商店规定检查货架、存货和退货；

（5）保持货架和展品清洁；

（6）季节性展品应在结束展示两天内撤除；

（7）撤除的展品应在一星期内封存、包装好，并退回总部。

思考题：

1. 根据职位工作，写出营销员职位要求。

2. 根据职位要求，设计营销员的关键业绩领域和关键业绩指标。

3. 对营销员工作业绩评价人、评价时间、反馈方法提出建议。

第七章

领　　导

■ 第一节　领导概述

一、领导的概念

　　由于知识结构、研究领域和观察事物角度的不同，许多管理学家给领导下了不同的定义，如美国学者斯托格狄指出，领导是对组织内群体或个人施加影响的活动过程；美国学者泰瑞认为，领导是影响人们自动为达到群体目标而努力的一种行为；罗伯特则认为，领导是在某种条件下，经由意见交流的过程所实行出来的一种为了达到某种目标的影响力；管理学者戴维斯则将领导定义为"一种说服他人热心于一定目标的能影响组成人员的能力"。

　　从管理过程看，领导是管理的一种职能，是对组织内每个成员（个体）和全体成员（群体）的行为进行引导和施加影响的活动过程，其目的在于使个体和群体能够自觉自愿并有信心地为实现组织的既定目标而努力。

显然，管理活动的整个过程包含着领导工作。而领导工作则包括三个必不可少的要素：领导者、被领导者、作用对象（即客观环境）。这三个要素可用如下数学模式表示：

$$领导工作＝F（领导者、被领导者、客观环境）$$

1. 领导者

领导者是对实现组织目标负有责任的人，是领导活动的主体。作为领导者，要有效开展活动，带领被领导者共同完成组织目标，就必须拥有一定的权力。所谓领导权力，是指领导者在其职责范围内对被管理者的控制和影响，是强制性的职位权力与非强制性权力的统一。

2. 被领导者

被领导者是指在领导活动中执行具体决策方案指令、任务的具体执行者。实现组织目标的活动是在领导者带领下组织成员有序进行的行动过程。领导者的意图如果不为被领导者理解、接受并转化为自觉的行动，也就是说如果领导者没有追随者来为实现组织目标而共同努力，那么领导活动就失去了对象，也就无法达成既定的目的。

3. 客观环境

任何组织活动都是在一定环境下开展的，任何领导者的影响力也只能在特定的环境下奏效。因此，领导者要根据具体情况选择有效的领导方式，以增强自己的影响力，从而带领、引导、鼓励被领导者实现组织目标。

二、领导的本质

领导工作主要表现在以下三个方面：①人际交流，即同人打交道，处理各种关系；②处理事务，即同事情打交道，使管理活动正确地、有条不紊地进行；③控制进程，即同时间打交道，掌握时间的进度，保持高效率。

由此可以看出，事务、时间属于作用对象，如果离开了人，领导过程则不复存在。当然，人必须是存在于客观环境之中。从管理过程来看，管理的对象就是人、财、物等各种组织资源，管理学的研究对象就包括人与人的关系，人与物的关系、组织与环境的关系等。而在领导这一职能中，主要表现为对人的管理，即研究与处理人与人的关系。

所以，领导的实质就是施加影响、处理人际关系。因为组织结构和事务都是非人格化的，它只说明了职权关系和职责关系，而一旦增加了人的因素，在工作中就形成了人际关系。领导工作就是让人们正确地认识自己与他人、自己与组织的关系，并使这些关系完整地表现出来，还要协调好各种人与人的关系。

三、领导的作用

领导贯穿于组织管理活动的全过程，其主要作用是率领、引导、指挥、激励被领导者为实现预定的组织目标而努力工作。从整个管理过程来看，领导职能的作用表现在以下几个方面。

(一) 组织功能

组织功能是指领导者为实现组织目标，合理地配置组织中的人、财、物等资源要素构成一个有机整体的功能。组织功能是领导的首要功能，没有领导者的组织过程，一个组织中的人、财、物只可能是独立的要素，难以形成有效的生产力。通过领导者的组织活动，人、财、物之间的合理配置，构成一个有机整体，才能去实现组织的目标。

为实现领导的组织功能，领导者首先必须在组织内进行合理分工，分工的实质是对组织的要素进行配置。其次，要做好组织内各系统之间的协调工作，分工的目的是明确各子系统的职责，使之独立地工作。但仅有分工是不够的，如果没有必要的协调，分工就会导致组织内部的分裂，协调是做好组织工作的重要保障，是领导者主要的工作内容。最后，还要通过有效的沟通使全体员工目标一致，达到心往一处想、劲往一处使的局面。

(二) 激励作用

组织是由具有不同的需求、欲望和态度的个人所组成的。它蕴藏着一个组织发展所需要的生产力。领导工作就是去激发这一力量。组织成员并不单纯地只对组织目标发生兴趣，他们也有自己的目标。通过领导工作，就是要把人们的精力引向组织目标，并使他们都热情地、满怀信心地为实现目标做出贡献。

但是，不管是由于员工感到缺乏机会，还是由于缺乏对他们的激励；不管是由于客观条件的限制，还是因为主管人员的平庸，组织中的人们不一定都能以持续的热情和信心去工作。因此，对许多人来说，都需要有人领导以激发他们的工作动机，在实现组织目标的同时，领导应尽可能满足他们合理的需求，使他们把自己与组织整体紧紧地联系在一起，从而始终保持高昂的士气。在现代社会发展中，在日益激烈的竞争形势下，旺盛的士气是组织取得高效率和持续竞争力的关键。因此，领导工作的作用也就表现在调动全体人员的积极性，使其以高昂的士气和最大的努力自觉地为组织做出贡献，这也是领导工作的核心。

（三）协调作用

人们工作不仅仅是出于物质需求，还出于社会需求，因此他们在工作中除了希望获得货币收入之外，还希望得到某些其他方面的收益。例如，人们都期望在愉快的气氛里，有知己的同事，进行有趣味的活动，受到重视，有较大成功机会等这样的环境中工作，这正是他们个人目标的部分表现。然而，在选择工作环境或条件时，他们不一定有这样的自主权，但他们又不能不参加工作。因此，一旦他们加入某个组织工作时，就会感到了对实现个人目标会有所影响，尤其当他们对组织目标缺乏理解或不理解时，他们对自己的工作，对整个组织的活动就必然会缺乏应有的关心。显然，这不利于组织目标的实现。

领导工作的重要方面就是帮助组织成员理解组织目标，看到自己在组织中所处的地位，看到对组织、对社会所承担的义务，体察到个人与组织是紧密地联系在一起的，从而使他们自觉地服从于组织目标，主动地放弃一些不切实际的要求。同时，领导者也要创造一种环境，在实现组织目标的同时，在条件允许的范围内，尽可能地满足个人的需求，使人们对组织产生自然地信赖和依赖的感情，从而为加速实现组织目标而做出努力。这种把个人目标和组织目标有机地结合起来，正是领导作用的体现。

总的来说，在管理过程中，领导职能的作用表现为使组织更有效、更协调地实现既定目标，也就是说，充分调动组织成员的积极性，把个人与组织目标结合起来，形成人人为组织目标的实现而努力的生动活泼的局面。其关键就在于如何协调个人与组织的目标。

四、领导者与管理者的区别

（一）领导者与管理者的含义并不完全相同

领导和管理，在工作的动机、行为的方式方面存在着很多的差异。管理者更多地强调一种程序化和稳定性，所以管理总是围绕计划、组织、指导、监督和控制这几个要素来完成，这就是管理的五个核心要素。而领导者则强调一种适当的冒险以期带来更高的回报。一个管理者仅仅是权力的载体。在当今时代，一个只会简单运用权力去控制、监督下属并从而制造等级和沟通障碍的管理者必然会被淘汰；而一个领导者除了拥有权力之外，还拥有威信，这种威信是领导者将权力与文化结合在一起综合运用的结果。只有能使自己的权力变成权威的领导者才有可能取得成功。而领导者对待目标的态度是积极的而非消极的，是提出设想而非回应设想。领导者以富于个性和积极的态度对待目标。

为了使人们接受对问题的解决方法，管理者常常需要调节和平衡各方完全相反的意见，这和外交官以及调停人员所做的工作大致相同，如亨利·基辛格便是这一行当中一位杰出人才，管理者通过进行各种权力的平衡谋求问题的解决方法以期在各矛盾方达成妥协。领导者则不同。管理者的方法限制了选择，而领导者对待长期性问题则力图拓展新的思路，并开启人们新的选择空间。为了更富有成效，领导者必须使其计划更为现实。

管理者依据自己在事件或决策制定中的角色来与他人交往，他们关心的是事情应该怎样进行下去；领导者则不同，他们更关心某些想法，他们以一种直觉的和更富情感的方式与人交往。领导者关心的是事情以及决策对参与者意味着什么。

领导者和管理者的行为区别如表 7-1 所示。

表 7-1　领导者与管理者的区别

领导者	管理者
做正确的事情	正确地做事情
强调的是结果	强调的是效率
强调价值观和理念	运用制度
运用个人魅力	运用职位权力
注重人	注重系统

可见，虽然管理者通过周密的计划、严密的组织、严格的控制也能取得一定的成就，但若管理者在其工作中加上有效领导的成分，则收效会更大。在实际工作中，只有将领导者与管理者的角色密切配合，才能保证组织有效运行和长期发展。

（二）领导者与管理者产生的途径并不完全相同

从本质上说，管理是建立在合法的职务权利基础上对下属的行为进行指挥的过程，下属必须服从管理者的命令，但是下属在工作过程中可能尽自己的最大努力，也可能"出工不出力"。领导则更多地通过其个人的能力与专长来影响追随者的行为，从本质上而言，领导是一种影响力或者说是对下属施加影响的过程，这种影响力或者通过这个影响过程，可以使下属为实现组织目标而努力。

管理者是被任命的，并拥有合法的权利，对其下属的影响主要来自于职位赋予他们的正式权力；而领导者可以是任命的，也可以是在群体中自发地产生出来的，并且领导者既用正式权力，也用非正式权力来影响他人的活动。

（三）领导者与管理者的工作侧重点不相同

领导是管理的一个职责，组织中的领导行为仍属于管理活动的范畴。在一般意义上，领导的范围相对小些，而管理的范围则较大。领导是为社会组织的活动指出方向、创造态势、开拓局面的行为；管理则是为社会组织的活动选择方法、建立秩序、维持运转的行为。因而，管理者的工作侧重于计划、组织和控制等方面的工作；而领导者的工作侧重于与人发生联系的工作。

五、领导者应具备的基本能力

1. 统帅能力

领导者无论职务高低，总是负责一定部门的工作，需要组织一定的人力、物力和财力，为达到一定的目标而努力。因此，他必须具备统帅才能，要有统帅全局的战略头脑，多谋善断，知人善任。

2. 应变能力

这是一种根据不断变化的客观条件，随时调整领导行为的难能可贵的能力；是复杂的现代领导活动对新领导的素质提出的一条起码要求；也是确保领导活动获得圆满成功的一个先决条件。

3. 协调能力

它主要是指妥善处理与上级、同级和下级之间的人际关系的能力。工作中，领导需要同各种各样的人打交道，而这些人的身份、地位、交往需求、心理状况和掌管的工作性质是不尽相同的。能否与他们友好相处，互相配合，协调一致，使上下级相互沟通，同级相互信任，劲往一处使，直接关系到领导工作的成败。

4. 语言表达能力

语言表达能力是领导者的一项重要能力，也是一种基本功。语言能力反映人的思维能力、社交能力以及性格、风度。领导者在工作中主持会议、制定政策、拟订文件、上传下达工作指令、接待来访、参加社交活动、发表演讲和个别交谈都需要语言表达能力。

5. 技术能力

技术能力是指掌握一定的专业技术知识、并运用这些知识去解决领导实践中遇到的专业技术难题的一种能力。在现代领导活动中，领导者为了应付各种复杂的局面，必须掌握一定的专业技术知识。

6. 创新能力

领导工作是一种创造性的活动，这种创造性的活动就需要领导具有不断进取的创新开拓能力。尤其是在现代科学技术日新月异、信息瞬息万变的时代，工作的多变性和动态性更加显著，形势复杂多变，机会转眼即逝。领导者如果不善于提出新问题，开拓新领域，就无法跟上形势的变化，从而使自己的工作陷于被动。不断进取的创新开拓能力是领导者必须具备的能力之一。没有开拓创新的能力，就只能因循守旧、墨守成规，工作就难有起色。有了不断进取的创新能力、永不衰竭的进取心，就有可能解决旧系统中难以解决的问题，开创新的工作局面。

六、领导工作方法

领导工作方法是指领导者在完成领导工作时所经常使用的基本方法。其主要有如下几种。

（一）调查研究

领导工作离不开调查研究。调查研究就是发现问题的过程。它贯穿于领导者的各项职能之中，是领导者必须掌握的一项十分重要的方法。掌握调查研究方法，对于做好企业领导工作更为重要。现代市场经济，生产社会化已是普遍的方式，科学技术日新月异，市场供求瞬息万变，全球竞争日益激烈。企业领导人如不能掌握好调查研究的方法，对市场变化，对竞争对手的状况，对企业内部资源的变化，对新技术、新材料、新工艺的发展一无所知，其决策就必然会出现严重失误，给企业带来巨大损失。

常用的调查研究方法主要有以下几种。

1. 开会调查

这是指通过召开调查会或座谈会的方式进行调查。在这种方式下，领导者与调查对象直接见面，有利之处是信息直接可靠，调查内容广泛、灵活；不利之处是调查对象范围有限。使用开会调查方式，必须注意出席会议者要具有代表性，要熟悉和了解情况，能够反映问题；主持人要善于引导，让与会者敞开思想，把问题全部谈出来。

2. 信函调查

这是指通过向调查对象函寄载有调查内容的信件进行调查的调查方式。信函调查虽然不是一种面对面的调查，但也是一种直接调查方式。信函调查方式，调查范围的覆盖面较广，但调查内容受到一定限制。调查人与调查对象之间的交流比较困难，并且调查费用也比较高。企业经营中，对市场需求和产品发展方向一般可采用信函调查方式。

3. 资料分析调查

这是指运用社会各种传播媒介提出的各种资料进行分析的调查研究工作。这种调查研究工作范围较广，费用较低。但易受到可收集到的资料和资料所提供的信息限制。一般将这种调查作为一项制度性、长期性的工作，由专门的调查研究人员承担。

调查研究要取得实效，对领导者来讲，不仅需要掌握必要的调查方法和技巧，同时还要有正确的态度：要眼睛向下，甘当小学生；要敞开言路，知无不言，言者无罪，善于听取正反两方面的意见；要尊重实际，实事求是，走群众路线。

（二）蹲点试验

这是深入一点，取得经验后全面推广的一种领导工作方法。通常是在确定了目标之后，慎重起见，对一项新政策、新措施、新规定的推行，先在选定的试验点进行试验，摸索经验，完善方案。这种方法是做好领导工作，特别是领导创新工作常用的方法。

（三）典型示范

典型示范是指通过树立典型，产生示范效应，从而达到教育广大职工的领导方法。一个好的领导者，总是胸中有全局，手中有典型，能够做到使群众学有榜样，赶有目标，行有章范。

（四）抓两头带中间

这是从事物发展的不平衡性引出的一种领导方法。众所周知，由于各种因素的影响，在一个组织中，成员不可能是整齐划一的，总有先进、中间、后进之分，并且一般情况下总是中间的占绝大多数，先进和后进则是少数的。所谓抓两头带中间就是要抓先进、促后进、带一般的领导方法。如果领导者能够一手抓先进，一手促后进，抓先进总结经验更上一层楼，成为中间学习的目标。促后进，使后进变先进，这样就更好地带动了中间大多数人前进。一般来看，领导幅度越宽，越是高层领导人，就更是要注意运用这种领导工作方法。

（五）思想政治工作

思想政治工作是经济工作和其他一切工作的生命线，是完成组织任务的坚强保证。做好员工的思想政治工作，既是组织领导者的基本任务，也是具有我国特色的领导工作方法。

思想政治工作是为一定的目的而做的，不能无的放矢。对企业来说，企业的思想政治工作必须围绕企业的经营任务来做，必须同经济这个中心任务结合起来，克服和防止思想政治工作与经济工作"两张皮"的现象。

第二节 领导特质理论

一、领导特质理论概述

领导特质理论是由奥尔波特于 1937 年首次提出的，是现代西方人格构成的一种主要理论。领导特质理论主要研究有效领导的个人特征和品质，寻求最合适的领导者特质。特质是构成人格的最小单位，是激发与指导个体的各种反应的恒常心理结构。特质论的研究主要集中在领导者与非领导者、有效领导者与无效领导者之间的素质差别上。

领导特质理论的重点之一是研究一名优秀而成功的领导者所具有的内在品质与领导相关行为及绩效方面的关系。20 世纪早期的领导特质研究主要在于确定成为领导者的决定因素。这些传统领导特质理论认为，领导者的品质基本上是天生的，与后天的培养、训练和实践无关。为发现那些生来具有领导者特质的人，许多心理学家对社会上特别成功的领导者进行了深入的案例分析和档案资料分析，试图找出天才的领导者的个体特征。例如，美国领导特质理论研究者爱德文·吉赛利通过对美国 90 家不同企业的 300 多名经理人的调查研究认为，有效领导的六种特质有监督能力、对职业成就的需要、智慧、果断力、自信与主动性等；美国的诺尔弗·斯多吉尔则认为领导者应具有良知、诚实可靠、勤奋勇敢、有责任心、富有理想、人际关系、风度优雅、干练胜任、体格健壮、高度智力、有组织力、有判断力等。而后一些研究者试图找出与领导力高度相关的特质，研究者发现以下七项特质与有效的领导有关：

(1) 内在驱动力。领导者非常努力，有着较高的成就愿望。他们进取心强、精力充沛，对自己所从事的活动坚持不懈、永不放弃，并有高度的主动性。

(2) 领导愿望。领导者有强烈的愿望去影响和领导别人，他们乐于承担责任。

(3) 诚实与正直。领导者通过真诚无欺和言行一致在他们与下属之间建立相互信赖的关系。

(4) 自信。下属觉得领导者从没有怀疑过自己。为了让下属相信自己的目标和决策的正确性，管理者必须表现出高度的自信。

(5) 智慧。领导者需要具备足够的智慧来收集、整理和解释大量信息，并能够确立目标、解决问题和做出正确决策。

(6) 工作相关知识。有效的领导者对有关企业、行业和技术的知识十分熟悉，广博的知识能够使他们做出睿智的决策，并能认识到这些决策的意义。

(7) 外向性。领导者精力充沛，好交际，坚定而自信，很少会沉默寡言或离群。

二、有效的领导者的主要特质

通常，有效的领导者具有的共同特性一般有以下几点。

1. 努力进取，渴望成功

他们具有崇高的抱负和志向，并能为之付出全部精力，进行持之以恒的不懈努力，正是这种坚强的意志和毅力，使他们到达成功的顶峰。

2. 勤于思考，善于用权

他们具有强烈的领导欲望，遇事勤于思考，常常会提出与众不同的见解，并总想用自己的见解和理论去影响他人，试图赢得他人的信任、尊重和对理想的认同，从而争取得到更多的追随者。

3. 正直诚信，言行一致

这是人类社会普遍推崇的价值观，只有具有这种特性的人才能取得他人的信任。尽管一些想成为领导者的人在这方面实际做的与人们的期望水准间有距离，但是他们一定不遗余力地完善自己，尽量向人们展示自己公正率直、诚实可信、言行一致的形象，因为只有这样人们才愿意追随他。

4. 充满信心，坚忍不拔

他们不怕任何困难、挫折，勇于面对巨大的挑战，对自己追求的事业永远充满自信，并且善于把这种自信传递给他人，使群体产生一种勇往直前的力量。

5. 追求新知，信息敏感

他们对新事物十分敏感并充满兴趣，尽一切可能坚持不懈地去获取有关的知识和有用的信息，努力使自己拥有更多的专长权，在相关领域中使自己拥有更多的发言权，从而获得更多的追随者，或者使追随者更加理性和坚定。

三、领导特质理论的发展

20 世纪中期，领导特质理论受到了挑战，当时经过大量的研究得出了这样的结论：具备某些特质确实提高领导者成功的可能性，但是没有哪一种特质一定就是成功的保证。许多人对传统特质研究提出异议，认为领导特质的研究完全忽视情境因素，难以对有效领导者做出合理的解释。他们认为，与领导有关的个人因素仍然是十分重要的，但是这些因素应该与情境的需要相关。

现代领导特质理论认为，成功领导者的许多品质和特征是在后天的领导实践中逐步培养、锻炼出来的。有关领导者及下属关系的大量研究表明，领导者在岗位上所花的时间和精力，在很大程度上决定了下属对其领导效能的评价。根据现代领导特质理论，为了获得有效的领导者，需要建立明确的选拔标准，制定具体的培训方案，采取严格的考核指标。

近年来，领导理论研究又提出了以领导魅力理论为核心的新特质理论，强调领导者能够有能力把组织的愿景描绘给其下属，从而增强下属的群体目标意识，提高组织绩效。

■ 第三节　领导行为理论

领导行为理论主要研究领导者的哪些行为会有助于提高领导成效，是研究领导有效性的理论，是管理学理论研究的热点之一。领导行为理论关心的是领导者的行为，而不是他们的个性，认为只有那些既有助于组织目标的完成，又有助于发挥下属工作积极性的行为表现最为有效。领导行为理论主要研究成果包括勒温的三种领导方式理论、利克特的四种管理方式理论、领导四分图理论、管理方格理论等，这些理论主要是从对人的关心和对生产的关心两个维度，以及上级控制和下属参与的角度对领导行为进行分类，在确定领导行为类型与群体工作绩效之间的一致性关系上取得了一定的成功。

一、勒温的领导风格理论

所谓领导风格，指的是领导者个人在领导活动中表现出来的比较稳定的态度和行为方式。1937年，著名心理学家勒温等通过研究发现，团体的领导并不是以同样的方式表现他们的领导角色，领导者们通常使用不同的领导风格，进而对团体成员的工作绩效和工作满意度有着不同的影响。他们着眼于三种领导行为或领导风格，即专制型、民主型和放任型的领导风格的研究，力图科学地识别出最有效的领导行为。研究表明，这三种不同的领导风格，会造成三种不同的团体氛围和工作效率。

1. 专制型领导

专制型的领导者只注重工作的目标，靠权力和强制命令进行管理。其主要特点是：领导者仅仅关心工作的任务和工作的效率，对团队的成员不够关心，被领导者与领导者之间的社会心理距离比较大，领导者对被领导者缺乏敏感性，被领导者对领导者存有戒心，容易使群体成员产生挫折感和机械化的行为倾向。

2. 民主型领导

民主型的领导者注重对团体成员的工作加以鼓励和协助，鼓励下属参与决策，但最终决策权仍然掌握在领导者手中。其主要特点是：领导者关心并满足团体成员的需要，营造一种民主与平等的氛围，领导者与被领导者之间的社会心理距离比较近。领导者靠个人的权力和威信使下属服从，上下级之间不存在心理上的距离，关系较为融洽。

3. 放任型领导

放任型的领导者采取的是无政府主义的领导方式，领导极少运用手中的权力，给下属以高度的独立性。其主要特点是：领导者对下属授权程度较高，下属能在授权范围内自主地开展工作，领导者只保留对下属工作的检查和控制权力。

三种领导风格的比较见表7-2。

表 7-2　三种领导风格比较

领导方式比较因素	专制型	民主型	放任型
权力分配	权力集中在领导者个人手中	权力在团体之中	权力分散在每个员工手中，采取无为而治态度
决策方式	领导者独断专行，所有的决策都由领导者自己做出，不重视下属成员的意见	让团队参与决策，所有的方针政策由集体讨论做出决策，领导者加以指导、鼓励和协助	团队成员具有完全的决策自由，领导者几乎不参与
对待下属的方式	领导者介入到具体的工作任务中，对员工在工作中的组合加以干预，不让下属知道工作的全过程和最终目标	员工可以自由选择与谁共同工作，任务的分工也由员工的团队来决定。让下属员工了解整体的目标	为员工提供必要的信息和材料，回答员工提出的问题
影响力	领导者以权力、地位等因素强制性地影响被领导者	领导者以自己的能力、个性等心理品质影响被领导者，被领导者愿意听从领导者的指挥和领导	领导者对被领导者缺乏影响力
对员工评价和反馈的方式	采取"个人化"的方式，根据个人的情感对员工的工作进行评价。采用惩罚性的反馈方式	根据客观事实对员工进行评价。将反馈作为对员工训练的机会	不对员工的工作进行评价和反馈

勒温等试图通过实验决定哪种领导风格是最有效的领导风格。他们分别将不同的成年人训练成为具有不同领导风格的领导者，然后让这些人充当青少年课外兴趣活动小组的领导，进行实验的青少年群体在年龄、人格特征、智商、生理条件和家庭社会经济地位等方面进行了匹配。结果发现，放任型领导者所领导的群体的绩效低于专制型和民主型领导者所领导的群体；专制型领导者所领导的群体与民主型领导者所领导的群体工作数量大体相当；民主型领导者所领导的群体的

工作质量与工作满意度更高。而在实际管理中，很少有极端型的领导，大多数领导者都是介于专制型、民主型和放任型之间的混合型。

二、利克特的四种管理方式研究

密执安大学伦西斯·利克特（R. Likert）教授和他的同事对领导人员和经理人员的领导类型和作风做了长达 30 年之久的研究，提出了"生产导向"与"员工导向"理论。他认为，有效的管理者坚决面向下属，依靠人际沟通使各方团结一致的工作。包括管理者或领导者在内的群体全部成员都采取相互支持的态度，他们具有共同的需要、价值观、抱负、目标和期望。他将领导行为划分为两个维度，即员工导向和生产导向。员工导向的领导者比较重视人际关系，他们总会考虑下属的需要，并承认人与人之间的不同。而生产导向的领导者则倾向于强调工作的技术和任务要求，主要关心的是群体任务的完成情况，并把群体成员视为达到目标的工具。研究表明，员工导向的领导者与高群体生产率和高工作满意度成正相关，而生产导向的领导者则相反。

利克特于 1967 年在《人群组织：它的管理及价值》一书中提出了对领导方式分类的模型，即利克特领导系统模式，如图 7-1 所示。

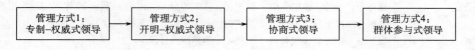

图 7-1　利克特领导系统模式

1. "专制-权威式"领导

采用这种方式的主管人员非常专制，很少信任下属；采取使人恐惧与处分的方法，有时偶尔兼用奖赏来激励人们；采取自上而下的沟通方式；决策权只限于最高层。在这种方式下，最容易形成与正式组织目标相对立的非正式组织。

2. "开明-权威式"领导

采用这种方式的主管人员对下属怀有充分的信任和信心；采取奖赏和惩罚并用的激励方法；允许一定程度的自下而上的沟通，向下属征求一些想法和意见；授予下级一定的决策权，但牢牢掌握政策性控制。在这种方式下，通常也会形成非正式组织，但其目标可能与正式组织的目标相一致。

3. "协商式"领导

采取这种方式的主管人员对下属抱有相当大的但又不是充分的信任和信心，常设法采纳下属的想法和意见；采用奖赏，偶尔用惩罚和一定程度的参与；允许上下双向沟通信息；在最高层制定主要政策和总体决策的同时，允许低层部门做出具体问题决策，并在某些情况下进行协商。在这种方式中，可能产生非正式组织，但它可能在大部分情况下支持正式组织的目标。

4."群体参与式"领导

采取这种方式的主管人员对下属在一切事务上都抱有充分的信心和信任，总是从下属处获取设想和意见，并且积极地加以采纳；对于确定目标和评价实现目标所取得的进展方面，组织群体参与其事，在此基础上给予物质奖赏；鼓励各级组织做出决定，或者将他们自己与下属合起来作为一个群体从事活动。非正式组织和正式组织融为一体，所有力量都为实现组织目标而努力。

利克特通过研究发现，采取"群体参与式"领导方式进行管理的部门和公司在设置目标和实现目标方面是最有效率的，通常也是更富有成果的。他把这种成功主要归于群体参与程度和对支持下属参与的实际做法坚决贯彻的程度。他认为只有这种管理方式才能正确地为组织设定目标和有效地达到目标，它是领导一个群体的最有效方式。

四种管理方式的比较如表 7-3 所示。

表 7-3　利克特四种管理方式比较

比较因素＼领导方式	专制-权威式	开明-权威式	协商式	群体参与式
信任程度	不信任下属	对下属有一定的信任	相当信任下属但不完全	充分信任下属
上下级交往情况	极少交往	上级屈就，下级恐慌	适度交往	深入友善地交往
沟通方式	自上而下的命令	有一定自下而上的沟通	双向沟通	上下左右意见交流充分
激励方式	惩罚性激励	奖励与惩罚并用	奖励居多，偶尔惩罚	优厚的奖励以启发自觉
决策参与程度	下属极少参与决策	严格的政策控制	上级只负责重大决策	鼓励下属参与所有决策

三、领导行为的四分图理论

美国俄亥俄州立大学的研究人员弗莱西曼和他的同事们对领导方式进行了比较研究，并于 1945 年提出了领导行为四分图理论。他们经过调查研究列出了 1 000 多种刻画领导行为的因素，后来将冗长的领导行为因素减少到 130 个项目，并通过逐步概括，最后把影响领导行为的因素概括为"抓组织"和"关心人"两大类，即"关怀"和"定规"两个维度。领导行为本质上是两种行为的具体组合。

1. 关怀维度

代表领导者对员工之间以及领导者与追随者之间的关系：相互信任、尊重，即领导者信任和尊重下属的观念程度。高关怀的领导者帮助下属解决个人问题，公平对待每一个下属，性格友善而平易近人，对下属的生活、地位和满意度等问题十分关心。

2. 定规维度

代表领导者构建任务、明察群体之间的关系和明晰沟通渠道的倾向，即为了达到组织目标，领导者界定和构造自己与下属的角色的倾向程度。高定规的领导者向下属分派具体工作，要求下属保持一定的工作业绩，强调工作的完成时间和完成情况。

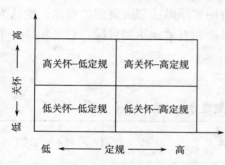

图 7-2 俄亥俄州立大学领导行为坐标图

如果将一个领导者的行为在每一种维度中分为高、低两种状态，则可以将领导行为分为四种基本类型，即高关怀-高定规、高关怀-低定规、低关怀-高定规、低关怀-低定规，如图 7-2 所示。

该研究发现，在两个维度方面皆高的领导者，一般更能使下属达到高绩效和高满意度。不过高关怀-高定规型领导并不总是产生积极效果；而其他三种维度组合类型的领导者行为，普遍与较多的缺勤、事故、抱怨以及离职有关。其他发现还有，领导者的直接上级给领导者的绩效评估等级，与高关怀性成负相关。一般来说，高关怀-高定规领导风格能够产生积极效果，但同时也发现了足够的特例表明这一理论还需加入情境因素。

俄亥俄州立大学的这项研究工作有重要意义，为以后的许多类似研究奠定了基础，例如，"管理方格理论"就是以此为基础而发展起来的。

四、管理方格理论

管理方格理论（management grid theory）是研究企业领导方式及其有效性的理论，这种理论倡导用方格图表示和研究领导方式。它是由美国德克萨斯大学的行为科学家罗伯特·布莱克（R. R. Blake）和简·莫顿（J. S. Mouton）在 1964 年出版的《管理方格》一书中提出的。该理论指出在对生产关心和对人关心的两种领导方式之间，可以进行不同程度的结合。

管理方格图是一张纵轴和横轴各 9 等分的方格图，如图 7-3 所示。纵轴表示企业领导者对员工的关心程度，包含了员工对自尊的维护、基于信任而非基于服从来授予职责、提供良好的工作条件和保持良好的人际关系等；横轴表示企业领导者对生产的关心程度，包括政策决议的质量、程序与过程、研究工作的创造性、职能人员的服务质量、工作效率和产量等。其中，第 1 格表示关心程度最小，第 9 格表示关心程度最大。管理方格理论主要强调的并不是产生结果，而是领导者为了达到这些结果应考虑的主要因素。在评价领导者时，可根据其对生产和员工的关心程度在图上寻找交叉点，以确定其领导行为类型。

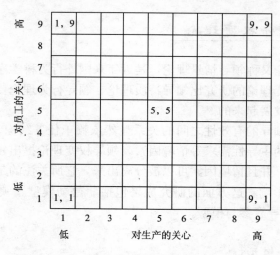

图 7-3 管理方格图

根据企业管理者"对生产的关心"和"对员工的关心"程度的组合，布莱克和莫顿将领导分为五种具有代表性的类型：

（1）贫乏型领导。其位于管理方格图的（1，1）坐标上。领导者对生产和对员工关心都少，实际上，他们已放弃自己的职责，只想保住自己的地位。这是一种失败的领导方式。

（2）任务型领导。其位于管理方格图的（9，1）坐标上。领导者只重视任务效果而不重视下属的发展和下属的士气。

（3）乡村俱乐部型领导。其位于管理方格图的（1，9）坐标上。领导者只注重支持和关怀下属而不关心任务效率。

（4）中庸型领导。其位于管理方格图的（5，5）坐标上。领导者维持足够的任务效率和令人满意的士气。

（5）团队型领导。其位于管理方格图的（9，9）坐标上。领导者通过协调和综合工作相关活动而提高任务效率和员工士气。团队型管理的本质是建立个人发展与组织成长之间的内在联系，个人通过组织目标凝聚为团队，组织在个人自我实现中获得成就。

到底哪一种领导形态最佳呢？布莱克和莫顿组织了许多研讨会。参加者中绝大多数人认为（9，9）型最佳，但是也有不少人认为（9，1）型最佳，还有人认为（5，5）型最佳。后来布莱克和莫顿指出哪种领导形态最佳要看实际工作效果，最有效地领导形态不是一成不变的，要依情况而定。

随着领导行为研究的深入，人们越来越关心领导行为风格与被领导者的特征、管理情境等特征的关系，研究者提出了若干领导权变理论。

第四节　领导权变理论

领导权变理论又称领导情景理论，是近年来国外行为科学家重点研究的领导理论。对领导权变理论的研究比领导特质理论、领导行为理论要晚，它是在前两种研究的基础上发展起来的。

领导行为与领导的有效性之间的关系显然依赖于任务结构、领导成员关系、领导权威、下属的主导性需求等情境因素。领导权变理论提出领导的有效性依赖于这些情境因素，并且情境因素可以被分离出来，它所关注的是领导者与被领导者及环境之间的影响。这方面的研究成果包括菲德勒模型、领导情境理论、路径-目标理论和领导者参与模型。

一、菲德勒模型

1. 菲德勒简介

弗雷德·菲德勒（F. E. Fiedler）生于 1922 年，是美国当代著名心理学和管理专家。他由 1951 年起从管理心理学和实证环境分析两方面研究领导学，提出了"领导权变理论"，开创了西方领导学理论的一个新阶段，使以往盛行的领导形态学理论研究转向了领导动态学研究的新轨道，对以后的管理思想发展产生了重要影响。

在许多研究者仍然争论究竟哪一种领导风格更为有效时，菲德勒在大量研究的基础上提出了有效领导的权变模型，他认为任何领导形态均可能有效，其有效性完全取决于所处的环境是否适合。根据菲德勒的理论，只有领导者的个性类型与特定情境变量相吻合时，才能成为出色的领导者。

2. 菲德勒模型

菲德勒相信影响领导成功的关键因素之一是个体的基本领导风格，因此他为发现这种基本风格而设计了最不喜欢同事调查问卷（least preferred co-worker questionnaire，LPC），如表 7-4 所示。问卷由 16 组对应形容词构成。作答者要先回想一下自己共过事的所有同事，并找出一个最不喜欢的同事，在 16 组形容词中按 1～8 等级对他进行评估。如果以相对积极的词汇描述最不喜欢同事（LPC 得分高），则作答者很乐于与同事形成良好的人际关系，就是关系取向型。相反，如果对最不喜欢同事看法很消极，则说明作答者可能更关注生产，就称为任务取向型，还有一小部分处于两者之间，很难勾勒，称之为中间型。菲德勒相信，在 LPC 的回答结果上，可以判断出人们最基本的领导风格。

表 7-4　菲德勒设计的 LPC

评价要素	评价等级	评价要素	评价结果
快乐	8 7 6 5 4 3 2 1	不快乐	
友善	8 7 6 5 4 3 2 1	不友善	
拒绝	1 2 3 4 5 6 7 8	接纳	
有益	8 7 6 5 4 3 2 1	无益	
不热情	1 2 3 4 5 6 7 8	热情	
紧张	1 2 3 4 5 6 7 8	轻松	
疏远	1 2 3 4 5 6 7 8	亲密	
冷漠	1 2 3 4 5 6 7 8	热心	
合作	8 7 6 5 4 3 2 1	不合作	
助人	8 7 6 5 4 3 2 1	敌意	
无聊	1 2 3 4 5 6 7 8	有趣	
好争	1 2 3 4 5 6 7 8	融洽	
自信	8 7 6 5 4 3 2 1	忧郁	
高效	8 7 6 5 4 3 2 1	低效	
郁闷	1 2 3 4 5 6 7 8	开朗	
开放	8 7 6 5 4 3 2 1	防备	

　　用 LPC 对个体的基本领导风格进行评估之后，需要再对情境进行评估，并将领导者与情境进行匹配。他将影响领导方式有效性的环境因素分为三种，即上下级关系、任务结构和职位权力。

　　上下级关系是指领导者对下属信任、信赖和尊重的程度。如果领导者对下属信任、信赖和尊重的程度越高，下属乐于追随领导，则上下级关系越好；反之，上下级关系越差。

　　任务结构是指工作任务的程序化程度。工作任务的程序化程度越高，下属对这些任务的责任心越强，则领导的环境也就越好；反之，则越差。

职位权力是指领导者拥有的权力变量的影响程度，即指领导者的法定权、强制权、奖励权的大小。权力越大，群体成员遵从指导的程度越高，领导的环境也就越好；反之，则越差。

菲德勒根据这三项变量对每一种领导情境进行评估，得到八种可能的情景，每个领导者都可以从中找到自己所在的情景。在描述了领导者变量和情景变量之后，菲德勒开始定义领导效果的具体权变情况。他研究了 1 200 个工作群体，对八种情景类型的每一种，均对比了关系取向和任务取向两种领导风格，最后得出了菲德勒模型，如图 7-4 所示。

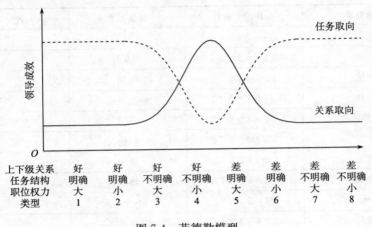

图 7-4 菲德勒模型

菲德勒模型显示，任务取向的领导者在非常有利的情境下和非常不利的情境下工作时，领导成效较高。也就是说，当面对 1、2、3、7、8 这五种类型的情境时，任务取向的领导者成效较好；而关系取向的领导者则在中间情境下领导成效较高，即 4、5、6 这三种类型的情境。

菲德勒认为个体的领导风格是稳定不变的，因此，提高领导者的有效性实际上只有两条途径。第一种方法，可以选择领导者以适应情景。例如，如果群体所处的情景被评估为十分不利，而目前又是一个关系取向的领导者进行领导，那么替换成一个任务取向的领导者则能提高群体绩效。第二种方法，改变情景以适应领导者，因为领导风格是与生俱来的，不可能改变领导者的风格去适应变化的情景。这可以通过重新构建任务或提高/降低领导者可控制的权力来实现。

3. 菲德勒模型的意义

对于管理者而言，菲德勒模型有如下实践意义：

（1）领导者必须懂得自己的风格和所处的情境，以期预知如何使自己的领导工作更为有效。

（2）领导者应该注重改变情境，使之与自己的风格相匹配，而不是尝试改变自己的行为。

（3）与下属保持良好的关系是领导者实施领导行为的关键，它可以弥补权力的缺乏。

（4）领导者可以通过培训与体验来弥补任务的不确定性情境。

大量的研究对费德勒模型的总体效果进行了考察，并得到了十分积极的结果。但该模型目前还存在一些欠缺，尚需增加一些变量加以改进和弥补。该模型假定"个体不可能改变自己的领导风格以适应情境"并不符合实际情况，有效的领导者完全能够改变自己的风格以适应具体环境的需要。最后，该模型中太多的权变变量对于实践者来说也过于复杂和困难，在实践中很难确定上下级关系的好坏程度、工作任务的程序化程度，以及领导者拥有职权大小的程度。尽管存在这些缺点，菲德勒模型还是提供了充分的研究证据告诉我们，有效的领导分割需要反映情境因素。

二、领导情境理论

（一）理论概述

领导情境理论，又称领导生命周期理论，是由美国保罗·赫塞和肯尼斯·布兰查德提出的。它是一个关注下属成熟度的权变理论。赫塞和布兰查德认为，成功的领导是通过选择恰当的领导方式而实现的，选择正确的领导风格根据下属的成熟度水平而定。领导者要提高领导成效，其领导行为和被领导者的特点必须相匹配。下属可能接纳也可能拒绝领导者，无论领导者怎么做，其效果都取决于下属的活动。在实际工作中，这一重要维度经常被众多领导理论所忽视。

赫塞和布兰查德将成熟度定义为个体能够并愿意完成某项具体任务的程度。它包括两项要素，即工作成熟度与心理成熟度。

工作成熟度指一个人的知识和技能。工作成熟度较高的个体拥有足够的知识、能力和经验完成他们的工作任务而不需要他人的指导。

心理成熟度指一个人做某事的意愿和动机。心理成熟度高的个体不需要太多的外部鼓励，他们靠内部动机激励。

这一理论根据下属的状况，将下属的成熟度分为四个阶段：

R1（低度成熟阶段）：这些人对于承担某种工作任务即无能力又不情愿。他们既不胜任工作又不能被信任。

R2（初度成熟阶段）：这些人缺乏能力，但却愿意从事必要的工作任务。他们有积极性，但目前尚缺乏足够的技能。

R3（中度成熟阶段）：这些人有能力却不愿意干领导者希望他们做的工作。

R4（高度成熟阶段）：这些人既有能力又愿意干领导者希望他们做的工作。

这一理论同样适用任务行为和关系行为两个维度描述领导的行为。不过，赫塞和布兰查德认为每一维度有低和高两个水平，从而组合成为四种领导风格：指示型、推销型、参与型和授权型。

（1）指示型（高任务-低关系），又称命令式。领导者界定角色，明确告诉下属具体该干什么、怎么做以及何时何地去做。

（2）推销型（高任务-高关系），又称说服式。领导者同时提供指导性的行为和支持性的行为。

（3）参与型（低任务-高关系）。领导者与下属共同决策，领导者的主要角色是提供便利条件与沟通渠道。

（4）授权型（低任务-低关系）。领导者提供极少的指示性行为或支持性行为。

领导情境理论认为，领导的有效性应按照下属成熟程度的具体情况进行分析，如图 7-5 所示。

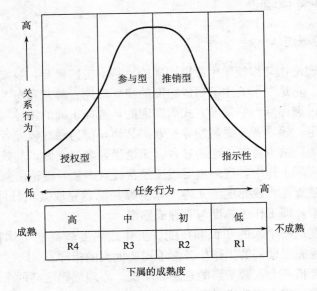

图 7-5　领导风格与下属成熟度的配合

当下属处于低度成熟阶段时，应该采取高任务-低关系的指示型领导方式。领导工作要强调有计划、有布置、有监督、有检查；否则，被领导者将感到领导不力，不知所措，无所适从。这对于新职工、知识水平较低、业务能力较差的职工和基层员工尤为重要。

当下属处于初度成熟阶段时，采取任务行为、关系行为并重的推销型领导方式较为适宜。在给下属布置工作时，不仅要说明做什么，还要说明为什么这样做，以理服人，不搞盲从。

当下属处于中度成熟阶段时，领导者的任务行为要减少、放松，关系行为要加强，采取参与型领导方式。领导者要向被领导者沟通信息，交流感情，吸收下级参与管理决策，提供情况和建议，改善关系、增强信任感。

当下属处于高度成熟阶段时，因为他们素质很高，工作熟悉，技术熟练，领导者应该采取低任务-低关系的授权型领导方式。在给下属提出任务后，让他们放手去干，充分发挥他们的主观能动性；在下属有需要时，可以帮助和支持。否则，过多的关心和支持反而会引起下属的反感，认为上级不放手、不信任，从而挫伤积极性，造成猜疑，影响工作成效。

（二）理论意义

领导情境理论具有一种直觉上的感染力。它承认下属的重要性，而且"领导者可以弥补下属在能力和动机方面的欠缺"的观点也有其逻辑基础。但是，这一理论在领导培训中仍存在一些问题，比如下属成熟度难以清楚地界定，没有考虑到任务结构等其他情境变量。可能的解释包括：该模型本身的内在模糊性和不一致性，有关理论检验的研究方法论问题。因此，这种领导方式的情景理论算不上完善，但是它对深化领导者和下属之间的研究具有重要的作用。

三、路径-目标理论

（一）理论概述

领导方式的路径-目标理论是权变理论的一种，由多伦多大学的组织行为学教授罗伯特·豪斯（R. House）提出。目前该理论已经成为当今最受人们推崇的领导观点之一，它来源于激励理论中的期待学说。期待学说认为，个人的态度，取决于他的期望值的大小以及通过自己努力得到这一期望值的概率高低。该理论认为，领导者的工作是帮助下属达到他们的目标，并提供必要的指导和支持以确保各自的目标与群体或组织的总体目标相一致。"路径-目标"的概念来自于这种信念，即有效领导者通过明确指明实现工作目标的途径来帮助下属，并为下属清理各项障碍和危险，从而使下属的这一履行行为更为容易。

"路径-目标"理论同以前的各种领导理论的最大区别在于，它立足于部下，而不是立足于领导者。豪斯认为，领导者的基本任务就是发挥部下的作用，而要发挥部下的作用，就得帮助部下设定目标，把握目标的价值，支持并帮助部下实现目标。在实现目标的过程中提高部下的能力，使部下得到满足。这一理论的两个基本原理：

一是领导方式必须是部下乐于接受的方式，只有能够给部下带来利益和满足的方式，才能使他们乐于接受。

二是领导方式必须具有激励性。激励的基本思路是以绩效为依据，同时以对部下的帮助和支持来促成绩效。也就是说，领导者要能够指明部下的工作方向，还要帮助部下排除实现目标的障碍，使其能够顺利达到目标，同时在工作过程中尽量使职工需要得到满足。

按照豪斯的概括，领导人的职能，具体表现为六个方面：①唤起员工对成果的需要和期望；②对完成工作目标的员工增加报酬，兑现承诺；③通过教育、培训、指导，提高员工实现目标的能力；④帮助员工寻找达成目标的路径；⑤排除员工前进路径上的障碍；⑥增加员工获得个人满足感的机会，而这种满足以工作绩效为基础。

要实现这种以部下为核心的领导活动，必须考虑部下的具体情况。显然，现实中的部下是千差万别的。员工的差异主要表现在两个方面：一是员工的个人特质；二是员工需要面对的环境因素。就员工个人特质而言，新手和老手不一样，技术高低不一样，责任心强弱不一样，甚至年龄大小、任职时间长短，都会产生不同的反应。

按照路径-目标理论，领导者的行为被下属接受的程度，取决于下属是将这种行为视为获得满足的即时源泉，还是作为未来获得满足的手段。领导者行为的激励作用在于两个方面：第一是使下属的需要满足与有效的工作绩效联系在一起；第二是提供了有效的工作绩效所必需的辅导、指导、支持和奖励。豪斯确定了四种领导行为：

（1）指导型领导（directive leadership）。领导者说明下属需要完成的任务，包括对他们的期望是什么，如何完成任务，完成任务的时间限制等。指导型领导者能为下属制定出明确的工作标准，并对如何完成任务给予具体指令。

（2）支持型领导（supportive leadership）。领导者对下属的态度是友善的，表现出对下属需求的关怀，他们关注下属的福利和需要，平等地对待下属，尊重下属的地位，能够对下属表现出充分的关心和理解，在部下有需要时能够真诚帮助。

（3）参与型领导（participative leadership）。参与型领导与下属共同磋商，同下属一道进行工作探讨，征求他们的想法和意见，并在决策之前充分考虑他们的建议。

（4）成就导向型领导（achievement-oriented leadership）。领导者设置富有挑战性的任务目标，并期望下属实现自己的最佳水平。除了对下属期望很高外，成就导向型领导者还非常信任下属有能力制定并完成具有挑战性的目标。

与菲德勒的领导行为理论相反，豪斯主张领导方式的可变性。他认为，领导方式是有弹性的，这四种领导方式可能在同一个领导者身上出现，因为领导者可以根据不同的情况斟酌选择，在实践中采用最适合于下属特征和工作需要的领导风格。豪斯强调，领导者的责任就是根据不同的环境因素来选择不同的领导方式。

路径-目标理论提出了两大类情境变量作为影响领导行为-结果之间关系的中间变量，如图 7-6 所示，第一是下属可控范围之外的环境，第二是下属个人特点中的一部分。环境权变因素包括任务结构是否明确、正式的权力系统、工作群体等。下属的权变因素包括控制点、经验、知觉能力等。要使下属的产出最大化，环境因素决定了需要什么样的领导行为类型，下属的个人特点决定了个体对于环境和领导者行为如何解释。

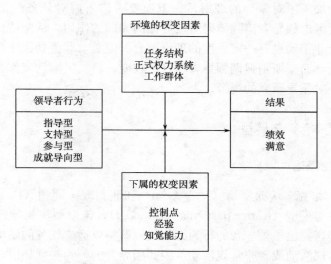

图 7-6 路径-目标理论

根据这一理论，在确定领导方式时，要综合考虑环境因素和下属因素。如果下属是教条的和权力主义的，任务是不明确的，组织的规章和程序是不清晰的，那么，指导型领导方式最适合。对于结构层次清晰、令人不满意或者是令人感到灰心的工作，那么，领导者应该使用支持型方式。当下属从事于机械重复性的和没有挑战性的工作时，支持型方式能够为下属提供工作本身所缺少的"营养"。当任务不明确时，参与型领导效果最佳，因为参与活动可以澄清达到目标的路径，帮助下属懂得通过什么路径和实现什么目标。另外，如果下属具有独立性，具有强烈的控制欲，参与型领导方式也具有积极影响，因为这种下属喜欢参与决策和工作建构。如果组织要求下属履行模棱两可的任务，成就导向型领导方式效果最好。在这种情境中，激发挑战性和设置高标准的领导者，能够提高下属对自己有能力达到目标的自信心。事实上，成就导向型领导可以帮助下属感到他们的努力将会导致有效的成果。

(二) 理论意义

"路径-目标"理论的成立存在这样的假设前提，首先，领导者能够正确地分析情境；其次，领导者能够决定所需要的行动；最后，领导者能够改变行为以满足情境的需要。这一理论对有效领导提出如下建议：①领导必须理解下属对任务的把握；②领导必须考虑下属对挑战性和自主性的需求；③如果下属要求接受挑战，即使任务具有复杂性，领导也要避免对下属进行指挥；④如果任务琐碎而令人生厌，又具有压力，那么领导就必须激励下属，支持下属。

这一理论加深了对领导的理解，一方面要考虑下属对任务的把握与理解因素，同时还要考虑领导者清除障碍对任务圆满完成的作用。从坚持权变观点的角度看，豪斯与菲德勒也有一定程度的理论重合。但是，菲德勒把注意力集中于情境因素的权变，而豪斯则强调领导者本身的权变。将员工满意度作为领导成效的标准，拓宽了对领导研究的视野。

四、领导者参与模型

(一) 理论概述

1973年，维克多·弗罗姆 (V. Vroom) 和菲利普·耶顿 (P. Yetton) 开发出了领导者参与模型 (leader participation model)，该模型将领导行为与参与决策联系在一起，提出了领导者的行为必须加以调整以适应任务的结构。由于任务结构可能是常规活动或者非常规活动，因此领导者的行为必须加以调整以适应这些任务结构。弗罗姆和耶顿根据不同的情境类型，给领导者提供了一系列应该遵循的规则，以确定参与决策的类型和程度。

领导者参与模型认为对于某种情境而言，有五种领导行为可供选择。在领导者确定哪种领导风格最有效时，有一些有关决策方面的权变因素。这些权变因素在具体情境中可能表现出来也可能没有表现出来，包括决策的显著性、承诺的重要性、领导者的专业性、承诺的可能性、全体的支持性、群体的专业性、团队的实力等。五种领导行为可描述为独裁Ⅰ (AⅠ)、独裁Ⅱ (AⅡ)、磋商Ⅰ (CⅠ)、磋商Ⅱ (CⅡ) 和群体决策Ⅱ (GⅡ)，具体描述如下：

AⅠ：你使用自己手头现有的资料独立解决问题或做出决策。

AⅡ：你从下属那里获得必要的信息，然后独自做出决策。在从下属那里获得信息时，你可以告诉或不告诉他们你的问题。在决策中下属的任务是向你提供必要信息而不是提出或评估可行性解决方案。

CⅠ：你与有关的下属进行个别讨论，获得他们的意见和建议。你所做出的决策可能受到或不受下属的影响。

CⅡ：你与下属们集体讨论有关问题，收集他们的意见和建议，然后你所做出的决策可能受到或不受到他们的影响。

GⅡ：你与下属们集体讨论问题，你们一起提出和评估可行性方案，并试图获得一致的解决办法。

（二）理论意义

领导者参与模型进一步证实了领导研究应指向情境而非个体，也许称为专制和参与的情境要比称为专制和参与的领导更讲得通。与豪斯的路径-目标理论相同，弗罗姆、耶顿和加哥都反对把领导者的行为看做固定不变的，他们认为，领导者可以根据不同的情境调整他的风格。

➤复习思考题

1. 如何理解领导的本质？领导者应具备哪些基本能力？

2. 领导行为理论有哪几种？他们的主要内容是什么？对我们有什么启示？

3. 领导权变理论有哪几种？他们的主要内容是什么？对你来说，最不常用的是哪一种？为什么？

4. 一个全职的大学生可以从事哪些学校的活动，让别人感到他是一名具有领导魅力的领导者？

案 例 分 析

权威和民主，你更喜欢哪种领导？

一、凯利·约翰逊其人

凯利·约翰逊（Clarence Leonard "Kelly" Johnson）是美国航空宇航界的传奇人物。他作为飞机工程师和航空科学家为洛克希德马丁公司工作了 40 多年，并被誉为"组织天才"。作为项目领导者，他一生参加了 40 多架飞机的设计工作，包括 P-38、F-80、F-94、F-117A、U-2 等著名机型，获得了最有才华的飞机设计师的美誉。2003 年，在华特兄弟飞行 100 周年纪念活动中，凯利·约翰逊在全球航空 100 年最重要和最具影响的 100 位人物评选中名列第 8。

1910 年 2 月 27 日，凯利·约翰逊出生于密歇根州伊斯派明镇。作为瑞典移民的后代，他立志摆脱贫穷，回归主流。他 13 岁时就获得了飞机设计大奖，之后就读于密歇根大学。1933 年，在获得硕士学位后，凯利·约翰逊加入洛克希德公司，开始作为工具设计师，后来先后从事过飞行测试工程师、应力分析师、气动力学工程师和重量工程师。1938 年，凯利·约翰逊出任主任研究工程师。1956 年，他成为公司研究发展部副总裁，1958 年转任先进发展项目副总裁，创立了著名的战略新产品研究中心——臭鼬工厂（Skunk Works）。1964～1980 年，他担任洛克希德公司董事，并于 1969 年成为公司副总裁。1983 年，洛克希德公司将其研究发展中心命名为凯利·约翰逊研究发展中心，以表彰其近 50 年的倾心服务。1990 年 12 月 21 日，凯利·约翰逊因病去世，享年 80 岁。

凯利·约翰逊事业生涯的成功由多方面原因造成的。首先，他是一名天才的科学家。深厚的知识基础，精湛的工程技能使得他总是能一眼就看出问题所在。这对于开创性的研究开发工作是十分重要的。传奇的凯利甚至可以通过肉眼来估测需要大量计算工作的技术问题，从而赢得了下属的普遍敬畏。

其次，凯利·约翰逊在职业生涯的早期正值第二次世界大战，参与了多项军事项目，养成了坚决执行、讲求效率的习惯。这使得他的管理风格中既有科学家的严谨，又有职业军人的严厉。正如他自己总结的 14 项管理原则所表述的，他的管理风格可以总结为"迅捷（quick）、安静（quiet）、按时（on time）"。可见，他用军队雷厉风行的方法来管理科研开发项目也就不奇怪了。

最后，凯利·约翰逊本人的声望使得他在公司和军方得到了充分的信任。这也使得他在从事项目研发管理时具有良好的外部环境。

1975 年，凯利·约翰逊正式退休。令人意外的是，他选择了与他风格迥异的接班人本·里奇（B. R. Rich）。

二、本·里奇的领导风格

里奇于 1925 年 6 月 18 日出生于菲律宾马尼拉的一个英国伐木工家庭，于第二次世界大战期间移民美国。1946 年，里奇进入加州大学伯克利分校学习机械工程，随后又在洛杉矶分校学习航空工程，获硕士学位。毕业后，进入洛克希德公司从事热动力学研究设计工作。

1954 年，里奇进入约翰逊创立的 Skunk Works 部门工作，先后参与了 F-90、F-104、SR-71、U-2 等机型的研制工作。1975 年，里奇接替约翰逊领导 Skunk Works，主持了 F-117 和 F-22 原型机的研制工作，被誉为"隐形攻击机之父"。之后，里奇当选为美国工程院院士，入选美国航空名人堂。

里奇深知自己不是凯利·约翰逊那样的科学天才。因此在决策时他总是依靠自己的团队。上任后他的第一个行动就是放松管制，让手下自己决定具体的工作程序和方法，而他自己总是用幽默的俏皮话在一旁做拉拉队。尽管他并不回避那些应该受到批评的人，但是他更多的是依靠称赞、奖励来激励士气。员工们对他的评价是——完美的管理者：善于应付艰难的局面，保护自己的团队，争取更多的项目和资金，充分显示团队的价值。

员工们对于这两位杰出的科学家、管理者的评价是："凯利用他的坏脾气来管理；本则用糟糕的俏皮话来管理。"

思考题：

1. 你对这两位管理者的评价是什么？
2. 你认为他们的领导方法哪个更加有效？
3. 你认为选择有效领导方式需要考虑哪些因素？

第八章

激 励

> **本章提要**
> 1. 激励的基本概念；
> 2. 激励的过程模型；
> 3. 内容激励理论：需要层次理论、双因素理论、成就需要理论等；
> 4. 过程激励理论：期望理论、公平理论、综合激励模型等；
> 5. 强化激励理论：类型与时间安排等；
> 6. 现代激励理论的运用与发展等。

■ 第一节　激励的原理

一、激励概述

（一）激励的心理学基础

在学习激励之前，必须先了解与激励密切相关的几个概念。

1. 需要

人的一切行为都是由需要引起的。需要是一种人类心理反应过程，指人对于某种目标的渴求或欲望，潜在的需要一旦被认识到，就会以一定的行为动机的形式表现出来，从而支配人的行为。所以说，需要是人的行动积极性产生的根源和原动力。在领导工作中运用激励的方法，正是利用需要对行为的原动力作用，通过提供外部诱因，满足职工的需要，进而激发职工的工作积极性。

2. 动机

动机是需要与行为的中介。需要被人所意识到就会产生动机，动机的产生就会激发人的行为。动机就是推动人行为的原动力。它产生于被人们所意识到的需要。潜在的需要不产生动机。动机的产生依赖于两个条件：一是个体的生理或心理需要；二是能够满足需要的客观事物，又称为外部诱因。在组织中，职工的各种积极或消极行为同样受到各种动机的支配。运用激励手段调动职工的积极性就是利用动机对行为的这种驱动和支配作用，通过外部诱因激发动机，直接引导职工产生积极行为。

3. 行为

行为是人的主观对客观做出的可以观察到的反应，泛指人作为主体的各种活动，如动作、运动、工作，但不包括纯意识的思想反应过程。

（二）激励的定义

激励是一种精神力量或状态，起加强、激发和推动作用，并指导和引导行为指向目标，它决定了组织中人的行为方向、努力程度、在困难面前的耐力。从管理学的立场来看，激励就是通过管理者的行为或组织制度的规定，给被管理者的行为以某种刺激，使其产生努力实现管理目标，完成组织任务的管理过程。

通俗地讲，管理中的激励就是要解决如何调动职工积极性的问题。从上面关于需要、动机和行为的讨论中可知，人们的行为产生于需要。那么激励的关键就在于激发人们没有意识到的潜在需要，或对人们已经意识到的潜在需要，但没有欲望的需要，提供实现需要的条件，从而强化人们的行为。

（三）激励的过程

心理学家认为，人的一切行动都是由某种动机引起的，动机是人类的一种精神状态，它对人的行为起激发、推动、加强的作用，因此成为激励之源。激励过程可用图 8-1 来概括表示。

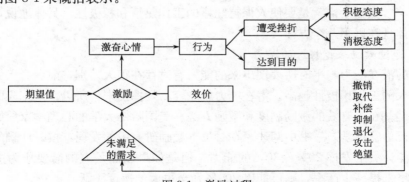

图 8-1　激励过程

从图 8-1 中可知激励有如下几个特点。

1. 激励是一个循环过程

激励是一个循环过程，这一过程包括了这样几个阶段：第一阶段，刺激人的需要产生；第二阶段，在需要的作用下产生动机；第三阶段，在动机作用下引发行为；第四阶段，比较行为的结果，如果行为的结果与期望的目标一致，就会产生一种满足感，从而产生新的需求，强化行为。如果行为不能满足目标期望，行为者就受到挫折，其反应通常有两种：一是调整目标，二是调整行为，在较低的程度上获得满足，然后产生新的需要。

2. 激励是一种典型的管理艺术的体现

在组织行为中，十分常见的情形是：行为相同，动机不同；或行为不同，动机却相同。相同的动机，由于在寻找方法上的差异，会造成行为上的不一致，有的人可能采取这种行为，另一些人可能采取另一种行为。反过来，相同的行为也可能是由于不同的动机造成的。这些都说明，调动人的积极性的激励，对不同的人，不同的情况，应当应用不同的方法。不存在对任何人都适用的激励模式。

二、激励的作用

激励的主要作用在于激发、调动人的积极性，从而使人们能够更富有成效地努力工作，以取得最大的成效。管理研究证明，个人的工作成效取决于个人的能力和工作积极性，其关系可以用以下公式来描述：

$$M = F(A \times E)$$

其中，M 表示工作成效；A 表示工作能力；E 表示工作积极性。在决定工作成效的因素中，能力 A 是最基本的。如果通过有效的人事管理，使个人能够胜任工作，那么决定工作效率的关键因素就是工作积极性了。并且，个人的能力变化是比较缓慢的，而工作态度的改变常常可能在短期内发生，从而对工作成效产生很大影响。激励恰恰就是要使人保持旺盛的工作热情和积极性。具体地说，激励的作用体现在以下几个方面。

1. 通过激励来挖掘人的潜力

人的潜在能力与平时所表现出来的能力有时存在很大差别，前者会大大超出后者。人的工作积极性越高，潜在能力就越容易发挥出来。所以，挖掘人的潜在能力关键就在于有效的激励制度和激励方法。美国哈佛大学的心理学家詹姆士教授在《行为管理学》一书中阐述了在对员工激励研究中的发现：按时计酬的分配方式仅能让员工发挥 20%～30% 的能力；但是如果以满足人的需要作为主要的经营战略来提高生产率，则可能以 200% 乃至更大的速度飞跃。

2. 通过激励可以为组织吸引优秀人才

有效的激励制度不仅可以充分调动组织内现有的人力资源，而且还有助于吸引组织外的人才流向组织内部。因为人人都希望自己的才能得到充分的发挥，并得到公正的满足。有效激励的实质就是能够合理地满足人们的需要，这样的激励制度自然会吸引那些才能难以得到充分发挥的人才。国际知名公司特别注重这一点，它们用各种激励人才的方式吸引世界各国的优秀人才。例如，IBM 公司就有许多具有吸引力的激励方法：提供养老金、集体人寿保险、优厚的医疗待遇，还给工人兴办了每年只需交几美元会费就能享受带家属到乡村疗养的乡村俱乐部，减免那些愿意重返校园提高知识和技能的员工的学费，筹办了学校和各种培训中心，让员工到那里学习各种知识等。

3. 通过激励可以激发员工的创造性

有效的激励不仅可以调动员工的劳动积极性，而且还会促进员工在工作中发挥自己的创造能力，努力克服工作中的困难，完成任务。这种创造性的工作态度和热情对组织任务的完成和组织的发展具有重大意义。例如，日本丰田汽车公司采用合理化建议奖的办法鼓励员工提建议，无论建议是否被采纳，提出建议的员工都会得到奖励和尊重。结果该公司的员工曾在一年内就提出了 165 万条建设性建议，累计带来 900 亿日元利润，相当于公司全年利润的 18%。可见，激励员工群策群力，不仅增强了他们的责任心、主观能动性，而且对公司发展有着不可低估的影响。

三、激励的一般原则

1. 组织目标与个人目标相结合原则

在组织中，管理者最为关注的问题就是组织目标的实现，而组织目标的实现又离不开每一个员工的共同努力。调动员工积极性的根本在于满足员工各种各样的需要，即员工的个人目标。因此管理者在制定激励措施时，需要既考虑到组织目标，同时也兼顾到员工个人目标，才能最大限度地调动员工的工作积极性。否则，如果管理者只看到组织目标，忽视员工的个人目标，员工的积极性会受到限制。当然，员工只顾自己的个人目标，而不考虑组织目标的要求也是不现实的。

2. 时效原则

时效原则指奖励必须及时，不能拖延。一旦时过境迁，激励就会失去作用。实践也一再证明，应该受表扬的行为得不到及时的鼓励，会使人气馁，丧失积极性；错误的行为不及时受到惩罚，会使错误行为更加泛滥，造成积重难返的局面。因此，把握好激励的时机是一种重要的管理艺术。通常，正激励多在行为一发生就给予表扬，以示支持。对错误的行为，首先应及时制止，不让其延续下来或扩散开，然后再根据具体情况采取批评或其他惩罚措施。例如，在情绪对立、矛盾冲突时，适当的冷处理或许是更为有效的选择。

3. 内部激励与外部激励相结合的原则

员工的激励可以来自于个体的内部，也可以来自于个体的外部。内部激励来自于员工对工作本身及其结果的看法，而外部激励来自于组织对工作结果的认同和奖励。要想使激励措施达到理想的效果，必须注重内部激励与外部激励相结合，使员工在工作过程中，既受到来自于工作本身的激励，又受到工作行为所带来的结果的激励，这样会事半功倍。

4. 以奖为主、以罚为辅的原则

奖励和惩罚都属于激励，其目的相同，但对行为的影响不同。前者属于正强化；后者属于负强化。现代激励理论与实践表明，应尽可能采用正强化方式引导人的行为，即遵循以奖为主，以罚为辅的原则。因为完成组织的目标，最终还要靠调动人的积极性和创造性，要激励员工努力工作。这一点，惩罚是做不到的。只有当正强化无法达成目的时，才需要考虑负强化的激励手段。

5. 物质奖励与精神奖励相结合的原则

物质利益是人们行为的基本动力，但不是唯一的动力。任何人都不可能仅为物质利益而活着。现实生活中，人们的需要是多方面的，既有物质方面的，也有精神方面的，只不过对于不同的人而言，两种需要的强度有所不同罢了。所以，激励必须注意物质奖励与精神奖励相结合。片面地强调哪一方面都是不正确的。物质奖励与精神奖励相结合也是针对激励制度而言的，就某一件事，某一个人来说，一次奖励，可能只是物质的，也可能只是精神的，或者是二者相结合的。

6. 民主、公平、公正的原则

员工激励必须保证民主、公平、公正，做到功过分开、赏罚分明、一视同仁，同时还要做到赏罚合理、实事求是、不夸大、不缩小、把握好分寸。激励对于调动员工积极性的作用，是在民主、公平、公正的前提下才会出现的良好状态。如果组织中管理者在实施激励过程中出现了违背民主、公平、公正的基本原则的现象，员工就会因此而感觉到不公平，产生不满情绪，工作积极性必定会受到挫伤。

■ 第二节　内容激励理论

需要和动机是推动人们行为的原因。内容型激励理论则是着重研究需要的内容和结构及其如何推动人们行为的理论，主要包括马斯洛的"需要层次论"、赫兹伯格的"双因素理论"和麦克利兰的"成就需要激励理论"等。

一、马斯洛需要层次理论

需要层次理论（Maslow's hierarchy of needs），亦称"基本需求层次理论"，是行为科学的理论之一，由美国心理学家亚伯拉罕·马斯洛于 1943 年在《人类激励理论》论文中所提出。马斯洛需要理论把需要分成生理需要、安全需要、感情需要、尊重需要和自我实现需要五类，依次由较低层次到较高层次排列，如图8-2 所示。

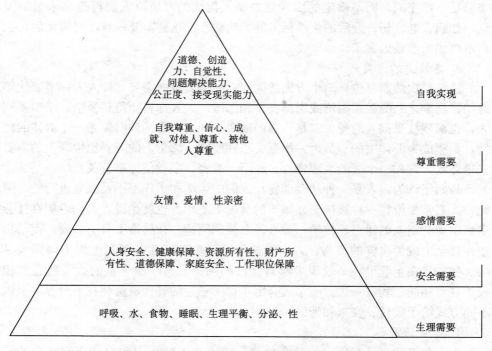

图 8-2 马斯洛需要层次理论

1. 生理上的需要

这是人类维持自身生存的最基本需要，包括饥、渴、衣、住等方面的需要。如果这些需要得不到满足，人类的生存就成了问题。在这个意义上说，生理需要是推动人们行动的最强大的动力。正如马斯洛所说："对于一个处于极端饥饿状态的人来说，除了食物，没有别的兴趣，在这种极端情况下，写诗的愿望，获得一辆汽车的愿望，对美国历史的兴趣，对一双新鞋的需要，则统统被忘记或退到第二位。"马斯洛认为，只有这些最基本的需要满足到维持生存所必需的程度后，其他的需要才能成为新的激励因素，而到了此时，这些已相对满足的需要也就不再成为激励因素了。

2. 安全上的需要

这是人类要求保障自身安全、摆脱事业和丧失财产威胁、避免职业病的侵袭等方面的需要。马斯洛认为，整个有机体是一个追求安全的机制，人的感受器官、效应器官、智能和其他能量主要是寻求安全的工具，甚至可以把科学和人生观都看成是满足安全需要的一部分。例如，要求摆脱失业的威胁、考虑将来年老或生病时有些保障等方面的稳定和安全程度。这种需要又可分为两小类：一类是现在的安全需要；另一类是对未来的安全需要，就是希望未来生活能有保障。未来总是不确定的，而不确定的因素总是令人担忧的，所以人们都追求未来的安全，如病、老、伤、残后的生活保障等。当然，当这种需要一旦相对满足后，也就不再成为激励因素了。

3. 感情上的需要

这一层次的需要包括两个方面的内容：一是友爱的需要，即人人都需要伙伴之间、同事之间的关系融洽或保持友谊和忠诚；人人都希望得到爱情，希望爱别人，也渴望接受别人的爱。二是归属的需要，即人都有一种归属于一个群体的感情，希望成为群体中的一员，并相互关心和照顾。感情上的需要比生理上的需要来得细致，它和一个人的生理特性、经历、教育、宗教信仰都有关系。

马斯洛认为，人是一种社会动物，人们的生活和工作都不是独立进行的。因此，人们常希望在一种被接受或属于的情况下工作。也就是说，人们希望在社会生活中受到别人的注意、接纳、关心、友爱和同情，在感情上有所归属，而不希望在社会中成为离群的孤鸟。人们的这种需要多半是在非正式组织中得到满足的。例如，在企业里，一般职工都有自己的圈子，这个圈子里的人一般意气相投、观点相同、利益一致。一个人有困难，圈子里的其他成员会在不同程度上以不同方式给予同情、安慰和帮助。

4. 尊重的需要

人人都希望自己有稳定的社会地位，要求个人的能力和成就得到社会的承认。尊重的需要又可分为内部尊重和外部尊重。内部尊重是指一个人希望在各种不同情境中有实力、能胜任、充满信心、能独立自主等。可见，内部尊重就是人的自尊。外部尊重是指一个人希望有地位、有威信，受到别人的尊重、信赖和高度评价。马斯洛认为，尊重需要得到满足，能使人对自己充满信心，对社会满腔热情，体验到自己活着的用处和价值。

自尊和受人尊重，这两者是联系在一起的。要得到别人的尊重，首先自己要有被别人尊重的条件。自尊主要表现在：对工作有足够的自信心；对知识的掌握不愿落他人之后等。自尊心是驱使人们奋发向上的推动力，自尊心人人皆有。

5. 自我实现的需要

这是最高层次的需要，它是指实现个人理想、抱负，发挥个人的能力到最大程度，完成与自己的能力相称的一切事情的需要。也就是说，人必须做称职的工作，这样才会使他们感到最大的快乐。马斯洛提出，为满足自我实现需要所采取的途径因人而异。自我实现的需要是在努力实现自己的潜力，使自己越来越成为自己所期望的人物。自我实现的需要通常表现在两个方面：①胜任感方面。有这种需要的人力图控制事物或环境，不是等事情被动地发生和发展，而是希望在自己控制下进行。例如，在企业生产中，青年工人开始时在师傅指导下工作，后来掌握了一定技术后，就会萌发独立操作的想法，在此基础上，他们不愿再机械地重复、去从事、去完成工作，而是利用掌握的知识积极地、主动地去分析、研究工作，去改进和完善工作。②成就感方面。与物理的"充分负荷"原理相似，人们在工作中常为自己设置一些既有一定困难，但经过努力又可以达到的目标。他们进行的工作既不保守，也不冒险。他们是在认为自己有能力影响事情结果的前提下工作的。对这些人来说，工作成功后的喜悦远比其他任何报酬都重要。

需要层次理论认为，人类五种需要是以层次的形式出现的，生理需要和安全需要为低层次的需要，感情需要、尊重需要和自我实现需要为较高层次的需要。在高层次的需要充分出现之前，低层次的需要必须得到适当的满足。低层次的需要基本得到满足以后，它的激励作用就会降低，其优势地位将不再保持下去，高层次的需要会取代它成为推动行为的主要原因。有的需要一经满足，便不能成为激发人们行为的起因，于是被其他需要取而代之。

按照需要层次理论，如果希望激励某人，就必须了解此人目前所处的需要层次，然后着重满足这一层次或在此层次之上的需要。高层次需要是从内部使人得到满足，而低层次需要则主要是从外部使人得到满足。在物质丰富的条件下，几乎所有员工的低层次需要都得到了满足。此时，管理者应更加关注员工的个人更高层次的需要。

马斯洛的需要层次理论，在一定程度上反映了人类行为和心理活动的共同规律，指出了人的需要是由低级向高级不断发展的，这一趋势基本上符合需要发展规律。因此，需要层次理论对企业管理者如何有效地调动人的积极性有启发作用。

但是，许多研究结果对需要层次理论提出了质疑，人们的需要是多样性的，同一时期可能存在多种需要。马斯洛是离开社会条件、离开人的历史发展以及人的社会实践来考察人的需要及其结构的。此外，不同经济、社会和文化背景也会造成人们需要上的不同。

由于每个人的需要各不相同，因此管理者必须用适宜的方法来对待人们的各种需要。在工作中，管理者要注意每个人的个性、愿望和欲望的差别，还应该考虑人们所处的经济、社会和文化背景等环境因素的影响。在制定激励措施时，应针对员工的主导需求，因人而异，全面调动员工的工作积极性，提高工作绩效。

二、赫兹伯格双因素理论

(一) 理论概述

双因素理论是美国心理学家赫兹伯格于 1959 年提出来的，全名叫"激励、保健因素理论。"通过在匹兹堡地区 11 个工商业机构对 200 多位工程师、会计师调查征询，赫兹伯格发现，受访人员举出的不满项目，大都同他们的工作环境有关，而感到满意的因素，则一般都与工作本身有关。据此，他提出了双因素理论，认为影响人们工作积极性的因素可以分为两大类：保健因素和激励因素。

所谓保健因素，就是那些造成职工不满的因素，它们的改善能够解除职工的不满，但不能使职工感到满意并激发起职工的积极性。保健因素主要有企业的政策、行政管理、工资发放、劳动保护、工作监督以及各种人事关系处理等。由于它们只带有预防性，只起维持工作现状的作用，也被称为"维持因素"。

所谓激励因素，就是那些使职工感到满意的因素，唯有它们的改善才能让职工感到满意，给职工以较高的激励，调动积极性，提高劳动生产效率。激励因素主要有工作表现机会、工作本身的乐趣、工作上的成就感、对未来发展的期望、职务上的责任感等。这两类因素与员工对工作的满意程度之间的关系如图 8-3 所示。

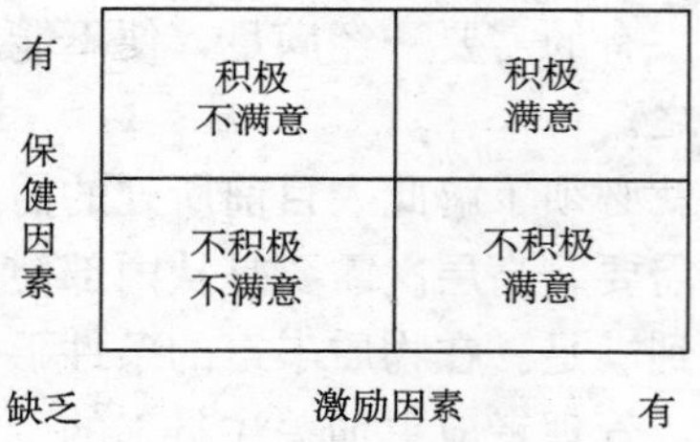

有	积极 不满意	积极 满意
保健 因素		
	不积极 不满意	不积极 满意
缺乏	激励因素	有

图 8-3 激励因素与保健因素的组合方式

赫兹伯格双因素理论的重要意义在于它把传统的满意-不满意的观点进行了拆解，认为传统的观点中存在双重的连续体：满意的对立面是没有满意，而不是不满意；同样，不满意的对立面是没有不满意，而不是满意。这种理论对企业管理的基本启示是：要调动和维持员工的积极性，首先要注意保健因素，以防止不满情绪的产生，但更重要的是要利用激励因素去激发员工的工作热情，努力工作，创造奋发向上的局面，因为只有激励因素才会增加员工的工作满意感。

与传统观点相比，赫兹伯格的双因素的特点如表 8-1 所示。

表 8-1　赫兹伯格理论与传统观点的区别

因素 ＼ 项目	不具备时	具备	相关	机制	应用
保健因素（维持性）	不满意	没有不满意	工作条件	外激励	消除不满
激励因素（进取性）	没有不满意	满意	工作性质	内激励	使人满意

从表面上看，赫兹伯格的双因素理论与马斯洛的需要层次理论差别很大。但从本质上看，它们是密切相关的，只是它们的侧重点不同。需要层次理论针对人类的需要和动机，而双因素理论则侧重满足人的需要的目标或诱因，两个理论相比如表 8-2 所示。从中我们可以看出，双因素理论与马斯洛的需要层次理论是相吻合的，马斯洛理论中低层次的需要，相当于保健因素，而高层次的需要类似于激励因素。双因素理论是针对满足的目标而言的。保健因素是满足人的对外部条件的要求；激励因素是满足人们对工作本身的要求。前者为间接满足，可以使人受到外在激励；后者为直接满足，可以使人受到内在激励。因此，双因素理论认为，要调动人的积极性，就要在"满足"二字上下工夫。

表 8-2　马斯洛和赫兹伯格激励理论的比较

马斯洛的需要层次理论	赫兹伯格的双因素理论
自我实现的需要	艰巨的富有挑战的工作成就、工作的进展、职务
尊重的需要	提升赏识地位
社交的需要	人际关系、组织的方针、管理监督的性质
安全的需要	监督的性质、工作条件、职业保障
生理的需要	薪金个人生活

双因素理论促使企业管理人员注意工作内容方面因素的重要性，特别是它们同工作丰富化和工作满足的关系，有着积极的意义。赫兹伯格告诉我们，满足各种需要所引起的激励深度和效果是不一样的。物质需求的满足是必要的，没有它会导致不满，但是即使获得满足，它的作用往往是很有限的、不能持久的。要调动人的积极性，不仅要注意物质利益和工作条件等外部因素，更重要的是要注意工作的安排，量才录用，同时，应注意对人进行精神鼓励，给予表扬和认可，注意给人以成长、发展、晋升的机会。随着温饱问题的解决，这种内在激励的重要性越来越明显。

虽然保健因素与激励因素不能相互替代，但紧密地联系着。如果保健因素缺乏，激励因素也不会为人们所考虑和关心，自然也不会激励人们的积极性。

（二）理论应用

将双因素理论应用到实践中，包括如下几个方面。

1. 工作丰富化

此即扩大工作的内涵，如在工作中赋予员工更多的责任、自主权和控制权等。要让员工有机会参与计划和设计，得到信息反馈，评价和修正自己的工作，使员工对工作本身产生兴趣，获得责任感和成就感。

2. 工作扩大化

此即扩大工作的外延，如扩大工作范围，提高工作多样性等，从而增加了工作种类和工作深度。随着科学技术的发展，生产向专业化和精细化方向发展，生产线和流水线的大量使用，员工变成了机器，终日从事单调和重复的工作，其工作积极性受到挫折。工作扩大化要求员工增加工作的种类，同时承担几项工作或者做周期更长的工作，以增加对工作的兴趣。

3. 弹性工时

这种制度规定员工除一部分时间须按规定时间上班外，其余时间在一定范围内可自行安排，其目的就是为了便利员工，提高他们工作的情绪。实行这种制度有助于组织提高生产率，减少差错、缺勤和迟到等，员工也因为能自由支配作息时间而感到满意。

三、麦克利兰成就需要激励理论

（一）理论概述

20 世纪 50 年代初期，美国哈佛大学的心理学家戴维·麦克利兰，集中研究了人在生理和安全需要得到满足后的需要状况，特别对人的成就需要进行了大量的研究，从而提出了一种新的内容型激励理论——成就需要激励理论。成就需要激励理论更侧重于对高层次管理中被管理者的研究，如他所研究的对象主要是生存和物质需要都得到相对满足的各级经理、政府职能部门的官员以及科学家、工程师等高级人才。

研究表明，高成就动机者主要有三个特征：①他们喜欢自己设置目标，不愿意被动接受目标。他们敢于为实现目标而承担全部责任。如果成功，他们希望被承认；如果失败，他们愿意受责备。②他们一般情况下回避选择极度困难的目标，而偏爱中等难度的目标，以免目标太困难而无法实现，太容易而不能获得满足。③他们渴望得到即刻反馈。因为目标对他们的重要性，所以他们希望尽快知道自己干得如何。于是，麦克利兰把人的高层次需要划分为以下三种类型。

1. 对权力的需要

具有较高的权力欲的人，对施加影响和控制表现出很大的兴趣，这样的人一般寻求领导者的地位。他们常常表现出争辩、健谈、强有力、直率和头脑冷静，并且善于提出问题和要求。也常喜欢教训别人，并乐于讲演。

2. 对归属或社交的需要

具有归属和社交需要的人，通常从友爱、情谊、人与人之间的社会交往中得到欢乐和满足，并总是设法避免因被某个组织或社会团体拒之门外而带来的痛苦。他们喜欢保持一种融洽的社会关系，享受亲密无间和相互谅解的乐趣，随时准备安慰和帮助危难中的伙伴。

3. 对成就的需要

有成就需要的人，对胜任和成功有强烈的要求，同样，他们也担心失败。他们乐意甚至热衷于接受挑战，往往为自己树立有一定难度而又不是高不可攀的目标，他们敢于冒险，又能以现实的态度对付冒险，绝不以迷信和侥幸心理对付未来，而是对问题善加分析和估计。他们愿意承担所做工作的个人责任，但对所从事的工作情况希望得到明确而又迅速的反馈。这类人一般不常休息，喜欢长时间的工作，即使真出现失败也不会过分沮丧。一般来说，他们喜欢表现自己。

怎么判断一个人的需要类型呢？麦克利兰通过投射测验进行测量，他给每位被测试者一系列图片，让他们根据每张图片写一个故事，而后麦克利兰和他的同事分析故事，对被测者的三种需要程度进行评估。在大量研究的基础上，麦克利兰对成就需要与工作绩效的关系进行了十分有说服力的推断。虽然对于权力需要和归属需要的研究相对较少，但其结果是较为一致的。首先，高成就需要者喜欢能独立负责、可以获得信息反馈和中度冒险的工作环境。在这种环境下，他们可以被高度激励。其次，高成就需要者并不必一定就是一个优秀的管理者，尤其是对大规模的组织而言。再次，归属需要与权力需要和管理的成功密切相关。最优秀的管理者是权力需要很高而归属感需要很低的人。最后，员工可以通过训练来激发起成就需要。如果某项工作要求高成就需要者，那么管理者可以通过直接选拔的方式找到一名高成就需要者，或者通过培训的方式培养自己原有的下属。

（二）理论应用

对于高成就动机者的管理，可以考虑采取如下措施：①提供及时、准确的绩效反馈；②鼓励他们参加目标设置，或鼓励他们自我设置目标；③创造条件让他们充分施展才华；④鼓励他们多做挑战性、责任感强的工作；⑤增加他们的工作自主性；⑥改变领导方式，多关心支持，少批评监督。

总体来说，内容型激励突出了人们的心理需要，并认为正是这些需要在激励人们采取行动。以上三种理论都有助于管理者理解员工受到激励的真正动因。因此，管理者可以通过工作设计去满足员工的需要，进而使员工出现良好的工作行为。

■ 第三节 过程激励理论

过程激励理论主要研究从个体动机产生到采取具体行为的过程，这些理论试图弄清人们对付出努力、取得绩效、获得奖励的认识，以达到更好地对员工进行激励的目的。过程激励理论主要有弗鲁姆的期望理论、亚当斯的公平理论、波特和劳勒的综合激励理论等。

一、弗鲁姆期望理论

（一）理论概述

期望理论（expectancy theory），又称作"效价-手段-期望理论"，它是由北美著名心理学家维克托·弗鲁姆（V. H. Vroom）于 1964 年在《工作与激励》一书中提出来的。该理论认为，某一活动对某人的激励力取决于他所能得到成果的全部期望价值与他认为达到该成果的期望概率。用公式表示就是

$$M = V \cdot E$$

其中，M 表示激励力，指调动一个人的积极性、激发出人的内部潜力的强度；V 表示效价，指某项活动成果所能满足个人需要的程度；E 表示期望值，指一个人根据经验判断的某项活动导致某一成果的可能性的大小，即数学上的概率，数值在 0～1。

为了更好地说明怎样使激发力量达到最好值这个问题，弗鲁姆提出了期望理论模型，如图 8-4 所示。

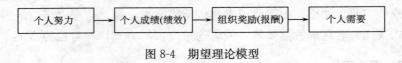

图 8-4 期望理论模型

期望理论告诉我们：不要泛泛地采用一般的激励措施，而应当采用多数组织成员认为效价最大的激励措施，而且在设置某一激励目标时应尽可能加大其效价的综合值，适当加大不同人实际所得效价的差值，加大组织期望行为与非期望行为之间的效价差值。在激励过程中，还要适当控制期望概率和实际概率，加强期望心理的疏导。期望概率过大，容易产生挫折，期望概率过小，又会减少激励力量；而实际概率应使大多数人受益，最好实际概率大于平均的个人期望概率，并

与效价相适应。需要兼顾以下三个方面的关系。

1. 努力和绩效的关系

这两者的关系取决于个体对目标的期望值。期望值又取决于目标是否符合个人的认识、态度、信仰等个性倾向，以及个人的社会地位，别人对他的期望等社会因素。即由目标本身和个人的主客观条件决定。

2. 绩效与奖励的关系

人们总是期望在达到预期成绩后，能够得到适当的合理奖励，如奖金、晋升、提级、表扬等。组织的目标，如果没有相应的有效的物质和精神奖励来强化，时间一长，积极性就会消失。

3. 奖励和个人需要的关系

奖励要适合各种人的不同需要，即要考虑效价。要采取多种形式的奖励，满足各种需要，才能最大限度地挖掘人的潜力，最有效地提高工作效率。

（二）理论意义

激励过程的期望理论对管理者的启示是：管理人员的责任是帮助员工满足需要，同时实现组织目标。管理者必须尽力发现员工在技能和能力方面与工作需求之间的对称性。为了提高激励，管理者可以明确员工个体的需要，界定组织提供的结果，并确保每个员工有能力和条件得到这些结果。通常，要达到使工作的分配出现所希望的激励效果，应使工作的能力要求略高于执行者的实际能力，即执行者的实际能力略低于（既不太低，又不太高）工作的要求。

期望理论的问题在于，首先，它强调报酬和奖赏，而组织所提供的奖赏必须与个体的需要保持一致，因为每一名员工都在寻求获得最大的自我满足感。其次，它强调管理者应该知道为什么某些结果对员工有吸引力，而另一些结果则无吸引力，并在此基础上，管理者对员工评价积极的结果给予奖赏。再次，它注重被期望的行为。然而员工不一定知道组织所期望的行为。最后，期望理论认为个体对工作绩效、奖赏、目标满足的知觉决定了他们的努力程度，而不是客观情况本身。

二、亚当斯公平理论

（一）理论概述

美国心理学家亚当斯（J. S. Adams）于 1965 年提出公平理论。该理论侧重于研究工资报酬分配的合理性、公平性及其对职工生产积极性的影响。亚当斯认为：在一定的环境中，人们总是将自己所做出的贡献和所得到的报酬之比，与一个和自己相关的人所做出的贡献和所得到的报酬之比相比较，来判断报酬的分配是否公平，从而决定下一步的行为。如果比值相等，则会有公平感，因而会维持原有的积极性，如果比值不相等，比值较小的一方就会认为自己在分配中受到了不公正的待遇，进而会调整他自己的行为。可见，人能否受到激励，不但受到其所得到的报酬的影响，还要受到其对公平的感知。

公平理论表达式为

$$Q_p/I_p = Q_o/I_o$$

其中，Q_p 代表一个人对其所获报酬的感觉；I_p 代表一个人对其投入的感觉；Q_o 代表这个人对某比较对象所获报酬的感觉；I_o 代表这个人对比较对象所做投入的感觉。

公平理论认为，员工首先考虑自己所得与投入的比率，然后将自己的所得与投入的比值与相关他人的所得与投入之比进行比较。如果员工感觉到自己的比率与他人相同，则为公平状态；如果感到两者的比率不相同，则产生不公平状态，比较过程如表 8-3 所示。

表 8-3 公平理论的比较过程

当事人	比较状况	参考者	比较结果
所得/投入	=（等于）	所得/投入	公平
所得/投入	<（小于）	所得/投入	低报酬不公平
所得/投入	>（大于）	所得/投入	高报酬不公平

在公平状态下，员工会受到激励继续保持当前的投入水平，以此获得当前水平的所得。在公平状态下，如果员工想提高他们的所得，就会受到激励，主动提高自己的投入。

当人们感觉自己处于低报酬不公平时，也就是自己的所得与投入之比小于参考者时，员工会认为投入给定，而没有得到相应的所得。这时，员工一般会通过减少工作时间、工作不积极、旷工等来减少自己的投入，或者要求增加工资或晋升职位。

当人们感觉自己处于高报酬不公平时，也就是自己的所得与投入之比大于参考者时，员工会认为投入给定，是参考者没有得到相应的所得，而不会认为是自己的所得高于应有的所得。这时，员工一般会努力调整他们对自己或参考者的投入或所得的看法来寻求公平，而不是通过增加自己的投入，或减少自己的所得而达到公平。

公平与否的判定受个人的知识、修养的影响，即使外界氛围也是要通过个人的世界观、价值观的改变才能够发挥其作用。亚当斯发现，当员工认为组织不公正时，会有以下六种主要的反应：改变自己的投入、改变自己的所得、扭曲对自己的认知、扭曲对他人的认知、改变参考对象、改变目前的工作。

可见，公平理论提出的基本观点是客观存在的，但公平本身却是一个相当复杂的问题，它与个人的主观判断、个人所持的公平标准等有关。无论是自己的或他人的投入和报偿都是个人感觉，而一般人总是对自己的投入估计偏高，报偿估计偏低。

（二）理论意义

公平理论对管理者的重要启示是：

（1）影响激励效果的不仅有报酬的绝对值，还有报酬的相对值；

（2）激励时应力求公正，使等式在客观上成立，尽管有主观判断的误差，也不致造成严重的不公平感；

（3）在激励过程中应注意对被激励者公平心理的疏导，引导其树立正确的公平观：使大家认识到绝对的公平是没有的，不要盲目攀比，多听听别人的看法，也许会客观一些；

（4）不要按酬付劳，按酬付劳是在公平问题上造成恶性循环的主要杀手。

三、波特-劳勒综合激励模型

（一）理论概述

1967 年，美国行为科学家爱德华·劳勒和莱曼·波特在期望理论和公平理论的基础上提出了一个更为完善的激励模型，即波特-劳勒模型，如图 8-5 所示。

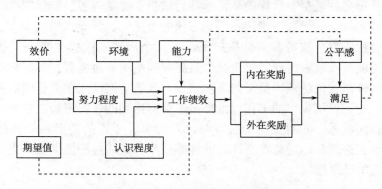

图 8-5　波特-劳勒综合激励模型

通过该模型可知，一个人的努力程度取决于效价和期望值。而工作的实际绩效又主要取决于员工所作的努力，同时也受到个人从事该项工作的能力和他对所做工作的理解，以及环境因素的影响。一个人在做出了成绩后，得到两类报酬：

一是外在报酬，包括工资、地位、提升、安全感等；另一种报酬是内在报酬，即一个人由于工作成绩良好而给予自己的报酬，如感到对社会做出了贡献，对自我存在意义及能力的肯定等，它对应的是一些高层次的需要的满足，而且与工作成绩是直接相关的。这些报酬再加上个人对这些报酬是否公平合理的评估，将导致个人的满足。实际的绩效和得到的报酬又会影响以后个人对期望值的认识。同样，个人以后对效价的认识也将受满足与否的影响。该模型的特点是：

（1）"激励"导致一个人是否努力及其努力的程度。

（2）工作的实际绩效取决于能力的大小、努力程度以及对所需完成任务理解的深度，具体地讲，就是一个人对自己扮演的角色认识是否明确，是否将自己的努力指向正确的方向，抓住了自己的主要职责或任务。

（3）奖励要以绩效为前提，不是先有奖励后有绩效，而是必须先完成组织任务才能导致精神的、物质的奖励。当员工看到他们的奖励与成绩关联性很差时，奖励将不能成为提高绩效的刺激物。

（4）奖惩措施是否会产生满意，取决于被激励者认为获得的报偿是否公正。如果被激励者认为符合公平原则，就会感到满意，否则就会感到不满。满意将导致进一步的努力。

（二）理论意义

波特-劳勒综合激励模型在 20 世纪 60～70 年代是非常有影响的激励理论，在今天看来仍有相当的现实意义。它告诉我们，设置了激励目标、采取了激励手段，不一定就能获得所需的行动和使员工满意。要形成激励—努力—绩效—奖励—满足并从满足回馈努力这样的良性循环，取决于奖励内容、奖惩制度、组织分工、目标导向行动的设置、管理水平、考核的公正性、领导作风及个人心理期望等多种综合性因素。波特和劳勒提出了以下几个步骤来改进主管人员的激励工作：①尽可能判断或者诱导出每个员工最想要和组织有可能提供的报酬；②向员工做出报酬许诺并设法获得员工的高度信任；③确定实现组织目标所需要达到的工作标准；④确保所提出的工作标准是员工能够达到的；⑤将员工想要的报酬和其工作表现相联系；⑥对工作中各种与计划冲突、矛盾的情形做全面的分析；⑦确保在员工达到目标后兑现所许诺的优厚报酬；⑧通过积极平衡员工心理来确保整个制度的公平性。

■ 第四节　强化激励理论

强化理论是美国的心理学家斯金纳等提出的一种理论。该理论是以学习的强化原则为基础的关于理解和修正人的行为的一种学说。所谓强化，从其最基本的形式来讲，指的是对一种行为的肯定或否定的后果（报酬或惩罚），它至少在一定程度上会决定这种行为在今后是否会重复发生。

斯金纳认为，无论是人还是动物，为了达到某一目的，都会采取一定的行为，这种行为将作用于环境，当行为结果对自己有利时，这种行为就会重复，当行为结果对自己不利时，这种行为就会减弱或消失。也就是说，当人们因采取某种行为而受到奖励时，他们最有可能重复这种行为。当这种奖励紧跟在行为之后，奖励最为有效；当某种行为没有收到奖励或者得到的是惩罚时，其重复的可能性则非常小。

一、强化的类型

根据强化的性质和目的，将强化分为正强化、负强化和撤销三种类型。

1. 正强化

正强化又称积极强化。当人们采取某种行为时，能从他人那里得到某种令其感到愉快的结果，这种结果反过来又成为推进人们趋向或重复此种行为的力量。例如，企业利用奖金、休假、晋级、认可、表扬等形式，对职工安全高效生产的行为进行肯定，从而增强职工进一步实施遵守安全规程、提高生产效率的行为。科学有效的正强化方法是：保持强化的间断性，强化的时间和数量也尽量不要固定，管理人员根据组织需要和职工行为状况，不定期、不定量地实施强化。

2. 负强化

负强化又称消极强化。它是指通过某种不符合要求的行为所引起的不愉快的后果，对该行为予以否定。若职工能按所要求的方式行动，就可减少或消除令人不愉快的处境，从而也增大了职工符合要求的行为重复出现的可能性。例如，企业安全管理人员告知工人不遵守安全规程，就要受到批评，甚至得不到安全奖励，于是工人为了避免此种不期望的结果，而认真按操作规程进行安全作业。惩罚是负强化的一种典型方式，即在消极行为发生后，以某种带有强制性、威慑性的手段（如批评、行政处分、经济处罚等）给人带来不愉快的结果，或者取消现有的令人愉快和满意的条件，以表示对某种不符合要求的行为的否定。

3. 撤销

撤销又称衰减。它是指对原先可接受的某种行为强化的撤销。由于在一定时间内不予强化，此行为将自然下降并逐渐消退。例如，企业曾对职工加班加点完成生产定额给予奖酬，后经研究认为这样不利于职工的身体健康和企业的长远利益，因此不再发给奖酬，从而使加班加点的职工逐渐减少。

正强化是用于加强所期望的个人行为；负强化和撤销的目的是为了减少和消除不期望发生的行为。这三种类型的强化相互联系、相互补充，构成了强化的体系，并成为一种制约或影响人的行为的特殊环境因素。

二、强化理论应用的基本原则

运用强化理论应遵循以下基本原则。

1. 明确强化因素

所谓强化因素就是会使某种行为在将来重复发生的可能性增加的任何一种后果。例如，当某种行为的后果是受人称赞时，就增加了这种行为重复发生的可能性。这是有效运用强化理论的前提。

2. 强化措施因人而异

人们的年龄、性别、职业、学历、经历不同，需要就不同，强化方式也应不一样。如有的人更重视物质奖励，有的人更重视精神奖励，就应区分情况，采用不同的强化措施。

3. 设立可行目标

这是指分阶段设立目标，并对目标予以明确规定和表述。只有设立一个明确的、鼓舞人心而又切实可行的目标，才能进行衡量和采取适当的强化措施。同时，还要将目标进行分解，分成许多小目标，完成每个小目标都及时给予强化，这样不仅有利于目标的实现，而且通过不断地激励可以增强员工信心。目标太高，会使人感到达到的希望很小，就很难充分调动人们的积极性；目标太低，则可能使强化措施难以具有持续性。

4. 及时反馈

应通过合适的方式及时将工作结果告诉行动者，即在行为发生以后尽快采取适当的强化方法。一个人在实施了某种行为以后，即使是领导者表示"已注意到这种行为"这样简单的反馈，也能起到正强化的作用。如果领导者对这种行为不予注意，这种行为重复发生的可能性就会减小以至消失。可见，及时反馈本身也是一种强化手段。

5. 尽可能采用正强化

在强化手段的运用上，应以正强化为主；只有在必要时才运用负强化。例如，对坏的行为给以惩罚，做到奖惩结合。

三、强化时间表

有关强化理论的大量研究发现，实施强化的时间对于员工学习速度有一定的影响。强化时间表（schedules of reinforcement）是指实现强化的频率和时间间隔。选择适当的强化时间表可以对员工的工作行为产生最大的影响。

（1）持续性强化（continuous reinforcement schedule），是指每一个合意的行为一经出现就会得到强化。这种方法在学习某些新的行为方式的初始阶段是很有效的，因为每一次努力都会得到令人愉快的结果。

（2）间断性强化（partial reinforcement schedule），是指仅在正确的行为出现多次以后才会得到强化。间断性强化的时间表有四种：固定间隔强化、固定频率强化、变动间隔强化和变动频率强化。表 8-4 列出了各种常用的强化时间表。持续性强化在学习新行为时最有效，但行为很容易逐渐消失。间断性强化对在很长一段时间内保持某种行为最有效。而从持续时间看，变动频率强化最为有效。

表 8-4　五类强化时间表的比较

强化时间表	强化的性质	使用时对行为的影响	取消时对行为的影响	范例
持续性强化	每一次良好行为出现后给予奖励	快速学会新行为	迅速消失	表扬
固定间隔强化	按固定时间间隔给予奖励	中等程度、不稳定的绩效	迅速消失	周薪
固定频率强化	在固定产出后给予奖励	迅速带来很高且稳定的绩效	迅速消失	计件工资制
变动间隔强化	不定时间给予奖励	中等程度、稳定的绩效	缓慢消失	随机绩效考评和奖励
变动频率强化	不定产出给予奖励	很高的绩效	缓慢消失	奖励与销售额挂钩，不定期检查

第五节　现代激励方法

激励的方法指在关怀、尊重、体贴、理解的基础上，以诚挚的感情、入情入理的分析、实事求是的科学态度、恰如其分的手段、对受激励的对象以启发和开导，调动其内在积极因素，促使其振奋精神、积极向上、努力进取。

激励的方法可分为精神激励法和物质激励法两大类。

一、精神激励法

1. 目标激励

目标激励就是通过树立工作目标来调动人们的积极性。在多数情况下，人们都希望工作具有挑战性，能在工作中充分发挥自己的能力，从而体会实现感。在管理过程中，如果给每一个人能确立一个通过努力可以实现的、明确的工作目标，就可以起到调动积极性的作用。

2. 情感激励

古人云："感人心者莫先于情。"情感是人们对于客观事物是否符合人的需要而产生的态度和体验。它是人类所特有的心理机能。当客观事物符合人的需要，就会产生满意、愉快、欢乐等情感。反之，就会产生忧郁、沮丧等消极情感。管理激励工作必须注重"情感投资"，晓之以理，动之以情，鼓励人情、人爱、人性、要讲人情味，给人以亲切感温暖感，用真挚的感情去感染人，满足人的感情需要。

3. 榜样激励

所谓榜样激励，也就是典型激励。典型是公开树立起来的旗帜，具有教育群众和带动群众的作用，是思想政治工作经常运用的一种行之有效的好方法。在实际工作中，应注意发现和及时正确宣传好的典型，发挥其引导作用，使好人好事得到社会和众人的承认和尊重，使人们向先进看齐，以先进为榜样，培养健康、向上的情操。

4. 行为激励

从管理心理学的角度来看，每个人都对他周围的人产生行为影响力。但由于权力、地位、资历、品德、才能和心理素质等情况不同，每个人的影响力大小是不同的。领导者应加强自身修养，通过言传身教，树立威信，甘当表率，用自己的正确行为影响和激励广大干部和职工群众。

5. 考核激励

考核激励就是对干部和职工的思想、业务水平、工作表现和完成任务方面考核，对政绩突出、表现优秀者给予奖励、晋升，对不胜任者要换职换岗，必要时还应降职处理。这种做法目的是给干部、职工造成一种压力，促使其振奋精神、积极进取。

6. 尊重激励

自尊心是人们潜在的精神能源，前进的内在动力。人们有自我尊重、自我成就的需要。一个人的自我尊重需要得到满足，就会对自己充满信心，对他人、对社会满腔热情，感到生活充实，人生有价值。反之，一个人的自尊心受挫，就会消极颓废、自暴自弃、畏缩不前。

7. 关怀激励

关怀激励就是把他人的政治利益、物质利益和精神生活需要时刻放在心里。对于他人的工作、学习、生活、成长和进步给予关心和支持。通过关心他人的冷暖和切身利益，帮助排忧解难，使其认识到自我存在的价值，从内心深处受到感动，打动心灵，从而产生精神动力，积极工作，多做贡献。

8. 危机激励

危机就是潜在的危险。危机激励就是从关心人的立场出发，帮助分析问题和找出存在问题的原因，给人指明坚持某种观点、主张、做法可能会产生的不良后果以及危害，使人产生危机感，从而转变自己的态度、观点和行为。

9. 表扬激励

表扬激励就是对好人好事给予公开赞扬，对人们身上存在的积极因素和积极表现及时肯定、鼓励和支持。从心理学特点来讲，人们都喜欢接受表扬，不愿接受批评。从每个人个体来看，积极因素总的来说始终是占主要方面的，消极因素是占次要方面的。表扬激励有利于调动积极因素，把消极因素转化为积极因素，把大多数人的积极性调动起来，促进工作的开展。

10. 荣誉激励

正常人都有荣誉感。荣誉激励包括发给奖状、奖旗、奖牌，给予记功、授予称号等，以此来激发广大干部、职工群众的革命热情，调动人们的积极性。

二、物质激励法

物质激励法指的是通过满足人们对物质利益的需求，来激励人们的行为，调动人们的工作积极性的方法。物质利益是人们生存和发展的基础，是最基本的利益。虽然不同的人对物质利益的要求各不相同，但总的来说，它仍是现阶段最重要的个人利益之一。因此，物质激励方法也是管理中重要的常见的激励方法。

物质激励方法主要有以下几种。

1. 晋升工资

工资是人们工作报酬的主要形式，它与奖金的主要区别在于工资具有一定稳定性和长期性。工作有成效的职工如果获得晋升工资的奖励，毫无疑问是重大的物质利益。因此，晋升工资的激励方法一般是用于一贯表现好，长期以来工作成绩突出的职工。

2. 颁发奖金

奖金是针对某一件值得奖励的事情给予的奖赏。与工资不同，奖金的灵活性大，但不具有长期性、稳定性，主要适用于特殊事情的激励。

3. 利润分享计划

利润分享计划是指让企业的全体员工对于企业年终利润享有一定的分红权，即将年终利润的一部分（一般是一定比例）用于全体员工的奖酬。由于企业年终利润的多少直接同员工所得挂钩，因而可以激发员工工作积极性，以争取更多的奖酬。

4. 员工持股计划

员工持股计划是给予员工部分企业的股权，使其成为企业的所有者，享有今后参与决策、利润分配的权利。员工持股计划使得员工们更加努力工作，因为他们是所有者，要分担企业的盈亏。要使这种激励计划有效进行，管理人员必须向员工提供全面的公司财务资料，赋予他们参加主要决策的权力，以及给予他们包括选举董事会成员在内的投票权。

5. 知识工资计划

知识工资（pay-for-knowledge），又称为知识报酬，就是将薪水与工作有关的知识和技能联系起来，而不是仅仅与员工所做的工作相联系的一种薪酬制度。有时候也称为技能工资（pay-for-skills）。知识工资的具体做法是：对刚参加工作的员工，先支付一定的基础工资，作为起点工资。随着员工所掌握的知识和技术的增多其工资也会逐渐增多。

知识工资计划是薪酬领域的重要创新：在知识工资制度下，员工不再仅仅把报酬看成是一种应有权利，而且还是企业对其成功获得或运用与工作相关的知识和技能的一种重要奖励。知识工资制度会激励员工尽可能多地学习和掌握与工作相关的知识技能，从而使企业内部对人员的调度有较大的灵活性，有利于消除企业在生产经营不均衡时的人浮于事的现象。同时，由于能够更加灵活地分派员工从事不同岗位的工作，因而可以减少临时性员工或减少加班。这不仅减少了对员工的需求总量，而且有助于提高员工的积极性。

6. 其他物质奖赏

除了货币性的工资与奖金之外，常用的还有住房、轿车、带薪休假等可为人们提供其他物质利益的激励手段。特别是有些激励方法是带有物质型激励与精神型激励相结合的特征，如高尔夫球俱乐部会员证，对个人来说，参加高尔夫球运动不仅是一种享受，而且还是社会地位和身份的象征，给人以自尊需求的满足感。

➤复习思考题

1. 什么是激励？激励应遵循哪些基本原则？
2. 如何理解马斯洛的需要层次理论？在实际运用中应该注意哪些问题？
3. 如何理解赫兹伯格的双因素理论？在实际运用中应该注意哪些问题？
4. 过程激励理论主要包括哪些内容？
5. 强化激励理论的主要内容是什么？在实际运用中应该注意哪些问题？
6. 常见的激励方法有哪些？

案例分析

沃尔玛公司

沃尔玛公司（Wal-Mart）的创始人是萨姆·沃尔顿，他于 1962 年在阿肯色州的罗杰斯成立了第一家沃尔玛百货商店。7 年以后，公司的年收入额已经达到了 10 亿美元。2002 年，沃尔玛公司已经成为世界上最大的零售商。2009 年，沃尔玛公司的销售收入达到 4 082 亿美元，利润 143 亿美元，是全世界销售收入最大的公司。与其竞争对手相比，沃尔玛公司的销售成本和管理费用更低、存货周转更快、利润水平更高。

沃尔玛公司在美国的成功战略在于"天天低价"，以低成本销售各种名牌产品。每天，大约有 1 000 万消费者来到分布在世界各地的数千家沃尔玛商店。在这里，近 150 万名商店助理热情周到地为顾客服务。他们不仅为公司赢得了丰厚的利润，而且也为公司赢得了数不清的荣誉：沃尔玛公司多次被评为"全美最受尊敬的公司"、"世界最受欢迎的公司"。近 9 年中有 7 次名列《财富》500 强榜首，是全球成功企业的典范之一。

在世界低价零售业中，沃尔玛公司拥有 50% 的市场份额。许多著名公司，如宝洁、克罗克斯、强森等，都是沃尔玛的供应商，但是沃尔玛绝对不依赖某一个供应商。在全部的采购额中，没有一家供应商超过 4% 的份额。

在沃尔玛销售的全部商品中，85% 是通过自己的分销系统运到每个商店（而大多数竞争对手通过自己的分销中心进行配货的比例不到 50%）。沃尔玛在进行店面扩张时遵循"饱和"战略。这个战略的标准是：分销中心可以在一天之内把货物运到商店。因此，分销中心的选址必须能够在一天内对 150～200 个商店进行配货。每个分销中心通过激光传送带和交叉仓储技术全天 24 小时营业。

公司拥有一支由 3 000 多辆卡车、12 000 多辆拖车构成的车队，而大多数竞争对手则把运输工作外包。沃尔玛采用一套卫星网络定位系统，从而使公司的所有商店、分销中心和供应商之间随时取得联系，实现信息的实时分享。由于该系统以订单为核心，可以使得卡车尽可能地进行满载运输，从而最大限度地减小存货成本。

沃尔玛将每个商店都视为一个投资中心，利用利润与存货投资比例考核它的业绩。所有商店的销售额、费用以及盈亏数据可以通过网络进行收集、分析和实时传输。可以根据区域、地区、商店、商店中不同部门，甚至每个部门中的各个种类，对这些数据进行分析。公司在技术方面进行了大规模的投资，以不断改进订单处理、货物运输、通信和物流的自动化程度。商店经理可以通过销售额的变化了解当地消费者的采购模式。

　　零售商店的主要成本之一是偷窃损失。沃尔玛采取了一项鼓励店员积极参与的奖励计划，在通过自身努力而减少的损失中，所有雇员可以获得一半。

　　在沃尔玛发展初期，萨姆·沃尔顿要求所有商店经理填写"昨日最佳"，以使当期业绩与同期对比。"我们真正的目的是让他们成为最出色的营业员，最职业的经理人员。"以此鼓励部门经理敢于承担责任，不断开拓创新，不断发现有效的经营模式，并及时推广到其他商店。其中一个例子是"迎客员"，不仅可以为顾客提供各种方便，同时也有助于减少偷盗现象。而萨姆·沃尔顿还亲自提出了"10 英尺"服务模式，即"只要顾客出现在店员 10 英尺范围内，就要看着顾客的眼睛致以问候，并询问顾客是否需要帮助"。

　　为了回报雇员的忠诚和贡献，沃尔玛在 1971 年开始实施了利润分享计划，根据利润增长率，按照一定比例，把利润的一部分纳入雇员的报酬中，这些店员在离开公司时可以采用现金或股票的形式获得这一部分收益。每年，数亿计美元的利润被分配给员工。此外，沃尔玛还对店员制定了一系列奖励政策：激励性奖金、折价购买股票计划、内部促销、根据业绩而不是时间决定工资水平以及合理化建议奖励政策等。

　　思考题：

　　1. 沃尔玛的战略是什么？沃尔玛竞争优势的基础是什么？

　　2. 沃尔玛的激励机制是什么？它是怎样同公司战略紧密联系的？

　　3. 企业的激励机制包含哪些方面？如何才能使激励机制行之有效？

第九章

沟　通

■ 第一节　沟通原理

一、沟通的概念

（一）沟通的定义

"沟通"一词，源于拉丁文 commnuis，意为共同化（common）。《大英百科全书》的解释为："用任何方法彼此交换信息。"在英文中，communication 既可以译作沟通，也可译作交流、交际、交往、通信、交通、传达、传播等。

从管理视角看，沟通指人与人之间交流信息、表达意思的过程，即信息发送者为了实现一定的目标，采取一定的沟通方式，运用一定的沟通工具，通过一定的沟通程序将经过编译的信息传递给信息接收者，然后信息接收者并将经过编译的信息进行翻译和解释的过程。可见，沟通是为了影响和改变人的行为而进行的信息交换和理解的过程。

（二）沟通的作用

管理工作离不开沟通。组织的任何管理活动都要建立在信息的有效传递的基础之上。组织中的沟通主要具有以下几个作用。

1. 降低管理的模糊性，提高管理效率

组织中存在大量模糊的、不确定的信息。通过有效沟通，可以澄清事实、交流思想、促进理解、强化执行。而管理者的沟通能力对于消除信息模糊性具有关键的作用。

2. 促进员工理解，提高组织凝聚力

有效的沟通可以改善组织内的工作关系，充分调动下属的积极性。一方面，沟通可以了解员工期望，满足员工需求；另一方面，沟通也可以让员工了解组织、参与管理，从而促进其对组织目标的认同，建立相互信任的工作关系。

3. 建立外部联系，促进共赢发展

组织需要与外部环境建立联系的渠道。有效的沟通可以降低组织间的交易成本，实现资源的高效配置，促进利益相关各方建立合作共赢的工作关系。

二、沟通过程

（一）沟通过程模型

图 9-1 显示了沟通的一般过程。从图中可知，沟通过程由信息发送者、信息接收者、沟通渠道和环境构成。其中，信息发送者将自己的思想通过信息编码制成一定形式的信息，然后通过一定的沟通渠道传递给信息接收者。信息接收者对所接收的信息进行解码、理解，然后对信息做出反馈。信息发送者接收反馈信息并通过对反馈信息的解码了解信息接收者是否正确地理解其发送的信息，以便采取下一轮沟通。

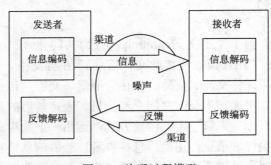

图 9-1　沟通过程模型

1. 信息

任何沟通都离不开要传递的信息。信息传递必然是为了某种目的。因此，发送者必须要明确沟通的目的和内容，才能有效地组织信息。

2. 编码

发送者需要将拟传递的信息用接收者能够理解的符号表达出来，如语言、图表、手势等。

3. 信息传递

信息传递的方式可以是书面的，也可以是口头的；可以是语言的，也可以是形体的。对于特定的信息内容而言，不同的信息传递方式，其效率也各不相同。常见的信息传递方式有组织文件、信件、备忘录、电话、面谈等。

4. 解码

被编码的信息需要接收者通过有效的解码来理解。解码的过程主要包含接收、译码、理解等。

5. 反馈

接收者将接其理解的信息返回给发送者，发送者再对反馈信息进行核实和修正。反馈过程是信息沟通的逆过程，也包括信息沟通的各个环节。

（二）沟通障碍

1. 噪声

沟通中存在噪声，即一切干扰、混淆或者模糊沟通的因素，主要包含沟通系统以外的因素和沟通系统内的因素。外在噪声主要有沟通的物理背景、沟通场合等。内在因素主要是指信息发送者和接收者自身的知识、能力、情绪等。噪声会在很大程度上破坏沟通的有效性。

沟通的各个环节均会受噪声的影响。信息不完备、发送者不能正确编码而造成信息失真、信息渠道选择不当、接收者过滤信息或译码偏差等，都会造成沟通困难。

2. 个人障碍

个人障碍包括发送者和接收者两个方面，如表 9-1 所示。

表 9-1　沟通中的个人障碍

发送者		接收者	
障碍	对策	障碍	对策
表达能力不佳	运用正确的沟通方式	对信息的筛选性	还原信息原貌
信息传递不全面	明确目的和内容	信息译码不准确	多种译码方式和及时反馈
传递不及时或不适时	及时、适时传递	信息承载力不足	提高信息处理能力
知识经验的局限性	正确理解沟通内容	心理障碍和情绪	树立正确心态
对信息的过滤	尽量保持信息完整性	过早地评价和判断	善于倾听

3. 组织障碍

组织中的地位和权力差异、各部门之间的目标和工作内容不同、沟通网络设计、沟通渠道是否畅通等因素，会在很大程度上影响组织中沟通的有效性。因此，组织促进有效沟通的基本途径是创造相互信任的组织环境、设计有效的沟通网络与确保正式沟通渠道和非正式沟通渠道的畅通。

三、沟通网络

沟通网络是指通过沟通渠道建立起来的信息沟通总体结构。与沟通渠道相同，沟通网络也可以划分为正式沟通网络和非正式沟通网络。其中，正式沟通网络在组织中最为常见，在信息沟通中发挥主渠道作用。

常见的正式沟通网络包括链型、Y 型、轮型、环型及全通道型五种，如图9-2 所示。

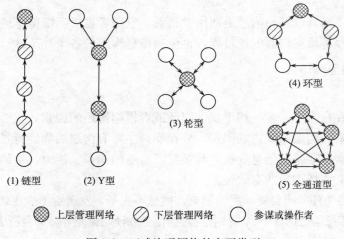

图 9-2　正式沟通网络的主要类型

1. 链型网络

这是一个平行网络，链条中相邻的组织成员按序两两沟通信息，属于控制型结构。它相当于一个纵向沟通系统，代表一个等级层次，逐渐传递，信息可自上而下或自下而上进行传递。在这种结构中，信息经层层传递，容易失真，各个信息传递者所接受的信息差异很大，平均满意程度有较大差距。在管理中，如果某一组织系统过于庞大，需要实行分权授权管理，那么，链式的沟通网络是一种行之有效的方法。

2. Y 型网络

这是一个纵向沟通网络，其中只有一个成员位于沟通的中心，成为沟能的媒介。这大体相当于从组织领导到信息中心（如办公室或者秘书班子）再到下级主管人员或一般成员之间的纵向关系。这种网络集中化程度高，解决问题速度快，领导人员预测程度高。但除中心人员外，其他组织成员的平均满意程度较低。此网络适用于主管人员工作任务十分繁重，需要有人选择信息，提供决策依据，节省时间，而又要对组织实行有效控制的情况。但这种网络易于导致信息曲解或失真，影响组织中成员的士气，阻碍组织提高工作效率。

3. 轮型网络

这种网络中只有一个成员是各种信息的汇集点与传递中心。在组织中，大体相当于一个主管领导直接管理几个部门的权威控制系统。此网络集中化程度高，解决问题的速度快。但沟通的渠道很少，组织成员的满意程度低，士气低落。轮型网络是加强组织控制、争时间、抢速度的一个有效方法。当组织接受紧急任务，要求进行严密控制时，则可采取这种网络。

4. 环型网络

这种网络可以看成是链型网络的一个封闭控制结构，其中各人之间依次联络和沟通，每个人都可以同时与两个人沟通信息。在这个网络中，组织的集中化程度和领导人的预测程度都较低，畅通渠道不多，组织中成员具有比较一致的满意度，组织士气高昂。如果在组织中需要创造出一种高昂的士气来实现组织目标，环型沟通是一种行之有效的措施。

5. 全通道型网络

这是一个开放式的网络系统，其中每个成员之间都有一定的联系和信息沟通。此网络中组织集中程度很低。由于沟通渠道很多，组织成员的平均满意程度高且差异小，有利于解决复杂问题，增强组织合作精神，提高员工士气。但是，由于这种网络沟通渠道太多，易造成混乱，且又费时，影响工作效率。

以上各种沟通网络的比较如表 9-2 所示。

表 9-2　各种沟通网络的比较

网络类型	解决问题的速度	信息的精确度	组织化情况	领导人的产生	士气	工作变化适应性
链型	较快	较高	慢、稳定	较显著	低	慢
Y 型	较快	较低	不一定	会易位	不一定	较快
轮型	快	高	迅速、稳定	显著	很低	较慢
环型	慢	低	不易	不发生	高	快
全通道型	最慢	最高	最慢、稳定	不发生	最高	最快

四、沟通方式

沟通一般的方式为组织文件、书面报告、信件和备忘录、电子邮件、会议、电话、面谈等。其中，组织文件是一种自上而下的沟通方式；工作报告既包含上级下发的报告，又包含下级对上级的汇报；信件和备忘录是一种书面的沟通方式，前者主要用于对外沟通，后者主要用于组织内部沟通；电子邮件作为一种书面沟通的替代形式被广泛应用于内外沟通中；电话、会议、面谈是以声音为主的双向/多向沟通形式，其中，电话沟通无法看见沟通者的表情，面谈可以看到对方的表情且具有个人化的特点，会议则可以实现多人的同时沟通。各种沟通形式的比较如表 9-3 所示。

表 9-3　各种沟通方式的比较

特点 ＼ 形式	组织文件	书面报告	信件和备忘录	电子邮件	会议	电话	面谈
计划性	←						
双向性							→
反馈速度							→
可记录性							→
可传播性	←						

注：箭头方向代表"强"、"多"、"快"等含义

■ 第二节　人际沟通

人际沟通是指人与人之间信息和情感相互传递的过程。人际沟通的最主要目的是维系和发展人际关系。它是群体沟通、组织沟通的基础。在知识经济时代，组织成员作为组织流程中专有知识的载体，其沟通在某种程度上代表了知识传播的程度。可见，人际沟通不仅对于组织效率的提高具有重要作用，还关系到组织持续竞争力的形成和发展。

一、人际沟通的有效性

人际沟通的有效性主要表现在以下七个方面，即遵循 7C 原则。

（1）可依赖性（credibility）。沟通者之间结成彼此信任的关系。

（2）一致性（context）。沟通方式和组织内外环境相一致。

（3）内容（content）。沟通内容具有实际意义。

（4）明确性（clarity）。所用的语言或其他形式的表达为双方共同认可，避免产生模糊不清或者歧义。

（5）持续性和连贯性（continuity and consistency）。沟通过程可以重复与强化，建立反馈机制。

（6）渠道（channel）。选择能够充分满足沟通目的和提高沟通效率的渠道。

（7）接收能力（capacity of audience）。充分考虑接收者的接收能力。

二、人际沟通的主要障碍

人际沟通的障碍主要包含人际、文化和组织三个方面。

1. 人际障碍

人际障碍主要来源于个体认知差异和特定人际关系。低适应性、低社交性、低责任心、低合作性和低心智开放性的人格特征会造成沟通的困难；高期望效应、晕轮效应、投射效应、选择性直觉等个体直觉错误则会造成个体在信息编码、译码、接收、理解方面的偏差。

2. 文化障碍

它是指文化差异所造成的沟通障碍。不同的文化情境造成了人们在自我意识空间、价值观与规范、人际关系、交流语言与行为等方面的差异，进而造成了沟通障碍。例如，高文化环境的中国人、日本人、韩国人等，看重人际关系和亲善，注意沟通环境，语言委婉含蓄，注重理解、友善的沟通过程；而低文化情境的欧美人则看重个人专长和绩效，关注工作和任务本身，语言直截了当，注重清晰、准确的沟通过程。此外，文化差异也会表现在非语言沟通中，例如，不同民族在姿态、手势、目光接触、面部表情和语音语调等方面也具有很大的区别。而民族中心主义常常是非语言沟通的主要障碍。

3. 组织障碍

沟通中的组织障碍主要表现在地位差别、信息传递链、团体规模和空间约束四个方面。其中，地位是沟通中的一个重要障碍；信息通过的等级越多，则越容易产生丢失和失真；当组织规模越大时，人际沟通会呈现出越困难的趋向；而空间隔离和空间分散性则不利于人们之间的有效沟通。

三、克服人际沟通障碍的途径

1. 减少认知差异

认知差异是人际沟通的根本性障碍之一。因此，要尽可能地减少或消除认知差异。

（1）尽可能使信息清晰明了，便于对方理解；

（2）尽可能了解对方，站在对方角度看待问题；

（3）适当提问有助于降低信息沟通的模糊性；

（4）鼓励信息接收者提出疑问；

（5）运用多种方式进行重新表达。

2. 消除心理或情绪偏差

心理偏见和情绪偏差会影响人们的理解和判断力，使信息的传递严重受阻或失真。简单而正确的方法：一是将沟通重点放在事情本身；二是在双方情绪平稳时进行沟通。

3. 积极倾听

积极倾听是集中精力对信息进行主动搜索、思考和理解。提高倾听的技巧应把握以下关键要点：

（1）寻找兴趣点。即对自己有用的信息。

（2）关注内容。即把注意力集中在信息本身上，而不必太在意发送者用什么样的方式来传递信息。

（3）领会要点。即把注意力放在中心思想上，不要拘泥于细节上，以降低信息载荷。

（4）排除干扰。停止做一切与倾听无关的事情，给信息交流提供一个不受打扰、没有噪声的物理空间。

（5）保持开放心态和清醒头脑。开放心态是指不要让情绪影响倾听；清醒头脑是指用思维的速度优势来思考言语的本质。

（6）善于记录。选择适合于发言者风格的纪录方式记下要点，以便于回顾和思考。

4. 适当反馈

其包括语言的和非语言的反馈，特别是目光的交流。反馈的作用一是澄清事实；二是告诉对方你在倾听。"适当"表示要完全理解后再加以评判。

5. 保持协调

注重自身语言和非语言信息的一致性，避免语气语调、手势、姿态、表情等给对方带来的理解困难。例如，在商务沟通中，尽管言语中强调沟通的重要性，但在行动上却不停地通过外出和接电话打断对方，就会使对方产生困惑。

6. 获取信任

这是沟通的重要目的之一。从眼前看，沟通在于解决问题；从长远看，沟通是要建立信任关系。而信任是通过长期交往，由沟通者的善意、公正、承诺和行为的一致性而逐步形成的。

第三节　组织沟通

组织沟通指的是与组织特质相关的各种类型的沟通，其目的在于实现各自组织目标的信息交流和传递。以组织本身为边界，组织沟通可以分为组织外部沟通和组织内部沟通。

一、组织外部沟通

组织是生活在社会大系统中的一个子系统，在组织的生存与发展过程中，它时刻需要与周围的其他子系统进行交流，从事着物质、能量、信息的交换。组织外部沟通是指组织同其利益相关者之间进行的有利于实现组织目标的信息交流和传递。

组织外部沟通对象主要包括政府、其他组织、公众与社区、新闻媒体，如果是营利性组织还包括股东、供应商、客户以及竞争对手等。图 9-3 显示了企业的外部沟通环境和沟通对象。

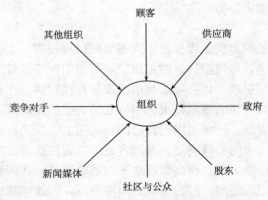

图 9-3　企业外部沟通的对象

组织外部沟通的目的主要在于同利益相关者之间建立的相互理解、相互信任、合作共赢的良好关系。

对应于不同的利益相关者,组织外部沟通的重点在于客户关系管理、供应商管理、竞争者合作和公共关系管理等领域。

二、组织内部沟通

组织内部沟通是指组织内部各单位之间的沟通,其目的在于交换信息、促进合作,共同高效地完成组织目标。

组织内部沟通渠道分为正式沟通渠道和非正式沟通渠道两类。

(一) 正式沟通

它是指组织中依据规章制度明文规定的原则进行的沟通。包含下行沟通、上行沟通和横向沟通或斜向沟通。正式沟通往往采取发布指示、会议制度、个别交谈等方式。其优点是沟通效果好,有较强的约束力;缺点是沟通速度较慢。

1. 下行沟通

它是指组织中信息从较高层次流向较低层次的一种沟通。这是传统组织内最主要的沟通渠道。一般体现于上级给下级发布的指示、命令、规章制度、工作程序、方针目标等。这是组织中上级领导使下级了解其意图、统一思想与行动的一种重要手段。

下行沟通的优点是:使下级主管部门和组织成员及时了解组织的总体目标和具体措施,增强其责任心和使命感;并且可以协调组织各层次之间的活动,加强各层次之间的联系。缺点是:如果组织层次较多,则可能由于层层转达,导致信息发生歪曲,甚至遗失。

2. 上行沟通

一般是下级依照规定向上级提出正式书面或口头报告。上行沟通有两种表现形式:一是层层传递,即依据一定的组织原则与组织程序逐级向上反映;二是越级传递,即减少中间层次,让决策者与组织成员直接对话。在日常管理中,上行沟通常表现为下级对上级的请示汇报、申诉意见、提供建议等。

上行沟通的优点是:下级可以把自己的意见向上级反映,激发组织成员的参与热情,获得一定程度的心理满足;管理者也可以通过这种方式了解组织实际情况,与下属形成良好的关系,提高管理水平。其缺点是:在沟通过程中,上下级因级别不同而造成心理距离,形成一定的沟通障碍,可能抑制或歪曲反映情况的真实性与客观性,最终导致信息失真。

3. 横向沟通或斜向沟通

横向沟通是指组织中同一层次不同部门之间的信息交流。它能够加强组织内部同级单位之间的了解与协调,是力求减少各部门之间矛盾与冲突的一种重要措施。

斜向沟通是指在正式组织中不同级别又无隶属关系的组织、部门与个人之间的信息交流。在直线部门与参谋部门之间，如果参谋人员拥有职能职权，常有这种沟通发生，其目的是，了解下级部门的业务情况，及指导本职能范围内的工作。

横向沟通或斜向沟通的目的是促进部门内和部门间交换思想、相互理解、有效合作，同时也有助于创新思想的形成。

（二）非正式沟通

非正式沟通是指以一定的社会关系为基础，与组织内部明确的规章制度无关的沟通方式。它的沟通对象、时间及内容等各方面都是未经计划与难以辨别的，例如，同事之间随意交谈、亲朋好友之间的传闻等。

一个组织无论设立多么精密的正式沟通系统，总是还有非正式沟通渠道存在。传闻与小道消息是非正式沟通的两个主要形式。所谓"传闻"或"小道消息"是指不按组织结构中正式的沟通系统传达的未经证实的消息，它在组织结构中任意流动。其具有三个特点：

一是传闻或小道消息属于非正式消息。这种消息总有不确切的成分，但也有许多合乎事实的成分，传播的渠道是非正式的，它可以作为正式渠道的补充。

二是传闻或小道消息依靠的是密集传播线，这种传闻或小道消息，有自上而下的、自下而上的，也有平等和斜向的，多属于口头传播。因此这种传播没有永久的成员，易于形成，也易于消散。

三是传递速度快，呈现出多变性与动态性。

非正式沟通的这些特点要求领导者要尽量做到：正本清源，使信息正式公开化；避免员工过于闲散，使员工对组织和领导产生信任和好感。

三、组织沟通的主要障碍

（一）组织沟通的有效性

管理学家雷蒙德·莱西卡认为，组织沟通的有效性受到正式沟通渠道、组织权力结构、工作专门化、信息所有权四个因素的影响。

正式沟通渠道会随着组织发展而覆盖面越来越广，进而导致沟通也越来越困难。此外，正式沟通渠道会阻止信息在各层次之间的自由流动，导致决策者得不到相应的信息。

组织中地位和权力的差异会妨碍人与人之间的有效沟通。这不仅表现在层次差异较大的人们之间的沟通会流于形式，而且表现在沟通内容本身也会因为权力结构的因素而降低其准确性。

工作专门化使得同一工作群体的成员拥有相同的目标和任务，使用相同的工作方法和术语，久而久之就会形成相互理解的处事风格和沟通方式。反之，工作差异较大群体之间的沟通则会因为目标、任务、专长、术语、习惯，乃至思想意识等方面的差异而导致沟通困难。

信息所有权是指个人拥有的与工作相关的私人信息和知识，它导致所有者获得专家权力。因此，很多人不愿意与别人分享这种私有信息，从而导致完全公开的沟通难以实现。

（二）正式沟通中的常见障碍

在正式沟通中，上述四种因素都会对有效沟通产生阻碍，导致以下几个常见问题。

1. 信息缺损

由于信息发送者的无意疏忽或者有意控制，导致沟通信息不完整。这种情况如发生于下行沟通，可能使得员工对目标、工作任务感到困惑，导致执行不力；发生在上行沟通，则可能使得决策者得不到所需要的完整信息，导致决策失误。

2. 信息过滤

无论是管理人员还是普通员工都有取得成就、规避责任的倾向，表现在沟通中就会有意识或者无意识地过滤掉对自己不利的信息或者是不希望对方掌握的信息，使得信息失真的可能大大增加，严重时会导致组织沟通失效。

3. 信息封闭

此即信息所有者独占信息，不将信息传递给组织中的其他成员。这种情况发生在下行沟通时会导致下属对管理者失去信任；发生在上行沟通时会导致上级盲目决策；发生在横向沟通时则会阻碍合作。信息封闭是有效沟通的大敌，需要采取制度的和技术的手段努力实现组织内的信息共享。这是建立学习型组织，提升核心竞争力的重要基础。

四、提高组织沟通有效性的基本途径

1. 创造开放和信任的环境

开放、信任的环境是组织中有效沟通的基础，也是管理者努力的根本。这种环境会鼓励组织成员敞开心扉，真诚沟通。下属会如实地向上级说出自己的理解、认识、建议甚至是意见。而培养员工人际沟通技能的努力会有助于在组织中建立开放、真诚和信任的环境。

2. 设计有效的沟通渠道

有效的沟通渠道是组织中促进沟通的手段。管理者应根据组织目标、任务特征和组织文化，设计有效的正式沟通渠道，并努力将组织的各项信息通过正式渠道传达给每位员工。例如，通用电气公司就利用其正式沟通渠道让员工了解公司战略规划、财务状况、质量业绩等信息，通过创新创意奖激励员工向公司提出合理化建议，同时利用电子邮件、公告栏、员工调查等手段有计划地收集员工意见。此外，公司的定期刊物、报纸等也是传递公司信息的有效途径。

3. 鼓励多渠道沟通

应鼓励员工使用多种沟通渠道传递信息，包括正式沟通渠道和非正式沟通渠道。为此，要在组织中尽量消除地位和权力层次对有效沟通造成的不利影响，允许员工以信件、电子邮件、面谈、研讨会等方式同管理者交换意见。也可以利用非正式场合，如餐厅、工间休息室、俱乐部等，与员工进行交谈而获得有用的信息。多种沟通渠道的使用有助于组织中信息的流动，提高有用信息的获得率。

4. 组织重构以满足沟通需求

随着信息对组织的重要性的提高，越来越多的组织通过改变原有组织结构来促进沟通交流工作。其中，建立信息中心、构建信息工作网络、组成信息小组、实施大部门制和矩阵型组织等，都是目前被证明为行之有效的方法。

➤ 复习思考题

1. 什么是沟通？沟通的主要作用是什么？
2. 在沟通过程中，有哪些主要元素？它们分别起着怎样的作用？
3. 沟通网络有哪些主要的类型？它们各自的特点是什么？
4. 组织中的沟通有哪些主要方式？它们各自适用于什么场合？
5. 人际沟通的有效性取决于哪些因素？怎样才能提高人际沟通的有效性？
6. 组织沟通的有效性取决于哪些因素？怎样才能提高组织沟通的有效性？

案 例 分 析

丰田汽车的"召回门"事件

丰田汽车株式会社（Toyota Motor）成立于 1933 年。它是由丰田喜一郎（Toyoda Kiichiro）创立的。经过半个多世纪的奋斗，丰田汽车公司已经成为了《财富》500 强位列第五、全球汽车行业排名第一、销售收入超过 2 000 亿美元的大型跨国企业。然而从 2009 年 9 月开始，一场蔓延全球的丰田汽车召回事件，使得丰田汽车陷于巨大的危机之中。在短短半年时间里，丰田公司宣布召回的汽车超过 900 万辆，超过了该公司 2009 年全年的销量。公司正面临着严峻的生存考验。

一、事件回顾

在美国，召回事件发生于 2009 年末至 2010 年初。2009 年下半年，美国连续发生了几起丰田汽车非正常加速的事件，引起了美国国家道路交通安全局（NHTSA）的注意，并随即展开了对丰田汽车的调查。在 NHTSA 的帮助下，丰田公司于 2009 年 11 月 2 日开始了第一次召回行动，以检查凯美瑞、亚洲龙、普锐斯、ES350 等车型脚垫滑动卡住油门踏板的安全隐患。随后，又发生了几起因汽车油门踏板故障而造成的车祸，并导致了多人伤亡。在 NHTSA 的强烈要求下，丰田公司于 2010 年 1 月 21 日再次宣布召回凯美瑞、RAV4、卡罗拉、汉兰达等车型。到 2010 年 1 月 28 日，丰田公司因脚垫滑动卡住油门踏板召回 520 万辆汽车；因油门踏板非正常加速问题召回汽车 230 万辆。2010 年 2 月 21 日，丰田公司又因转向系统存在问题召回在北美的卡罗拉车型。2010 年 2～7 月，丰田公司在美国又进行了多次召回行动，涉及 85 万辆各种类型的汽车。

在中国，2009 年 12 月 9 日，丰田公司因 VVT-i 机油软管内壁破裂、机油软管漏油等隐患召回 RX350、ES350、汉兰达等车型共计 43 023 台。2010 年 1 月 28 日，丰田汽车公司开始在华召回天津工厂生产的城市多功能车 RAV4，总数为 75 552 辆。

2010 年 4 月 20 日，丰田汽车公司针对国外市场的雷克萨斯（Lexus）品牌 GX460 和普拉多（Prado）品牌的部分车型存在汽车稳定控制系统（VSC）程序设定不当的问题实施召回和改善措施，全球范围内对象车辆合计约 3.4 万辆。

除中美之外，丰田汽车公司的这次召回行动还包括了欧洲、澳大利亚、新加坡以及日本本土，涉及各种型号汽车约 200 万辆。至此，丰田汽车公司在全球召回的车辆超过了 900 万辆。

面对如此多而密集的召回行动，人们不禁要问，那个昔日发明了精益生产管理方法，被誉为质量管理典范的丰田汽车公司究竟怎么了？

二、危机公关

回顾此次召回事件，丰田公司过分相信自身能力，危机公关迟缓，反应偏差，力度不足，上下沟通出现障碍，导致公司一直陷于极其被动的地位。

据美国媒体报道，根据丰田提交给 NHTSA 的文件纪录，该公司早在 2006 年 2 月 7 日就已经知道脚垫可能会卡住油门踏板，并导致车辆刹车失灵。以丰田普锐斯为例，该车型累计售出 27 万辆，从其售出到召回，关于其刹车问题的投诉就从未间断过，据有关部门统计，仅日本和美国两地客户的投诉就有 180 余起。而过去 10 年里，19 人因丰田车刹车失灵和突然加速而死亡。但这些问题均没有得到丰田汽车公司的足够重视，也没有采取切实可行的行动来纠正。

可见，丰田公司在召回事件的前期采取了拖延战术，希望大事化小，小事化了，期待危机能自动化解或者逐渐淡化。早在 2007 年，该公司就曾经通过与美国运输委员会的协调，避免了大约 5 万辆丰田车大规模的召回事件，为丰田节省了 1 亿美元的召回费用。也许此次他们也希望能够通过拖延战术就此过关。

首先，丰田汽车公司 2009 年 11 月 2 日和 2010 年 1 月 21 日两次在北美大规模召回汽车时是在 NHTSA 的一再要求和催促下做出的。其次，在 1 月 21 日第二次召回后的两周多时间里，作为社长的丰田章男一直没有对此公开表态，只是在出席达沃斯论坛期间，对日本媒体有过几句轻描淡写的回应，直到 2 月 5 日才就丰田汽车全球召回事件道歉。与此同时，丰田公司在危机公关上几乎没有开展任何行动。甚至到了 2 月 17 日，丰田公司还坚称丰田章男没有必要出席美国国会有关丰田汽车质量的听证会，给美国监管者和公众留下了傲慢和对美国消费者利益不认真的印象。

美国东部时间 2010 年 2 月 23 日，美国众议院能源和商务委员会在国会山举行了有关丰田汽车质量的听证会。迫于压力参会的丰田章男在聆听受害者和国会议员们的发言中几度洒泪，随后鞠躬道歉，承认丰田汽车公司在曾经坚持安全第一、质量第二、产量第三的原则出现了混淆，从而从根本上导致了这场危机，并承诺将成立由他本人直属的全球质量特别委员会，带领丰田汽车重回正轨。

2010 年 3 月 1 日，丰田章男在刚刚出席完美国国会关于丰田车的听证会之后，又马不停蹄地直接飞往北京，向中国消费者解释"召回门"事件，显示了其解决问题的诚意和对中国市场的重视。

如今，丰田汽车公司的官方网站专门设立了有关汽车召回的网页，指导消费者识别自己的汽车是否在召回之列，同时就有关召回事宜为消费者提供咨询。

然而，丰田的这些努力能够换回消费者的信心吗？

思考题：

1. 丰田公司的汽车"召回门"事件的原因是什么？
2. 丰田公司在这场危机中是如何进行危机公关的？有哪些得失？
3. 在危机公关中，应遵循怎样的沟通原则？

第十章

控　　制

> **本章提要**

    1. 控制的概念、作用及目标；

    2. 管理控制系统的一般构成；

    3. 管理控制的原则；

    4. 管理控制的类型及其主要特点；

    5. 管理控制的一般原理；

    6. 管理控制的基本过程；

    7. 管理控制的方法；

    8. 质量控制的方法；

    9. 管理者行为控制方法；

    10. 控制中的信息管理。

■ 第一节　管理控制概述

一、控制的概念

（一）控制的定义

控制（control）就是监督管理的各项活动，使其按计划达到预定目标的过程。具体地说，作为管理职能之一的控制包括：根据组织目标和计划明确控制标准；依据标准对计划的工作进行衡量、测量和评价；在出现偏差时进行纠正，以防止偏差继续发展或今后再度发生；或者根据组织内外环境的变化和组织发展的需要，对原计划进行修订或制订新的计划，并调整整个管理工作的过程。

控制为组织活动提供了一种有效的机制，在工作偏离到不可接受的范围时进行方向、路线或行为的调整，确保组织有效地实现其目标。

（二）控制的目标

在现代管理活动中，管理控制的重要目标有两个。

1. 限制偏差的积累

通常，工作中出现偏差是不可避免的，虽然一般小的偏差并不会立即给组织带来严重的损害，但是这些小的偏差可能会积累放大并最终对计划的正常实施造成威胁。因此管理控制应能够及时地获取偏差信息，并采取有针对性的纠正措施。

2. 适应环境的变化

组织的内外部环境是动态变化的，常常会造成与计划中所预计的环境条件有很大的出入。内外部环境变化不仅会使计划的执行过程产生偏差，有时甚至要求改变目标本身。因此组织需要构建有效的控制系统来预测这些变化，并对其做出快速的反应。

控制工作涉及组织的方方面面，是每个员工的职责。无论哪一层次的主管人员，不仅要对自己的工作负责，而且都还必须对整个计划的实施和目标的实现负责。这是组织建立有效的控制系统的关键。

（三）控制的作用

法约尔指出，必须施控制于一切的人、事和工作中。这是因为即使有完善的计划、有效的组织和领导，都不能保证组织目标的自然实现，而需要进行强有力的控制与监督。罗宾斯认为，有效的管理始终是督促他人、控制他人的活动，以保证应该采取的行动得以顺利进行，以及他人应该达到的目标得以实现。可见，控制的作用主要包含以下两个方面。

1. 控制的普遍性

在现代管理系统中，人、财、物、信息等要素的组合关系是多种多样的，时空和环境变化对其影响很大，内部运行机制和结构要素的类别及数量很多，加上组织关系错综复杂，导致预测不可能完全准确，制订出的计划在执行过程中不可避免地会出现偏差，还会发生未曾预料到的情况。这时，控制就能起到执行和完成既有计划的保障作用以及产生新的计划、新的目标和新的控制标准的更新作用。所以说，控制是一项普遍而广泛的管理职能。

2. 控制的全程性

控制存在于管理活动的全过程中。尽管计划可以制订出来，组织结构可以调整得非常有效，员工的积极性也可以调动起来，但是这些仍然不能保证所有的行动能按计划执行，不能保证管理者追求的目标一定能达到，必须依靠控制工作在计划实施的各个阶段通过纠正偏差的行动来实现。控制的全程性不仅可以维持各种管理职能的正常活动，而且在必要的时候可以使其活动更加有效。

二、管理控制系统

(一) 控制系统的工程视角

从工程视角看，控制系统由施控装置、受控装置、反馈装置、比较器等构成。施控装置输入控制信号驱动受控装置，受控装置输出控制变量通过反馈装置送入比较器，与目标值进行比较，然后将比较结果输入到施控装置。此外，外部环境可能对整个过程产生干扰。如图 10-1 所示。

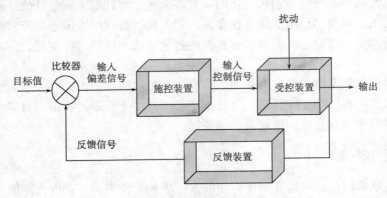

图 10-1　控制系统结构图

举例来说，驾驶员驾驶汽车在高速公路上行驶时，要控制汽车速度，需要协调油门和刹车（施控装置）来控制变速箱的转速（受控装置），车速通过仪表盘的速度表（反馈装置）加以显示，驾驶员通过目测（比较器）仪表盘显示的速度和心中的目标速度来控制汽车的行驶速度。可见，没有控制系统的汽车是完全无法安全行驶的。

(二) 管理控制系统的构成

如同工程系统一样，任何组织如果没有一个与之相适应的管理控制系统，都无法有效地运行。组织中的控制活动是通过组织的控制系统来完成的，而控制系统主要包括以下几个方面：

第一，控制的目标，即进行控制活动的目的取向，也是进行控制活动的依据。

第二，控制的主体，即实施控制职能的各级管理者，或者相应的各职能部门。

第三，控制的对象，即受控的人、事或过程。管理控制的对象应是组织的整个活动。

第四，控制的方法和手段，即为达到有效的控制，所采用的各种科学方法和手段。

管理控制系统如图 10-2 所示。

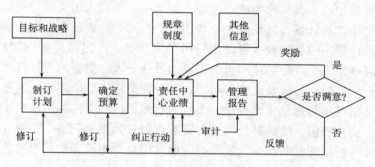

图 10-2 管理控制系统

1. 目标和战略

在一个组织中，正式的管理控制系统的输入是组织的目标和战略。在目标和战略的指导之下，组织制订年度计划，作为管理控制系统的控制基线。

2. 制订计划

年度计划是组织执行战略、实现其目标的基础。年度计划确定之后，所有的组织行为将围绕如何实现年度计划来展开。因此，年度计划是一个组织管理控制系统中最重要的控制依据。

3. 确定预算

预算是组织计划的重要组成部分，同时也是管理控制系统的重要组成部分。从计划工作看，预算是一种资源分配。从管理控制来看，预算是一种控制标准。预算一旦被批准，就成为组织财务行为的一个标准。它是责任中心的管理者对收入和费用的一种管理承诺。从这一点上看，预算还可以被认为是一种责任分配，即给予预算的单位要承担预算中所包含的责任，如销售收入、成本费用控制、利润指标等。

4. 责任中心业绩

责任中心业绩是指责任中心根据年度计划的规定和预算的约束，经过努力所获得的产出。所谓责任中心是指组织中承担特定责任的基本单元，它承担着预算所规定的财务责任和其他管理责任。责任中心的行为一方面受到财务预算的限制，另一方面受到企业规章制度的制约。

企业中责任中心的类别主要有以下几种：

（1）收入中心。在收入中心，产出用货币进行度量，但是并没有把投入（即成本费用）与产出联系起来。通常，收入中心既没有权力制定销售价格，也不为所销售的商品支付费用。收入中心的管理者仅对收入指标的完成负有责任。企业的销售部门就是典型的收入中心。

（2）费用中心。其又称为成本中心。这类中心的投入用货币单位计量，但其产出不用货币进行计量。常见的企业费用中心有两类：设计费用中心和酌量性费用中心。设计费用中心的投入可以用货币单位计量，产出可以用物理单位计量。因此，可以确定为生产一单位产出所需要的最佳投入。典型的设计费用中心如生产部门、仓库部门、分销及运输部门等。酌量性费用中心的产出既不能用货币单位计量，又很难用物理单位来计量。多数的管理部门和支持部门都属于酌量性费用中心，如会计部门、法律部门、人力资源部门、研发部门等。"酌量"代表难以确定最佳的费用配置。在企业实践中，通常用总费用或者费用率来确定其费用预算，但是预算不作为衡量该中心业绩的标准。

（3）利润中心。当一个责任中心的财务绩效按利润来度量时，这个责任中心就是利润中心。与收入中心和费用中心相比较，利润中心对财务责任的要求更加全面，既考虑投入，又考虑收入。这使得责任中心更加讲求效率。同时，利润中心意味着将更多的权力下放给责任单位，从而促进了决策质量的提高。而高层管理者则可以从繁重的事务性工作中解脱出来，集中精力考虑战略事宜。典型的利润中心如事业部等。

（4）投资中心。利润中心对获取利润负责，但无权对外进行非经营性投资。当一个责任中心有权对外进行投资时，就是投资中心，如集团公司下属的子公司在一定权限范围内就是投资中心。对投资中心的控制重点在于投资回报与投资效率。

5. 管理报告

组织正式的管理控制系统包含一个逐级汇报的报告系统。责任中心需要根据自己的预算、实际业绩和报告系统的规则向主管部门进行报告。管理报告围绕经营活动的有效性、财务报告的可靠性、行为的合法性展开。管理当局则根据责任中心的实际业绩对其管理报告进行分析、评估和确认。这一过程通常是通过双方的密切互动来完成的。

6. 业绩评价

在确定了管理报告的真实性之后，管理当局需要根据计划期初确定的目标、预算、规则等对责任中心完成任务的情况进行整体评价。如果其业绩令管理当局满意，则应对其行为进行奖励。如果结果不令人满意，则要分析差距及其产生的原因。

7. 修正行动

一般，造成不满意结果的原因分为两类：责任中心行为不当；计划和预算不合理。如果分析的结果表明是由于责任中心行为问题，则应通过反馈系统责成其修正行为。如果是由于计划制订，或者预算制订的问题，则要通过管理控制系统向计划管理部门提出修正计划，包括对计划本身的修正和对预算指标的修正。

8. 信息系统

在管理控制系统中，信息系统起着至关重要的作用。信息系统担负着收集、传递、使用所有与管理控制活动有关的信息的任务。如果信息不准确、不完备，或者提供得不及时，则管理控制系统的作用将无法正常发挥。

在具体研究一个管理控制系统时，应当明确被控对象是什么，被控变量有哪些。如库存控制系统的被控对象是仓库，而被控变量就是库存量。能根据被控变量的实际值和预期值间的偏差，对被控对象施加控制作用以减少偏差的控制机构由偏差测量机构、决策机构和执行机构组成。偏差测量机构应能连续不断地测定实际值与预期值之间的偏差。决策机构是核心机构，它能根据偏差做出控制决策。执行机构用以执行纠正偏差的决策命令，作用于被控制对象上。

三、管理控制的原则

从理论上说，适合于工程的、生物的控制理论和方法，也适合于分析和说明管理控制问题。管理控制与工程控制的区别：在工程控制系统中，一旦给定程序，那么衡量成效和纠正偏差就往往都是自动进行的，而管理控制则离不开对人的作用和人的自觉行为。人的这种对于控制执行的作用与反作用的复杂性远远大于技术领域的控制问题。因此，在管理控制中要注意对人性的研究和关注。控制必须针对具体的任务和特定的人来设计。

要使管理控制工作有效，在设计管理控制系统和进行管理控制过程中，必须遵循以下几个基本原则。

（一）满足计划

一是以未来为导向，控制工作应当着眼未来，而不是只有当出现了偏差才进行控制。由于在整个控制系统中存在着一定的时滞，所以一个有效的控制系统应以前馈控制为基础，而不是以反馈控制为基础。

二是以计划为准绳。控制的目的是为了实现计划，计划是控制所采用的绩效衡量标准的原始依据。因此，管理者在制订计划时要考虑到相关的控制因素。计划越明确、越全面完整，所设计的控制系统越能反映这样的计划，控制工作也就越有成效。

（二）适时控制

适时控制是指在控制工作中及时发现偏差，并能及时采取措施纠正。一个有效的控制系统必须能够提供及时的信息。信息是控制的基础。为提高控制的及时性，信息的收集和传递必须及时。如果信息的收集和传递不及时，信息处理的时间又过长，则偏差就不能及时纠正。当采取纠正措施时，如果实际情况已经发生了变化，这时采取的措施如果不变，不仅不能产生积极作用。反而会带来消极影响。

时滞现象是反馈控制系统一个难以克服的困难。较好的解决办法是采用前馈控制和现场控制，使管理者尽早发现乃至预测到偏差的产生，采取预防性措施，使工作的开展在最初阶段就能够沿着目标方向进行，即使有了偏差，也能及时纠正，把损失降到最低程度。

（三）客观控制

控制的客观性是指在控制工作中，管理者不能仅凭个人的主观经验或直觉判断，而应采用科学的方法，尊重客观事实。

控制工作的客观性要求控制系统应尽可能提供和使用无偏见的、详细的、可以被证实和理解的信息。同时，还要求必须具有客观的、准确的和适当的控制标准。一方面，管理者应努力避免仅凭主观判断来衡量实际绩效，而应更多地依靠客观事实和数据进行有效评价；另一方面，为了保证控制的客观性，应尽可能将衡量标准加以量化。量化程度越高，控制越规范、越准确。

（四）弹性控制

有效的控制系统应具有足够的弹性，以适应各种不利的环境变化或利用各种新的机会。当前，科学技术日新月异，顾客需求也呈现多样性变化，组织所处内外环境的复杂性越来越大。此时，要想对未来有一个完全准确的预料几乎是不可能的。此时，就需要有一个灵活的控制系统能在计划变化以及发生未曾预见事项的情况下继续发挥作用。

当一项计划方案在某种情况下可能会出现问题时，控制系统应能报告这种失常的情况，同时还应有足够的灵活性来保持对运行过程的管理控制。例如，假设预算是根据预测的销售量制定的，如果实际销售量远远高于或低于预测的销售量，原来的预算就变得毫无意义，这时就要求修改甚至重新制定预算，并根据新的预算制定合适的控制标准。

通常，对各种可能出现的情况都应尽量准备好各种可选择的方案，以使控制更具有灵活性。事实上，灵活的控制一般最好是通过灵活的计划实现。

（五）经济控制

通常，任何控制活动都需要有一定的经济支出。是否进行控制，控制到什么程度，都与费用有关。因此，应将控制所需的费用同控制所产生的结果进行比较。当通过控制所获得的价值大于它所需费用时，才有必要实施控制。

从经济性的角度考虑，控制系统并不是越复杂越好，控制力度也不是越大越好。控制系统越复杂，控制力度越大，其投入也可能越大。而且在许多情况下，这种投入的增加并不一定会导致计划能更顺利地实现。因此，管理者应尝试使用能产生期望结果的最少量的控制。如果能够以最小的代价来实现预期的控制目的，那么这种控制系统就是最有成效的。

四、管理控制的类型

管理控制涉及组织活动的方方面面。由于管理控制的对象不同、目标不同、范围和重点不同，所运用的控制方式和类型也有所不同。管理控制从不同的角度、按照不同的标准可以划分为不同类型。

（一）按控制信息来源划分

管理中的控制信息可以来自系统的输出结果，也可以来自过程中，或者来自系统的输入及主要扰动量的变化。我们把第一种称为反馈控制（feedback control）；第二种称为同期控制（concurrent control）；第三种称为前馈控制（feed forward control）。

1. 反馈控制

反馈控制是指将系统的输出信息返送到输入端，与输入信息进行比较，并利用二者的偏差进行控制的过程。反馈控制的本质是用过去的情况来指导现在和将来的行为。

反馈控制是管理活动中最常用的控制类型。它的优点是：为管理者提供了关于计划执行的真实信息和纠偏的基本方向。如果反馈显示标准与现实之间的偏差很小，说明计划的目的达到了；如果偏差很大，管理者就应该及时采取纠正措施，或者更新计划。此外，反馈控制还具有激励作用。因为员工总是希望获得评价他们绩效的信息，而反馈正好提供了这样的信息。

反馈控制的主要缺点是时滞问题，即从发现偏差到采取更正措施之间的时间延迟现象。时滞可能会导致在进行修正行动时实际情况已经发生了很大变化，而使得修正行为不能发挥纠偏作用，导致系统的状况继续恶化甚至崩溃。因此反馈控制与亡羊补牢类似，其经济性较差。

2. 同期控制

同期控制是一种发生在计划执行过程之中的控制。同期控制具有监督和指导两项职能。监督是指按照预定标准检查正在进行的工作；指导是指管理者针对工作中出现的偏差，根据制定的工作标准和自己的经验指导下属改进工作。同期控制使得管理者可以在发生重大损失之前及时发现、纠正问题，因而其经济性较反馈控制为好。

通常，同期控制是一种主要为基层管理者所采用的控制方法，一般都在现场进行，故又称为现场控制。它能做到对偏差的即时发现、即时了解、即时解决。

在现场控制中，控制的标准应遵循计划工作中所确定了的组织方针与政策、规范和制度，采用统一的测量和评价，避免单凭主观意志进行控制工作。控制的内容应该和被控制对象的工作特点相适应。例如，对简单体力劳动采取规范性的严格监督可能会带来好的效果；而对于创造性的劳动，控制的内容则应转向利于创新的工作环境控制。控制工作的重点应是正在进行的计划实施过程。

3. 前馈控制

前馈控制是对那些作用于系统的各种输入量和主要扰动量的控制活动。它强调在这些输入量和主要扰动量产生不利影响之前，就采取相应纠正措施。与反馈控制的主要区别是：前馈控制是控制产生偏差的原因，而不是控制行动结果，即防患于未然，这是现代管理的一个重要特点。

前馈控制的最大优点是克服了时滞现象。在实际问题发生之前就采取行动，以减少系统损失，这大大改善了控制系统的性能，因此在现实中得到了广泛的应用。例如，提前雇用员工可以防止潜在的工期延误；对原材料质量的控制可以有效降低不合格品；建立企业内控机制有助于防范财务犯罪等。

前馈控制需要对系统输出的未来变化趋势进行预测，并要分析可能对系统产生影响的主要扰动量。这需要管理者对计划和控制系统进行深入的分析，识别重要的输入变量，并为该系统建立一个前馈控制的模型，定期收集和评价实际输入数据与计划输入数据的差异，并评估这种差异对预期结果的影响。

对三种控制类型的比较如图 10-3 所示。图中的实线代表信息，虚线代表纠正措施。

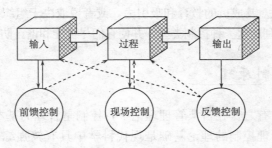

图 10-3 管理控制的类型

（二）按控制的来源划分

按照控制来源可以把控制分为三种类型，即正式组织控制、群体控制和自我控制。

1. 正式组织控制

正式组织是为了实现某一共同的目标而明确规定各成员之间职责范围的一种结构。正式组织控制是通过管理者设计和建立起来的机构或规定来进行控制的。通常，组织通过规划、计划和目标指导组织成员的活动，通过预算来控制投入，通过审计来检查各部门或各成员是否按照规定进行活动等，这都是正式组织控制的范畴。与群体控制和自我控制相比，正式组织控制具有更多的刚性和强制性。

正式组织控制通常包括规划和计划、责任中心分工、预算体系、组织规范与标准化、审计、绩效考核体系、计划变更系统等。

2. 群体控制

群体控制是由非正式组织发展和维系的。非正式组织并不是由正式组织建立或需要的，而是由于人们相互联系而自发形成的社会关系网络，以成员之间共同的感情、爱好以及价值观为纽带。群体控制就是基于成员之间不成文的价值观念和行为准则的控制。尽管没有明文规定的行为规范，但是非正式组织中的成员都十分清楚这些规范的内容，都知道如果自己遵守这些规范，就会强化自己在非正式组织组织中的地位；反之就可能遭到惩罚。群体控制在某种程度上左右着职工的行为，处理得好有利于达成组织目标，如果处理不好将会给组织带来很大危害。

3. 自我控制

自我控制是指个人有意识地去按某一规范进行活动。自我控制能力取决于个人本身的素质。例如，一个员工不愿把企业的东西据为己有，可能是因为他具有诚实廉洁的品质，而不单单是怕被抓住受惩罚。品德修养高尚、顾全大局、需求层次较高的人一般具有较强的自我控制能力。

正式组织控制、群体控制和自我控制有时是相互一致的，有时又是相互抵触的。这取决于组织对其成员的教育和吸引力，或者说取决于组织文化。有效的管理控制系统应该综合利用这三种控制类型，并使它们尽可能和谐，防止它们互相冲突。

第二节 控制原理

管理控制自古有之。在古典管理理论中，控制是管理的基本职能之一。在现代管理理论中，管理控制的理论基础是现代科学中具有较强综合性的基础理论，即系统论、信息论和控制论，通常简称为 ISC 三论。

一、系统论原理

系统是由事物间相互依赖、相互作用的若干要素和部分，按照一定规律所组成的具有特定功能的整体。系统的概念具有普遍适用性。无论是自然界、人类社会，还是思维领域都有系统存在。系统论就是以系统为研究对象，探索和揭示系统发生、发展的基本规律，并用逻辑思维和数学语言定量描述系统的一门科学。系统论一般分为三大分支：

一是系统工程，即以系统作为研究对象，从系统的整体出发，用最合理、经济、有效的组织管理方法和技术，达到系统的目的。系统工程的关键是使系统达到最优化。

二是系统分析，是指从系统的观点出发对事物进行分析或综合，找出各种可行方案，使决策者可以在许多可行方案中选择最优方案。

三是系统管理，是指运用系统工程的思想、方法和程序，对已建成并投入运行的系统进行管理，一般包括系统研究、系统计划、计划执行和工作检查四个阶段。这四个阶段构成了一个动态的管理过程。

管理中的控制职能吸收了系统论的基本思想，在控制的整个过程中既体现了最优化的要求，也体现了系统管理的主要内容。具体地说，在进行管理控制时，欲取得良好的控制绩效，就需将控制的对象视为一个系统，并从整体性、有序性和相关性等方面把握系统的主要特征。

（1）整体性是系统的本质特征。它要求管理者在处理管理问题时从全局出发，协调各部分之间的关系。

（2）有序性，亦称为系统的层次性。它表现为系统的层次结构，即构成系统的各个部分是依据一定的规律，而不是杂乱无章地组合而成的。不仅如此，系统的发展也具有层次性。

（3）相关性是指构成系统的各子系统之间存在着相互依存、相互制约的关系，子系统与大系统之间也存在着相关性。它要求管理者在管理过程中，既要协调系统中部分与部分之间的关系，又要处理好部分与整体之间的关系。

二、信息论原理

信息论产生于 20 世纪 40 年代末，它的主要创立者是美国的数学家香农（Shannon）和维纳（N. Wiener）。信息论原本是一门应用概率论与数理统计方法研究通信和控制系统中普遍存在的信息传递和信息处理的科学。随着现代科学技术的发展，信息概念及其方法远远超出通信领域，发展成一种广义信息论。

与传统方法注重物质和能量在事物运动变化过程中的作用不同，信息方法完全撇开系统的具体运动形态，而以信息的运动作为分析和处理问题的基础，把系统的有目的的运动抽象为信息变换过程。它根据系统与外界环境之间的信息输入输出关系，以及系统对信息的整理和使用的过程，来研究系统的特性，探讨系统的内在规律。

在系统论中，人们分析系统运行时，总使用信息这一概念。信息作为系统的输入，通过系统转化成为输出。系统输出中也包含着大量的信息，作为输出的信息又全部或部分地以反馈形式再输入系统之中。可见从信息方法的角度看，管理过程可以抽象为信息过程。整个管理活动就是信息从输入到输出，经过反馈再一次重新输入的过程。

信息与系统一样是一个普遍适用的概念。它存在于自然界和人类社会。在管理学中，人们一般将信息理解为消息、情报、知识、数据和资料等。信息论就是研究信息的获取、交换、传输、存储、处理、利用和价值等问题的一门科学。

三、控制论原理

控制的一般含义是指不让被控制对象任意活动或使其活动不超出规定的范围。维纳在他的著作《控制论——关于在动物和机器中控制和通信的科学》一书中指出，"控制论的目的在于创造一种语言和技术，使我们有效地研究一般的控制和通信问题，同时也寻找一套恰当的思想和技术，以便通信和控制问题的各种特殊表现都能借助一定的概念加以分类"。

控制论在管理领域应用的主要技术是"功能模拟技术"，又称"黑箱方法"。它根据模型和原型之间的相似关系来模拟对象，并通过模型来研究原型的规律性。简单地说，它就是通过建立系统模型来模拟所考察的问题（将被考察对象视为一个系统），重点研究系统的输入和输出及其相互联系。由于功能模拟方法并不关心系统是如何将输入转换为输出的，因此习惯上将此方法称为"黑箱方法"。管理控制正是依据这一技术，通过调整系统的输入条件而影响系统的输出，使之符合管理的目的。

第三节　控制过程

管理控制的对象一般包括人员、过程和体系的总体绩效，无论哪种控制对象其所采用的控制技术和控制系统实质上都是相同的。管理控制的基本过程包括确定控制标准、衡量实际业绩、采取相应措施三个阶段。

一、确定控制标准

标准产生于计划之中。因此，控制工作的第一步总是制订计划。所谓标准，就是衡量实际工作绩效的尺度。它们是从整个计划方案中选出的关键时点和关键度量（关键控制点），使管理者不必过问计划执行过程中的每一个具体步骤，就可以了解工作的进展情况。

管理控制标准大致有以下几种。

（一）技术标准

技术标准（标准、规范）是指一种或一系列具有一定强制性要求或指导性功能，内容含有细节性技术要求和有关技术方案的文件，其目的是让相关的产品或服务达到一定的安全要求或进入市场的基本要求。例如，材料的硬度、尺寸的精密度、飞机的爬升高度、纤维的强度、颜色的牢固度等。技术标准是控制产品/服务质量的重要依据。

（二）产出标准

产出标准，顾名思义是指产品或服务的产出要求，通常表现为数量和质量两个方面。其主要包含产量、销量、排放、财务标准（投资、成本、收益）、市场标准（市场表现）、行为标准（规章制度、规范纪律、企业文化等）、计划标准（时间、预算、状态等）等方面。

通常，组织需要在每一层的管理部门建立可考核的定性指标或定量指标，通过这些指标来进行复杂的计划工作或衡量管理者的业绩。随着组织管理的精细化程度的提高，定量标准越来越多。而定性标准不能像定量指标那样准确地考核，但可以用详细的说明计划或一些具体目标的特征和完成日期来增强其可操作性。

在实际工作中，不管采取哪种类型的标准，都需要按照控制对象的特点来决定。

二、衡量实际绩效

衡量实际绩效也是控制当中信息反馈的过程。在确定了控制标准以后，为了确定实际的工作绩效，管理者首先需要收集必要的信息，并考虑如何衡量实际绩效。衡量实际绩效的作用一是反映计划执行的实际情况，以便管理者实施有效激励；二是使管理者及时发现那些已经发生或预期将要发生的偏差，以便其采取相应的修正措施。

（一）明确实际绩效的信息范畴

衡量实际绩效首先需要明确其信息范畴，它通常是由控制标准来确定的。因此，设计控制所需要的绩效标准是进行管理控制的关键。一般，管理控制中的绩效标准有产出、消耗、行为、态度等标准构成。它们可以是定量的，也可以是定性的。而定量标准更有助于控制活动。

（二）明确有效的信息获取方式

有四种信息收集的方法常常被管理者用来衡量绩效，即个人观察、统计报告、口头汇报和书面报告。

1. 个人观察

这种方法提供了关于实际工作的最直接和最深入的第一手资料，其显著优势是：可以包括实际工作的任何方面；可以及时地反馈丰富的信息，如面部表情、声音语调以及急慢情绪等，因而常可以用来收集被其他来源忽略的信息。

2. 统计报告

统计报告通常包含大量实际数据、图形、表格及其说明等。它的显著优点是：能按管理者的不同要求列出各种数据，以揭示管理问题的深层次原因；可以清楚有效地显示各种数据之间的关系，以便管理者发现解决管理问题的重点和途径。但由于统计报告只能提供一些关键的数据，可能忽略了数据以外的许多重要因素。

3. 口头汇报

信息也可以通过口头汇报的形式来获得，如会议、一对一的谈话或电话交谈等。这种方式的优缺点与个人观察相似。尽管这种信息可能是经过过滤的，但是它快捷、有反馈，同时可以通过语言词汇和身体语言来扩大信息含量，还可以录制下来，像书面文字一样能够永久保存。

4. 书面报告

书面报告与统计报告相比要显得慢一些；与口头报告相比要显得正式一些。这种形式比较精确和全面，且易于分类存档和查找。

这四种形式各有其优缺点，管理者在控制活动中必须综合使用方能获得较好效果。

（三）绩效评价

在对这些收集来的绩效信息的真伪和精度进行审查之后，需要依据控制标准对其进行评价、报告和反馈。其中，分析实际绩效与控制标准所产生的偏差及其原因，是绩效评价工作的重要组成部分。评价的结果应报告给相应的决策部门，同时也要反馈给相关的执行者，即被评价部门或者个人。

三、采取相应措施

控制的最后一个步骤就是根据衡量的实际绩效同标准之间的偏差的分析结论采取适当的措施，主要包括维持原状、纠正偏差、修订标准三种措施。当衡量绩效的结果令人满意时，可采取第一种方案；如果发现偏差，就要分析偏差产生的原因，有时可能是执行不力或者不当造成的，也可能是计划或标准制定有误造成的，对不同的情况要采取不同的更正行动。在此，重点讨论后两种情况。

1. 纠正偏差

如果偏差是由于绩效不足所产生的，管理者就应该采取纠正措施，包括管理策略的调整、组织结构的完善、强化执行管理、加强人员培训以及进行人事调整等。

管理者在采取纠正行动之前，首先要决定是应该采取立即纠正行动，还是彻底纠正行动。所谓立即纠正行动是指立即将出现问题的工作矫正到正确的轨道上；而彻底纠正行动首先要弄清工作中的偏差是如何产生的，为什么会产生，然后再从产生偏差的地方开始进行纠正行动。在日常管理工作中，许多管理者常以没有时间为借口而不采取彻底纠正行动，或者因为采取彻底纠正行动会遇到思想观念、组织结构调整以及人事安排等方面的阻力，而满足于不断的救火式的应急控制。然而事实证明，作为一个有效的管理者，对偏差进行认真的分析、并花一些时间永久性地纠正这些偏差是非常有益的。

2. 修订标准

工作中的偏差也可能来自不合理的计划和标准，也就是说控制指标定得太高或太低，或者是原有的标准随着时间的推移已不再适应新的情况。这种情况下，需要调整的是标准而不是工作绩效。

值得注意的是，在现实管理工作中，当某个员工或某个部门的实际工作与目标之间差距非常大时，他们往往首先想到的是责备标准本身，而不大愿意承认绩效不足是自己努力不够的结果。例如，学生会抱怨扣分太严而导致他们的低分；销售人员倾向于抱怨定额太高致使他们没有完成销售计划。对此，管理者必须善加分析和判断。如果认为计划和标准是现实的，就应该坚持，并通过与下属的有效沟通使其了解计划和标准的合理性，否则就应做出适当的修改。

可见，控制过程是整个管理系统的一个组成部分。它同其他管理职能紧密相连。管理者可以通过重新制订计划目标或调整绩效标准来纠偏，可以运用组织职能重新委派职务或重新划分职责来纠偏，也可以通过改善领导方式或者优化激励政策来纠偏。控制活动与其他管理职能的交错重叠，说明管理过程是一个完整的系统。它需要管理者具有系统思维、协调统一的能力。

第四节　管理控制方法

威廉·奥奇将组织控制划分为三类：官僚控制（bureaucratic control）、市场控制（market control）和团体控制（clan control）。在经典管理理论中，官僚控制在管理控制方法中占据中心地位。但是，随着现代管理理论的不断发展，市场控制和团体控制方法逐步兴起，为管理控制提供了更为灵活的规范员工行为的方法。

一、官僚控制

官僚控制是指利用正式规章制度、标准规范、组织层级、法定权威等来规范人们的行为，它主要利用预算、审计、财务等手段来实施控制。

（一）预算控制

1. 预算

所谓预算（budget），就是用货币来表达的组织未来某一特定期间的有关现金收支、资金需求、资金融通、营业收入、成本费用等经营条件和经营成果的详细计划。依据预算，管理当局可以对组织经营活动的全过程进行管理和控制。

2. 预算控制

预算控制（budgetary control）是以预算目标制定的各项财务指标为依据，对组织经营活动的各项费用支出和经营成果进行有效地检查和监督，并通过预算计划目标与预算执行结果进行比较，及时发现和纠正偏差，确保预算目标的实现。

预算控制具有广义和狭义之分。广义的预算控制是指通过对预算的编制、执行、监控、分析和评价等环节来实施预算事前、事中和事后的控制，它贯穿于预算的编制、调整、实施、反馈等全过程。狭义的预算控制则是指利用预算对经营活动过程进行的控制，属于事中控制。

3. 预算控制过程

预算控制过程主要包含预算编制、预算执行、预算执行评价、预算调整等阶段。

(1) 预算编制。它主要是确立预算指标形成的方向和顺序。目前我国预算编制有两种典型的方式：强制性预算编制（自上而下式预算）和参与性预算编制（自下而上式预算）。预算编制过程一般包括初步预算方案制定、协调预算、审核与批准、预算修正等步骤。预算编制的任务主要由组织的预算部门（有时与计划、财务部门重叠）和预算编制委员会负责。其中，预算编制委员会是领导和审批机构；预算部门是工作机构。

(2) 预算执行。预算一经审核批准，就成为组织及其下属各部门执行的法定依据。在组织的预算执行中，必须要有有效的监控措施，才能确保预算的严格执行。例如，企业年度营销费用预算确立之后，还需要制订详细的执行计划，并且规定监管措施。如果没有有效的方法监控执行，就可能会出现在最初几个月就将营销费用花完的情况，导致企业不得不在随后的月份里超预算，或者调整预算。

(3) 预算执行评价。对各责任中心的预算执行情况的评价，主要是对其预算管理的过程和结果进行准确的计量，然后用一套指标或标准来进行度量和评价。通常，预算执行的考评有以下方法：

第一，投入产出评价法。即评价投入的资源和利用这些资源所获得的产出之间的比值或某种数值，主要有 EVA 方法、资产回报率计算、收入成本比值计算等。

第二，标准预算评价法。即将各责任中心的预算执行结果与标准预算进行比较，以评价预算执行情况，并对实际执行结果与标准值之间的差异进行分析，找出原因，得出评价结论。

第三，组合评价法。当无法用投入产出法和科学、合理的预算标准来对各责任中心的预算管理业绩评价时，可采用趋近评价的方式进行判断。

值得注意的是，对各责任中心的预算执行考评一定要与奖惩相结合，合理和公正的奖惩才能起到推动预算管理工作良性发展的作用。

(4) 预算调整。预算的编制有赖于各预算执行组织之间的信息反馈，也有赖于各预算控制环节的不同反馈。预算调整、预算考评的对象是预算执行，所以预算调整、预算考评等职能的实现也依赖于预算执行过程中的反馈职能。当执行发生偏差，或者结果发生偏差，或者外部环境发生变化致使原预算难以执行时，就必须要对原预算进行调整。预算的调整必须要有相应的程序和规范。

(二) 审计控制

1. 审计

审计（auditing）是对反映组织资金运动过程及其结果的会计记录及财务报

表进行审核、鉴定，以判断其真实性和可靠性，从而为控制和决策提供依据。

在管理控制系统中，审计是对合规性和效益性的一种控制。"合规性"是指行为主体的行为符合法律法规、标准规范和预算等的规定。"效益性"是指满足行为和结果有效性的标准和条件。

审计具有检查控制（揭露现象）、纠正控制（采取改正措施）和预防控制（采取措施防止重犯）的职能。在企业内部审计领域，控制职能是其最基本的职能。

2. 审计的类型

根据审查主体和内容的不同，可将审计分为三种类型：外部审计、内部审计和管理审计。

（1）外部审计。它是指由外部审计机构（如会计事务所）选派审计人员对企业财务报表及其反映的财务状况进行独立的评估。主要审查企业资产和负债的账面与实际是否符合，财务记录是否真实，财务记录是否符合会计准则等。外部审计的本质是对企业内部虚假、欺骗行为的系统检查。其目的是鼓励诚实，杜绝做假。在我国，企业外部审计是强制性行为。

（2）内部审计。它是指由组织内部审计机构或者专职审计人员对财务报表及其反映的经营状况进行的评估。内部审计提供了检查现有控制程序和方法能否有效地保证达成既定目标和执行既定政策的手段。内部审计的本质是对现有控制系统有效性的检查。它不仅仅是针对会计和财务的，而是对业务活动的一个控制或对业务控制的一个再控制；不仅要对结果进行评价，而且要对结果和结果产生的机制进行影响或控制，使之更加符合组织的目标。因此，在方式上，它不能是事后的，而应当是全过程的。

（3）管理审计。它是指利用公开记录信息，从反映组织管理绩效及其影响因素的若干方面将组织与同行业或者其他行业的标杆进行比较，以判断其经营与管理的有效性。与外部审计和内部审计相比，管理审计的范畴更加宽泛，不仅包含经济方面，而且包含组织结构、业务结构、研究与开发、财务政策、生产效率、营销能力，以及对管理当局的评价等。管理审计的本质是评估组织经营和管理系统的有效性，发现整个组织系统的问题和改进方向，以便健全其经营和管理系统。

一般，组织的内部管理控制系统所包含的审计控制功能是指内部审计和管理审计。

3. 审计控制

审计控制（auditory control）的首要目的是找出妨碍经营效益的问题所在，采取改善措施，以测查、评价经营管理状况为其主要审计目标，以审查管理执行计划及业务控制为其主要内容，它不仅评价各项管理活动的效率性，还将重点审查各项管理的妥当性和有效性。

其次，审计控制还要检查和评估组织内部控制体系的有效性，包括规章制度的完备性，组织架构的合理性和制衡性，被审单位对规章制度执行的严肃性等。因此，内部审计控制应该是对整个管理过程的再控制，而不是仅仅对内部控制制度的审计。

4. 审计控制过程

审计控制的过程可分为计划准备阶段、内控制度审计阶段、实质性审计阶段和报告后续阶段等。

（1）计划准备阶段。它包括搜集审计相关资料、确定内容等工作。必须系统地收集与审计相关的内外部资料，并在掌握资料的基础上制定包括审计的目标、范围和主要依据，被审计单位和被审计项目，各项目采用的审计程序、方法和技巧，各审计项目的人员安排、时间和经费预算，各项目应达到的质量标准和资源要求，审计任务管理、检查的安排，审计记录、审计报告的要求与责任分配等在内的审计计划。审计计划要通过充分讨论修改后，报经单位领导批准，计划经过批准后，才能据以向有关审计人员和被审单位下达审计任务书。

（2）内控制度审计阶段。实质内部控制制度审计和实质性审计均属于审计的中间过程，它们包括了审计实施的范围。这两个阶段，均需根据审计计划方案所确定的范围、要点、步骤和方法，进行检查、取证、分析、评价，用以形成审计结论，实现审计的目标。传统的审计是从个别项目的检查验证开始，而现代审计应从制度、系统审查开始，然后审查个别项目，以助于对整个系统有效性的证实和评价。因此，内部审计人员在实施审计时，应首先把内部控制系统作为测试、审核的对象并取得可靠的资料来修订审计计划所确定的范围和程序，以确定进一步审查管理的薄弱环节，促进和监督其改进、加强，以达到防止差错、弊端，减少损失浪费，增强工作效率，提高经济效益的目的。

（3）实质性审计阶段。在内控制度审计结束以后，就应该根据修改后的审计方案所确定的审计要点及其范围、重点、方法、进度和人员，实施实质性审计。对于内部控制审计来说，这个阶段尤为重要，因为在健全性测试和符合性测试阶段，只注意了控制体系的设计和业务经营活动的有限验证。而在实质性审计阶段，要对必要控制的重大缺陷和重要的低效率问题进行一定深度的检查，核实必要的控制是否正在按照设计运行和有效，重大的缺陷和重要的低效率存在的方面、原因和影响程度。在这个阶段，主要通过实质性的检查（或叫真实性测试），取得足够的审计证据，对查明的事实及其证据进行深入的分析，然后对照审计标准，进行合法性、真实性、效益性评价，得出最终意见。实质性审计包含检查、取证、判断和评价四个环节。

审计人员在进行审计时，均要详尽地记录审计工作底稿。工作底稿内容应包括审计项目名称、填表日期、测试目的、检查范围、所得结果、检查资论、执行人签名、复核人签名等。此外，还应附上相关的原始结料。

（4）报告后续阶段。审计检查工作完成后，应整理审计工作底稿及其他审计资料，认真地进行审计工作总结，并写出审计工作报告。内部审计报告由审计小组编写，内部审计组织审定，报经组织领导人批准并做出审计决定，然后才能下达给被审计单位或分送给有关单位和领导。

审计决定下达后，审计人员应注意信息反馈，有权利和责任督促审计意见和建议的落实。内部审计部门应指定人员有目的、经常地检查落实情况，并报告检查结果。

（三）财务控制

财务控制是用来追踪出入组织的商品和服务的货币价值，它通过财务报表的信息来监控组织整体绩效。组织的财务报表主要有资产负债表、损益表和现金流量表。

1. 资产负债表

资产负债表（balance sheet）是反映组织在某一时点上所拥有的全部资产和与之相对应的资金来源。资产负债表所包含的基本关系式是

$$资产 = 负债 + 所有者权益$$

以上关系式被称为"会计恒等式"，其经济含义是：企业所拥有的全部资产扣除其所承担的负债，等于投资者对企业的累计投资，即所有者权益，也称为股东权益、业主权益、净资产等。

资产负债表分为三个部分：资产（asset）、负债（liability）和所有者权益（equity）。其中，资产按流动性递减可分为流动资产和长期资产两类。流动资产是指一年内或一个经营周期内可以变现的资产，包括货币资金、应收款项、预付账款、存货等。长期资产是指变现时间超过一年或者一个经营周期的资产，如固定资产、对外长期投资、无形资产等。负债和所有者权益代表资金来源一方，按到期的递增顺序排列，负债分为流动负债和长期负债两大类。流动负债（即短期负债）是指偿还期在一年以内（含一年）的债务。长期负债是指偿还期在一年以上（不含一年）的债务。所有者权益排列在负债之后，是所有者对企业的投资，无须偿还。

资产负债表可以反映企业所拥有的经济资源及其分布以及由此而形成的生产经营能力，所承担的债务及其偿还能力，所有者权益及其在所有资产中所占的比重，未来的财务变动趋势等信息。

2. 损益表

损益表（income statement）是描述企业经济资源变动过程，以及由此而产

生的经济结果的财务报表，主要表现为企业利润产生的经济过程和结果。损益表所包含的基本表达式是

$$收入 - 成本费用 = 利润$$

其中，收入包括主营业务收入、其他业务收入、投资收益和营业外收入等；成本费用包括主营业务成本、营业费用、管理费用、财务费用、营业外支出、税金及附加等。

损益表可以反映企业经营成果和获利能力，投资收益水平和效率，经营管理水平，未来经营成果的变化趋势等信息。

3. 现金流量表

现金流量表（cash flow statement）反映与企业经营活动、投资活动和筹资活动有关的现金流量及其变动情况。

（1）与经营活动有关的现金流量：

经营活动现金流入＝营业收入－应收款项的增加；

经营活动现金流出＝营业费用－折旧摊销－应付款项的增加－存货的减少；

经营活动净现金流量＝经营活动现金流入－经营活动现金流出。

（2）与投资活动有关的现金流量：

投资活动现金流入＝投资现金收益＋资产处置所获得的现金＋到期定期存款＋收到的其他与投资有关的现金；

投资活动现金流出＝构建长期资产的支出现金＋投资所支付的现金＋支付定期存款的现金；

投资活动净现金流量＝投资活动现金流入－投资活动现金流出。

（3）与筹资活动有关的现金流量：

筹资活动现金流入＝借款所收到的现金；

筹资活动现金流出＝债务偿还所支付的现金＋分配股利、利润或偿付利息的所支付现金；

筹资活动净现金流量＝筹资活动现金流入－筹资活动现金流出。

现金流量表可以反映企业净利润的含金量，偿债能力和股利支付能力，未来现金流量的变动趋势等信息。

二、市场控制

市场控制是运用价格机制对组织行为进行规范，它将组织内部的经济活动视为经济交易。

（一）内部市场

美国麻省理工学院的 Forrester 教授在其 1965 年发表的题为《一种新的企业设计》的论文中首次阐述了"内部市场"的理论构想。而另一位美国教授 Ackoh 在《创造公司的未来》一书中阐明了"内部市场"的主要原则：在组织内部建构大量的"内部企业"，使其成为组织的基本"砖块"。这些"内部企业"拥有运作的自主控制权，可以独立进行核算和绩效考核，是一个一个的"利润中心"；高层管理者对于"内部企业"的管理是通过制定公司战略、金融政策、财务政策、激励方案等实现的；通过鼓励和促进"内部企业"之间的合作实现资源共享，创造一种具有集体合作文化的"企业家社团"等实现的。

（二）内部市场控制

官僚控制的主要问题在于信息传递和处理的效率、管理控制成本、缺少创新动力等。而市场控制则可以使下属部门的独立性增强，运用市场机制自行控制和衡量其经济行为。内部市场控制的主要特点在于：

（1）通过市场机制将竞争引入企业内部，以提高企业的市场应变能力和运营效率；

（2）管理重心下移可以调动下属部门和员工的积极性，使其更具有责任心、主动性和创造力；

（3）有助于企业内部组织结构优化，消除科层组织的弊端，建立扁平化、网络化的组织结构，提高组织效率。

（三）市场控制的层次

市场控制可以通过公司层、部门层和个人层表现出来。

1. 公司层的内部市场控制

公司层的内部市场控制主要用于规范独立的事业部门，使其成为竞争性的利润中心，并通过其市场表现和盈利指标来进行绩效评价。

在公司层次上，要提高各事业部门的绩效，可以将其置于外部市场压力之下。当其市场表现，如股票价格、市场占有率等，没有达到公司要求时，可以威胁将事业部出售，或者解除事业部领导人的职务，减薪等。从公司内部看，可以对不同事业部门按其绩效好坏确定其薪酬，导致其产生竞争性的行为，不断提升效率和效益。

2. 部门层的内部市场控制

事业部门层次上的内部市场控制表现为公司内部贸易，其核心是转移定价。所谓转移定价是指不同事业部门之间的贸易价格参照外部市场价格。当外部存在高度竞争市场，而内部交易无法获得外部市场价格时，事业部门倾向于通过外包来寻求降低成本。在跨国公司中，转移定价是其在全球配置资源、避免高税收、应对东道国政府以获取高额利润的一种重要手段。

3. 个人层的内部市场控制

个人层次上的内部市场控制主要表现在激励制度上，即以市场价格衡量员工个人价值。它可以刺激员工通过提高自身技能和绩效来提升个人价值，更快地晋升到经济价值更高的职位。这更加符合现代人力资源管理的发展趋势。例如，企业高管的股票期权在本质上就是一种市场控制方法，它要求企业高管通过个人努力和良好绩效来获取更大的经济价值。

三、团体控制

团体控制（clan control）主要是利用组织群体的价值观、共同愿景和目标、相互信任等来规范人们的行为。可见，团体控制是组织学习型的一种表现，它主要通过企业文化手段来控制员工行为。

（一）团体控制的背景

在知识经济时代，管理环境发生了很大的变化。首先，组织中智力劳动所占的比重越来越大，知识员工的比例也越来越高。在知识型企业中，管理者甚至很难了解员工的具体工作内容和工作绩效。其次，外部的市场环境和技术环境不再稳定，消费趋向于个性化，技术趋向于非例行化，驱使企业需要大幅提高其组织适应性。最后，雇佣关系也在发生深刻的变化。员工最关心的不再是工资、安全、工作环境等，而更加关心富于挑战性的工作、个人价值的体现等。此时，以官僚控制为核心的控制方法显然不能满足管理控制的要求。

（二）团体控制的本质

团体控制的本质是将员工个体融入到团体之中，将个人价值观与组织价值观相统一，通过团体行为范式来约束个体行为。这种约束的力量主要来源于团体的价值观、目标和标准。可见，组织文化是团体控制的本质和基础。

组织文化的强弱对于组织绩效有着较大的影响。强组织文化既可以使员工遵章守法、同心协力，又会使组织产生官僚主义，从而失去创造的活力。而弱组织文化使组织成员个人价值观多元、目标不统一、行动不一致，从而可能导致组织失控。

有效的团体文化应当是灵活的适应型文化。它主张在共同的愿景下对市场变化的适应，对不同利益相关者的包容，对组织变革的倡导和对创新与创造力的追求。在灵活适应型文化中，有一个共同的核心价值观，即在不断变革中长期地保持和集成企业文化以适应市场。

第五节 质量控制

质量管理专家 J. M. 朱兰认为，21 世纪是质量的世纪。在日益激烈的竞争环境中，质量已经成为关系到组织生死存亡的关键因素。组织只有建立有效的质量管理体系，控制并持续改进自己的产品质量、服务质量和工作质量，才能在竞争中获得生存和发展的机会。

一、质量与质量管理

（一）质量的概念

1. 符合性质量

传统质量的概念是"符合性"（conformity），即"产品符合规定要求的程度"。在这种观念下，产品质量的好坏取决于与标准的接近程度，这从生产者角度是无可挑剔的。但是在市场经济条件下，竞争越来越激烈，人们的出发点逐步由生产者转向了顾客。符合性质量显得不合时宜了。

2. 适用性质量

质量管理大师 J. M. 朱兰把质量定义为"适用性"（fitness），即以用户对质量的评价因素来评判质量的优劣。他的这一思想得到了广泛的认同。

3. 顾客满意质量

随着时代的发展，考虑到顾客需求的个性化等要求，企业的质量观又发展成为以"顾客满意"（customer satisfaction）为目标，即用顾客是否满意来评判产品或服务质量的优劣。

4. 全面满意质量

首先，质量体现为产品整个生命周期中用户的满意。其次，质量应体现为生产者本身的满意。最后，质量应使得所有利益相关者，如所有者、管理者、员工、社会成员等满意。即全面满意的质量观。

5. ISO9000-2000 的定义

国际标准化组织（International Organization for Standardization，ISO）制定了质量管理体系的系列标准——ISO9000 系列标准。其中，对质量的定义是："一组固有特性满足要求的程度"。其中，"固有特性"不仅指功能、特色、可服务性、可靠性、寿命、安全性、经济性、可感知性等明确的要求，还包含顾客期望等隐含的质量要求，极大地丰富了质量的定义。

（二）质量管理的概念

质量管理是指"在质量方面指挥和控制组织的协调的活动"。通常包括制定质量方针和质量目标，以及质量策划、质量控制、质量保证和质量改进等活动。质量管理既是一种管理思想，也是一种管理实践，是一种全体员工参加的永无止境的持续改进活动。

（三）全面质量管理的基本思想

1. 全面质量管理的特点

在经历了质量检验、统计质量控制阶段之后，企业的质量管理进入到全面质量管理阶段。全面质量管理是以企业全体员工参与为基础的全过程质量管理形式。其具有如下特点：

（1）以顾客为关注焦点。顾客有内外之分。企业要树立"人人为顾客"、"下道工序即顾客"的思想。

（2）全过程质量管理。即把质量形成全过程的各个环节或所有相关因素控制起来，形成一个有效的质量管理体系。

（3）全员参与。即企业全体员工参与质量管理，通过工作质量确保产品或服务质量。

（4）预防为主，持续改进。实行预防为主的方针，把不合格产品消灭在形成过程之中；持续改进过程，不断提高质量水平。

（5）综合运用多种科学方法。质量管理中广泛使用各种管理方法，常用的方法有因果图、排列图、直方图、控制图、散布图、分层图、调查表等老七种工具。还有关联图、KJ法、系统图、矩阵图、矩阵数据分析、PDCA循环、矢线图等新七种工具。近年来，包括质量功能展开（QFD）、田口方法（Taguchi's methods）、故障模式和影响分析（FMEA）、业务流程再造（BPR）等方法在企业质量管理中也得到了广泛的应用。

2. PDCA 循环

PDCA循环是质量体系活动应遵循的科学工作程序，也是全面质量管理的基本活动方法。它最早是由美国著名质量管理学家戴明提出的，所以又称"戴明循环"。PDCA循环把质量管理分为四个阶段：计划（plan）、执行（do）、检查（check）、处理（action），这四个阶段不断循环往复，促进质量不断改进提高。

PDCA循环的四个环节的主要工作如下：

（1）计划阶段。通过分析诊断，制定改进的目标，确定达到这些目标的具体措施和方法。

（2）执行阶段。按预定计划目标、措施及分工安排，分头实施。

（3）检查阶段。对照计划要求，检查、验证执行的效果，及时发现执行过程中的经验和问题。

（4）处理阶段。总结执行计划过程中成功的经验，并转化为标准加以巩固；将执行计划过程中的不成功或遗留问题转到下一个 PDCA 循环解决。

二、质量管理体系

（一）质量管理体系的概念

ISO9000 系列标准将质量管理体系定义为："在质量方面指挥和控制组织的管理体系。"

一般，企业的质量管理体系由组织结构、程序、过程和资源组成。其中，组织结构是指"组织为行使其职能按照某种方式建立起来的职责、权限及其相互关系"，如领导职责、权限与质量管理职能，质量管理机构设置，各个机构的职责、权限及关系等。程序是指"为进行某项活动所规定的途径"。程序应形成文件，规定质量活动的目的和范围，做什么、谁来做、何时做、何地做、怎么做、过程步骤如何、需要什么资源、如何控制和记录等。

（二）质量管理体系的结构

ISO9000 系列标准提出了以过程为基础的质量管理体系模式，如图 10-4 所示。

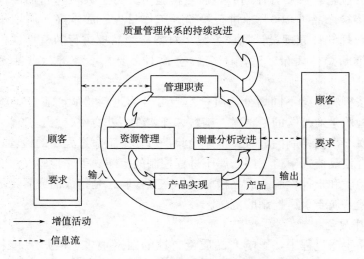

图 10-4 以过程为基础的质量管理体系模式

（1）顾客要求。企业的质量管理体系应以顾客为关注焦点，努力满足顾客明确的和隐含的要求。因此，质量管理体系的输入是顾客要求，其输出是对顾客要求的满足。

（2）管理职责。企业的最高管理者通过制定质量方针和质量目标，进行管理评审、分配管理权责、促进有效沟通和确保资源等管理职责，明确对顾客的质量承诺。

（3）资源管理。其主要包括质量活动所需要的人力资源、基础设施和工作环境。

（4）产品实现。这是指产品实现的过程，包括产品质量策划、顾客沟通、设计开发、采购、生产和服务提供、生产和服务提供过程的确认、监视和测量装置的控制等。

（5）测量、分析和改进。其包括内部审核、过程监视和测量、产品监视和测量、不合格品控制、数据分析、持续改进、预防措施、纠正措施等。

（6）持续改进。企业应通过质量方针、质量目标、审核结果、数据分析、纠正和预防措施、管理评审等手段，持续改进其质量管理体系的有效性。

（三）常见的质量管理活动

1. 质量检验

质量检验的主要任务是鉴别产品（或零部件、外购物料等）的质量水平，确定其符合程度或能否接受。

（1）按检验的数量特征划分，质量检验可分为全数检验和抽样检验。全数检验是对待检产品批 100％ 地进行检验，工作量大、成本高、周期长。抽样检验是依据数理统计原理设计抽样方案，对待检产品批进行随机抽样，通过对样本的检验推断总体质量，适用于全数检验不必要、不经济，或者无法实施的场合。

（2）按检验对象不同划分，质量检验可分为进料检验、工序检验和成品检验。进料检验是对外购的原材料、辅料、外购件、外协件、配套件等入库前的接受检验，属于事前控制的范畴。工序检验是对加工工序过程中的检验，主要是为了防止不合格品流入下道工序，属于过程控制的范畴。工序检验又可分为首件检验、巡回检验和末件检验。成品检验又称完工检验，是指成品或者半成品完工后对其的检验，属于事后控制的范畴。

2. 工序质量控制

在产品生产过程中，影响产品质量特性的因素很多，但归结起来包括机器（machine）、人员（man）、材料（material）、方法（method）、测量（measurement）和环境（environment）等，又称为 5M1E。这些因素不断变动，造成了产品质量的差异。

工序质量控制就是根据数理统计原理和方法，运用统计图表分析并掌握工序质量的波动状态，判明和控制工序中系统性原因所造成的质量变异，从而采取措施，调整工艺，使工序处于稳定状态，以保证产品质量。

3. 质量成本分析与控制

经济性是质量管理的重要组成部分。产品质量经济性包含质量收益和质量成本两个部分。质量收益来自于顾客对产品质量的认可及其支付行为。质量成本是"为了确保和保证满意的质量而发生的费用以及没有达到满意的质量所造成的损失"。由于质量收益难以精确计量，所以企业质量经济性的分析主要以质量成本为主。

（1）质量成本构成。它主要由内部运行质量成本和外部质量保证成本构成。其中，内部运行质量成本又包括预防成本、鉴定成本、内部损失成本和外部损失成本。外部质量保证成本则是指根据用户要求，企业为提供客观证据而发生的各种费用。

（2）质量成本分析。即对质量成本总额、质量成本构成、内外损失成本及其产生原因等进行数量分析，目的是发现质量管理中的不足，找出改进质量，提高经济性的途径。质量成本分析的常用方法有指标分析法、质量成本趋势分析法和排列图法等。

（3）质量成本控制。质量管理大师朱兰经过系统研究发现，随着质量水平的提高预防和鉴定成本不断上升，内外损失成本不断下降，两者之和形成了总质量成本。它是一条 U 形曲线。在特定时期，存在一个质量适宜区，即质量总成本较小的区域，如图 10-5 所示。质量成本控制的目的就是要制订质量成本计划，使总质量成本处于质量适宜区，从而提高产品的质量经济性。

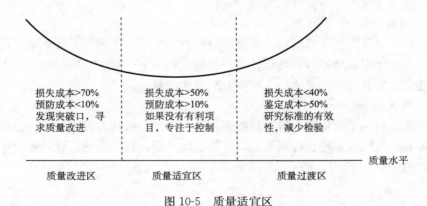

图 10-5　质量适宜区

第六节　管理者报酬与行为控制

在企业的管理控制系统中，管理报酬是一种重要的控制机制，它能够激励管理者去实现企业的目标。通常，不同的管理报酬会导致企业管理者不同的管理行为。因此，设计一个有效的管理报酬体系是管理控制系统的重要组成部分。

一、管理报酬体系

管理者的报酬主要包括三个部分：工资、福利和奖金。这三个部分基本是相互独立的，其中，第三部分与管理者行为控制直接相关，因此本节主要讨论奖金的作用。

(一) 短期激励计划

1. 全部红利奖金

它是指在特定年份支付给管理者的红利奖金总量。

在短期激励计划中，企业所有者需要对管理者达到经营目标的报酬方案进行表决。一般该方案与企业本年度的获利情况相关。此外，红利的竞争性也是考虑的重要因素。红利的确定主要有以下几种：

(1) 利润的固定比例。其优点是简单，且可以激励管理者争取每一分利润。其缺点是企业即使在很低的利润水平下也要支付红利。

(2) 标准投资收益率。即企业投资收益率达到标准值以上时，支付给管理者相应的红利；收益率水平越高，则奖励越高。其优点是刺激管理者提高收益水平。其缺点是没有考虑投资增加的问题。

2. 移后留用额

此即不立即支付全部红利，而把部分红利转至下一年度。其好处是更具有灵活性。当本年度业绩好时，可以转结一部分红利至下一年度，以降低红利支付的过大变动。但其劣势是无法与本年度业绩直接联系。

3. 递延报酬

此即红利按年度计算，但支付则跨越几个年度，通常为五年。其优点是：使管理者的收入比较平稳且可预测；具有税收优势等。其缺点是：管理者当年得不到应得的所有红利。

（二）长期激励计划

1. 股票期权

它是指在未来某个特定日期（行权日）或者之后，按照约定价格购买一定数量公司股票的权利。其最主要的优点是把管理者的报酬和企业的长期、短期业绩联系起来。

2. 抵押股票

它是指奖励给管理者的股票记在账上，在一定时期后，再支付给他们一定数额的奖励。奖励额为奖励日起股票市价的增值。与股票期权相比，抵押股票没有交易成本，而且不受股市风险的影响。

3. 股票增值分红权

它是指按照从奖励日到未来某一特定日期股票价值的增长来取得一定报酬的权利。它具有股票期权的特点，存在市场不确定。

4. 绩效股

当实现长期目标时，奖励给管理者一定数量股票。其中，长期目标通常是指3～5 年中每股收益获得一定的增长率，因而不会受到股票价格的影响。其优点是：奖励建立在管理者能够控制的业绩上；奖励基本固定。其缺点是：管理者可能通过一定手段操控每股收益，从而导致对企业长期利益不利。

二、管理者行为控制

（一）代理理论

代理理论认为，当一方（委托人）雇佣另一方（代理人）来执行某种任务，并且同时把决策权授予代理人时，则存在代理关系。在企业中，股东（所有者）是委托人，高级管理者是代理人。在多数情况下，委托人和代理人之间存在目标不一致和信息不对称的问题，从而导致代理人的代理行为，即管理者为自己谋利益，从而损害企业利益的行为。

（二）对管理者的控制机制

有两种基本方式来处理管理者的代理行为：监督和激励性契约。

1. 监督

此即委托人设计一个控制系统来监督代理人的行为。例如，从组织上讲，董事会是监督企业高级管理者行为的机构。从方法上讲，第三方财务审计是对高管的监督。从制度上看，组织制度和纪律检查、行政监察也是对企业高管的监督。

2. 激励性契约

此即委托人和代理人之间签署一份合适的激励性契约来限制代理人的不同偏好。实践证明，代理人的奖励对业绩指标的依赖程度越高，代理人改进业绩的激励效果越好。而没有激励性契约则会导致严重的代理问题。因此，企业所有者对高层管理者的控制的重要工作是设计一个能够激励代理人按照委托人利益最大化目标而努力工作的契约，如期权计划等。

第七节　控制中的信息管理

信息是管理控制的基础和关键。控制过程就是信息传递和转换的过程。控制职能的实施需要两方面的信息作为基础和条件。一是控制信息，即指由控制主体所发出的信息，这些信息规定了系统运行的方向、目标及为达到目标而进行的各项工作的时间、任务和指标。二是反馈信息，这类信息是实施控制职能的关键。它是指在计划执行过程中，由控制主体随时收集到的有关实际工作情况的信息。控制者通常将这类信息与计划信息进行比较，查明发生偏差的原因，以便采取纠正措施。因此，要求管理者必须掌握充实的有关管理过程的信息，以便于组织目标的顺利实现。

一、信息与信息管理

（一）信息

可以记录下来的，并能够识别的符号、光、声、图像等资料，经过处理并赋予一定意义后，都可以成为信息。企业经营中的大量数据、账单、文件等，是信息的主要形式。

信息与数据不同，数据只是一串字符或是未予说明的图案，是对人、事物或处理等基本事实的反映，包括日期、尺寸、质量、外形、数量、等级、名称和地点等内容。通常，数据不会对管理者的行动产生刺激作用。而只有加工成为信息的数据才能对管理者的决策产生影响。

（二）信息管理

信息管理工作主要包括原始数据收集、信息加工、信息传递、信息存储、信息维护和信息输出六大基本内容。

1. 原始数据收集

原始数据收集是信息管理中关键的第一步，是后续工作的基础，全面、及时、准确地识别、遴选、收集原始数据是确保信息正确性与有效性的前提。

由于数据来源的广泛性，因此其收集方法多种多样，如观察法、网上调查法、阅读查询法、口头或书面询问法、有偿购买法等。

原始数据收集通常包括数据的识别、整理、表达和录入。其中，识别是指面对大量的数据，要选择那些有价值、能正确描述事件的数据；整理是指对识别获得的数据进行分类整理，便于对数据进行进一步加工；表达是指对整理后的数据采用一定的表达形式，如数字、文字、图形等；录入是指将数据输入系统中，要求避免差错。

2. 信息加工

原始数据必须经过加工处理，才能成为有用的信息。信息加工一般须经过真伪鉴别、排错校验、分类整理、加工分析四个步骤。真伪鉴别是通过对信息渠道、内容和时效的审查达到去伪存真的目的；排错校验是对原始数据的准确性进一步核实和纠正；分类整理则是使零乱的原始数据系统化；加工分析是信息加工的最重要的一环，通过对企业内外原始数据与企业经营目标的综合分析，找出有关问题的规律和趋势，明确信息的价值所在。

信息加工的方法有变换、排序、计算、合并、抽出、分配、生成等。在实际应用中，信息加工方法根据管理任务的要求进行选择。

3. 信息传递

信息传递又称为信息传输，是指采用一定的方法和装置，实现信息从发送方到接收方的流动。信息通过传递形成信息流。由于信息流具有双向流的特征，因而，信息传递包括正向传递和反馈两个方面。信息传递既有垂直传递（不同管理层之间的信息传递），又有横向传递（同一管理层各部门之间的信息传递）。信息的传输实现了系统内部各个组成部分之间的信息交换与共享，以及系统与外界的信息交流。

为了提高传递速度和效率，组织应合理设置组织机构，明确规定信息传递的级别、流程、时限以及接收方和发送方的职责。此外，应尽可能采用先进的传递工具，如电话、传真、计算机网络通信等，尽量减少人工传递。

4. 信息存储

信息存储是将获得的或加工后的数据暂时或长期地保存起来，以备随时调用。

信息存储主要考虑信息的物理存储和逻辑组织两个方面，物理存储是指寻找适当的方法把信息存储在磁盘、光盘、胶卷等介质中；逻辑组织是指按信息逻辑的内在联系和使用方式，把信息组织成合理的数据结构，以便快速存取。一般来说，凭证文件应当用纸介质存储；业务文件用纸或磁带存储；主文件，如企业的人事档案材料、库存账目等，存储在磁盘上，以便于联机检索和查询。

5. 信息维护

信息维护就是要保持信息处于合用状态。也就是说，要经常更新存储器中的数据，使数据均保持合用状态；广义地说它包括系统建成后的全部数据管理工作。其目的是为了保证信息的准确、及时、安全和保密。保证信息的准确性，一要保证数据是最新的状态，二要使数据在合理的误差范围内。保证信息的及时性就是能及时地提供各种所需信息。保证信息的安全性要采取安全措施，防止信息受到破坏，万一被破坏也能容易恢复。信息的保密性是要采用各种先进技术和防范措施，防止信息被盗。

6. 信息输出

信息输出是指将处理后的信息按照工作要求的形式和习惯，将信息提供给使用者。

常见的信息输出的内容主要有各种计划、内部规章、核算报表、分析报告、技术文件及查询结果信息等。信息输出除了要保证数量、精度、时效等方面的要求外，还要根据不同信息的特点，选择合适的输出媒体、输出格式、输出方式，以确保信息传递便捷准确、使用方便以及保密需要等。

二、组织信息化

随着现代信息计划的发展与广泛应用，组织呈现出明显的信息化趋势。所谓组织信息化是指在组织活动过程中，通过普遍采用信息技术和装备，更有效地开发和利用信息资源，以提高组织管理能力和绩效水平的过程。

现代信息技术在企业的应用主要包含以下几个方面。

(一) 生产过程信息化

生产过程信息化是在机械化的基础上运用信息技术实现监测和控制的自动化，如计算机辅助设计 (computer aided design，CAD)、计算机辅助制造 (computer aided manufacturing，CAM)、柔性制造系统 (flexible manufacturing system，FMS)、供应链管理 (supply chain management，SCM) 等。

1. 计算机辅助设计

计算机辅助设计是指利用计算机及其图形设备帮助设计人员进行设计工作。计算机辅助设计可以帮助设计人员担负计算、信息存储和制图等工作。设计人员可以运用计算机对不同方案进行大量的计算、分析和比较，以决定最优方案；各种设计信息都能存放在计算机的内存或外存里，并能快速地检索；计算机可以方便地进行图形显示、编辑、放大、缩小、平移和旋转等，便于设计人员及时进行判断和修改。可见，计算机辅助设计能够减轻设计人员的劳动，缩短设计周期和提高设计质量。

2. 计算机辅助制造

计算机辅助制造是指用计算机进行生产设备的管理、控制和操作的过程。狭义的计算机辅助制造是指从产品设计到加工制造之间的一切生产准备活动，它包括计算机辅助工艺设计（CAPP）、数控机床（NC）编程、工时定额的计算、生产计划的制订、资源需求计划的制订等。广义的计算机辅助制造除了包含上述内容外，还包括制造活动中与物流有关的所有过程的监视、控制和管理。

3. 柔性制造系统

柔性制造系统是由统一的信息控制系统、物料储运系统和一组数字控制加工设备组成，能适应加工对象变换的自动化制造系统，由加工、物流、信息流三个子系统组成。柔性制造系统的工艺基础是成组技术（group technology，GT），它按照成组的加工对象确定工艺过程，选择相适应的数控加工设备和工件、工具等物料的储运系统，并由计算机进行控制，故能自动调整并实现一定范围内多种工件的成批高效生产（即具有"柔性"），并能及时地改变产品以满足市场需求。

4. 供应链管理

供应链管理是一种集成的管理思想和方法，它执行供应链中从供应商到最终用户的物流的计划和控制等职能。从单一的企业角度来看，是指企业通过改善上、下游供应链关系，整合和优化供应链中的信息流、物流、资金流，以获得企业的竞争优势。早期的观点认为供应链是制造企业中的一个内部过程，但是当前供应链的概念更加注重围绕核心企业的网链关系，如核心企业与供应商、供应商的供应商乃至与一切前向的关系，与用户、用户的用户及一切后向的关系。供应链管理的领域几乎涉及了企业内部的所有领域。可以说，当前的竞争不是单个企业之间的竞争，而是供应链之间的竞争。

（二）管理过程信息化

管理过程信息化是指在信息的获取、加工处理和利用上以电子计算机和现代通信技术为工具，如电子数据处理系统（electronic data processing systems，EDPS）、管理信息系统（management information system，MIS）、决策支持系统（decision support system，DSS）、经理支持系统（executive support system，ESS）等。

1. 电子数据处理系统

电子数据处理系统也叫业务处理系统（transaction processing systems，TPS），是在 20 世纪 50 年代初期发展起来的将计算机应用于经营数据处理的技术。电子数据处理系统的主要功能是对经营数据的精确记录、保存、分类、检索、计算、汇总，产生文件、管理报告、账单等。它支持企业每日的常规运作，能迅速有效地处理大量数据的输入输出，进行严格的数据整理与编辑，通过审计保证输入、处理过程和输出的完整与准确。

目前，电子数据处理系统运用于工薪、订货、库存、货运、销售、收支账目管理等各个领域，对于减少差错和数据丢失、减轻劳动和改善工作条件、加快需求反应和提高效率等，都具有积极的作用。

2. 管理信息系统

管理信息系统是一个由人、计算机、通信设备等硬件和软件组成的能进行信息收集、传输、加工、保存、维护和使用的系统，是借助于计算机、现代通信设备和办公自动化设备对整个企业的信息实行全面管理的系统。它能实测企业的各种运行状况，能利用过去的数据预测未来，能从全局出发辅助决策，能利用信息控制企业的活动并帮助其实现规划目标。因此，管理信息系统可以简单理解成一个向企业提供信息，以支持其计划、控制和运行的集成系统。

概括起来管理信息系统具有以下三个主要特征：

(1) 管理信息系统是以计算机为基础的；

(2) 管理信息系统必须是在组织上将各个信息小系统连接起来所形成的一个集成系统；

(3) 管理信息系统必须具备一定的预测、计划和控制功能。

总的来说，一个完整的管理信息系统应是具有数据库、方法库、知识库和计算机通信网络的联机系统，并包括信息采集、传递、处理、加工全过程的信息系统。

为在激烈的市场竞争中求得生存，企业需要借助于现代信息技术对生产经营诸要素进行优化组合和合理配置，使生产和经营活动中的人流、物流、资金流、信息流处于最佳状态，达到以最少的投入获得最大的产出的效果，这就是管理信息系统的作用所在。

此外，计算机化的管理信息系统既保证了数据、信息的准确性和及时性，加快了企业对市场需求的反应，同时也提高了企业的决策质量，并促使企业向着效率更高的扁平化组织发展。这必将对企业管理水平的提高和构建企业的持续竞争优势产生更大的积极作用。

3. 决策支持系统

决策支持系统是辅助决策者通过数据、模型和知识，以人机交互方式进行半结构化或非结构化决策的计算机应用系统。它是管理信息系统向更高一级发展而产生的。它为决策者提供分析问题、建立模型、模拟决策过程和方案的环境，调用各种信息资源和分析工具，帮助决策者提高决策水平和质量。决策支持系统基本结构主要由数据部分、模型部分、推理部分和人机交互四个部分组成。

4. 经理支持系统

20 世纪 80 年代后期，信息控制系统出现了面向高层管理者的经理信息系统（executive information system，EIS）和经理支持系统。与管理信息系统相比，经理支持系统能够使经理们得到更快更广泛的信息。经理支持系统首先是一个"组织状况报导系统"，能够迅速、方便、直观（用图形）地提供综合信息，并可以预警与控制"成功关键因素"遇到的问题。经理支持系统还是一个"人际沟通系统"，经理们可以通过网络下达命令，提出行动要求，与其他管理者讨论、协商、确定工作分配，进行工作控制和验收等。

经理支持系统的产生，主要是为了解决决策支持系统自身的局限性：决策支持系统主要用于解决半结构化的决策问题，导致其决策机理比较复杂，经理人员往往难以掌握。经理支持系统的数据分析能力和语言支持能力、组织工具等可以帮助高层经理提高其决策效率和质量。

（三）集成一体化系统

集成一体化系统是运用现代信息技术将不同的应用合成一体，构成一种多功能的综合系统，如制造资源计划（manufacturing resource planning，MRPⅡ）、企业资源计划（enterprise resources planning，ERP）、计算机集成制造系统（computer integrated manufacturing system，CIMS）、敏捷制造（agile manufacturing，AM）、虚拟组织（virtual organization）等。

1. 制造资源计划

制造资源计划是以物料需求计划（materials requirements planning，MRP）为核心，覆盖企业生产活动所有领域、有效利用资源的生产管理系统。它是在物料需求计划的基础上，把产、供、销、财集成为一个系统，成为管理整个企业的一种综合性的系统工具，确保企业连续、均衡地生产，实现信息流、物流与资金流的有机集成。制造资源计划可在周密的计划下有效地利用各种制造资源，控制资金占用，缩短生产周期，降低成本，实现企业整体优化，以最佳的产品和服务占领市场。

制造资源计划的进一步发展是同准时生产（JIT）、精益生产（LP），以及企业其他职能更好地结合，实现企业级的资源整合。

2. 企业资源计划

企业资源计划以制造资源计划为基础，综合了供应链管理、准时生产、业务流程再造、全面质量管理等管理理论所形成的现代企业生产运营系统。它的基本思想是将制造企业的制造流程看做是一个紧密连接的供应链，其中包括供应商、制造工厂、分销网络和客户，通过计算机信息技术将企业内部资源和外部环境连接、整合为一体，进行系统化管理。

　　与制造资源计划相比，企业资源计划的计划功能更加灵活，更加强调企业的事前控制能力，它不仅为企业提供了对质量、适应变化、客户满意、绩效等关键问题的实时分析能力，还为管理者提供了多种模拟功能和财务决策支持系统，使之能够更加正确、快速地做出决策。

　　企业资源计划在计算机技术上的要求主要是软件方面，它要求具有图形用户界面（GUI）、关系数据库结构、客户机/服务器体系、面向对象技术、开放和可移植性、第四代语言（4GL）和 CASE 工具等。因此，人们把物料需求计划到制造资源计划称为是功能和技术上的发展，而把制造资源计划到企业资源计划称之为是一场革命。

　　3. 计算机集成制造系统

　　计算机集成制造系统是在自动化技术、信息技术及制造技术等的基础上，通过计算机及其软件，将制造工厂全部生产活动所需的各种分散的计算机软、硬件有机地集成起来，是用于多品种、中小批量生产的高效益、高柔性的人-机制造系统。它不单纯是制造资源计划的技术发展，而可以看做是其外延功能的一种扩展和集成。它是一种以制造资源计划为中心，利用现代计算机技术将企业的各个职能的自动化"孤岛"集成起来，使之一方面能够发挥自动化的高效率、高质量，另一方面又具有充分的灵活性，使其能够根据不断变化的外部环境，灵活及时地调整其产品结构及各种生产要素的配置方法，实现全局优化，从而提高企业的整体素质和竞争能力的新型企业系统和管理思想。计算机集成制造系统的优越性集中表现在缩短新产品开发周期，大大降低生产成本，提高经营决策和管理科学化，大大提高资金周转率等方面。人们预言，计算机集成制造系统将是 21 世纪占主导地位的新型生产方式。

　　4. 敏捷制造与虚拟组织

　　敏捷制造是 1994 年美国《21 世纪制造企业战略》报告中所提出的一种新的生产方式。敏捷制造的核心是将柔性制造技术、知识员工与能够促进企业内部和企业之间合作的灵活管理集成在一起，通过所建立的共同基础结构，对迅速改变的市场需求和市场进度做出快速响应。敏捷制造比起其他制造方式具有更灵敏、更快捷的反应能力。

　　敏捷制造理念的进一步发展产生了虚拟组织（企业）的概念。虚拟组织是一种区别于传统组织的一种以信息技术为支撑的人机一体化组织。其特征是以现代通信技术、信息存储技术、机器智能产品为依托，实现传统组织结构、职能及目标。在形式上，没有固定的地理空间，也没有时间限制。组织成员通过高度自律和高度的价值取向努力实现组织的共同目标。

　　虚拟组织的主要特点有：

　　（1）合作型竞争。在共同目标基础上，虚拟组织以网络技术为依托，跨越空间的界限，在全球范围内精选合作伙伴，保证合作各方实现资源共享、优势互补和有效合作。

（2）组织扁平化。虚拟组织根据自身的需要通过计算机网络、社会化协作和契约关系搭建其组织机构，使得其组织扁平化、信息化，使组织本体保持巨大的灵活性。它能随时把握外部环境进行战略调整和产品方向转移，组织内部和外部团队能够实现快速重构，以战略为中心建立网络组织，通盘考虑顾客满意和自身竞争力的需要，不断进行动态演化，以对环境变化做出快速响应。

（3）动态性。虚拟组织能动态地集合和利用资源，从而保持技术领先。它快速有效地利用信息技术和网络技术，各成员企业以及各个环节的员工都能参与技术创新的研究和实施工作，从而维持技术领先地位。虚拟企业不仅向顾客提供产品和服务，更重视向顾客提供产品和服务背后的实际问题的"解决方案"。

（4）学习型组织。虚拟组织突破了传统的层次组织，构建高度动态化的网络组织。这就需要虚拟组织要建立一种适应动态变化的学习能力。虚拟组织的学习过程不仅仅局限在避免组织犯错误或者是避免组织脱离既定的目标和规范上，而是鼓励打破常规的探索性的试验，是一种允许出现错误的复杂的组织学习过程。

➤复习思考题

1. 什么是控制？工程中的控制与管理中的控制有何不同？

2. 管理控制系统的基本构成单元有哪些？它们各自发挥着怎样的作用？

3. 管理控制的基本步骤有哪些？各自的重点工作是什么？

4. 预算控制、审计控制和财务控制各自的特点是什么？它们在控制系统中的作用与相互关系是什么？

5. 市场控制有哪些层次？各自起到的作用是什么？

6. 企业高层管理者的报酬系统包含哪些方面？各自的特点是什么？

7. 控制高层管理者行为的途径有哪些？各自有什么特点？

8. 组织的信息管理包含哪些方面？各自的工作重点是什么？

9. 请阐述信息管理技术的应用对于企业发展的作用。

案 例 分 析

光明电器公司

丁先生最近被聘为光明电器公司质量控制部的主任。该公司曾经是电加热器和小型电马达生产的领导者，但近年来由于产品质量问题致使公司声誉和市场份额逐年下降。公司之所以聘请丁先生是希望他能够尽快改进产品质量，在市场中重塑公司形象。

一天早上，丁先生去其上司，负责生产的副总裁吴先生的办公室汇报车间生产质量问题。质量控制部查出在最近一批生产出的电热器风扇间隙过紧，将其标为不合格品。但制造部主任金先生却认为，重新返修这些产品需要花费太多的时间，因而他下令高速旋转电热器风扇，磨去垫片部分材料，使其达到规定间隙，销售部随后将该批产品运出公司。丁先生对此感到十分恼火。

吴先生听完汇报后说："我们都面临很大的压力。如果不按时完成订单，公司就会失去更多的市场。"他要求丁先生进一步查明产生质量问题的原因，尽快采取修正措施。

从吴总办公室出来，丁先生立即对质量问题展开了深入的调查。研究表明，制造部总是面临即刻交付的压力。电热器风扇间隙过紧的原因之一是培训人员缺乏，新工人未经培训就上装配线。第二个原因是垫片的加工误差太大，导致其厚度不均。因此丁先生建议制造部让装配工人在线调整垫片。但金先生认为让工人在装配线上用百分表边测量边装配是不可能的。并暗示，或许丁先生手下的检验工应该先为其挑选垫片。

金先生说，制造部按时完成了 95% 的订单，而这正是公司得以持续经营的主要原因。如果不能按时完成订单，企业将面临严重的生存问题。因此，丁先生不应拘泥于细节，找制造部的麻烦。

对于金主任的抢白，丁先生陷入了深深的思考之中。

思考题：

1. 光明电器公司的经营中存在什么问题？为什么其市场份额和声誉受损？
2. 面对质量问题，丁先生应该采取怎样的措施加以改进，以确保产品质量？
3. 光明电器公司的管理控制系统出现了哪些问题？如何才能解决这些问题？

第十一章

管理创新

➤ **本章提要**

1. 管理创新的概念、内容及过程；
2. 管理思想发展的演进和趋势；
3. 战略创新、组织创新、技术创新和商业模式创新的内容和趋势；
4. 组织变革的动因、类型、模式和过程；
5. 业务流程再造的概念、过程和方法；
6. 组织学习和学习型组织的概念；
7. 知识管理的概念和内容。

■ 第一节 管理创新概论

一、创新的概念

创新（innovation）一词起源于拉丁语，意为"更新、创造和改变"。

在经济学领域，美国经济学家熊彼特（J. A. Schumpeter）于 1912 年在其《经济发展理论》一书中首次提出了创新的概念。他认为，创新是对"生产要素的重新组合"，具体包括五个方面：生产一种新产品、采用一种新的生产方法、开辟一个新的市场、获得一种原材料或半成品的新的供给来源、实现一种新的企业组织形式。

20 世纪 50 年代，管理大师彼得·德鲁克（P. F. Drucker）将创新的概念引入管理领域，认为创新就是赋予资源以新的创造财富的能力的行为。

今天，"创新"一词已扩展到了社会的方方面面，比如理论创新、制度创新、经营创新、技术创新、管理创新、模式创新等。

新经济时代的特征是不断创新，是不断产生新思想、新理念、新产品、新技术、新知识，是不断创造与众不同具有自己特色的事物。因此，创新能力是这个时代组织竞争优势的源泉。

二、管理创新的概念

有关管理创新的定义众说纷纭，但归结起来可以划分为两大类：狭义的定义和广义的定义。狭义的管理创新定义局限于管理活动本身，认为管理创新是把新的管理要素（如新的管理方法、新的管理手段、新的管理模式等）或要素组合引入组织的管理系统以更有效地实现组织目标的活动过程；广义的定义认为，管理创新是指组织形成一系列创造性思想并将其转换为有用的产品、服务或作业方法的过程。可见，广义的管理创新定义更加符合熊彼特关于创新的定义的原意。

美国著名经济学家保罗·罗默（P. Romer）认为，管理创新是在创造和掌握新知识的基础上，主动适应新的环境，提高组织时代效能，推动生产要素在值和量上发生新的变化和综合过程。

因此，可以将管理创新定义为：管理者利用新思维、新技术、新方法，创造一种新的更有效的资源整合方式，以激励组织的系统效益不断提高的过程。它至少包括以下几个方面：

（1）提出一种经营思想并加以有效实施；
（2）创设一个新的组织结构并使之有效运转；
（3）提出一个新的管理方式方法；
（4）设计一种新的管理模式；
（5）进行一项制度的创新。

三、管理创新过程

通常，管理创新过程包含四个阶段。

（一）分析组织现状

对组织现状的分析是管理创新的第一步。绝大多数管理创新的动机都源于对组织现状的不满：或是组织外部遇到巨大的机会和面临重大威胁；或是组织内部不能令人满意的效率和士气等。

例如，IBM 公司在其个人计算机业务效率低下和 IT 集成服务业务面临巨大机会时，毅然放弃个人计算机业务，转而重点发展信息系统一体化解决方案业务，就是基于对现状的准确分析。

（二）树立创新构想

树立创新构想，一方面要明确树立创新的目标，即未来要达到的"理想状态"；另一方面要形成创新的构想，即创新灵感。

管理创新的灵感可能来自以下几个方面。

1. 管理思想家和管理宗师的理论

例如，1987 年，惠灵顿保险公司处于危机四伏的境地。临危受命的 M. Wallace 出任了公司的 CEO。一个偶然的机会他读到了汤姆·彼得斯的新作《混沌中的繁荣》（*Thriving on Chaos*）。于是，他将书中的高度分权原则转化为一个可操作的模式，这就是人们熟知的"惠灵顿革命"。这个新模式不仅使得惠灵顿保险公司度过危机，而且利润大幅增长。

2. 其他社会体系的成功经验

例如，奥迪康公司是一家总部位于丹麦哥本哈根的助听器公司。20 世纪 90 年代初，该公司推行了一种新的组织模式：自组织项目小组。这些小组没有正式的层级和汇报关系；资源分配是围绕项目小组展开的；组织是完全开放的。几年后，奥迪康取得了巨大的成功。该公司 CEO 证实，这个组织创新的灵感来自于他小时候参加童子军的经历。

3. 未经证实却非常有吸引力的新观念

斯奈德曼（A. Schneiderman）是美国模拟器件公司（ADI）的经理。早在 MIT 斯隆管理学院攻读 MBA 课程时，他就深受系统动力学创始人福斯特（J. Forrester）的系统动态观念的影响。加入 ADI 前，他在贝恩咨询公司做了六年的战略咨询顾问，负责贝恩在日本的质量管理项目。这使得他有机会深刻地了解日本企业，并用系统的视角研究组织的各项职能。加入 ADI 公司后，他很快就设计出了一整套的绩效矩阵，涵盖了各种财务和非财务指标。这就是平衡计分卡的原形。

可见，管理创新的灵感很难从一个组织的内部产生。盲目对标或观察竞争者的行为很可能会导致整个产业的竞争高度趋同。只有通过从其他来源获得灵感，管理创新者们才能够开创出真正全新的东西。

（三）实施管理创新

管理创新人员将各种不满意因素、创新灵感以及解决方案等组合在一起，形成管理创新的实施方案。这种组合方式通常并非一蹴而就，而是重复、渐进的过程。这时管理创新者需要牢牢把握创新的关键思路和关键要素。

通常，实施管理创新与组织变革紧紧相连。因此，如何推动组织变革也是管理创新需要考虑的重要问题。

（四）争取内外部的认同

这是与实施管理创新同步的阶段。与其他创新一样，管理创新也具有风险巨大、回报不确定的特征。很多人无法理解创新的潜在收益，或者担心创新失败会对组织及个人产生负面影响，因而会竭力抵制创新。因此对于管理创新者来说，这一阶段的关键问题就是争取他人对创新的认同。

在管理创新实施的最初阶段，获得组织内部的认同比获得外部人士的支持更为关键。因为管理创新需要明确的拥护者。如果有一个威望高的高管参与创新的发起，就会大有裨益。另外，只有尽快取得成果才能证明创新的有效性，才能尽快获得员工们的广泛支持。然而，许多管理创新往往需要在数年后才有结果。因此，创建一个支持同盟并将创新推广到组织中非常重要。

管理创新获得"外部认可"是说明该创新有效的强有力的印证。当无法通过数据证明管理创新的有效性时，管理者通常会寻求外部认可来促使内部变革。外部认可的来源包括管理学者、媒体机构、知名咨询公司、行业协会等。外部认可具有双重性：一方面，它增加了组织坚持管理创新的可能性；另一方面，它也增加了其他组织复制创新成果的可能性。

四、促进管理创新的措施

促进管理创新应把握好以下几个方面。

1. 创造促进创新的氛围

促进创新的最好方法是大张旗鼓地宣传创新，激发创新，树立新的观念，使每个人都奋发向上，努力进取，跃跃欲试，大胆尝试。要造成一种人人谈创新，时时想创新，无处不创新的组织氛围，使那些无创新欲望或有创新欲望却无创新行动的人感觉到在组织中无立足之处。使每个人认识到只有不断创新才有继续留在组织中的资格。

2. 正确对待失败

创新的过程是一个充满失败的过程，创新者应该认识到这一点，管理者更应该认识到这一点。只有认识到失败是正常的，甚至是必需的，创新才能继续进行下去，但这并不意味着是马马虎虎的工作，而是希望总结经验，继续创新。美国一家成功的计算机设备公司在它那只有五六条的企业哲学中写道这样一句话："我们要求公司的人每天至少要犯 10 次错误,如果谁做不到这一条,就说明谁的工作不够努力。"

3. 建立合理的奖酬制度

要激发员工的工作热情,还必须建立合理的奖酬制度,创新的原始动机也许就是个人的成就感或者是自我实现的需要。但是要注意物质奖励与精神奖励的结合,奖励不能视作不犯错误的报酬,奖励的制度既能促进内部的竞争,又能保证成员之间的合作。

第二节 管理创新的内容

一、管理思想创新

1. 管理思想创新的概念

管理思想是提高管理活动的灵魂,管理创新首先是管理思想创新。

管理思想创新是指形成能够比以前更好适应组织内外部环境的变化并更有效地利用资源的新概念或新观点的活动。不同的人在不同的管理思想指导下,就会产生不同的管理行为,导致不同的效果。思想创新是没有止境的,因此,管理者应自觉地、不断地进行思想创新,不断产生适应领先时代发展的新思想并具体落实到组织活动上,组织才能得到持续发展。

2. 管理思想的演变

美国著名的管理学家和管理思想史专家丹尼尔·A. 雷恩博士在其《管理思想的演变》一书中,将西方管理思想的演变划分为四个阶段:

第一阶段:早期管理思想。这一时期从资本主义兴起到科学管理前。其管理思想视角多维,分别从政治、国家、宗教等多个视角研究管理,但最为重要的还是亚当·斯密的《国富论》,它从国富的源泉——劳动,分析到增进劳动生产力的手段——分工,因分工而引起交换,再论及作为交换媒介的货币,再探究商品的价格,以及价格构成的成分——工资、地租和利润,是当代经济学和管理学的开创性巨著。

第二阶段:科学管理时代。这一时期从 1911 年泰罗的《科学管理原理》一书的发表到第一次世界大战结束。这一时代管理思想的特点是:主要针对物质生产过程;原材料和信息从一个职能部门转移到另一个职能部门;组织结构采用垂直控制的金字塔方式,适合于大规模的重复性生产。

第三阶段:社会人时代。这一时期从梅奥的"霍桑试验"到 20 世纪 50 年代初期。这一时代的管理思想的重大转变在于从"物"的管理转向"人"的管理,着重研究人性、社会等对组织管理的影响。

第四阶段：当代。这一时期从第二次世界大战以后算起，是管理思想发展的另一个兴盛时期，出现了许多管理学派，被管理学家孔茨形象地称为"管理科学的丛林"。其中，管理科学、管理系统论、管理权变思想等成为这一时代管理思想的重要特点。

美国学者查尔斯·M·萨维奇在其著作《第五代管理》中提出，当今世界已经进入知识经济时代，与其相对应的是第五代管理。与前四代管理不同，第五代管理的组织基础是知识的网络化。在管理上更注重人的作用和人际沟通，组织运行的主要模式是并行网络化，组织结构更依赖小组和团队的活动，管理层次大为减少。

从管理思想的演进可以看出，管理思想的产生都具有鲜明的时代特征，而每一次管理思想的创新都会给时代的发展带来强大的推动作用。

二、战略创新

著名管理学家加里·哈默尔认为，"在不断变化的世界里，战略变革是创造财富的关键。战略创新能够调整现行行业模式……既为客户创造价值，又能打乱竞争者的脚步。战略创新是新来者面对巨大资源短缺也能成功的唯一途径"。

可见，战略创新就是发现和变革组织目标，探寻新的战略途径，改革现行商业模式，既为顾客创造价值，又能形成竞争优势的管理创新过程。

1. 战略创新的目的

战略创新的目的在于大大超越现实的环境。哈默尔在《论战略意图的本质》中指出，过去 20 年达到世界顶级地位的公司都具有与公司资源和能力极不相称的雄心壮志。它们通过战略创新，将组织注意力集中于成功的本质，并始终如一地指导资源配置；通过向员工传达目标价值而激发活力，使个人和团队都能够为目标实现做出贡献。

2. 战略创新的核心

战略创新的核心在于打破旧的行业规则。哈默尔认为，行业中存在着三类企业：规则制定者、规则追随者和规则破坏者。而战略创新就是要做"规则破坏者"。例如，美国西南航空公司在航空运输市场开放、市场竞争日趋激烈、价格竞争成为主流的背景下，提出并实行了"低成本差异化"的竞争战略，通过单一机型、二级城市短航线、不提供餐食、高转换效率、电子商务等措施实现低成本；以面向商务旅客、旅客关怀、充分授权等手段实现差异化服务，取得了创建公司 36 年，35 年连续盈利的神话。戴尔电脑公司所创立的"直销模式"也打破了行业经销的一贯模式，为公司的发展起到了至关重要的作用。

3. 战略创新的原则

战略创新应遵循一系列原则。哈默尔在《战略就是革命》中提出了公司焕发革命精神的 10 项原则：

（1）莫把战略规划当成战略创新。战略规划是从现在推断未来，而不是用未来眼光看待现在。而战略创新则需要一种探索精神。

（2）战略决策必须具有颠覆性。必须抛弃行业传统与规则，着手重新定义行业，开创新的事业。

（3）瓶颈存在于组织顶层。组织总是具有维护传统战略观念的力量，它们存在于高层管理者之中。

（4）每家公司都有革命者。组织应创造有利于革命者的环境，促进战略创新思维的形成。

（5）关键问题是参与。战略革命的关键不在于英雄般的领导，而在于赋予员工推动变革的责任。

（6）制定战略必须讲求民主。采用精英路线只会造成盲从和"近亲"思维，要让普通员工有发言的机会。

（7）任何人都能成为战略家。战略制定不能超越高层管理者，但也必须注意到中层管理者和普通员工的参与。

（8）关注新视角的价值。要以新的方式观察世界，战略制定才会有创新。新视角的价值相当于"50 分的智商"。

（9）自上而下和自下而上相结合。为确保组织资源管理者和革命者达成一致，高层管理者必须和普通员工一道参与学习过程。

（10）结局无法预料。革命性的活动具有不可预见性，它要求高层管理者建立开放的机制，这对他们是一种巨大的挑战。

三、组织创新

组织创新，主要是指使组织的制度、结构和文化发生质的变化的过程。从历史角度看，组织创新是历史发展的必然，从资产权和经营权合一的企业组织形式到资产权和经营权分离的现代企业组织的发展，从作坊单一工厂形式的企业组织到现代的联合企业组织形式的发展，从以物为主的管理到以人为本的管理都说明，历史一直在选择新的、适合时代潮流的新的组织形式。

（一）制度创新

制度创新是指对组织系统中各成员之间的正式关系的调整和创新的过程。它通过组织制度的变更来实现。就企业而言，组织制度主要包括产权制度、经营制度和管理制度等。

1. 产权制度创新

产权制度是决定企业其他制度的根本性制度，它规定了企业所有者对企业的权力、利益和责任。由于生产资料是企业生产的首要因素，所以产权制度主要指生产资料的所有制。从大类来看，生产资料所有制有两大类型：私有制和公有制。当前，产权制度创新的主要方向是寻求多种所有制形式的最佳组合。

2. 经营制度创新

经营制度是有关经营权的归属及其行使条件、范围、限制等方面的原则规定，它表明企业的经营方式，确定谁是经营者及其对企业生产资料的占有权、使用权和处置权，对企业经营方向、经营内容和经营方式的掌控权，对保证企业生产资料的完整性和增值的责任等。经营制度创新的基本方向在于不断寻求生产资料最有效利用的方式。

3. 管理制度创新

管理制度创新是行使经营权、组织日常经营的各种具体规则的总称，包括对各类生产要素的取得和使用的规定。在管理制度中，分配制度极为重要。它涉及如何正确衡量组织成员的贡献和对这种贡献的报酬，是激发劳动者工作热情的主要手段。因此，管理制度的创新在于实现报酬与贡献的更有效平衡。

产权制度、经营制度和管理制度相互关联、相互作用。总体上看，产权制度决定经营制度，经营制度决定管理制度。但在特定的产权制度下，经营方式可以不断调整、创新；在特定的经营制度下，也允许具体管理规则的不断改进。而管理制度的不断改进又会要求经营制度做相应的调整，进而会要求产权制度的创新。总之，产权制度决定经营制度，经营制度决定管理制度；而管理制度的变化会反作用于经营制度，经营制度的变化又会反作用于产权制度。

（二）组织结构创新

组织结构是一个组织的运行载体。组织的制度创新必然要求其载体随之而变革。

组织结构创新是指组织的结构发生不同于以往的质的变化。组织结构创新具有以下几种趋势。

1. 组织结构的扁平化

近年来组织发展的实践证明，随着组织规模扩大，实行层级制的组织结构越来越不能适应市场环境快速变化和信息技术发展的需要。因此，减少层级，建立快速响应的组织结构成为组织发展的必然要求。组织结构扁平化就是减少中间层次，快速而准确地传递信息，从而一方面保持决策与管理的有效进行，使组织能够对环境变化做出较快的反应；另一方面管理人员减少，不但使管理费用降低，更重要的是使中下层管理或业务人员具有较大的管理幅度和权限，有利于他们主动性和创造性的发挥。

2. 组织关系网络化

组织关系网络化实质上是由若干相互独立的组织构成的一个不断变动的组织系统。在传统组织模式下，一些由职能部门完成的工作如制造、质量、包装、仓储、运输、销售等可以通过外包等方式给其他公司去完成。网络化的组织模式是一种以契约为结合基础的动态联结体。它一般由两个部分构成：一是核心层，包括战略管理、关键技术开发、人力资源管理、财务管理以及品牌或销售渠道等核心功能，由核心企业完成，进行统一管理和控制；二是外围层，即由若干独立的公司组成。这些独立公司往往是核心企业根据产品、研究开发和生产经营业务的需要与这些独立公司采用契约的形式形成联结关系。网络化不但可以调整企业内部的组织结构，而且还改变着企业与企业之间的边界，并正在向建立基于全球市场和资源的网络型企业发展。

3. 组织边界的柔性化

此即组织积极主动地进行自身调整，以求有效地保持组织与外界环境的联系和平衡。柔性化组织在具体的设计过程中要做到以下几点要求：①对组织内部单位的划分，不宜过于固定，而要根据需要随时调整；②权责划分也应保持弹性，不做硬性规定，以便根据需要而调整；③员工编制也应有弹性，随事务的多少来增减编制等。虚拟企业、精益生产、战略联盟等是组织柔性化的几种具有代表性的组织模式。

4. 组织结构的团队化

目前，组织结构创新的一个重要趋势是在一些市场变化快、用户有特殊要求、需求不稳定或一些临时性、突击性的产品、技术或服务项目上广泛地采取团队结构的组织模式。实践表明，团队化组织在适应市场用户需求、激发员工士气、缩短产品技术开发周期以及提高竞争力等方面具有巨大优越性。当今许多成功的高技术中小型公司都广泛地采用团队组织，体现了极大的活力和市场竞争优势。

（三）组织文化创新

组织文化是指组织在长期生产经营过程中形成的价值观念、行为准则、道德规范、风俗习惯，以及反映组织文化特质的规章制度、组织结构和物质实体，是组织在经营管理过程中创造的具有本组织特色的精神财富的总和。

组织文化是组织人格化的生活方式，对组织成员具有感召力和凝聚力，能把众多人的兴趣、目的、需要以及由此产生的行为统一起来。组织文化对于创新活动具有深层次的、持续的影响。

组织文化创新是指为了使组织的发展与环境相匹配，根据本身的性质和特点形成体现组织共同价值观的文化，并不断创新和发展的活动过程。

组织文化创新的实质在于其文化建设中突破与组织活动和管理实际相脱节的、僵化的文化理念和观点的束缚，实现向贯穿于全部创新过程的新型经营管理方式的转变。面对日益深化、日益激烈的国内外市场竞争环境，越来越多的组织不仅从思想上认识到创新是其文化建设的灵魂，是不断提高组织竞争力的关键，而且逐步深入地把创新贯彻到组织文化建设的各个层面，落实到其经营管理的实践中。

四、技术创新

技术创新是一个从产生新产品或新工艺的设想到市场应用的完整过程，它包括新设想的产生、研究、开发、商业化生产到扩散等一系列活动，其本质上是一个科技、经济一体化过程，是技术进步与应用创新共同作用催生的产物，它包括技术开发和技术应用这两大环节。

（一）技术创新的类型

对于企业而言，技术创新主要包括产品创新（product innovation）和过程创新（process innovation）两大类。

1. 产品创新

产品创新是指改善或创造产品，进一步满足顾客需求或开辟新的市场的过程。

产品创新源于市场需求。当现有的产品无法更好地满足市场需求时，就会牵引企业进行产品创新。因此，企业应明确产品技术的研究方向，通过技术创新活动，创造出适合市场需求的产品，使市场需求得以满足。

在企业实践中，产品创新总是在技术、需求两维之中，根据本行业、本企业的特点，将市场需求和本企业的技术能力相匹配，寻求风险收益的最佳结合点。产品创新的动力从根本上说是技术推进和需求拉引共同作用的结果。

罗伯特·库伯在《新产品开发流程管理》中列出了六种不同类型或是不同级别的新产品：

（1）全新产品。这类新产品是其同类产品的第一款，并创造了全新的市场，此类产品占新产品的 10％ 。

（2）新产品线。这些产品对市场来说并不新鲜，但对于有些厂家来说是新的，约有 20％ 的新产品归于此类。

（3）已有产品品种的补充。这些新产品属于工厂已有的产品系列的一部分。

对市场来说，它们也许是新产品。此类产品是新产品类型中较多的一类，约占所推出的新产品的 26%。

（4）老产品的改进型。这些不怎么新的产品从本质上说是工厂老产品品种的替代。他们比老产品在性能上有所改进，提供更多的内在价值，该类新改进的产品占推出的新产品的 26%。

（5）重新定位的产品。适于老产品在新领域的应用，包括重新定位于一个新市场，或应用于一个不同的领域，此类产品占新产品的 7%。

（6）降低成本的产品。将这些产品称作新产品有点勉强。它们被设计出来替代老产品，在性能和效用上没有改变，只是成本降低了，此类产品占新产品的 11%。

通常，产品创新通过运用新材料、涉及新结构、实现新功能和提高性能与质量等方式来实现。

2. 过程创新

过程创新，又称为工艺创新，是指产品生产过程技术的重大变革，它包括新工艺、新设备及新的管理和组织方法。

根据创新活动的目的及中心内容，过程创新可分为提高过程效率的创新、提高产品质量的创新、降低成本及损耗的创新、提高环保效能的创新等。

过程创新和产品创新都是为了提高企业的社会经济效益，但二者途径不同，方式也不一样。产品创新侧重于活动的结果，而过程创新侧重于活动的过程；产品创新的成果主要体现在物质形态的产品上，而过程创新的成果既可以渗透于劳动者、劳动资料和劳动对象之中，还可以渗透在各种生产力要素的结合方式上；产品创新的生产者主要是为用户提供新产品，而过程创新的生产者也是创新的使用者。

过程创新过程大体可分为研发阶段和制造使用阶段。过程创新的方法主要有使用先进工艺方法、应用信息化手段、使用先进设备、使用集成技术、使用优化理论等。

（二）技术创新策略

技术创新策略从技术源和进入市场的时机分类，可分为自主创新、模仿创新和合作创新三类；从进入市场的时机、创新的特征和市场竞争态势来分类，可分为领先创新、跟随创新和依附创新三类；从技术的原创性来分类，可分为原始创新和集成创新两类。

1. 自主创新、模仿创新和合作创新

（1）自主创新。它是指企业通过自身的努力和探索产生技术突破，攻破技术难关，并在此基础上完成技术的商品化，获取商业利润，获得领先优势的创新活动。自主创新容易使创新者获得技术领先优势，形成技术壁垒，其产品在市场上容易形成独占性垄断地位，还可以通过技术转让获得经济效益。但是，自主创新往往具有高投入、高风险、高不确定性等特征。它需要创新者有较强的财力和很强的科技能力。

（2）模仿创新。它是指企业通过学习、模仿率先创新者的创新思路和创新行为，吸取率先者的成功经验和失败教训，引进和购买率先者的核心技术和核心秘密，并在此基础上改进完善，进一步开发的创新过程。与自主创新相比，模仿创新的优势在于投入、风险和不确定性较小，容易获得后发优势；但是其创新具有从属性，容易受到技术壁垒和市场壁垒的制约，以及诸如专利法等法律限制。

（3）合作创新。它是指企业间或企业、科研机构、高等院校之间联合进行创新的过程。合作创新的优势在于合作者之间可以实现资源共享、优势互补，因而能够大幅减少每个创新者的投入，缩短创新周期、降低创新成本、分散创新风险。其劣势在于每个创新者不能独占创新成果，因而难以获得绝对竞争优势和垄断地位。

2. 领先创新、跟随创新和依附创新

（1）领先创新。它是指针对技术前沿领域，寻求产生核心概念或核心技术的突破，率先实现技术的商品化和市场开拓，向市场推出全新产品的创新过程。与自主创新相比较，领先创新强调创新行为的率先性和创新成果的领先性，其结果通常是建立一个全新的市场，创造一个全新的需求空间。如青霉素的发现和研制成功使全世界开始普遍使用新的抗生素，尼龙的发明则创造了一个全新的合成纤维产业。领先创新的目的在于获得先发优势，构筑技术壁垒，从而获得持久的竞争优势。但是领先创新必须要承受更大的技术不确定性和商业风险性。此外，其创新周期一般都是比较长的。

（2）跟随创新。它是以领先者的经验为基础，在别人的创新基础上所进行创新的过程。通常，实施跟随创新的企业一般是把别人已经成功的，但却没有充分认识的创新项目拿来或买来，在其基础上加以完善、创新，并开拓和占领市场。与领先战略相比较，跟随创新具有风险小、投入少、成本低的优势，但容易受到领先者在技术、市场和法律方面的制约，因而难以形成持续的竞争优势。

（3）依附创新。它是指依附于大市场领先者的创新成果，针对其中的小市场的特点进行再创新的创新策略。与领先创新不同，实施依附创新的企业并不谋求产业领导地位，但却能够依附在大市场下，在特定的小市场中获得竞争优势。其优点是投入少、风险小、成本低，其缺点是依附性强，当其所依附的系统解体时，依附产品难以独自存活；当系统存在时，依附产品也难以突破母体系统。

3. 原始创新和集成创新

（1）原始创新。它是指独立开发一种全新技术并实现商业化的创新过程。与领先创新相比较，原始创新强调首创性、突破性和带动性。首创性是指创新成果前所未有且与众不同。突破性是指创新成果在原理、技术、方法等某个或多个方面实现重大变革。带动性是指创新成果在对科技自身发展产生重大牵引作用的同时，给经济结构和产业形态带来重大变革。原始创新需要创新者具有强大的经济实力和科技实力，注重基础研究、技术积累和科技人才培养，形成有效的创新激励机制。

（2）集成创新。它是指按照社会和市场需求，系统地组织内外部的优势资源（如技术、知识、信息等）而产生具有功能倍增性技术发明和创新产品的过程。集成创新是一种创造性的融合过程，即在各要素的结合过程中注入创造性思维。其中，各要素可能是非创新性的，但是其融合具有创新性。集成创新是当前技术创新的重要形式和趋向。与其他创新模式相比较，集成创新具有用户参与、创新内容多元化、创新主体多元化、创新组织网络化等特点。

五、商业模式创新

（一）商业模式的概念

管理大师彼得·德鲁克认为，当今企业之间的竞争，不是产品之间的竞争，而是商业模式之间的竞争。前时代华纳首席执行官迈克尔·邓肯认为，商业模式是企业立足的先决条件，它比高技术更加重要。

商业模式是指为实现客户价值最大化，把能使企业运行的内外各要素整合起来，形成一个完整的高效率的具有独特核心竞争力的运行系统，并通过最优实现形式满足客户需求、实现客户价值，同时使系统达成持续营利目标的整体解决方案。它主要包括：

（1）融资模式，即获得资金的方式。一般，企业融资主要有主权性融资和债权性融资，前者通过不同的股权方式募集资金；后者通过不同的债券方式获得资金。

（2）营利模式，即获取利润的方式。通常，企业获取利润的方式有生产-销售利差、服务费及两者综合的模式。

（3）生产模式，即生产产品的方式。一般，企业生产模式有订单驱动型生产、准时生产、网络化动态联盟生产等模式。

（4）营销模式，即营销产品的方式。现代营销模式多种多样，有品牌营销、概念营销、服务营销、体验营销等。

（5）管理模式，即生产资料组织方式。从组织模式看，有等级模式、关系模式、系统模式、网络模式等。

（6）成长模式，即发展壮大的方式。常见的企业成长模式有密集成长、一体化和多元化等，此外，还有战略联盟、兼并收购、加盟连锁等。

（二）商业模式创新

商业模式创新是指以新的方式满足客户需求及其结构变化的创新过程。除了上述单项模式的创新之外，满足需求方式的复合化、组织模式的开放化、价值链一体化、产业融合化等，成为商业模式创新的主要形态。

1. 满足需求方式的复合化

此即多方位地满足同一个顾客群体的需求。例如，迪士尼公司的商业模式的核心是"大片"模式，即推出一个卖座大片，然后围绕大片多方位地满足观众的需求，包括专卖店、图书、主题公园等。消费者可以在观赏电影之余，在专卖店中买到电影中的人物服装和纪念品，在主题公园"遇见"电影人物，阅读电影故事书，甚至在麦当劳拿到迪士尼的玩具。2009 年，迪士尼公司围绕电影做文章，获得了 361.5 亿美元的销售收入，位列财富 500 强的第 199 位。

2. 组织模式的开放化

从发展模式看，企业发展方式可以分为内生式和外延式两大类。内生式发展是指企业通过其销售获取利润，扩大再生产，不断发展壮大。外延式发展是指企业充分运用外部力量，通过股权、联盟、托管等方式寻求更快的发展。当前，外延式发展已经成为企业发展的主要模式。例如，企业通过资本市场运作获取发展资金，通过合资企业扩展海外市场，通过加盟连锁扩大市场范围等，都是企业开放化发展的重要手段。我们所熟悉的麦当劳、肯德基、星巴克等无一不是通过加盟连锁而迅速成长的。大多数财富 500 强企业，也都是通过兼并收购而迅速发展壮大的。而依靠内生式发展成为 500 强企业的则少之又少。

3. 价值链一体化

此即对整个产业的价值链进行整合，为顾客和厂商创造更高的价值。价值链一体化的极端方式一个是一家企业对整个产业价值链进行投入和经营；另一个是多家企业形成基于产业价值链的战略联盟。价值链一体化的主要思想是：以价值链为核心组织生产经营，以最大限度地节约成本、快速响应顾客需求、提升顾客价值、应对外部竞争，获得更大利润。

4. 产业融合化

此即传统产业边界逐步模糊，甚至消融，原先属于不同传统产业的企业将面对共同的顾客，面临相互竞争，同时，融合也会产生新的机会。例如，亚马逊公司将网络技术与传统图书业结合起来，创立了新的商业模式——网上书店。宜家将家具、厨具、洁具、文具、电器等不同产业的产品结合起来，创立了"家居"新业态。这些都是传统产业相互融合，或者新产业与传统产业融合的结果。

■ 第三节　组织变革

创新是一个扬弃的过程，不仅会带来组织思想观念的改变，还会引起组织结构的变化。此外，由于组织是一个开放的系统，随着外部环境的变化，组织也要相应地发生改变。组织变革（organizational change）就是组织为适应内外环境及条件的变化，对组织的目标、结构及组成要素等适时而有效地进行调整和修正的过程。可见，组织变革既是管理创新的重要组成部分，又是管理创新的必然要求。

一、组织变革的动因

推动组织变革的根本动因在于组织的外部环境因素和内部环境因素两方面。

（一）外部环境因素

1. 宏观环境的影响

任何组织作为一个开放系统，时刻受着宏观社会经济环境的影响。国家每一次政治与经济政策的调整、计划的改变以及市场需求的变化等，都影响着组织的运营与机能的变化。例如，我国进行经济体制改革，建立现代企业制度，企业的组织机构为了适应市场经济的发展需要，都做了面向市场经济的相应的改革与调整。

2. 激烈竞争的影响

随着市场经济的发展，组织之间的竞争将愈加激烈。这对每一个组织都形成了一定的压力，为了适应竞争、力争取胜、增强活力，不得不对组织进行变革。

3. 科技进步的影响

当代科技发展日新月异，新产品、新工艺、新技术对组织形成了强大的冲击。组织如不适时地加以改革，就会落后于时代的发展，就可能被飞速发展的形势淘汰。

4. 价值观转变的影响

在经济发展的过程中，组织与人的价值观都发生了重大的变化，认为不断生产满足社会所需要的产品、不断提高经济效益才是最有价值的。为了实现这一价值观，在组织不适应现实发展时，也会引起组织的变革。

（二）内部环境因素

组织目标、人员素质、技术水平、个人价值观、权力结构系统、管理水平、管理方法、人际关系、产品方向、企业的生产与销售现状、员工的精神面貌等因素的变化，都会促使组织进行变革。当一个组织出现以下一些征兆时，就表明该组织需要变革：

（1）决策的形成过于缓慢或时常做出错误的决策；

（2）组织沟通不良，造成不协调，人事纠纷严重，职工士气低落，不满情绪增加等；

（3）组织缺少创新，当现状发生变化时，没有新的办法来适应，致使组织停滞不前；

（4）组织的主要功能已无效率或得不到正常的发挥。如计划不能按时完成、成本过高、产品质量下降、销售下降、员工工作绩效下降等。

二、组织变革的重点

组织变革的重点一般有以下三种情况。

1. 以组织结构为重点的变革

其又称为组织重构（reorganization 或 restructuring），即通过改革组织结构来实现组织的变革。所谓改革组织结构，一般包括划分或合并新的部门、改变职位及其权责范围、协调各部门之间的关系、调整管理幅度和管理层次、下放部分自主权等。

2. 以任务和技术为重点的变革

它主要是指对组织各部门、各层次工作任务进行重新组合。改革原有的工作流程，更新企业的生产设备，深用新工艺、新方法，进行技术革新挖潜，实行控制技术和生产进度等一套新的管理技术，从而提高生产效率和产品质量，实现组织变革的目的。

3. 以人为重点的变革

这是实现所有变革的基础。无论是组织结构的变革，还是任务和技术的变革，都离不开人的重要作用，都是通过改革职工的观念和态度而实现的。以人为重点的变革主要包括知识的变革、态度的变革、个人行为的变革以至整个群体行为的变革。

三、组织变革的模式

1. 改良式

采取逐渐演变、过渡的办法，即在原有的框框内做些小改革。这是企业中经常采用的一种方式。它的优点是能够根据企业当前的实际需要，局部地进行改革，阻力较小。其主要缺点是缺乏总体规划，头痛医头，脚痛医脚，带有权宜性措施的性质。

2. 爆破式

采取革命性措施，一举打破原状，抛弃旧的一套而断然采取新的办法。这种变革方式往往涉及企业组织重大的以至根本性的变更。爆破式的变革方式在采取时，应持谨慎的态度。它容易使员工丧失安全感，造成士气低落，影响生产和经营，甚至引起对变革的强烈反对。

3. 计划式

这是采取系统研究、统筹解决的方式，制订出理想的改革方案，然后结合各个时期的工作重点，有计划、有步骤地加以实施。这种方式的特点是：有战略眼光，适合组织长期发展的要求；组织的变革可以同人员培训、管理方法改进同步进行；职工有较长的思想准备，阻力较小。因此，这是一种比较理想的变革方式。

四、组织变革的过程

（一）卢因模式

卢因（Lewin）于 1951 年提出了一个包含解冻、变革、再冻结三个阶段的组织变革模型，用以解释和指导如何发动、管理和稳定变革成果。

1. 解冻

这一阶段的焦点在于创设变革的动机。即鼓励员工改变原有行为模式和工作态度，采取新的适应组织发展的行为模式和工作态度。为此，一方面要对旧的行为与态度加以否定；另一方面要使员工认识到变革的紧迫性。

这一阶段的重点工作是：采用比较分析的方法，把本组织的总体情况、经营指标和业绩水平与其他优秀企业或竞争对手加以比较，找出差距和解冻的依据，帮助员工了解变革的必要性和紧迫性。此外，应加强沟通，创造一种开放的氛围和心理上的安全感，减少变革的心理障碍，提高变革成功的信心。

2. 变革

这是一个学习过程，需要给员工提供新信息、新行为模式和新的视角，指明变革方向，实施变革，进而形成新的行为和态度。这一阶段中，应该注意为新的工作态度和行为树立榜样，采用角色模范、导师指导、专家演讲、群体培训等多种途径，让员工明确变革的战略构想、具体目标和要求。

3. 再冻结

在这一阶段，利用必要的强化手段使新的态度与行为固定下来，使组织变革处于稳定状态。为了确保组织变革的稳定性，需要注意使员工有机会尝试和检验新的态度与行为，并及时给予正面的强化；同时，加强群体变革行为的稳定性，促使形成稳定持久的群体行为规范。

（二）组织变革的步骤

完整的组织变革程序包括以下八个步骤：

（1）确定问题。该阶段需要提出组织结构变革的目标和需要解决的问题。

（2）组织诊断。该阶段的主要任务是收集与组织变革相关的资料和分析当前组织的实际情况，尤其是要抓住那些根本性的问题加以深入的研究。

（3）制定变革方针。该阶段的主要工作是依据组织变革目标和需要解决的主要问题，确定组织变革的指导原则、基本方式和主要策略。

（4）提出变革方案。该阶段需要制订几个可供选择的组织变革方案。这些组织变革方案可能在不同方面各有优劣，就需要管理者权衡利弊之后，选择其中之一作为最终主要的变革方案。

（5）制订变革计划。该阶段的主要任务是在已确定的变革方案的基础上制订出具体的组织变革步骤、资源组织计划，选择试点单位和推广试点成果等。

（6）实施变革计划。该阶段的主要任务是实施具体的变革计划。

（7）评价计划实施效果。在组织变革过程中，需要有计划地定期对阶段性成果进行检查、分析和总结。该阶段的核心工作是评价组织变革是否达到预期效果，以及识别组织变革中的问题。

（8）制定并实施修正方案。针对组织变革中存在的问题，及时对原定改革方案和计划进行修正，确保组织变革达到预期目标。

五、组织变革的阻力与管理

（一）组织变革的阻力

实行任何一种变革，都会遇到一些内部和外部阻力。传统上认为技术因素可能是最基本的理由，很多员工会以为技术进步将会导致其失业，因而反对变革。然而根据劳伦斯的研究，人们反对变革的理由，与其说是技术的，还不如说是人性与社会的因素。人们抵制变革的理由主要包含安全的考虑、减少经济收益的担忧，以及对环境变化所带来的不确定性的恐惧等。这些因素概括起来形成了对组织变革的个人阻力和团体阻力。

1. 个人阻力

这主要包括：①习惯。面对改革，人们倾向于以惯常方式做出反应，因为改变习惯是很痛苦的事情，这种痛苦和不适应使得人们对变革产生抵触，成为阻碍变革的力量。②安全。变革会带来不安全感，安全需要较高的人可能会强烈抵制改革的态度和行为。③利益。一方面，变革从结果上来看可能会威胁到某些人的利益；另一方面，变革会使员工失去其所熟悉的过去和眼前的一切，从而导致人们的抵制。④未知。组织变革是用模糊和不确定性代替已知和确定的东西，员工对未知的恐惧与担忧会影响其对变革的态度。

2. 团体阻力

组织变革可能会打破过去固有的管理层级和职能结构体系，并对权责重新做出调整和安排，这就必然要触及某些团体的利益和权利，导致这些团体采取抵制和不合作的态度，甚至给变革设置障碍，破坏变革的顺利开展。

（二）管理组织变革的阻力

为了确保组织变革的顺利进行，必须要事先针对变革中的种种阻力进行充分研究，并要采取一些具体的管理对策。变革成功的关键在于尽可能消除变革中的各种阻力因素，缩小反对变革的力量，使变革的阻力尽可能地降低。克服组织变革中阻力的方法有以下几种。

1. 加强沟通与交流

对于组织目前所处的运行环境、所面临的困难与机遇等，要与员工进行沟通，从而使组织上下达成共识，增强变革的紧迫感，扩大对变革的支持力量，使组织变革有广泛而牢固的群众基础，这是保证组织变革得以顺利进行的首要条件。特别是在面临困难局势下的改革时，组织更应该加强与员工的交流，让员工了解组织困境和变革思路。

2. 促进与支持

要通过自上而下的培训教育，使员工学习新知识，接受新观念，掌握新技术，学会用新的观点和方法来看待和处理新形势下的各种新问题，从而增强对组织变革的适应能力和心理承受能力，增进对组织变革的理性认识，使员工自觉成为改革的生力军。同时要以多种手段进行变革的宣传，让大家意识到变革的必要性和迫切性。

3. 启用人才，促进行动

要大胆启用那些富有开拓创新精神、锐意进取且年富力强的优秀中青年人才，把他们充实到组织的重要领导岗位，为顺利地实施变革提供组织保障。人事变革既是组织变革的重要内容，又是确保组织变革成功的重要条件。

4. 注意策略，相机而动

变革要选择好时机，把握好分寸，循序渐进，配套进行。成功的变革不仅在于增进组织的效率，维持组织的成长，同时也在于提高成员的工作士气，满足成员的合理欲望。

5. 谈判

当变革的阻力非常强大时，可以通过谈判给予这些个人和部门一定的补偿以换取他们对变革的支持，至少换取他们不反对变革的承诺，但其潜在的高成本和风险是不应忽视的。

6. 采取强制措施

如果管理层真正下定决心并有足够权力的情况下，这种办法可能有效。如下决心关闭工厂、对反对者调换工作等。当然，这种策略的负面影响较大，有损变革推动者的威信。

第四节　业务流程再造

业务流程是指为特定顾客或市场提供特定产品或服务而实施的一系列精心设计的活动过程及其步骤。业务流程再造是对业务流程的根本性分析和彻底性再设计，它不仅是管理创新的重要内容，也是管理创新的必然过程。

一、业务流程再造理论的产生

1990 年，美国哈佛大学教授迈克尔·哈默（M. Hammer）和 CSC Index 首席执行官詹姆斯·钱皮（J. Champy）在合作的文章 *Reengineering work：don't automate，but obliterate* 中提出了业务流程再造的概念，认为"业务流程再造是对企业的业务流程做根本性的思考和彻底性重建"，其目的是在成本、质量、服务和速度等方面取得显著性的改善，使得企业能最大限度地适应以顾客（customer）、竞争（competition）、变化（change）为特征的现代企业经营环境。

1993 年哈默与钱皮共同出版了《再造企业：管理革命的宣言》一书，系统阐述了业务流程再造的思想，提出再造企业的首要任务是业务流程再造。他们指出，面对日益激烈的市场竞争和变化频繁的市场需求，必须彻底改变传统的工作组织方式，从更好地满足内部和外部顾客需求出发，将流程涉及的一系列跨职能、跨边界的活动集成和整合起来，即以首尾相连的完整连贯的一体性流程来取代以往的被各部门割裂的、片段黏合式的破碎流程。至此，业务流程再造作为一种新的管理思想，逐步席卷全球。

二、业务流程再造的步骤

业务流程再造是根据环境的变化对业务流程进行革命性再设计，使流程更加通畅、更加贴近顾客，实现成本和效率的整体优化，增强企业的竞争能力。业务流程再造主要包含以下几个步骤。

(一) 业务流程分析

明晰企业业务流程，并找出关键业务流程，对原有流程从效率和功能这两个方面进行全面的分析，发现其存在的问题。业务流程分析重点从以下方面展开：

(1) 功能分析。其主要分析技术发展对原有工作流程的影响，如原先具有不可分性的团队工作、个人可完成的工作额度是否会发生变化，这些变化是否会使原来的工作流程支离破碎，或者增加管理成本，或者造成组织机构和岗位设置的不合理，形成企业发展的瓶颈等。

(2) 重要性分析。不同工作流程环节对企业的影响是不同的。随着市场、顾客对产品、服务需求的变化，作业流程中的关键环节以及各环节的重要性也在变化。

(3) 可行性分析。分析现有业务流程的功能、制约因素以及表现的关键问题，然后根据市场、技术变化的特点及企业实际情况，分清问题的轻重缓急，找出流程再造的切入点。

(二) 设计流程改进方案

在进行流程改进方案设计时，要抛弃原有流程的束缚，利用价值链分析法和改变心智模式等进行创意性的思考，通过创新设计、头脑风暴等方式提出流程改进的设计方案，将流程中所涉及的业务人员的岗位职责和部门职责重新界定，并做精确的指标要求。

设计出的新的流程改进方案，应从成本、效益、技术条件和风险程度等方面进行评估，并选择最有效的方案。

(三) 制订企业再造计划

业务流程的实施，是以相应组织结构、人力资源配置方式、业务规范、沟通渠道甚至企业文化作为保证的。因此，必须要制订与流程改进方案相配套的组织结构、人力资源配置和业务规范等方面的改进计划，形成以流程改进为核心的系统的再造方案，才能达到预期的目的。

(四) 组织实施与持续改善

实施业务流程再造，必然会触及原有的利益格局。因此需要精心组织、谨慎推进。既要态度坚定，克服阻力，又要积极宣传和培训，达成共识和共知，以保证业务流程再造的顺利进行。

在业务流程再造实施一段时间后，还要针对关键业绩指标评估新流程的业绩，以便考察改进方案的效果，对于不足要提出再改进方案并加以实施。

业务流程再造方案的实施并不意味着再造工作的终结。在社会发展日益加快的时代，企业总是不断面临新的挑战，这就需要对业务流程不断地进行改进，以适应新形势的需要。

三、业务流程再造的方法

业务流程再造的基本方法称为"系统化改造方法 ESIA"。

（一）清除

此即清除（eliminate）现有流程中的非增值活动。所谓非增值活动，顾名思义就是不能产生价值的活动。典型的非增值活动包括过量产出、活动间的等待、不必要的运输、反复的加工、过量的库存和过度供应、缺陷与失误、重复的活动、反复的检验、跨部门协调等。

（二）简化

此即对清除后剩余的活动进行简化（simplify）。可以从以下方面考虑简化：
（1）表格。减少不必要的和具有重复内容的表格。
（2）程序。运用 IT 提高信息处理能力，简化程序，提高流程结构性效率。
（3）沟通。简化沟通，避免沟通的复杂性。
（4）物流。调整任务流程顺序以简化物流等。

（三）整合

此即对分解的流程进行整合（integrate），以使流程流畅、连贯，更好地满足顾客需要，主要有：
（1）活动。赋权一个人完成一系列简单活动，以减少转交。
（2）团队。合并专家组成团队，形成"个案团队"或"责任团队"，使物料、信息、文件流动距离最短。
（3）顾客。面向顾客建立完全的合作关系。
（4）供应商。消除与供应商之间不必要的手续，建立互信关系，整合双方流程。

（四）自动化

自动化（automate）是指充分运用计算机技术处理重复性作业，如脏活、累活、乏味的活，减少反复的数据采集，降低单次采集的时间，运用分析软件对数据收集、整理与分析，提高信息利用率等。

第五节 组织学习与知识管理

学习能力和知识管理能力是一个组织管理创新的源泉，也是一个组织获取持续竞争优势的源泉。在知识经济时代，组织学习成为一个组织创造知识、使用知识和传播知识的重要途径，而知识管理则可以让一个组织更好地开展组织学习，获得其持续发展的知识源泉。

一、组织学习

（一）组织学习的概念

组织学习的概念产生于 20 世纪 60 年代。1965 年，Cangelosi 和 Dill 在文献中首次提出了组织学习的概念，其后以 Argyris 和 Schon 为代表的一批学者在 20世纪 70 年代将组织学习推向新的发展阶段。

组织学习是指组织为了形成核心竞争力，围绕信息和知识的获取与创造而开展的包括个人、团队和全组织在内的持续创新和实践的活动过程。

（二）组织学习的特点

与个人学习比较，组织学习具有以下特点：
（1）以信息和知识的获取为主要内容；
（2）以团体和组织为学习主体；
（3）以知识共享、知识交流和知识创造为主要内容；
（4）以提升组织能力为基本目标。

（三）组织学习的类型

组织学习分为以下三类。

1. 显性知识的学习

外部显性知识具有公共性，但并不会因为它的存在而自然地增加组织的能力。只有通过有意识的学习，组织才能真正懂得并有效应用这些知识。这些知识的学习不能形成组织的核心能力，不能让组织获得竞争优势，但它却是组织生存并跟上社会进步所必需的。因此，组织应加强对显性知识的学习，通过有计划的教育和培训活动，提升组织成员的知识水平，并最大限度地把所学知识应用到生产实践活动中去。

2. 过程学习

此即"干中学"。这种学习能力的强弱决定了组织在经营活动中增值了的知识的大小，即是说不同的组织由于其学习能力的不同，会从类似的经营活动中得到的经验教训是不一样的。这些经验教训大部分是方法类的知识，属于核心能力的范畴，能够让组织在以后类似的经营活动中获得竞争优势。如杜邦公司曾经经营染料业，从中学习到了在合成纤维领域取得卓越竞争优势的重要知识——染料合成和使用知识。这些知识让杜邦公司相信其有能力解决尼龙的染料着色问题，从而促使公司着手开发尼龙并最终获得巨大的成功。

3. 隐性知识的学习

参与经营活动的人员总是占有较多的从经营活动中学习到的核心能力类知识，这类知识可能对企业其他部门的工作也有意义，因而要通过内部学习来扩大核心能力发挥作用的范围。内部学习主要表现为员工之间的相互学习，可采取团队学习、相互交流、师傅带徒弟等方式进行。

二、知识管理

(一) 知识

随着知识经济时代的来临，企业将主要通过知识而不是金融资本或自然资源来获取竞争优势。企业的知识将成为和人力、资金等并列的资源，并且成为企业最重要的资源。劳伦斯·普鲁萨柯指出，唯一能给一个组织带来竞争优势，唯一持续不变的就是知道什么，如何利用所拥有的知识和以多快的速度获取新知识。

知识的种类很多，但大致可分为两大类：显性知识与隐性知识。所谓显性知识指的是有一定的存在形式和固定的载体，可以被明确地表达或描述出来的知识。而隐性知识就是存在于个人内心里面，或存在于团体的特殊关系中，也有可能存在于企业之间，没有独立的载体，难以被明确表达出来的知识。隐性知识具有经验化、主观化、个人化、难以传播的特点。

(二) 对知识的管理

知识管理是指通过对组织的知识资源的开发和有效利用，提高其竞争力和创新能力，从而提高组织创造价值的能力的管理活动。知识管理具有以下特点：

(1) 知识管理的最终目的是为了提高企业创造价值的能力。

(2) 知识管理的主要任务是要对组织的知识资源进行全面充分的开发及有效的利用，是将知识看做组织的一个相对独立的资源而加以全面和综合的管理。

(3) 知识管理的核心是培养创新能力。知识管理的一个突出特点就是自身创新能力的不断增强，利用最新的信息技术来实现所需信息的获取和传递。

三、组织学习与知识管理的关系

知识管理依靠知识被员工使用来发挥作用。员工首先要学习知识，才能增长他们的才干，并在工作中做出正确的决策或提高工作的效率。彼得·圣吉认为，现实企业如此短命的原因是企业在学习能力上有缺陷，即"学习障碍"，这种缺陷使企业在环境改变时不能迅速应变，从而严重损害了组织的生存与发展，使组织被一种无形的力量所支配甚至吞没。由此可见组织学习对于现代企业生存与发展的重要意义。

知识管理贯穿于组织学习的始终。如过程学习中获得的隐性知识，通过知识管理工作来集成这些隐性知识，并把它存储于企业的知识库中。而知识管理又为组织学习提供了合适的知识库和工具集。知识管理把对企业发展有用的各种知识收集存储于知识库中，供员工进行各种类型的学习，提高他们的学习效率。知识管理只有通过组织学习，这些知识才能化为员工工作的力量，让知识真正成为企业最重要的资源并发挥作用。知识管理和组织学习是相辅相成，相互促进的，它们都将在不远的将来成为企业制胜的法宝。

➤复习思考题

1. 什么是管理创新以及管理创新的内容？
2. 管理思想的演变过程和发展趋势怎样？
3. 战略创新的主要内容和发展趋势有哪些？
4. 组织创新的主要内容和发展趋势有哪些？
5. 技术创新的主要内容和发展趋势有哪些？
6. 商业模式创新的主要内容和发展趋势有哪些？
7. 什么是组织变革？组织变革的动因是什么？有哪些类型？经历哪些过程？
8. 什么是业务流程再造？它与管理创新有怎样的关系？
9. 什么是学习型组织？它有哪些特点？
10. 什么是知识管理？它与组织学习的关系怎样？

案 例 分 析

中美上海施贵宝制药有限公司的管理创新

中美上海施贵宝制药有限公司是中国第一家中美合资的制药企业，于1982年10月14日成立，并于1985年10月正式投产。公司由美国百时美施贵宝公司与上海医药（集团）有限公司以及中国医药对外贸易总公司共同投资。公司自成立之初就严格按照"优良生产质量规范GMP"标准进行设计、生产、管理和经营。公司所有产品及生产线都通过了国家GMP认证，并达到了欧盟的GMP的标准。上海施贵宝先后获得加拿大保健局认可以及美国食品和药品管理局（FDA）的认证，成为中国首家西药制剂产品出口到北美的合资企业。十几年来，该公司始终坚持企业管理创新，进行着卓有成效的经营管理，取得了令人瞩目的成就。

一、管理思想创新

首先，企业实行自主型管理，成为管理的主体。公司内部建立了GMP和质量、财务、安全等内部审计制度，形成了自我检查、自我整改、自我完善、自我发展的机制，调动了管理人员的积极性和主动性，发挥管理人员的智能和潜能，创造性地开展创新活动。其次，企业的内部经营管理不断创新。和一般的合资工厂不一样的是，上海施贵宝一开始就成立了营销、服务团队，使得上海施贵宝不仅是一个工厂，而且是一个完整的从产品到用户的体系。这样也把跨国公司更多先进的理念带到了中国。最后，该公司密切注意吸取国外现代管理的信息，不断进行管理创新。如他们将处方药与非处方药（OTC）分类管理，为我国实施非处方药提供了一些经验、建议和措施。在我国非处方药市场开始萌芽发展的时期，上海施贵宝建立了我国第一支非处方药物推广队伍，大力开发非处方药市场。目前，处方药和非处方药如同两驾马车，拉动了上海施贵宝的业绩迅速飙升。自创业至今，上海施贵宝在合资制药企业中医药产品出口量一直保持第一。

二、管理方法创新

上海施贵宝公司把现代科学技术的一些最新成果应用到管理领域中来，如全面质量管理、统计分析、计算机网络计划技术、库存管理、决策技术、市场预测技术、制造资源计划、预算管理、办公自动化等。如制造资源计划系统，公司采用了BPCS软件，使计算机网络管理完整地覆盖全公司各生产、经营部门，使市场预测、原料采购、生产作业、产品成本、库存状况、财务控制和质量控制等数据全都纳入一体化管理，从而有可能以最少投入、合理库存量和最高生产效率来编制生产计划，以更好地适应市场需求，在企业内部做到信息共享、决策科学和进行有效监督。另外，该公司还全面开展提高效率活动，制订节省成本、缩减人员、提高效率的具体计划。例如，公司在生产上开展了缩短生产周期的活动，对主要产品成立缩短生产周期项目组，定期活动，设立专职效率经理，开展大幅度提高效率活动。车间人均效率提高50%，达到减人增产的效果。

三、经营思路创新

上海施贵宝公司牢牢抓住了产品创新和市场创新，他们在新产品开发上有五年滚动计划，每年都要上市两到三种新产品；新产品上市又有详细的上市促销和扩大市场占有率的策略，具有强烈的超前意识和市场占有意识。在售后服务方面，上海施贵宝在全国设立分发库，可以使98％以上的产品在接到订单后两天内送到客户手里。同时，上海施贵宝公司对客户实行了资信管理。通过建立客户资信控制与管理系统，对客户企业的创建情况、销售历史、还款率等资信情况都有完整记录，并根据客户资信状况的变化而调整销售政策。

思考题：

1. 上海施贵宝的管理创新主要表现在什么地方？为什么要进行管理创新？
2. 科学技术在管理创新中的作用主要体现在哪些方面？

参 考 文 献

彼得·德鲁克. 2008. 管理——任务、责任和实践. 余向华等译. 北京：华夏出版社

陈传明，周小虎. 2007. 管理学原理. 北京：机械工业出版社

陈继祥. 2008. 战略管理（第二版）. 上海：上海人民出版社

陈佳莉. 2008. 管理学原理与实务. 北京：北京大学出版社

陈维政，张丽华，忻镕. 2005. 转型时期的中国企业文化研究. 大连：大连理工大学出版社

方根邦. 2007. 管理思想百年脉络. 北京：中国人民大学出版社

顾海. 2005. 管理学. 北京：中国医药科技出版社

郭咸纲. 2003. 西方管理学说史. 北京：中国经济出版社

郭跃进. 2005. 管理学（第三版）. 北京：经济管理出版社

焦强，罗哲. 2005. 管理学. 成都：四川大学出版社

理查德·L. 达夫特. 2009. 管理学（第七版）. 范海浜，王青译. 北京：清华大学出版社

罗宾斯. 2008. 管理学（第九版）. 孙健敏等译. 北京：中国人民大学出版社

彭建良，用敏. 2002. 管理学. 徐州：中国矿业大学出版社

戚安邦. 2006. 管理学. 北京：电子工业出版社

苏勇. 2007. 当代西方管理学流派. 上海：复旦大学出版社

王关义. 2009. 管理学原理. 北京：经济管理出版社

颜光华，刘正周. 1998. 企业再造. 上海：上海财经大学出版社

杨宝宏，杜红平. 2006. 管理学原理. 北京：科学出版社

张旭东，张立迎. 2009. 管理学原理教程. 北京：北京师范大学出版社

张玉利. 2004. 管理学. 天津：南开大学出版社

张卓，蔡启明，钱焱等. 2009. 企业管理学. 北京：科学出版社

赵曙明. 2007. 人力资源管理与开发. 北京：北京师范大学出版社

郑晓明. 2005. 人力资源管理导论. 北京：机械工业出版社

周三多，陈传明. 2005. 管理学（第二版）. 北京：高等教育出版社

Certo S C. 2003. Modern Management. Upper Saddle River：Prentice Hall

Daft R L. 2001. Management. Orlando：The Dryden Press